ro
ro
ro

Mia March lebt mit ihrer Familie in einem kleinen Ort an der Küste von Maine. Ihr Debütroman «Der Sommer der Frauen» verkaufte sich in 20 Länder.

«Geschickt verwebt Mia March leichte und ernste Themen. Das perfekte Rezept für einen unterhaltsamen Sommerroman.» *USA Today*

«Mia Marchs neuer Roman über die Schicksale dreier Frauen ist wieder ein Glückstreffer! Bewegend und dramatisch, leichtfüßig und humorvoll. Ein wahres Lesevergnügen.» *Romantic Times*

MIA MARCH

Sommerblau

ROMAN

Aus dem Englischen
von Katharina Naumann
und Juliane Pahnke

Rowohlt Taschenbuch Verlag

Die Originalausgabe erschien 2013 unter dem Titel
«Finding Colin Firth» bei Gallery Books/
Simon & Schuster, New York.

Deutsche Erstausgabe
Veröffentlicht im Rowohlt Taschenbuch Verlag,
Reinbek bei Hamburg, Juni 2014

Redaktion Johanna Schwering
Umschlaggestaltung any.way,
Barbara Hanke/Cordula Schmidt
(Umschlagabbildung: mauritius images/Oredia;
Debby Lewis-Harrison/
Cultura RF/vario images)
Satz aus der ITC Legacy
bei Pinkuin Satz und Datentechnik, Berlin
Druck und Bindung CPI books GmbH, Leck
Printed in Germany
ISBN 978 3 499 26856 4

MIX
Papier aus verantwortungsvollen Quellen
FSC® C083411
FSC
www.fsc.org

Das für dieses Buch verwendete FSC®-zertifizierte Papier
Holmen Book Cream liefert Holmen, Schweden.

Für meinen geliebten Max,
der aus mir eine Mutter gemacht hat.

«Ich kann nicht die Stunde bestimmen oder den Ort oder den Blick oder die Worte, die den Grundstein legten. Es ist inzwischen zu lange her. Aber ich steckte schon mittendrin, ehe ich überhaupt wusste, dass es begonnen hatte.»

(*Fitzwilliam Darcy in* Stolz und Vorurteil)

«Mir ist klar geworden, dass ich unmöglich und grob zu dir war, als ich dich beim Turkey Curry Buffet gesehen habe. Und ich habe diesen Rentier-Pullover getragen, den meine Mutter mir am Vortag geschenkt hatte. Aber die Sache ist, also, was ich sagen will, wenngleich ziemlich unartikuliert, also, hm, tatsächlich könnte es, obwohl es nicht den Anschein hat, so sein, dass ich dich mag. Sehr sogar.»

(*Mark Darcy in*
Bridget Jones – Schokolade zum Frühstück)

«Der Tatsache bin ich mir absolut bewusst: Falls ich morgen den Beruf wechsle und Astronaut werde und dann der erste Mensch auf dem Mars bin, werden die Zeitungen folgende Schlagzeile bringen: ‹Mr. Darcy auf dem Mars gelandet›.»

(Colin Firth)

1 Bea

Der Brief, der Beas Leben verändern sollte, traf ein, als sie in der Küche von Boston's Crazy Burger an einer Bestellung von vier Vesuv-Specials arbeitete – drei Frikadellen, die zehn Zentimeter hoch abwechselnd mit karamellisierten Zwiebeln, Speck, Schweizer Käse, Salat, Tomaten, sauren Gurken und scharfer Soße gestapelt wurden. Ihre neue Mitbewohnerin Nina, die den Sommer über zur Untermiete in dem schäbigen Drei-Zimmer-Apartment wohnte, das Bea jetzt also mit zwei Fremden teilen musste, steckte den Kopf durch die Tür und sagte, sie habe ein Einschreiben für Bea angenommen und den Brief mitgebracht, weil sie ohnehin zum Mittagessen ins Crazy Burger kommen wollte.

«Ein Einschreiben? Von wem?», fragte Bea und warf einen flüchtigen Blick auf den dicken Umschlag, während sie die karamellisierten Zwiebeln aus der Pfanne auf die Burger gleiten ließ. Mhhh. Seit drei Stunden briet sie jetzt schon Zwiebeln, und trotzdem machte der Geruch sie noch hungrig.

Nina drehte den Umschlag um. «Der Absender ist ein gewisser Baker Klein, Twelve State Street in Boston.»

Bea zuckte mit den Schultern. «Sagt mir nichts. Kannst du ihn für mich aufmachen und vorlesen? Ich hab mit diesen Burgern alle Hände voll zu tun.» Ihre Chefin Barbara wurde verrückt, wenn sich jemand anderes als die Angestellten in der Küche aufhielt, aber Bea war neugierig, was in dem dicken Brief stand. Und Crazy Barbara, wie sie ihre Chefin hinter ihrem Rücken nannten, war gerade im Büro und ging die Vorratsbestellungen durch.

«Klar», sagte Nina. Sie öffnete den Umschlag, zog einen Brief heraus und las vor: «Meine liebe Bea.»

Bea erstarrte, Salatblätter in beiden Händen. «Wie bitte?» So hatte ihre Mutter immer die Briefe angefangen, die Bea während ihrer Zeit am College von ihr bekommen hatte. «Schau doch mal nach – steht da eine Unterschrift?»

«Da steht Mommy.»

Bea hob eine Augenbraue. «Also, da meine Mutter vor über einem Jahr gestorben ist, kann er definitiv nicht von ihr sein.»

«Die Handschrift ist etwas krakelig», sagte Nina. «Aber da steht eindeutig Mommy.»

Das ergab keinen Sinn. Doch Beas Mutter hatte ihre Briefe tatsächlich immer mit Mommy unterschrieben. «Kannst du den Brief auf den Stuhl da legen, Nina? Ich lese ihn lieber gleich in Ruhe. Danke fürs Vorbeibringen.»

Beas Fünfzehn-Minuten-Pause war ohnehin längst fällig. Ihre Schicht hatte um elf angefangen, und inzwischen war es schon kurz vor zwei. Sie liebte die Arbeit in dem angesagten Burger-Restaurant in Bostons Back Bay, obwohl es nur ein Übergangsjob sein sollte. Vor einem Jahr hatte sie das College abgeschlossen und bis jetzt noch keine Anstellung als Lehrerin gefunden. Nur ihre pingelige Chefin machte sie wahnsinnig. Wenn Bea ihre Pause auch nur um eine Minute überzog, kürzte Barbara ihr sofort den Lohn. Die Frau liebte es, ihren Leuten den Lohn zu kürzen. Letzte Woche war sie mit einem Lineal angekommen und hatte einen Vesuv-Burger nachgemessen. Weil er nur neun Zentimeter hoch war, hatte Barbara satte fünf Dollar von Beas Gehalt abgezogen.

Bea gab noch ein bisschen mehr scharfe Soße auf den letzten Burger, maß nach und tat noch etwas mehr Salat dazu. Schließlich setzte sie eine Brötchenhälfte obenauf und platzierte ihr Werk zusammen mit Zwiebelringen und Pommes frites auf einen Teller. Sie läutete die Glocke, um der Kellnerin zu signalisieren, dass die Bestellung fertig war, und rief Manny, dem anderen Koch, zu, dass sie Pause machen würde. Dann nahm sie den braunen Umschlag mit nach draußen in die Gasse hinter dem Restaurant. Sie hielt ihr Gesicht in die Sonne und sog die frische Luft ein. Der warme Junitag fühlte sich wunderbar auf ihrer Haut an, nachdem sie den halben Tag neben der Fritteuse verbracht hatte.

Sie zog die Unterlagen aus dem Umschlag und erstarrte. Es gab keinen Zweifel: Das war eindeutig die Handschrift ihrer Mutter. Bea suchte das Datum, an dem der Brief geschrieben wurde. Es lag über ein Jahr zurück.

Meine liebe Bea,
wenn du diesen Brief liest, bin ich nicht mehr da. Dann bin ich wahrscheinlich schon ein ganzes Jahr lang tot. Ich schreibe dir diese Zeilen, weil es ein Geheimnis gibt, das ich nicht mit ins Grab nehmen möchte. Etwas, das ich dir schon in dem Moment hätte erzählen müssen, als du im Alter von nur einem Tag in meine Arme gelegt wurdest. Ich bin nicht deine leibliche Mutter, meine liebe Bea, auch wenn du für mich immer meine Tochter warst. Aber die Wahrheit ist, dass dein Vater und ich dich adoptiert haben.
Ich bin nicht stolz darauf, dich all die Jahre belogen zu haben. Vielleicht habe ich mich geschämt, weil ich kein Kind gebären konnte. Etwas, das dein Vater und ich uns so sehnsüchtig gewünscht haben. Doch zum Glück kamst du in

unser Leben. In dem Moment, als die Frau von der Adoptionsstelle dich in meine Arme legte, gehörtest du zu mir. Es war, als hätte ich dich geboren, und ich vermute, dass ich es selbst glauben wollte. Darum haben dein Vater – Gott hab ihn selig – und ich uns entschieden, dir nichts über deine wahre Herkunft zu erzählen.
Dieses Geheimnis lastet mit jedem Tag schwerer auf meinem Herzen. Aber ich schaffe es in meinem Zustand einfach nicht, mit dir darüber zu sprechen, ich habe keine Kraft mehr. Darum erfährst du auf diese Weise davon. Du sollst die Wahrheit kennen – weil jeder ein Recht darauf hat, seine Herkunft zu kennen. Davon bin ich heute überzeugt, und es tut mir unendlich leid, dass mir nicht mehr die Zeit bleibt, mit dir persönlich darüber zu sprechen und deine Fragen zu beantworten.
Ich wünschte, ich wäre mutig genug gewesen, vom ersten Augenblick an ehrlich mit dir zu sein. Dir zu sagen, wie dankbar ich damals war, wie sehr du schon zu mir gehörtest, ehe ich dir überhaupt begegnet bin. Seit der Sekunde, als die Adoptionsstelle uns anrief und die Neuigkeit verkündete.
Ich hoffe, du kannst mir eines Tages vergeben, meine liebe Tochter. Du bist und bleibst meine Tochter, und ich liebe dich von ganzem Herzen.
Deine Mommy

Bea blickte auf und blinzelte in die Sonne, die Augen voller Tränen. Ihre Hand zitterte. An den Brief waren Papiere geheftet, die wie offizielle Dokumente aussahen. Adoptionspapiere, ausgestellt vor zweiundzwanzig Jahren. Von der Helfende-Hände-Adoptionsagentur in Brunswick, Maine.

Bea stopfte den Brief und die Unterlagen zurück in den

Umschlag und lief in der Gasse auf und ab. Sie blieb stehen, zog den Brief wieder heraus und las ihn ein zweites Mal. Die Worte, geschrieben mit schwarzer Tinte, begannen vor ihren Augen zu verschwimmen. *Hätte es dir erzählen sollen. Frau von der Adoptionsstelle. Tut mir leid. Du sollst die Wahrheit kennen.* Wenn nicht die Handschrift ihrer Mutter und das Briefpapier gewesen wären, auf dem ihre Mutter all ihre Korrespondenz verfasst hatte, hätte Bea geglaubt, jemand spiele ihr einen üblen Streich.

Adoptiert? *Wie bitte?*

Der Brief und die Papiere waren von einer Anwaltskanzlei geschickt worden, von der Bea noch nie gehört hatte. Ihre Mutter war lange verwitwet gewesen und nicht besonders wohlhabend. Als Cora Crane letztes Jahr starb, gab es nur das spärlich möblierte gemietete Cottage auf Cape Cod, um das Bea sich kümmern musste. Sie war die Schubladen und Schränke durchgegangen und hatte all die Erinnerungsstücke an ihre Mutter mitgenommen. Wenn der Brief irgendwo im Haus gewesen wäre, hätte sie ihn gefunden. Ihre Mutter hatte es offenbar absichtlich so eingerichtet, dass Bea die Neuigkeit erst einige Zeit nach ihrem Tod erfuhr. Zu einem Zeitpunkt, wo sie langsam mit der Trauer fertigwurde.

Bea versuchte, sich ihre Mutter vorzustellen – der mit Abstand liebste Mensch, den sie kannte –, wie sie in ihrem Bett im Hospiz saß und diesen Brief voller Qual schrieb. Aber noch ein Bild drängte sich ihr auf: ihre Mutter und ihr Vater vor zweiundzwanzig Jahren, wie sie Bea als Säugling zu sich holten. «Das ist Ihre Tochter», wird die Adoptionsagentin gesagt haben. Oder so was Ähnliches.

Aber wenn ich nicht ihre Tochter bin, wer zum Teufel bin ich dann?, fragte Bea sich. Sie dachte an das gerahmte Foto, das auf ihrem Nachttisch stand. Es war ihr liebstes Familienfoto. Bea war darauf vier Jahre alt und saß auf den Schultern ihres Vaters. Ihre Mutter stand neben ihnen und schaute lachend zu Bea auf. Hinter ihnen ein Baum, der mit roten und orangen Blättern wie entflammt aussah. Bea trug das Batmancape, das sie monatelang jeden Tag hatte anziehen wollen, und dazu eine rote Mütze, die ihre Mutter ihr gestrickt hatte. Cora hatte diese alten Lieblingssachen all die Jahre aufgehoben, und nun bewahrte Bea sie in einem Karton in ihrem Kleiderschrank auf. Ihr kam ein anderes Foto in den Sinn, das sie auf dem Schreibtisch in ihrem Zimmer aufgestellt hatte. Es zeigte sie mit ihrer Mutter bei Beas College-Abschlussfeier vor gut einem Jahr und nur wenige Wochen nachdem bei ihrer Mutter Eierstockkrebs diagnostiziert worden war. Doch Beas Mutter wollte ihre Tochter unbedingt zu ihrer Abschlussfeier begleiten. Zwei Monate später war sie tot.

Cora Crane: Klavierlehrerin mit einer Engelsgeduld, dunklen Locken, strahlend blauen Augen, die für jeden Menschen ein Lächeln übrig hatte. Cora Crane *war* ihre Mutter. Keith Crane, ein gutaussehender Bauarbeiter, der ihr während ihrer Kindheit jeden Abend vor dem Zubettgehen ein irisches Lied vorsang, bis er starb, als sie neun war. Er *war* ihr Vater. Die Cranes waren wunderbare, liebevolle Eltern gewesen, die Bea jeden Tag ihres Lebens das Gefühl gaben, geliebt zu werden. Wenn jemand anderes Bea zur Welt gebracht hatte, änderte das gar nichts. Aber trotzdem: Wer waren ihre richtigen Eltern? Ein flaues Gefühl machte sich in Beas Magengrube breit.

«Bea!» Crazy Barbara kam nach draußen gestürmt und funkelte sie an. «Was zur Hölle machst du hier? Wir sind mitten im Mittagsansturm! Manny hat gesagt, du wärst schon vor zwanzig Minuten rausgegangen.»

«Ich habe nur gerade ziemlich komische Neuigkeiten erhalten», sagte Bea. Ihr war schwindelig. «Ich brauche noch ein paar Minuten.»

«Also, solange nicht jemand gestorben ist, gehst du zurück an die Arbeit. Sofort», schnaubte Barbara aufgebracht. «Macht einfach mitten im größten Chaos ein Päuschen. Wo sind wir denn hier?»

«Eigentlich ...», setzte Bea an. Sie konnte kaum einen klaren Gedanken fassen. Es schien ihr unmöglich, jetzt noch den Bestellwahnsinn in der Küche abzuarbeiten. «Ich möchte gern nach Hause gehen, Barbara. Ich habe gerade etwas echt Verrücktes erfahren, und ...»

«Verdammt noch mal! Du gehst zurück an die Arbeit, oder du bist gefeuert, so einfach ist das. Ich bin diese Entschuldigungen wirklich leid – jeden Tag hat irgendwer Kopfschmerzen, oder die Großmutter ist krank. Mach deine Arbeit, oder ich finde jemanden, der das Geld wert ist.»

Bea hatte drei Jahre lang für Crazy Burger gearbeitet, seit letztem Sommer sogar in Vollzeit. Sie war die beste Köchin in dem Laden und außerdem die schnellste. Aber für Crazy Barbara war niemand gut genug. «Weißt du, was? Ich kündige.» Sie nahm die Schürze ab, drückte sie der ausnahmsweise mal sprachlosen Barbara in die Hand und ging wieder rein, um ihre Handtasche aus dem Schließfach zu holen.

Sie steckte den Brief in die Tasche und lief die halbe Meile nach Hause wie betäubt. Ihre Wohnung lag in einem vierstöckigen Haus, und als sie aufgeschlossen hatte und in den Flur stürmte, stolperte sie über den Rucksack, den dort jemand abgestellt hatte. Gott, sie hasste es, mit Fremden zusammenleben zu müssen. Sie ging durch den engen Flur, trat dabei auf Boxershorts und schloss die Tür zu ihrem Zimmer auf und hinter sich direkt wieder ab. Dann ließ sie die Tasche auf den Boden fallen und sank auf ihr Bett. Das alte Kissen mit Kreuzstichstickerei drückte sie sich fest an die Brust. Und blieb stundenlang reglos so sitzen.

.....

«Wow, Bea! Dann war dein ganzes Leben eine Lüge?»

Bea starrte Tommy Wonkowski an, das Pizzastück auf halbem Weg zu ihrem Mund. Er war der Runningback des legendären Beardsley-College-Footballteams. Vor einer halben Stunde hatte sie noch auf dem Bett gelegen und an die Decke gestarrt, in dem verzweifelten Versuch, mit dem gestrigen Schlag klarzukommen. Dann klingelte das Telefon: Tommy wartete bei Poe's Pizzeria auf sie und erkundigte sich, ob er sich die Zeit für ihr Date vielleicht falsch notiert habe. Bea hatte sich gezwungen, aufzustehen und die zwei Blocks zur Pizzeria zu laufen. Seit sie den Brief ihrer Mutter bekommen hatte, hatte sie ihr Zimmer nicht verlassen. Aber als sie Tommy jetzt gegenübersaß, wünschte sie, das Date einfach abgesagt zu haben. Nachdem ihr ganzes Leben auf den Kopf gestellt worden war, brauchte sie Ruhe und Zeit für sich. Tommy Wonkowskis Gesellschaft bot weder das eine noch das andere. Sie wusste nicht mal mehr, warum sie einem Date mit ihm überhaupt zugestimmt hatte, aber es passierte ja auch nicht alle Tage, dass eine so gutaussehende Sportskanone sie einlud. Als sie sich letzte Woche bei einem Schreibseminar an der Universität kennengelernt hatten, wo Bea hin und wieder als Tutorin einsprang, war sie von seinem guten Aussehen und der Tatsache verzaubert worden, dass er sie um Längen überragte. Bea war eins achtzig groß, und neben Tommy fühlte sie sich auf einmal winzig. Ein wunderbares Gefühl für jemanden, der sich nie traute, hohe Schuhe zu tragen.

«So weit würde ich jetzt nicht gehen», sagte sie und wünschte, sie hätte ihm nie von dem Brief erzählt. Aber ihnen waren die Gesprächsthemen schon ausgegangen, als die Kellnerin die riesige Pizza servierte, und darum hatte sie großzügig Parmesan auf ihr Pizzastück gestreut und hervorgesprudelt, was sie auf dem Herzen hatte. *Rate mal, was mir gestern passiert ist? Ich habe herausgefunden, dass ich adoptiert wurde.*

Aber es stimmte schon. Irgendwie fühlte es sich tatsächlich so an, als sei ihr ganzes Leben eine einzige Lüge gewesen. Die Leute – sogar Bea selbst – hatten sich immer wieder gewundert, wie extrem sich ihr Aussehen von dem ihrer Eltern unterschied. Beide waren dunkelhaarig – Bea war blond. Die Augen ihrer Mutter waren eisblau und die ihres Vaters haselnussbraun, wohingegen Beas Augen graubraun waren. Ihre Eltern waren durchschnittlich groß; sie selbst war eine Amazone. Sie war auch nicht musisch begabt wie ihre Mutter oder besaß den mathematischen Verstand ihres Vaters. Die beiden waren ziemlich introvertiert, und sie konnte reden, reden, reden. Bea erinnerte sich an mehr als eine Situation, in der Fremde oder Freunde sie ansahen und meinten: «Woher um alles in der Welt hast du diese Statur?»

Und ihr Vater antwortete darauf: «Tja, mein Vater ist ziemlich groß gewesen, fast eins neunzig», und Fotos von dem verstorbenen Großvater, den sie nie kennengelernt hatte, belegten dies. Oder ihre Mutter warf beiläufig ein: «Meine Mutter hatte Beas graubraune Augen, obwohl meine so blau sind wie die meines Vaters.» Und auch das stimmte. Sie hatte Fotos von ihrer Großmutter mütterlicherseits gesehen, die starb, als Bea noch sehr klein war.

Es war, als hätte ich dich geboren, und ich vermute, dass ich es selbst glauben wollte. Darum haben dein Vater und ich entschieden, dir nichts über deine Herkunft zu erzählen.

«Heilige Scheiße, du musst deine Mutter jetzt echt hassen», polterte Tommy mit vollem Mund weiter. «Ich meine, sie hat dich dein ganzes Leben lang über etwas so ... wie sagt man?»

«Etwas so Fundamentales», sagte Bea mit zusammengebissenen Zähnen. *Wie kannst du es wagen, auch nur anzudeuten, dass ich meine Mutter hassen könnte, du bekloptes Riesenbaby*, wollte sie ihn anschreien. Aber erneut konnte sie nur an ein Bild denken: Cora Crane, die sterbend im Hospizbett liegt und mit letzter Kraft Beas Hand hält. Ihre liebe Mutter.

«Ich hasse sie gar nicht. Das könnte ich niemals.» Natürlich hasste sie sie nicht, und doch hatte Bea in den letzten vierundzwanzig Stunden eine merkwürdige Wut empfunden, die ihr Herz hämmern ließ, bis sich in ihrem Kopf alles drehte. Es war tatsächlich eine fundamentale Tatsache, die ihr verheimlicht worden war. Aber sie konnte ihre Mutter nicht dafür hassen. «Sie hat es mir in dem Brief erklärt. Und wenn du meine Mutter gekannt hättest ...»

«Deine adoptierte Mutter.»

Sie funkelte ihn an: «Es heißt Adoptivmutter. Aber nein, für mich bleibt sie trotz allem meine Mutter. Dass sie mich adoptiert hat, ändert daran nichts, Tommy.»

Er nahm sich ein zweites Stück Pizza und biss hinein. Dabei quoll der zähflüssige Mozzarella hervor. «Irgendwie schon, Bea. Ich meine, eine andere Frau hat dich zur Welt gebracht.»

Bea lehnte sich getroffen zurück. Er hatte recht. Sie war das Kind einer anderen Frau. Einer Frau, von deren Existenz sie bis gestern noch nicht einmal geahnt hatte. Einer Frau, von der sie rein gar nichts wusste. Es gab kein Gesicht, keine Haarfarbe, keinen Namen. Gestern Nacht, bis ihr schließlich um drei Uhr die Augen zufielen, hatte sie sich vorgestellt, dass ihre leibliche Mutter genauso aussah wie sie, nur ... älter. Aber wie alt mochte sie sein? War ihre leibliche Mutter bei ihrer Geburt noch ein Teenager gewesen? Oder schon älter, eine Frau aus einfachen Verhältnissen, die schlicht kein Geld hatte, um ein zusätzliches Maul zu stopfen? War sie krank oder drogenabhängig gewesen?

Am 12. Oktober vor zweiundzwanzig Jahren hatte jemand Bea geboren und sie dann zur Adoption freigegeben. Warum? Welche Geschichte verbarg sich dahinter?

«Ja, Tommy. Eine andere hat mich zur Welt gebracht», bestätigte sie. Ihr war der Appetit endgültig vergangen. «Aber das macht diese Person nicht zwangsläufig zu meiner Mutter.»

«Wie bitte? Sie ist deine leibliche Mutter, da gibt's nichts dran zu rütteln, fürchte ich.» Er lachte leise und nahm sich das dritte Stück Pizza. Dabei blickte er aus dem Fenster und beobachtete das rege Treiben auf den Straßen Bostons und strahlte eine solche Überheblichkeit aus, als wäre Bea diejenige, der man mal Nachhilfeunterricht erteilen müsste. Er wandte sich wieder an sie. «Stell dir mal vor, du heiratest und hast ein Kind, und das Kind stirbt an einer schrecklichen Krankheit, und dein Blut und das deines Mannes passen nicht. Deine leibliche Mutter könnte das Leben deines Kindes retten. Mann, das ist vielleicht krass. Ich meine, denk doch mal nach.»

Aber Bea wollte gar nicht darüber nachdenken. Ihre Eltern waren Cora und Keith Crane, la la la, Hände auf die Ohren gepresst, ich hör dich nicht. Dennoch, je länger sie Tommy Wonkowski zuhörte, desto mehr wurde ihr bewusst, dass er mit einigen seiner Aussagen wohl verdammt richtiglag.

Eine Woche lang lief Bea durch Boston und hatte ständig die Worte aus dem Brief ihrer Mutter im Kopf. Zuvor war sie vor allem eins gewesen: die Tochter von Cora und Keith Crane. Punkt. Jetzt war sie etwas anderes. Adoptiert. Sie konnte nicht aufhören, über ihre leiblichen Eltern nachzudenken. Wer sie waren. Woher sie kamen. Wie sie aussahen.

Sie saß am Schreibtisch und betrachtete ihre Lieblingsromane, die Essaysammlungen, die Memoiren einer Lehrerin in ihrem ersten Berufsjahr, als könnte sie in ihrem Bücherregal eine Antwort auf all die neuen Fragen finden. Sie starrte auf den braunen Umschlag, der neben *Wer die Nachtigall stört* lag, der Roman, über den sie ihre Abschlussarbeit geschrieben hatte. Sie sollte jetzt eigentlich an einer Highschool Englisch unterrichten und Teenagern beibringen, wie man überzeugende Essays schrieb, wie man Romane erörterte und welche Merkmale die englische Sprache auszeichneten. Aber als ihre Mutter letzten Sommer starb, hatte Bea sich monatelang vergebens abgestrampelt. Sie hatte nicht ein einziges Vorstellungsgespräch an den Privatschulen bekommen, bei denen sie sich beworben hatte, und die öffentlichen Schulen hatten verlangt, dass sie sich für ein Aufbaustudium einschrieb, was für sie nur noch mehr Schulden bedeutet hätte. Ein Jahr später saß sie hier, unterrichtete immer noch nicht, arbeitete in einem Burger-Laden und teilte ihre Wohnung mit Studenten. Das Einzige, was sich geändert hatte, war der Umstand, dass sie nicht die war, für die sie sich immer gehalten hatte.

Bea starrte auf das Foto, das sie mit ihrer Mutter bei der College-Abschlussfeier zeigte. Sie zwang sich, nicht zu vergessen, dass sie immer noch dieselbe Person von vor einer Woche war. Dieselben Erinnerungen, derselbe Verstand, dasselbe Herz, dieselbe Seele, dieselben Träume.

Aber tief in ihrem Innern hatte sie sich verändert, und sie spürte diese Veränderung bis in die Knochen und bis in jede einzelne Zelle ihres Körpers. Sie fühlte sich wie unter Strom. Gut, sie war adoptiert worden. Aber warum musste das denn unbedingt alles ändern? Warum konnte sie nicht einfach die Wahrheit akzeptieren und weitermachen wie bisher?

Weil du ganz alleine bist. Ihre beiden besten Freundinnen hatten nach dem Abschluss Boston verlassen, um ihre ersten Jobs anzutreten. Die Freundinnen aus der Highschool lebten überall im Land und in Europa verstreut; jeder hatte sich für den Sommer etwas vorgenommen. Nur Bea nicht. Sie ging nirgendwohin. Sie hatte kein Zuhause mehr.

Sie fühlte sich gefangen und zugleich absolut frei. Als sie diese Woche stundenlang durch die Stadt gelaufen war, hatte sie im einen Augenblick an ihre Eltern gedacht und im nächsten schon an ihre leibliche Mutter. Dann kam sie wieder zurück in ihr Zimmer und starrte auf den braunen Umschlag. Sie brauchte mehr Informationen. Etwas, das diese schwer greifbaren Worte *leibliche Mutter* für sie irgendwie ... konkreter machen könnten.

«Verdammt», sagte sie, griff nach dem Umschlag und zog die Papiere wieder heraus. Ehe sie sich anders entscheiden konnte, nahm sie das Handy und tippte die Nummer ein, die auf der ersten Seite stand.

«Helfende-Hände-Adoptionsagentur, was kann ich für Sie tun?»

Bea atmete tief durch, erklärte dann die Situation und erkundigte sich, ob sie Auskunft über die Namen der leiblichen Eltern gaben. Höchstwahrscheinlich war das nicht der Fall. Bea hatte in der Zwischenzeit ein bisschen im Internet recherchiert und so erfahren, dass die meisten Adoptionsakten für die Kinder nicht zugänglich waren. Aber manchmal hinterließen die biologischen Mütter ihren Namen und Kontaktinformationen, die dann in den Akten vermerkt wurden. Es gab außerdem Datenbanken, in die sich leibliche Eltern und Adoptierte aufnehmen lassen konnten. Bea hatte allerdings nicht vor, sich einzutragen.

«Ja, lassen Sie mich mal schnell nach Ihrer Akte sehen», sagte die Frau. «Kleinen Moment, bitte.»

Bea hielt die Luft an. Bitte, machen Sie's kompliziert, dachte sie. Keine Namen. Sie war noch gar nicht bereit für einen Namen.

Warum hatte sie überhaupt angerufen? So eine Schnapsidee. Sobald die Frau wieder dran war, würde Bea ihr für ihre Mühe danken und wieder auflegen.

«Bingo», sagte die Frau. «Ihre leibliche Mutter hat vor gut einem Jahr ihre neue Adresse hinterlegt. Ihr Name lautet Veronica Russo, sie lebt in Boothbay Harbor in Maine.»

Bea stockte der Atem.

«Brauchen Sie einen Moment?», fragte die Frau. «Ich gebe Ihnen etwas Zeit, keine Sorge.» Sie wartete tatsächlich eine Minute, und als Beas Kopf kurz vorm Explodieren stand, sagte die Frau: «Liebes, haben Sie einen Stift zur Hand?»

Bea sagte ja und nahm den silbernen Waterman-Füller zur Hand, den ihre Mutter ihr zum Abschluss geschenkt hatte. Mechanisch notierte sie die Adresse und die Telefonnummer. Festnetz und Handy.

«Sie hat sogar Adresse und Telefonnummer ihrer Arbeitsstelle hinterlegt», fuhr die Frau fort. «Das Best Little Diner in Boothbay.»

Veronica Russo. Ihre biologische Mutter hatte einen Namen. Sie war zu einer realen Person geworden, die lebte und atmete. Und sie ließ regelmäßig die Akte aktualisieren. Sie hatte jedes nur erdenkliche Fitzelchen Kontaktinformation hinterlegt. Ihre leibliche Mutter *wollte* gefunden werden.

Bea dankte der Frau und legte auf. Sie zitterte und griff nach ihrem Lieblingspullover, dem alten, naturfarbenen Fischerpullover ihres Vaters, den ihre Mutter ihm während der Flitterwochen in Irland gekauft hatte. Es war derselbe Pullover, den ihr Vater auch auf ihrem Lieblingsfoto trug. Bea zog ihn über und schlang die Arme um ihren Körper. Wie sehr sie sich wünschte, der Pullover würde noch nach ihrem Dad riechen, nach Ivory-Seife und Old Spice und Sicherheit. Aber Beas Vater war schon lange tot. In den darauf folgenden elf Jahren hatte es nur sie und ihre Mom gegeben, denn die Großeltern waren alle schon lange zuvor verstorben, und die beiden Cranes waren Einzelkinder gewesen.

Nun, da Bea auch noch ihre Mutter verloren hatte, war sie endgültig allein.

Sie trat ans Fenster und starrte in den Regen, der draußen in Strömen fiel. *Ich habe eine Mutter. Ihr Name ist Veronica Russo. Sie lebt in einer Stadt namens Boothbay Harbor in Maine. Sie arbeitet in einem Diner, das Best Little Diner in Boothbay heißt.*

Was irgendwie niedlich klang. Eine Frau, die in so einem Diner ihr Geld verdiente, konnte doch kein so schlechter Mensch sein, oder? Sie arbeitete vermutlich als Kellnerin und war eine dieser freundlichen Frauen, die ihre Gäste Schätzchen nannten und immer ein offenes Ohr für ihre Geschichten hatten. Oder vielleicht hatte sie schwere Zeiten hinter sich und war verbittert. Eine verschlossene Frau, die einem frustriert Spiegeleier und Fish 'n' Chips auf den Tisch knallte. Eine Frau, die ihr Kind zur Adoption freigab, musste es wohl echt schwer haben im Leben, um zu einer solchen Entscheidung zu gelangen.

Vielleicht war ihre Mutter eine Fastfood-Köchin. Das würde zumindest Beas Talent für unbeschreibliche Hamburger-Kreationen erklären. Im vergangenen Jahr hatte sie mit der Arbeit bei Crazy Burger und dem Aushilfsjob an der Uni gerade genug Geld verdient, um ihre Miete zu bezahlen. Jetzt würde es im Juli dank der Kündigung ziemlich knapp werden. Ihr letzter lausiger Gehaltsscheck belief sich auf einen halben Wochenlohn bei Crazy Burger – damit würde sie nicht besonders weit kommen.

Aber sie hatte noch ein paar hundert Dollar gespart. Und sie hatte diesen Namen und eine Adresse. In Boston hielt sie derzeit genau genommen nichts und niemand.

Bea könnte einfach rauf nach Maine fahren, in das Best Little Diner marschieren, sich an den Tresen setzen und eine Tasse Kaffee bestellen, um dann unverhohlen auf die Namensschilder der Kellnerinnen zu starren. Sie würde ihre leibliche Mutter sehen können.

Ja. Sie würde da hochfahren, Veronica Russo sehen, und wenn es ihr richtig erschien, würde Bea auch den Kontakt zu ihr suchen. Nicht dass sie auch nur die geringste Ahnung hatte, wie sie das anstellen sollte. Vielleicht hinterließ sie eine Nachricht oder rief einfach an. Dann könnten sie sich irgendwo treffen, einen Kaffee trinken oder spazieren gehen. Bea könnte alles herausfinden, was sie interessierte, und müsste sich nicht mehr mit Fragen und Spekulationen verrückt machen. Dann würde sie sich bei Veronica Russo für die Informationen bedanken, wieder nach Boston fahren und sich eine neue Wohnung suchen. Und einen neuen Job. Vielleicht musste sie sich endgültig von dem Traum verabschieden, als Lehrerin zu arbeiten. Sie käme wieder nach Hause, sobald sie sich mit ihrer Vergangenheit auseinandergesetzt hatte, und konnte dann hoffentlich endlich ergründen, was zum Teufel sie mit ihrem Leben anfangen sollte.

Nach Hause. Als hätte sie eins. Dieses Zimmer war nicht viel größer als ein Wandschrank. Und das Cottage in Cape Cod, wo sie und ihre Mutter nach dem Tod ihres Vaters eingezogen waren, war längst wieder neu vermietet. Das kleine, weiße Cottage war der einzige Platz auf Erden gewesen, der sich für Bea wie ein Zuhause angefühlt hatte. Wo ihre Mutter immer für sie da war.

Jetzt waren ihr nur Erinnerungen und ein alter Fischerpullover geblieben. Und eine Fremde namens Veronica Russo in Maine. Die offenbar seit langem darauf wartete, von Bea gefunden zu werden.

2 Veronica

Nur ein Idiot käme auf die Idee, einen Kuchen zu backen – noch dazu einen Spezial-Liebeskuchen mit Karamellcreme –, während im Fernsehen *Stolz und Vorurteil* lief. Hatte sie die Vanille zugegeben? Was war mit dem Salz? Verflucht sei Colin Firth mit seinem im Weiher durchnässten, weißen Hemd! Veronica legte den Messlöffel auf der mehligen Arbeitsplatte ab und schenkte dem kleinen Fernseher neben der Kaffeemaschine ihre volle Aufmerksamkeit. Gott, sie liebte Colin Firth. Nicht nur, weil er so gut aussah. Dieser Mann verkörperte für Veronica einen Meter fünfundachtzig pure Hoffnung. Er stand für das, wonach sie ihr ganzes Leben lang gesucht hatte. Was sie bisher nicht gefunden hatte und vermutlich nie finden würde. Sie war achtunddreißig Jahre alt. Noch immer unverheiratet. Keine Beziehung in Sicht.

Wenn du bereit bist für die Liebe, wenn du sie dir wirklich wünschst, wird es irgendwann passieren, hatten Freunde, sogar Partner ihr im Laufe der Jahre immer wieder versichert. *Irgendwas stimmt doch nicht mit dir*, hatte allerdings ihr letzter Freund gesagt, ehe er sie von jetzt auf gleich verließ, weil sie ihn nicht heiraten wollte. *Dein Herz ist kaputt.*

Vielleicht stimmte das auch. Nein, Veronica war sogar überzeugt davon, dass er recht hatte. Und sie wusste auch, warum. Aber jetzt, mit fast vierzig, waren ihre Freunde allmählich besorgt, sie könnte irgendwann als einsame und verbitterte Tante enden. Nur deshalb hatte sie begonnen, leichtherzig das auszusprechen, was zwar ziemlich absurd klang, aber doch der Wahrheit entsprach: Sie wartete auf einen Mann wie Colin Firth. Ihre Freundin Shelley aus dem Diner hatte sofort verstanden, was sie damit meinte. «Ist schon klar, er ist ein Schauspieler, dem man jede seiner Rollen abnimmt», hatte Shelley gesagt. «Ehrlich. Integer. Voller Überzeugung. Vor Intelligenz sprühend. Treu. Man glaubt ihm alles, was er mit diesem britischen Akzent sagt, und kann sich immer auf ihn verlassen.»

Das war es. Und ja, er war so verflixt attraktiv, dass er Veronica sogar bei der Zubereitung ihres Liebeskuchens aus dem Takt brachte. Ein Kuchen, den sie sonst im Schlaf machte. Die ganze Stadt war verrückt nach Veronicas «Heilkuchen», seit sie vor gut einem Jahr nach Boothbay Harbor zurückgekehrt war. Sie war in Boothbay aufgewachsen, aber das Haus, in dem sie jetzt wohnte, lag in einer anderen Gegend als ihr Elternhaus. Bei dem zitronengelben Bungalow an der Sea Road war es Liebe auf den ersten Blick gewesen, und am Tag ihres Einzugs hörte Veronica beim Aufhängen der Holzrollos vor der Terrassentür jemanden weinen. Sie steckte den Kopf aus der Tür und entdeckte ihre Nachbarin, die in einem schwarzen Negligé und Lederstilettos auf der hinteren Veranda ihres Hauses saß. Veronica ging zu ihr rüber und fragte, ob sie helfen könne, und die Frau stieß unter Tränen hervor, ihre Ehe sei am Ende. Veronica setzte sich neben sie, und innerhalb weniger Minuten erzählte ihr ihre neue Nachbarin Frieda die ganze Geschichte. Wie sie versucht hatte, ihren Mann, der sie inzwischen kaum mehr anschaute, mit einem aufwendigen Abendessen zu verführen. Aber er erklärte ihr nur, vom Vorabend seien noch Reste im Kühlschrank und das würde ihm genügen.

«Ist ihm ein kaltes Bratensandwich etwa lieber als ich?», hatte Frieda geheult. «Seit Monaten versuche ich nun schon, ihn irgendwie zurückzugewinnen, und nichts klappt.»

Veronica erzählte Frieda, sie sei eine talentierte Bäckerin und werde ihr einen ganz besonderen Kuchen backen, den sie ihrem Mann am nächsten Abend als Dessert servieren sollte. Wenn sie ihm sein Stück reichte, solle sie daran denken, wie sehr sie ihn liebte und begehrte. Und um den Zauber noch ein bisschen zu verstärken, konnte sie mit den Händen über seinen Nacken fahren.

Nun, an diesem Abend, so behauptete Frederick Mulverson, habe er nicht gewusst, wie ihm geschah. Aber es hatte funktioniert. Seitdem bestellte Frieda Veronicas Liebeskuchen jeden Freitag. Sie hatte außerdem allen ihren Freunden und Verwandten von dem sagenhaften Kuchen erzählt, und Veronicas Telefon hatte nicht mehr stillgestanden. Die Bestellungen kamen rein wie früher in New Mexico. Der Liebeskuchen war natürlich am gefragtesten.

Sie verkaufte inzwischen bis zu zwanzig Kuchen pro Woche. Plus zwei pro Tag an das Best Little Diner in Boothbay, wo sie als Kellnerin arbeitete. Und neun weitere Kuchen für drei örtliche Pensionen. Das Diner und die Pensionen bekamen nur ihre «Glückskuchen». Kuchen, die nach Sommerferien schmeckten. Die sogenannten Heilkuchen waren den Kunden in der Stadt vorbehalten, die ein spezielles Problem zu bewältigen hatten. Es gab alles vom Gute-Besserung-Kuchen, der mit jeder nur möglichen diätetischen Rezeptur auskam – glutenfrei, laktosefrei, sogar ohne Zucker –, bis hin zum Zuversichtskuchen mit Limettengeschmack.

Was Veronica aber offensichtlich nicht schaffte, war ein Colin-Firth-Kuchen für sich selbst. Sie hatte schon für

Hunderte Kunden einen Kuchen gebacken, der ihnen Liebesglück beschert hatte. Sicher, in den meisten Fällen mochte vor allem die Kraft der Gedanken dazu beitragen, aber das war egal, solange es funktionierte. *Jeder bekommt, woran er fest genug glaubt*, hatte Veronicas Großmutter immer gesagt. Beim Gedanken an die liebe Renata Russo, die gestorben war, kurz bevor bei Veronica mit sechzehn das große Chaos ausgebrochen war, schloss sie für einen Moment die Augen. Sie ließ die Erinnerung an die Zeit zu, als sie noch eine Familie hatte. Damals saßen Veronica, ihre Eltern und die Großmutter jeden Abend um den großen Tisch im Wohnzimmer ihres Elternhauses beisammen und genossen ein üppiges italienisches Abendessen. Fleischbällchen und Linguine in der hausgemachten Tomatensoße ihrer Großmutter, so viel, als würde sie aus schier bodenlosen Töpfen schöpfen.

Veronica vermisste jene Zeit, die an einem Aprilmorgen schlagartig vorbei war, als sie am Frühstückstisch vor ihren Pancakes saß und hervorstieß, dass sie schwanger sei. Da hatte sie von heute auf morgen ihre Familie verloren.

Denk nicht daran, das regt dich nur auf, mahnte sie sich und richtete die Aufmerksamkeit wieder auf den Fernseher und die Bennet-Schwestern Elizabeth und Jane, die in ihren hübschen, weißen Kleidern Pläne für ihr zukünftiges Liebesleben schmiedeten. Aber seit Veronica nach Boothbay Harbor zurückgezogen war, schien die Vergangenheit sie nicht mehr loszulassen. Himmel, das war schließlich der Grund, weshalb sie zurückgekommen war. Um nicht länger davonzulaufen.

Sie hatte geglaubt, wenn sie heimkehrte und sich der Vergangenheit stellte, finge ihr Herz vielleicht an, gesund zu werden und das zu tun, wozu es bestimmt war. Und vielleicht, vielleicht würde ihre Tochter sie dann auch kontaktieren.

Veronica hatte noch in New Mexico gelebt, als das Mädchen achtzehn wurde. Am selben Tag rief Veronica bei der Adoptionsagentur an und hinterließ ihre Kontaktdaten. An diesem Tag hatte sie neben dem Telefon gesessen und gewartet. Und ebenso am nächsten. Aber es kam kein Anruf von einer jungen Frau, die sich erkundigte, ob sie Veronica Russo war und am 12. Oktober 1991 in Boothbay Harbor ein kleines Mädchen entbunden hatte. Wochenlang trug Veronica Tag und Nacht das Handy bei sich und erwartete jeden Moment den Anruf. Weiß der Kuckuck, warum sie geglaubt hatte, ihre Tochter würde sich mit ihr an ihrem achtzehnten Geburtstag in Verbindung setzen.

Mit dem Backen hatte sie vor vier Jahren in New Mexico angefangen. Kuchen, die nach Hoffnung schmeckten. Sie war vorher keine besonders begeisterte Bäckerin gewesen, aber plötzlich hatte eine Kochshow, bei der es um Festtagskuchen ging, sie inspiriert, und seitdem hatte sie mit dem Experimentieren mit Teig und Füllungen nicht mehr aufgehört. Backen war Balsam für ihre Seele. Es beruhigte sie, und es machte sie glücklich. Sie mochte das Gefühl von Mehl zwischen den Fingern, die blassgelben Stückchen kalter Butter, das reine Weiß von Zucker und Salz. So einfach waren die Zutaten, aus denen ein Kuchenboden entstand. Nicht dass irgendwas an Kuchenböden einfach war, wenn man den Kuchen von vorne bis hinten selber buk. Aber Veronica blieb hartnäckig am Ball, bis sie die Kruste perfektioniert hatte und alle möglichen Mischverhältnisse kannte, je nach Rezept und Anlass. In einsamen Nächten liebte sie es, in ihrer Küche zu arbeiten. Und ihre Kuchen waren so besonders, dass Veronica begonnen hatte, sie nach dem Anlass zu benennen, zu dem sie sie das erste Mal verschenkte. Für eine Freundin mit Liebeskummer gab es Heilkuchen. Für eine kranke Bekannte den Gute-Besserung-Kuchen. Für eine deprimierte Nachbarin den Zuversichtskuchen. Ihre Hoffnungskuchen waren auch sehr beliebt. Eine Freundin war verzweifelt an der Angst um ihren Freund, der seinen zweiten Afghanistan-Einsatz angetreten hatte. Veronica hatte ihr einen Käsekuchen mit gesalzenem Karamell gebacken, in den sie all ihre Hoffnung hineinrührte. Dann erklärte sie der Freundin, sie müsse sich ebenfalls ganz auf das Gefühl der Hoffnung konzentrieren, wenn sie das erste Stück abschnitt. Ihr Freund kehrte bald darauf zurück, unversehrt bis auf ein gebrochenes Bein. Die Magie ihrer süßen Kuchen wirkte also bei so vielen Menschen, dass Veronica inzwischen eine ziemlich große Stammkundschaft hatte. *Wie macht sie das nur?*, wollten alle wissen. Entweder Veronica konnte wirklich ein kleines bisschen zaubern, oder es war einfach eine Glaubensfrage. Vielleicht auch beides.

Aber Veronica hatte sich nie die Mühe gemacht, einen Colin-Firth-Kuchen für sich selbst zu backen, um einen Mann in ihr Leben zu holen, den sie endlich lieben konnte. Kein Zauberkuchen dieser Welt konnte ihr verkümmertes Herz in Ordnung bringen. Sie war nicht in der Lage, irgendwen zu lieben, so viel wusste sie inzwischen. Früher hatte sie heftig geliebt und wurde so sehr verletzt. Durch den Tod ihrer geliebten Großmutter, kurz vor ihrer Schwangerschaft. Durch einen sechzehnjährigen Jungen, der sie so furchtbar enttäuscht hatte. Sie hatte versucht, andere zu lieben, das hatte sie verdammt noch mal wirklich versucht. Im Laufe der Jahre hatte sie einige Partner gehabt. Manche für ein paar Jahre, andere nur ein paar Monate lang. In Florida, wo sie direkt nach der Entbindung hingezogen war, gab es diesen süßen

Koch im erstbesten Diner, das einer Sechzehnjährigen einen Job als Kellnerin anbot. Er hatte Veronica über die schlimmste Trauer, über die unerträgliche Einsamkeit hinweggeholfen. Oder der stolze US-Marine aus New Mexico, der nach Jahren der vorsichtigen Partnerschaft behauptete, er sei es leid, auf ihr Ja zu warten, er würde sie jetzt einfach nach Las Vegas fahren und sie auf der Stelle heiraten, ob sie wollte oder nicht. Sie hatte noch mal versucht, es ihm zu erklären. Sie könnten gerne ein romantisches Wochenende in Vegas verbringen. Ohne Hochzeit, ohne Gespräche darüber. Doch er ging davon aus, sie werde ihre Meinung schon ändern, sobald sie in der Kapelle stünden. Sie hatte ihre Meinung nicht geändert. Wütend brüllte er sie an, dass er die Schnauze voll hätte von ihr und ihrer Bindungsangst. Er ließ sie einfach vor der Kapelle stehen, und sie sah ihn nie wieder. Als sie am nächsten Tag nach New Mexico zurückkam, waren seine wenigen Habseligkeiten aus dem Haus verschwunden, in dem sie gemeinsam gelebt hatten. Ihr Herz hatte sich ihm einfach nie vollends geöffnet, er hatte recht. Das hatte es für keinen Mann – außer für Timothy Macintosh. Den Mann, an den sie in den letzten zweiundzwanzig Jahren immer wieder dachte, obwohl sie versuchte, genau das nicht zu tun.

Damals, vor etwas über einem Jahr, als Veronica plötzlich allein vor der Little White Wedding Chapel in Las Vegas gestanden hatte, war ihr klar geworden, dass sie zurück nach Boothbay Harbor gehen musste. Wenn ihr Herz irgendwann wieder heil werden sollte, musste sie zurückgehen. In die Heimatstadt, wo sie verstoßen und fortgeschickt worden war, wo sie einem kleinen Mädchen das Leben geschenkt hatte, das sie nur zwei Minuten lang in den Armen halten durfte, ehe sie es weggeben musste. Wenn sie zurückkehrte und sich den

Erinnerungen stellte, würde ihr Hoffnungskuchen vielleicht endlich auch bei ihr selbst wirken, ihr Herz würde sich öffnen, und das Mädchen von damals würde mit ihr Kontakt aufnehmen.

Veronica wollte einfach sichergehen, dass ihre Tochter wohlauf war. Manchmal glaubte sie, wenn sie das nur wüsste, könnte sie weitermachen. Ihr zerfetztes Herz würde wieder zusammengeflickt, und ihr Leben würde sich von Grund auf ändern. Jedenfalls wäre das theoretisch möglich.

Darum war sie zurückgekommen, auch wenn es schmerzhaft war. Ehe sie sich nach einer Bleibe umschaute, war sie an dem Haus vorbeigefahren, in dem sie aufgewachsen war. Ein typisches Holzhaus im Kolonialstil, das die neuen Besitzer blau gestrichen hatten. Sie war rechts rangefahren, und ihr wurde sofort schlecht, weshalb sie sich beeilte, schnell wieder wegzukommen. Aber sie war seitdem ein paarmal dort vorbeigefahren, und jedes Mal hatte sie weniger heftig reagiert. Dasselbe galt für das Haus, in dem Familie Macintosh gewohnt hatte, den Ziegelbau, in dem Timothy und sie so viel Zeit verbracht hatten. Sie war sogar in das Waldstück gegangen, in dem Timothy und sie ihr Pfadfinderzelt aufgestellt hatten. Dort blieben sie stundenlang und redeten über ihre Träume. Darüber, Maine direkt nach der Highschool zu verlassen und einfach mit dem Bus bis runter nach Florida zu fahren, wo es immer warm war und nie schneite. In diesem alten Zelt war ein Kind gezeugt worden.

Sie hatte versucht, sich ihren Dämonen zu stellen. Aber irgendwas machte sie offensichtlich falsch – denn sie fühlte sich in Boothbay Harbor noch genauso fehl am Platz wie an jenem Tag vor einem Jahr, als sie hier angekommen war. Sie wusste nicht mal, woran das lag. Niemand scherte sich darum, was vor zweiundzwanzig Jahren passiert war, bis auf eine Handvoll Menschen vielleicht, die sich noch an das Mädchen erinnerten, das während des Juniorjahrs an der Highschool schwanger wurde und dessen Eltern deshalb so beschämt waren, dass sie es fortschickten und sich selbst überließen, ihr Haus verkauften und selbst die Stadt verließen. Ausgerechnet zwei von diesen wenigen Leuten, die Veronica noch von damals kannte, hatten sich jetzt für ihren Backkurs angemeldet, der am kommenden Montag begann – Penelope von Blun und CeCe Allwood, die mit ihr zur Schule gegangen waren. Zwei arrogante Mode-Cracks, die ein Bilderbuchleben führten und Veronica bei zufälligen Begegnungen eisig anlächelten und hinter ihrem Rücken tuschelten. Das war schon ironisch, denn sie hatte im gesamten letzten Jahr verzweifelt versucht, Penelope und CeCe aus dem Weg zu gehen.

Fitzwilliam Darcys Gesicht füllte wieder den Bildschirm aus. «Jedenfalls, sollten sich deine Gefühle verändert haben, so muss ich dir etwas sagen: Du hast mich verzaubert. Meinen Körper und meine Seele, und ich liebe, liebe, liebe dich. Ich wünsche mir, von heute an nie mehr von dir getrennt zu sein», sagte er zu Elizabeth, und Veronica spürte, wie sich etwas in ihrer Brust rührte wie jedes Mal, wenn sie diese Szene sah. Gott, er sprühte geradezu vor Liebe.

Die Türglocke ging, und Veronica riss sich mühsam von dem Kuss los, auf den sie schon die ganze Folge gewartet hatte. Sie wischte die mehligen Hände an der Schürze ab, warf einen letzten Blick zum Fernseher und ging zur Tür.

Vor der Tür standen Officer Nick DeMarco und seine Tochter, die Veronica auf etwa neun, allerhöchstens zehn Jahre schätzte. Veronica dachte an Nick immer als Officer

DeMarco, obwohl sie früher zusammen zur Schule gegangen waren. Bis zum Juniorjahr jedenfalls. Er war ein guter Freund von Timothy gewesen. Darum hatte Veronica lieber Abstand gehalten, wenn er zum Frühstück ins Diner kam, und Nick hielt sich auch von ihr fern. Er hatte sie seit ihrer Rückkehr nicht angesprochen. Bis jetzt. Er trug keine Polizeiuniform, sondern Jeans und ein T-Shirt von den Boston Red Sox. Seine Tochter sah ihm ähnlich – dieselben dunklen Haare, dazu braune Augen mit dichten Wimpern. Sie hatte allerdings ein elfisches Kinn, und an Nick DeMarco war überhaupt nichts Elfisches. Er war ein breitgebauter, respekteinflößender Mann, der stets besonnen und korrekt wirkte.

«Wir sind doch nicht zu spät, oder?», fragte Nick und schaute an ihr vorbei. Seine Tochter blickte erwartungsvoll zu Veronica auf.

«Zu spät wofür?», erkundigte sich Veronica.

«Den Backkurs», sagte er.

Den Backkurs? Nick DeMarco hatte sich bestimmt nicht dafür angemeldet. Das hätte sie auch nicht vergessen, wenn sie die letzten vier Abende mit Colin Firth persönlich verbracht hätte. «Also, eigentlich seid ihr sogar zu früh. Mein Backkurs fängt erst am Montag an. Richtige Zeit, falscher Tag. Allerdings seid ihr gar nicht angemeldet, oder?»

Er verzog das Gesicht. «Ich hab deinen Flyer eine Woche lang in der Hosentasche rumgeschleppt und wollte dich immer anrufen. Dann dachte ich, wir kommen vielleicht einfach vorbei.»

Das Mädchen sah aus, als wollte es gleich losheulen. «Wir können doch trotzdem beim Kurs mitmachen, oder?», fragte sie Veronica.

Verflixt. Der Kurs war ausgebucht. Sie hatte jetzt schon

sechs Anmeldungen angenommen, und es war ihr lieber, die vierwöchigen Kurse auf fünf Teilnehmer zu begrenzen. Sonst blieb ihr nicht genug Zeit, zwischendurch ihre Runde zu drehen, und es wurde zu eng in der Küche. Officer DeMarco starrte sie stumm an. Sein Blick flehte, sie möge ja sagen, natürlich kannst du meinen Kurs belegen, meine Kleine.

«Ähm ... Ich habe zufällig noch ein paar Plätze frei, es ist also kein Problem», sagte sie zu seiner Tochter.

Sie sah, wie das Mädchen sich entspannte, und fragte sich, warum es ihr wohl so wichtig war, Backen zu lernen – noch dazu Kuchen wie die von Veronica.

«Wie heißt du denn, Süße?», fragte Veronica.

«Leigh DeMarco. Ich bin zehn.»

«Also gut, Leigh. Du kommst einfach mit deinem Dad am Montag um Punkt sechs Uhr vorbei. Vergiss nicht, dir eine Schürze mitzubringen.» Ein Blick in Nicks Richtung, und sie wusste, dass er keine Schürze besaß. «Aber wenn du keine hast oder sie vergisst, hab ich auch welche, die ich verleihe.»

Leigh lächelte. Ihr ganzes Gesicht strahlte förmlich.

«Gibt es einen bestimmten Kuchen, den du gerne machen möchtest?», fragte Veronica. «Ich wollte am ersten Abend einen Apfelkuchen backen, aber ich habe auch die Rezepte für meine Heilkuchen da, falls jemand daran interessiert ist.»

Das Mädchen schaute flüchtig zu seinem Vater, ehe es zu Boden starrte. «Apfelkuchen klingt gut. Ich hatte letzte Woche im Diner ein Stück davon. Der war echt lecker.» Es war offensichtlich, dass das Mädchen einen bestimmten Kuchen im Sinn hatte, das aber nicht offen vor seinem Vater aussprechen wollte.

«Ah, genau. Mein Apfelstreusel-Glückskuchen», sagte Veronica.

«Ich war wirklich glücklich, als ich ihn gegessen habe», sagte Leigh, doch ihre Schultern sackten nach unten.

Nick zerzauste ihr die Haare. «Also, wir wollen dich nicht länger aufhalten, Veronica. Sorry wegen dem Durcheinander. Dann sehen wir uns Montag um sechs.»

Er schien sich so unwohl zu fühlen, dass er Veronica fast leidtat. Sie war eigentlich ziemlich gut darin, andere Menschen zu durchschauen. Nur so hatte sie sich ihren legendären Ruf mit den Kuchen erarbeitet. Aber Nick DeMarco war undurchschaubar. Das Einzige, was sie spürte, war sein Wunsch, schleunigst zu verschwinden. Als Veronica gerade die Tür geschlossen hatte, klingelte es erneut.

Diesmal stand Leigh DeMarco allein auf der Veranda. Ihr Vater wartete auf dem Bürgersteig und hielt nur kurz die Hand zum Gruß hoch. Veronica nickte ihm zu.

«Hi, Süße», sagte sie zu Leigh.

«Ich weiß jetzt wieder, was für einen Kuchen ich lernen will», flüsterte Leigh. «Aber ich will es geheim halten, wenn das okay ist.»

«Das geht in Ordnung.»

Leigh biss sich auf die Lippe und drehte sich um, als wollte sie sichergehen, dass ihr Vater außer Hörweite war. «Ich will so einen Kuchen machen, wie Sie ihn für Mrs. Buckman gebacken haben. Sie ist meine Nachbarin und hat mich letzte Woche nach der Schule zu sich eingeladen und mir ein Stück davon gegeben. Sie hat mir erzählt, dass es ein spezielles Rezept extra für sie war. Sie meinte auch, davon fühle ich mich besser.»

Veronicas Herz zog sich zusammen. Für Annabeth Buckman hatte sie einen Seelenkuchen gebacken. Einen weichen Streuselkuchen, der bei Veronica immer ein Gefühl der Nähe zu ihrer verstorbenen Großmutter erzeugte. So ein Streuselkuchen war nichts Aufregendes, nur Melasse und eine Kruste aus braunem Zucker und Butter. Heutzutage war er nicht mehr besonders angesagt, aber Veronica mochte ihn. Ihre Großmutter hatte immer Streuselkuchen gebacken, wenn die Familie schwere Zeiten durchmachte, und sie hatte immer gesagt, sie sei glücklich, wenn sie nie wieder so einen Kuchen machen musste, solange sie lebte, und Früchte oder gute Schokolade und andere Köstlichkeiten zum Backen bekam. Eines Tages, während der ersten Wochen in Boothbay Harbor, sehnte Veronica sich so nach ihrer Großmutter, dass sie zum ersten Mal einen solchen Streuselkuchen buk, und als der Geruch von Melasse und warmer Zuckerkruste die Küche erfüllte, konnte sie ihre Großmutter förmlich spüren. Sie spürte ihre Liebe und wusste, was sie in diesem Augenblick zu Veronica sagen würde. Gott, wie anders ihr Leben verlaufen wäre, wenn ihre Großmutter noch gelebt hätte, als Veronica schwanger wurde! Sie hätte das Baby behalten können. Ihre Großmutter hätte sie sicher zu sich genommen.

Konzentrier dich auf Leigh, sagte sie sich und atmete tief durch.

«Ich weiß, welchen Kuchen du meinst, Leigh. Das ist mein Seelenkuchen – ein Streuselkuchen. Wenn du ihn backst oder isst, denkst du einfach an die Person, der du dich nahe fühlen möchtest. So geht das. Streuselkuchen heißt auch Shoofly Pie, weil man die Fliegen vertreiben muss, wenn er auskühlt – so süß ist er. Die Bäckerin sagt immer, schu, Fliege! Und so kam er zu seinem Namen.»

«Shoofly Pie», wiederholte Leigh. Dann nickte sie und lächelte. «Danke.»

Ihre Mutter, erkannte Veronica. Leigh wollte bestimmt

die Nähe ihrer Mutter spüren. Veronica hatte gehört, dass Nick DeMarcos Frau bei einem Bootsunfall vor fast zwei Jahren ums Leben gekommen war.

Ach, Kindchen, dachte Veronica. Sie beobachtete, wie das Mädchen die Hand in die seines Vaters schob, als sie die Sea Road entlang zurückgingen.

Es wäre absolut kein Problem, das Mädchen in den Kurs aufzunehmen. Ihr Vater würde vermutlich nur beim ersten Mal mitkommen. Sie wollten etwas gemeinsam unternehmen, und dann würde er beim nächsten Mal Leigh nur noch absetzen, und sie müsste mit Nick DeMarco gar nicht so eng beisammen sein, wie es in ihrer Küche zwangsläufig der Fall war. Bestimmt erinnerte er sich noch gut an die Schulzeit und daran, wie sie schwanger wurde und auf geheimnisvolle Weise verschwand. Damals hatte jeder gewusst, dass man sie ins Heim der Guten Hoffnung geschickt hatte, ein Haus für schwangere Teenager am Stadtrand von Boothbay. Die wenigen Freunde, die ihr damals blieben, erzählten ihr, dass jeder über sie redete und dass Timothy Macintosh behauptete, ganz sicher nicht der Vater zu sein, und dass Veronica herumgehurt habe.

Wie konnten die damaligen Ereignisse bloß immer noch so viel Macht über sie haben, dass sie davon Beklemmungen bekam?, fragte sie sich und drehte den Fernseher lauter. Schluss jetzt. Sie wollte alles um sich herum vergessen. Jetzt gab es nur noch *Stolz und Vorurteil* und Colin Firths Gesicht. Schließlich hatte sie einen Liebeskuchen zu backen, und dafür musste sie in Stimmung sein. Sie wollte *Stolz und Vorurteil* zu Ende gucken, dabei Colin Firth anhimmeln und sich danach an die Arbeit machen.

3 Gemma

Seit Gemma vor zwei Tagen das rosafarbene Pluszeichen auf dem Schwangerschaftstest gesehen hatte, war sie regelrecht in Panik. Sie hatte die Neuigkeit für sich behalten. Sobald sie Alexander davon erzählte, würde er sie in einer erdrückenden Umarmung an sich reißen, sie durch den Raum wirbeln, dann seine Familie anrufen, eine ganze Wagenladung Champagner zum Feiern bestellen und den Plan in die Tat umsetzen, der Gemmas Seele langsam, aber sicher alles Leben aussaugen würde.

Und weil Gemma letzte Woche ihren Job verloren hatte – einen Job, den sie so sehr liebte, dass sie jeden Abend vor dem Schlafengehen wehleidig wurde, weil sie die Arbeit vermisste –, würde Alexander, der als Staatsanwalt arbeitete, erst recht all seine Fähigkeiten aufbieten, um seinen Standpunkt durchzuboxen. Einen Standpunkt, auf dem er nun seit einem Jahr beharrte: Sie sollten endlich anfangen, die drei Kinder zu bekommen, die er sich wünschte, und in dieselbe Stadt in Westchester County ziehen, wo seine Eltern und sein Bruder mit seiner Familie lebten. «Um Himmels willen, Gemma. Wir sind neunundzwanzig», sagte Alexander immer wieder. «Seit fünf Jahren verheiratet. Worauf willst du noch warten?»

Alexander fand auch, dass es besser für Kinder sei, wenn ihre Mutter sich rund um die Uhr um sie kümmerte. Wenn es nach ihm ginge, konnte Gemma sich zukünftig also in Vollzeit um Heim und Herd kümmern, Kinder-Verabredungen verwalten und mit anderen Vorstadt-Muttis Rezepte austauschen, statt sozialkritische Hintergrundartikel für die *New York Weekly* zu schreiben.

Gemma umklammerte das Geländer des Balkons, der hoch über den Straßen Manhattans zu ihrem Apartment im achtzehnten Stock gehörte. Vor einer Minute ging es ihr noch gut. Sie hatte mit dem Notebook auf ihrem Bett gesessen und mit ihrer Freundin June per Skype die letzten Details geklärt. Wann sie heute Abend in Maine ankam, wann morgen die Hochzeit der gemeinsamen Freundin losging. Dann machte es pling, pling, pling. Sieben E-Mails von Alexanders Mutter trudelten ein. Hausexposés aus Dobbs Ferry, die allesamt von Mona Hendricks' Überlegungen zu jedem einzelnen Zimmer, den Farben, der Umgebung und ein bisschen auch zu den Nachbarn ergänzt war, da Mona es sich zur Aufgabe gemacht hatte, die Nachbarschaft schon vorher auszukundschaften.

Lieber Himmel! Sie hatte sich gerade ein bisschen entspannt. Ihr genügte zu wissen, dass sie schon bald im Auto sitzen und rauf nach Maine fahren würde, um mit den Mädels ein gemütliches Wochenende zu verbringen. Weit weg von Alexander, der sie momentan schier erdrückte. Wenn er erst von ihrer Schwangerschaft erfuhr, wurde er bestimmt unerträglich! Gemma hatte es irgendwie geschafft, sich zu beruhigen und die Panik niederzuringen. Dann kamen die Mails von Mona, die ihr eine Vorschau auf das Leben gaben, in das Alexander sie zu zwingen versuchte, und Gemma war auf den Balkon gestürzt, um nach Luft zu schnappen.

Oh nein. Jetzt kamen auch noch die Bessells aus der Wohnung nebenan mit ihrem kleinen Sohn Jakey auf den Balkon. Jakey-Wakey dies, Jakey-Wakey das. Gemma hörte die Bessells die ganze Nacht den Kleinen betüdeln. «Jakey-Wakey muss das Windeli gewechselt kriegen!» Selbst um drei Uhr in der Früh schienen die Bessells immer total aufgeregt zu sein, weil sie wach sein und sich mit Pipi und Kaka beschäftigen durften.

Lydia Bessell hielt Jakey hoch, der nur eine Windel anhatte, und prustete auf den nackten Bauch des Babys, während John Bessell so tat, als würde er am Fuß des Kleinen knabbern. Der kleine Jacob gurgelte vor Freude.

Gemma starrte zu den beiden rüber und versuchte sich vorzustellen, wie sie selbst wohl mit einem Baby auf dem Arm aussehen würde. Aber es ging nicht. Sie war dazu bestimmt, als Reporterin zu arbeiten, preisgekrönte Artikel über das Leben in einem Wohnbauprojekt in Brooklyn zu schreiben oder von Familien in Far Rockaway zu berichten, die mit den Auswirkungen von Hurrikan Sandy zu kämpfen hatten. Sie musste da draußen unterwegs sein, das Wer, Was, Wo und Warum ergründen und Artikel schreiben, die Hunderte Leserbriefe und Kommentare nach sich zogen. Seit dem Moment, als sie im ersten Highschool-Jahr die Redaktion der Schülerzeitung betreten hatte, war sie Reporterin. Sie wollte niemals etwas anderes machen, als Geschichten zu erzählen, von echten Menschen und ihren Schicksalen zu berichten und ihren Lesern aus einer persönlichen Perspektive zu vermitteln, was wirklich auf der Welt geschah. Aber all die harte Arbeit, der langsame Aufstieg, das Schreiben rund um die Uhr, um wahnwitzige Deadlines einzuhalten – all das fand ein Ende, als sie letzte Woche von ihrem Chef in sein Büro gerufen wurde. Die *New York Weekly* war eine traditionsreiche, respektierte alternative Zeitung, in der der Name eines Autors noch etwas bedeutete. Und doch hatte man sie freigestellt mit den Worten: «Es tut mir so leid, Gem. Ich habe für dich gekämpft, aber die Zeiten sind hart, und oben hat jemand gesagt, wer seit weniger als fünf Jahren bei uns ist, muss als Erstes gehen. Aber du findest schnell was Neues, Gemma. Du bist schließlich die Beste.»

Genau. Die Beste. Und die ließ man einfach so gehen, ja? Immerhin meinte Alexander, «die da oben» müssten manchmal total verrückte Entscheidungen treffen, mit der Qualität ihrer Arbeit habe das sicher nichts zu tun. Gesetzliche Regelungen waren dämlich, und er hatte ihr ebenfalls versichert, dass eine andere Zeitung sie schnell vom Fleck weg engagieren würde. Nur dass genau das bisher nicht passiert war. «Wir stellen im Moment nicht ein» war der Refrain, den Gemma jetzt schon von fünf Zeitungsredaktionen gehört hatte. Und dann fing Alex plötzlich damit an, dass sie mit ihrer Kündigung im Grunde doch Glück im Unglück hatte. Jetzt wäre der Weg frei, eine Familie zu gründen und die nächste Stufe des gemeinsamen Lebens anzugehen.

Gemma holte tief Luft und blickte auf die Stadt hinunter. Sie wusste gar nicht, was sie schockierender fand – ihren Job verloren zu haben oder das rosafarbene Pluszeichen zu sehen.

Wie konnte das passieren? Gemma hatte ihre Pille immer pünktlich eingeworfen, jeden Morgen um sieben. Vor sechs Wochen war ihr gegen eine hartnäckige Bronchitis ein Antibiotikum verschrieben worden, und weil ihr Arzt ihr gesagt hatte, dass Antibiotika die Wirkung der Pille abschwächen konnten, hatte sie Alexander überredet, Kondome zu benutzen. Was ihren Mann tief seufzen ließ.

Und jetzt war sie schwanger. Ein verflixtes Kondom, das gerissen war.

Sie würde Alexander nichts davon erzählen, solange sie nicht einen vernünftigen Plan ausgeheckt hatte, den sie ihm präsentieren konnte. Einen Plan, mit dem sie jedes seiner Argumente aushebeln konnte. Seit zwei Tagen brütete sie nun schon darüber. Sie würden in New York bleiben und nicht nach Westchester ziehen – geschweige denn in dieselbe Stadt wie seine distanzlose Familie. Sie würde eine weitere Runde Bewerbungen rausschicken. Sie fand bestimmt bald einen tollen Job, arbeitete dann bis zum Tag der Geburt, bekam das Baby, kehrte zur Arbeit zurück, wenn es drei Monate alt war, eine gute Tagesmutter oder eine Nanny würde sich schon finden. Alexander und sie würden es so einrichten, dass sie abwechselnd freinahmen, wenn das Baby krank war. In den letzten zwei Tagen konnte Gemma wenigstens etwas besser schlafen, wenn sie es sich so ausmalte, auch wenn die Sache mit dem Baby sie trotzdem zu Tode ängstigte. Sie hatte keine Vorstellung davon, wie ihr Leben als Mutter aussehen würde. Es war ihr schleierhaft, wie man überhaupt Mutter sein wollen konnte.

Aber Alexander würde ihrem Vorschlag auf keinen Fall zustimmen. Seit Monaten lag er ihr jetzt schon damit in den Ohren, sich ein ganz anderes Leben zu wünschen: ein Baby, ein Haus in der Vorstadt, ein kleines, robustes Auto wie einen Subaru statt ihres flotten Miata. Wenn es nach Alexander Hendricks ginge, könnten sie schon bald das zweite Kind kriegen. So war es bei seinem Bruder: ein zweijähriges Kind und das zweite war unterwegs. Alexander war New York inzwischen so leid – die vielen Menschen, der Lärm, die Autos, die verrückten Taxifahrer, die überfüllten U-Bahnen. In den letzten sechs Monaten hatte er Gemma ständig erzählt, es gehe «nicht nur um dich, wir sind immerhin zu zweit in dieser Ehe». Sie hatte genauso argumentiert. Eine Pattsituation. Es herrschte definitiv dicke Luft in dieser Ehe.

Sie schaute rüber auf den Balkon nebenan. Die Nachbarin prustete immer noch auf dem Bauch des kleinen Jacob herum. Aber plötzlich veränderte sich Jacobs Miene, und sein Gesicht wurde knallrot. Lydia legte ihn auf die gepolsterte Liege und begann, seine Beine wie beim Radfahren zu bewegen. Das Baby hörte gleich auf, sich unruhig zu winden.

Woher weiß sie bloß, was sie tun muss?, fragte Gemma sich. Vielleicht war es ja so einfach, wie es bei Lydia immer aussah. Vielleicht beherrschte jede Frau das Muttersein instinktiv.

Aber Gemma spürte absolut keinen mütterlichen Instinkt in sich. Und Lydia Bessell konnte ihr auch nicht als Paradebeispiel für ihren Plan der Integrierbarkeit von Familie und Berufstätigkeit dienen. Ganz im Gegenteil. Die Frau war früher erfolgreiche Investmentbankerin an der Wall Street gewesen, aber sie dachte nicht mal daran, jemals wieder zu arbeiten. Die Bessells hatten bereits ihr Traumhaus in Tarrytown gefunden und zogen Ende des Sommers um. «Siehst du», würde Alexander jetzt sagen, weil er wusste, dass sie Lydia mochte und respektierte. «Sogar Lydia hat ihren Dreihunderttausend-Dollar-Job aufgegeben, um Mutter zu werden und in die Vorstadt zu ziehen. Das ist ein traumhaftes Leben, Gemma.»

Sobald Alexander von der Schwangerschaft erfuhr, würde er das Ruder in die Hand nehmen. Allein der Gedanke daran beängstigte sie. Er würde ihr nicht von der Seite weichen, sie ständig anrufen und betüdeln. Hast du schon, bist du sicher, vergiss nicht ... das Plädoyer für das Leben, das er sich vorstellte. Fall abgeschlossen.

«Gem, wenn du vor Einbruch der Dunkelheit in Maine ankommen willst, musst du langsam los», rief Alexander aus seinem Arbeitszimmer. «Es ist schon nach elf.»

Sie musste wirklich bald los. Sieben herrliche Stunden lang allein im Auto. Ein Wochenende im Kreise alter Freundinnen. Himmlisch. Sie konnte nachdenken, Argumente für ihren eigenen Plan sammeln. Und in Ruhe ergründen, wie sich die Schwangerschaft für sie überhaupt anfühlte. Im Moment herrschte nämlich die blanke Panik vor.

Als Gemma gerade zurück in die Wohnung gehen wollte, kam die Mutter ihrer Nachbarin, die praktisch jeden Tag zu Besuch war, auf den Balkon. Sie ging schnurstracks auf Jacob zu, hob ihn hoch und redete in Babysprache auf den Kleinen ein. Bei dem Anblick zog sich Gemmas Herz zusammen. Sie konnte sich nicht mal vorstellen, so einen Moment mit ihrer Mutter zu erleben, die immer so kühl und verschlossen war. Selbst Alexander, der bei seiner Arbeit mit Typen von der finstersten Sorte zu tun hatte, machte der Mangel an Wärme und Freundlichkeit ihrer Mutter sprachlos.

Gemma ging wieder in die Wohnung und trat in Alexanders provisorisch eingerichtetes Büro. Er starrte auf den Computerbildschirm. Einen Moment lang war sie überrascht, wie es ihr immer wieder beim Anblick ihres Mannes passierte. Wie gut er aussah! Groß und muskulös, mit sandfarbenen Haaren und klugen, dunkelbraunen Augen, denen einfach nichts entging.

Sie hatte damals, als sie sich kennenlernten, seine grenzenlose Zuneigung geliebt. Auch seine Familie hatte sie beim dritten Date willkommen geheißen, als wären sie schon verheiratet. Alexander hatte sie mitgebracht, damit sie die lauten, eigensinnigen Hendricks kennenlernte. Weil sie so einen glücklichen, ausgelassenen Clan nicht gewohnt war, hatte sie alle auf Anhieb ins Herz geschlossen. Schon während des ersten Monats, als sie noch gar nicht fest zusammen waren, hatte seine Mutter sie angerufen und um ihre Meinung gefragt: von der Farbe der Schuhe, die sie zu einem braunen Kleid tragen wollte, bis hin zu der Geburtstagsgeschenkidee, die sie und Alexanders Vater für ihren Sohn hatten. Gemma liebte es, von den Hendricks einbezogen zu werden, liebte jede einzelne Minute, die sie bei ihnen verbrachte, wenn die Familie unter der Woche zusammenkam, ohne besonderen Anlass. In ihrer eigenen Familie hatte sie sich immer einsam gefühlt; ihre Mutter war Französischprofessorin, die auch zu Hause meist Französisch sprach, obwohl Gemma und ihre Schwester es nie richtig gelernt hatten, und ihr Vater war als Geschäftsmann unter der Woche viel unterwegs. Als Gemma elf war, ließen ihre Eltern sich scheiden, und sie war damals fast erleichtert gewesen, denn sie glaubte, das Schweigen hätte damit ein Ende, und hoffte, dass beide Eltern jetzt liebevoller mit ihr umgehen würden. Aber das war nicht der Fall.

Also ja, anfangs war Gemma verrückt gewesen nach den warmherzigen Hendricks, die sich alles erzählten. Aber nach ein paar Jahren wurde ihr das alles zu viel, und außerdem wollten alle, dass sie sich änderte und mehr wie die Familie wurde. Wenn Alexander und sie sich stritten, versetzte er ihr immer wieder einen Schlag unter die Gürtellinie, indem er ihr vorwarf, sie verhalte sich schon wie ihre Mutter.

Gemma liebte ihren Mann auch jetzt noch – aber sie war dankbar, übers Wochenende wegzukommen und etwas Abstand zu gewinnen. Wenigstens konnte der Zeitpunkt kaum besser sein. Vielleicht würde ein Wochenende ohne sie bei ihm die Sehnsucht nach ihr wecken, vielleicht betrachtete er sie danach wieder wie eine eigenständige Person mit einem Recht auf eigene Vorstellungen und Träume, die nun mal leider nichts mit einem Kind und einem Haus in Westchester zu tun hatten.

Die Panik stieg wieder in ihr auf, und Gemma erinnerte sich daran, dass sie schon in sieben Stunden, wenn der Verkehr nicht zu schlimm war, in Boothbay Harbor eintreffen und mit ihrer alten Freundin June auf der wunderschönen weißen Hollywoodschaukel auf der Veranda des Three Captains' Inn sitzen würde. Ihre kluge, verständnisvolle Freundin würde ihr helfen, das Durcheinander in ihrem Kopf aufzulösen. Gott sei Dank gab es Freundinnen – noch dazu welche, die so schöne, alte Pensionen in Maine betrieben.

«Ich fahre gleich los», sagte sie und warf einen verstohlenen Blick auf den Computerbildschirm. Die Seite eines Maklers.

«Du siehst so müde aus», sagte er und musterte sie prüfend.

«Ich mache mir nur Sorgen, was passiert, wenn ich keinen Job finde. Also keinen, den ich wirklich will. Das hat mich die ganze Nacht wach gehalten.»

Er stand auf und umarmte sie. «Das kommt schon alles wieder in Ordnung, Gem. Weißt du, warum? Weil ich für uns eine Entscheidung getroffen habe.» Er schaute sie an, als wollte er sich für ihre Reaktion wappnen. «Ich habe ein Gebot für ein Haus in Dobbs Ferry abgegeben. Es liegt praktisch direkt neben dem Haus meiner ...»

Ein Rauschen in ihren Ohren übertönte seine Worte. «Warte mal. Was? Du hast auf ein Haus geboten? Obwohl du weißt, dass ich die Stadt nicht verlassen will?»

«Gemma, irgendwas muss sich langsam mal ändern, und du warst zuletzt wirklich ein ziemlicher Sturkopf.» Er drückte ihr ein paar Zettel in die Hand. «Das Haus ist perfekt für uns, und ich wollte diese einmalige Gelegenheit einfach nicht verpassen. Es liegt praktisch direkt neben dem Haus meiner Eltern. Wenn wir also ein Kind bekommen, kann meine Mutter uns jederzeit aushelfen. Die Innenstadt befindet sich in Fußnähe, und es gibt ein paar Lokalzeitungen in der Gegend, bei denen du dich um eine Teilzeitstelle bewerben kannst, wenn du unbedingt arbeiten willst. Die Pendelstrecke in die Stadt passt auch. Schau es dir einfach mal an, okay?»

Teilzeitstelle. Wenn ich unbedingt arbeiten will. Die Wut schoss ihr in den Magen. «Du hättest kein Gebot abgeben dürfen, ohne das vorher mit mir zu besprechen, Alex.»

«Wir reden doch schon seit Monaten darüber. Nichts ändert sich. Also bleiben wir einfach hier, weil du es so willst? Was ist denn mit meinen Wünschen?» Er atmete frustriert aus. «Hör mal. Ich will mich jetzt nicht mit dir streiten, ehe du wegfährst, Gem. Nimm das Exposé vom Haus einfach mit», sagte er und zeigte auf die Papiere, die er ihr gegeben hatte. «Versprich mir, es dir in Ruhe anzusehen, okay? Bitte.»

Die Wut schlug mit voller Wucht zu. Wie konnte er es wagen? «Versprich du mir auf der Stelle, dass du das Haus nicht kaufst, wenn dein Angebot angenommen wird. Das geht so nicht, Alexander.»

«Ich verspreche es dir, wenn du mir versprichst, dir das Exposé anzuschauen. Also dich wirklich damit zu beschäftigen.»

Lass es einfach für den Moment auf sich beruhen, sagte Gemma sich. Steig ins Auto und fahr weg. Aber ehe sie den Gedanken zu Ende denken konnte, stieß sie hervor: «Alex, ich bleibe die ganze Woche in Maine und nicht nur übers Wochenende. Ich glaube, das wird mir guttun.»

Er starrte sie an. Dann wurde seine Miene weich. «Das ist bestimmt eine gute Idee. Die frische Luft, die hübschen Cottages, das Meer ... Du wirst selbst sehen, wie schön das Leben in einer Kleinstadt sein kann.»

Erstaunlich, wie er sich ihre Worte zurechtdrehte. Er merkte nicht mal, wie sehr sie sein Alleingang in Sachen Hauskauf verletzt hatte. Sie schaute auf die Uhr. «Ja, dann, bis nächste Woche. Ich muss los.»

Er warf ihr diesen Blick zu – den Blick, der ihr sagte, dass sie mit dem Thema noch nicht durch waren. Doch sie hatten schon so oft darüber diskutiert, dass es nicht mehr viel zu sagen gab. Alexander hatte das bekommen, was er brauchte, um das Gleichgewicht zu seinen Gunsten zu verschieben – sie war gefeuert worden und fand keinen neuen Job. Die Schwangerschaft würde ihm noch mehr in die Karten spielen. In null Komma nichts würde sie in dem Haus in Dobbs Ferry hocken, während ihr die Schwiegermutter im Nacken saß und Alexander To-do-Listen und einen Stundenplan für Still- und Schlafzeiten schrieb. Gemma stellte sich vor, wie sie neun Monate lang einen dicken Bauch durch das verschlafenste Nest des Landes schob, und fragte sich, was zum Teufel aus ihrem Leben geworden war.

Sie holte den bereits gepackten Koffer aus dem Schlafzimmer und überlegte, ob sie sich Sorgen wegen des Gewichts machen musste. Natürlich würde sie bei dem Hochzeitsempfang keinen Alkohol trinken. Es gab vermutlich noch hundert andere Kleinigkeiten, die sie für das Leben als Schwangere wissen musste. Welche Lebensmittel sie nicht essen durfte, zum Beispiel Brie oder Caesar Dressing. Die beiden zumindest kannte sie immerhin schon.

Aber sie war mit Alexander Hendricks verheiratet, der sich

extra den Morgen freigenommen hatte, um sie zu verabschieden. Egal, ob er sauer auf sie war oder nicht, er trug ihr den Koffer nach unten in die Tiefgarage und hievte ihn in den Kofferraum des Autos. Dann umarmte er sie zum Abschied und erinnerte sie ein letztes Mal daran, sich das Exposé anzuschauen. Erst als sie auf der I-95 unterwegs war, atmete Gemma auf.

.....

In dem Moment, als Gemma in Boothbay Harbor eintraf, entspannte sie sich. Sie war seit Jahren nicht mehr hier gewesen, aber sie kannte diesen Ort in- und auswendig. Er war tief in ihr verankert. Seit sie elf war, hatte sie nach der Scheidung ihrer Eltern jeden Sommer einen Monat mit ihrem Vater hier verbracht. Sie war mit ihren Freundinnen den Hafen rauf- und runtergerannt, hatte sich in Jungs verknallt und lebte für Sonnenbräune und New-Wave-Musik. In Boothbay Harbor konnte sie ein anderer Mensch sein – sorglos, leicht und glücklich. An der Upper West Side von Manhattan musste sie hingegen immer auf Zehenspitzen um ihre Mutter herumschleichen und fürchtete stets, etwas zu sagen, das ihre Mutter für dumm hielt. Hier aber, in diesem perfekten Postkartenidyll, wo man den ganzen Sommer Flipflops trug und das größte Problem die Frage war, welche Eissorte man essen sollte, war Gemma immer am meisten sie selbst gewesen. Sie hatte sogar den Chefredakteur der *Boothbay Regional Gazette* dazu überredet, ihr im Sommer eine Kinderkolumne zu geben, in der sie die Leute nach den schmackhaftesten Fish 'n' Chips oder der leckersten Eiscreme befragte und berichtete, wo man am besten baden konnte. Gemma lächelte, als sie langsam durch die Innenstadt fuhr, in der es von Touristen nur so wimmelte. Dahinter erstreckte sich der Hafen. Kleine Boote schaukelten sanft auf dem glitzernden Wasser. Ja, hier konnte sie nachdenken. Sie könnte niemals das ganze Jahr in Boothbay Harbor leben. Sie liebte die Schönheit und Verwegenheit von New York mit seinen acht Millionen Geschichten. Aber jetzt war sie unglaublich erleichtert, hier zu sein, und der Anblick der Bucht von Boothbay gab ihr ein Gefühl von Heimat und Ruhe, das sie sofort beruhigte.

Gemma ließ das Fenster herunter und atmete tief den Duft von Sommer und vom Atlantik ein. So roch die Natur. Die Bucht schimmerte in der späten Junisonne. Sie fuhr die Main Street mit den vielen individuellen Läden hoch, dann bog sie in die Harbor Hill Road ab. Das Three Captains' Inn kam in Sichtweite, wie es hoch über dem Hafen auf einer Klippe thronte. Gemma liebte die Pension. Das Haus war ein malerischer hellblau gestrichener viktorianischer Holzbau mit weißen Zierleisten und Blumen rundherum. Sie fuhr auf den kleinen Parkplatz neben der Pension und beobachtete die Frau auf der Veranda. Sie hielt ein Baby auf dem Schoß und wippte behutsam auf der Hollywoodschaukel hin und her. Vielleicht ein Pensionsgast. Als Gemma ihren Koffer die drei Stufen hochtrug, stand die Frau auf, legte das Baby in einer Wippe ab und schlüpfte in eine Babytrage. In weniger als zehn Sekunden hatte sie das Baby hochgenommen und in die Trage geschnallt. Gemma spürte wieder die aufsteigende Beklemmung. Dafür würde sie selbst bestimmt eine halbe Stunde brauchen!

Die Frau lächelte sie an. «Gemma, richtig? Ich bin Isabel, Junes Schwester.»

Natürlich, Isabel. Gemma hatte die Nash-Schwestern in ihrem ersten Sommer in Boothbay Harbor kennengelernt.

June und sie waren im selben Alter und verstanden sich auf Anhieb, aber Isabel war drei Jahre älter und schien auf einem ganz anderen Planeten zu leben. «Isabel! Wow, du siehst super aus. Ich war ganz in Gedanken und hatte ehrlich gesagt total vergessen, dass June von deiner zweiten Heirat und dem Baby erzählt hat. Glückwunsch!»

«Danke. Ihr Name ist Allie. Komm, ich zeige dir alles. Ich kümmere mich hauptverantwortlich um das Three Captains'. June kommt gleich und will dich zum Abendessen ausführen.»

Gemma folgte Isabel in die Pension. Sie gingen durch den mit Antiquitäten möblierten Eingangsbereich in Isabels Büro. Gemma konnte den Blick nicht von dem Baby abwenden. Es war wunderschön mit den dunklen Haaren, blauen Augen und winzigen herzförmigen Lippen. «Du bekommst das Leuchtturmzimmer in der zweiten Etage», sagte Isabel jetzt. «Es ist ein kleines Einzelzimmer, aber sehr gemütlich und mit Ausblick auf die alten Bäume. Und wie ich all meinen Gästen gerne sage, brauchst du dir keine Sorgen machen, dass du Allie nachts weinen hörst. Ich wohne nicht in der Pension, aber wir sind ganz in der Nähe, falls mal etwas sein sollte, kann ich schnell hier sein.»

Gemma folgte Isabel die Treppe hoch ins zweite Obergeschoss, in dem es zwei Zimmer und außerdem ein voll ausgestattetes Badezimmer gab, da das Leuchtturmzimmer kein eigenes Bad hatte. Das Zimmer war genau, wie Isabel es ihr beschrieben hatte, klein und gemütlich. Es enthielt ein Doppelbett mit einem verschnörkelten Kopfteil, einen kleinen, antiken Schreibtisch, einen runden, geflochtenen Teppich auf dem breiten Dielenboden und ein Bild des Portland Head Light, des berühmten Leuchtturms auf den Klippen von Maine. Das einzige Fenster ging auf den großen Garten hinter dem Haus, mit Bäumen, so weit das Auge reichte. Ja, hier würde sie wirklich gut nachdenken können. Es war perfekt.

Isabel stand noch in der Tür. «Bevor ich dich alleine lasse, damit du dich einrichten kannst, wollte ich dir noch sagen, dass wir heute offiziell eine alte Tradition hier am Three Captains' Inn wieder aufnehmen – jeden Freitag ist Kinoabend.»

Das war eine sehr schöne Nachricht. Vor zwei Jahren, als Junes und Isabels Tante Lolly, die ihnen die Pension vererbt hatte, an Krebs gestorben war, hatten die Schwestern die Kinoabende vorerst ausgesetzt. Lolly hatte immer Themenmonate für die Kinoabende ausgerufen: romantische Komödien, Essen, Fremde, Meryl Streep, John Hughes oder Dirty Harry, was dann mal die männlichen Gäste anlockte, die auf die Kinoabende sonst lieber verzichteten. Es gab immer Popcorn satt und die leckeren Muffins von Lollys Tochter Kat, und im Anschluss an die Filme rege Diskussionen. Eine schöne Tradition war das gewesen. Isabel verlagerte Klein Allie auf die Hüfte und beugte sich vor. «Wir fangen an mit einem Colin-Firth-Monat, weil er in Boothbay Szenen für seinen neuen Film dreht. Drei Mitglieder eines Colin-Firth-Fanclubs haben das Zimmer auf der anderen Seite des Gangs bezogen. Komm am besten kurz vor neun ins Wohnzimmer, um dir einen guten Platz zu sichern. Los geht's mit *Bridget Jones – Schokolade zum Frühstück.*»

Gemma berührte Isabels Arm. «Warte mal – Colin Firth ist hier in Boothbay Harbor? Mein Gott, ich liebe ihn!»

«Ich auch. Ich weiß aber nicht, ob er schon hier ist. Der Fanclub behauptet, noch wäre nichts von ihm zu sehen, aber er ist angeblich schon gesichtet worden. Drüben am Froschweiher stehen Wohnwagen, und sie installieren die Beleuchtung.»

Colin Firth. Hier in Boothbay Harbor. Vielleicht konnte Gemma bei der *Boothbay Regional Gazette* einen Presseausweis ergattern und eine Story darüber schreiben, welche Auswirkung ein Filmset auf einen kleinen Touristenort hatte. Inklusive Interviews mit den Stars natürlich. *Einmal Reporter, immer Reporter.*

Als Isabel sich verabschiedet hatte, überraschte Gemma sich selbst damit, dass sie einfach aufs Bett plumpste und aus dem Fenster auf die Bäume starrte. Sie dachte, es wäre das Beste, gleich zum Notebook zu greifen und ein paar Gedanken für den Artikel über den Filmdreh für die *Gazette* zu notieren. Aber sie war ziemlich müde. So müde hatte sie sich eigentlich noch nie gefühlt. Schwangerschaftsmüde. Und sie war immer noch wütend und frustriert, weil Alexander ein Gebot für das Haus in Dobbs Ferry abgegeben hatte, obwohl er genau wusste, was sie davon hielt. Nämlich gar nichts.

«Gemma!»

Gemma blickte auf und sah ihre Freundin June Nash mit weit ausgebreiteten Armen in der offenen Tür stehen. Sie sah aus wie immer – die wunderschönen, lockigen und kastanienbraunen Haare wallten bis über die Schultern, ihr Gesichtsausdruck war frisch und aufgeweckt, und sie trug ein hübsches Sommerkleid. June hatte einen neunjährigen Sohn und hatte erst vor kurzem ihren langjährigen Freund Henry Books geheiratet.

«Komm, wir gehen was essen. Dann können wir in Ruhe reden. In deinen Mails hast du angedeutet, du müsstest mir etwas Wichtiges sagen.»

«Das muss ich auf jeden Fall», sagte Gemma und löste sich aus der Umarmung ihrer Freundin. Zwei Tage lang aufgestaute Sorgen schwanden von jetzt auf gleich. Sie konnte ihre Neuigkeit endlich mit jemandem teilen, der ihr einfach nur zuhören und ihr helfen würde, die Situation irgendwie zu bewältigen, ohne ihr mit komplett konträren Bedürfnissen sofort ins Gewissen zu reden.

.....

Das Abendessen mit June wirkte wie eine stundenlange Massage, bei der sie bis in die letzten Muskelfasern durchgeknetet wurde. Nur die eintrudelnden Textnachrichten von Alexander nervten. *Lass es mich wissen, wenn du sicher angekommen bist. Vergiss nicht, dir das Exposé vom Haus anzusehen.* Und eine letzte, in der er einen Artikel verlinkte, der ein Loblied auf Dobbs Ferry als Wohnort sang. Sie tippte zurück, sie sei gut angekommen. Den Rest ignorierte sie.

Bei köstlichen Fajitas mit Rind in einem mexikanischen Restaurant hatte Gemma alles erzählt. Von dem rosafarbenen Pluszeichen. Vom Verlust ihres Jobs. Von Alexander, der auf ein Haus bot, das so nahe an dem seiner einnehmenden Familie lag. Davon, für das Mutterdasein nicht bereit zu sein – und auf keinen Fall für das Leben, das Alexander für sie vorsah. June hatte sie verstanden, wie Gemma es nicht anders erwartet hatte. Aber da June schon seit neun Jahren Mutter war, und außerdem selbst ungewollt schwanger geworden war, gab sie Gemma eine nüchterne Einführung in das Einmaleins des Lebens mit einem Baby, die die Pastellfarben und das quietschende Heitatei aussparte und Gemma ein wenig die Angst nahm, dass alles unbewältigbar sei und sie selbst nicht für das Muttersein geschaffen. June sagte, sie hätte ja zum Glück ein paar Monate Zeit, um sich langsam an die Vorstellung zu gewöhnen, und in das Muttersein würde sie dann schon Learning by Doing hineinwachsen. Auf dem Rückweg machten sie bei dem Buchladen halt, den Henry und June führten, und besorgten ein Buch über Schwangerschaft. June zufolge brauchte man weniger einen Mutterinstinkt als vor allem Liebe und Hingabe und ein gutes Buch, das verriet, was einen in der Schwangerschaft und im ersten Jahr erwartete.

«Wann willst du es Alexander sagen?», fragte June, als sie wieder in die Einfahrt vom Three Captains' Inn fuhren. In wenigen Minuten fing der Kinoabend an.

Gemma biss sich auf die Unterlippe. «Ich bin nicht sicher. Ich weiß, ich kann es nicht mehr lange geheim halten. Es ist zu wichtig. Und ich weiß auch, wie unfair es ihm gegenüber ist, es für mich zu behalten, obwohl es ihn doch so glücklich machen wird. Aber ich muss einfach erst selbst damit klarkommen, was es für mich, für uns bedeutet, ehe ich ihm davon erzähle und sofort mit seinen Plänen für die Zukunft überfallen werde. Wir haben einfach so unterschiedliche Vorstellungen davon, wie wir in Zukunft leben möchten.»

June beugte sich rüber und umarmte Gemma. «Du wirst es schon herausfinden, und dann werdet ihr zusammen den richtigen Weg gehen.»

Gemma war da nicht so sicher. Auf der langen Fahrt nach Norden war ihr ein Gedanke gekommen, den sie bisher nicht berücksichtigt hatte: Wer stellte sie denn schwanger überhaupt ein? Sie müsste das in den Bewerbungsgesprächen erwähnen; es wäre hinterlistig, wenn sie es verschwieg. Ob sie unter diesen Umständen wieder einen so guten Job wie bei der *New York Weekly* bekam? Ob sie überhaupt einen Job fand? Alexander würde das sofort kapieren, und ehe sie sichs versah, hatte er ihr das Haus in Dobbs Ferry aufgeschwatzt. Und wenn das Baby da war? Er würde sie mit Artikeln über überforderte berufstätige Mütter, schlechte Nannys und verrufene Kindertagesstätten bombardieren. Sie würde sich in kürzester Zeit in eine Kopie von Alexanders Schwägerin verwandeln.

Als Gemma und June in den gemütlichen Aufenthaltsraum der Pension kamen, hatten sich schon eine Menge Leute zum Kinoabend versammelt. Isabel hatte es sich mit ihrer sechzehnjährigen Stieftochter Alexa auf dem großen Sofa bequem gemacht. Die drei Mitglieder des Colin-Firth-Fanclubs trugen «Colin Firth macht glücklich»-T-Shirts mit seinem Foto drauf und saßen auf dem kleinen Sofa. Außerdem hatten sich vier andere Gäste, darunter ein einziger Mann, auf den Stühlen in dem großen Raum verteilt. June holte noch zwei weitere Klappstühle, und sie setzten sich. Auf dem antiken Tischchen neben ihnen standen eine Karaffe mit Eistee und eine Schüssel Popcorn.

Isabel legte die DVD in den Player ein und schaltete das Licht aus. Gemma hatte *Bridget Jones* schon gesehen, als er im Kino lief. Sie liebte die Story. So ein Film – warm und lustig und lebensecht – war jetzt genau das Richtige für sie. Das und die Gesellschaft von Frauen. Und Popcorn.

«Ich war vor ein paar Jahren mal heftig in Hugh Grant verknallt», sagte Isabel und lehnte sich zurück. Auf ihrem Schoß lag auf einer Serviette eine Handvoll Popcorn. «Er ist in diesem Film einfach großartig.»

«Für mich ist Colin Firth der Star», sagte June. «Er ist der Cary Grant unserer Generation – der ältere Schauspieler, bei dem alle einfach in Ohnmacht fallen wollen. Groß und gutaussehend, liebenswürdig und trotzdem männlich. Kurz: Er steht für all das, was eine Frau von einem Mann will.» June hielt die DVD-Hülle hoch. «Seht doch nur, wie verflixt gut er aussieht. Er ist so britisch!»

Die Frauen des Colin-Firth-Fanclubs griffen die Vorlage begeistert auf und ratterten in Windeseile einen Haufen Statistiken über ihren Schwarm herunter. Dass er inzwischen in über fünfzig Filmen mitgespielt hatte. Dass er zweimal für den Oscar als bester Schauspieler nominiert worden war und ihn für *The King's Speech* auch gewann. Dass er als junger Mann eine Beziehung mit der Schauspielerin Meg Tilly gehabt hatte, aus der ein Sohn hervorging. Und ob sie gewusst hätten, dass er mit seiner Kollegin Jennifer Ehle, die auch in *Stolz und Vorurteil* mitgespielt hatte, eine Romanze gehabt hatte? Inzwischen war er mit einer wunderschönen Italienerin verheiratet, mit der er zwei Kinder hatte. Und wenn es alle ganz genau wissen wollten: Er war vom Sternzeichen Jungfrau und eins fünfundachtzig groß.

Der Film ging los, und der Fanclub schwieg endlich.

Renée Zellweger, die Gemma seit *Jerry Maguire* verehrte, tauchte im Pyjama auf dem Bildschirm auf und sang aus voller Kehle und ziemlich schief die Ballade *All By Myself*. Gemma brach in lautes Gelächter aus, wie alle anderen auch. Die Szene war einfach nur albern, und Gemma spürte, wie sich etwas in ihr löste. Es war richtig gewesen, dass June ihr einen Film vorgeschlagen hatte – ganz besonders diesen Film.

Die schusselige, aber grundehrliche Bridget Jones schaffte es, Gemma von ihren quälenden Gedanken zu erlösen. Sie fühlte sich nach London versetzt, wo Bridget als Pressesprecherin für einen Verlag arbeitet und sich Hals über Kopf in ihren Chef verliebt, der von dem stets wie aus dem Ei gepellt aussehenden Hugh Grant gespielt wird. Bridgets Mutter will sie allerdings mit dem gutsituierten Anwalt Mark Darcy verkuppeln, und sie treffen sich bei einer Weihnachtsparty. Er trägt einen furchtbar albernen Pullover, und Bridget belauscht, wie er über sie herzieht. Egal, sie hat sowieso kein Interesse an dem eingebildeten Fatzke. Sie und der Flegel Hugh Grant fangen was miteinander an, und als er ihr eine große Lüge über Mark Darcy auftischt, glaubt sie ihm und denkt noch schlechter von dem Anwalt. Bis die Wahrheit ans Licht kommt ... und damit ihre eigenen wahren Gefühle.

«Nein, ich mag dich. Sogar sehr. So wie du bist», sprachen June und Isabel den Text mit, als Colin Firth diese Worte mit seinem herrlich britischen Akzent vortrug.

Das wollte doch jeder – auch Alexander, musste Gemma plötzlich denken. «So bin ich nun mal», hatte er in den vergangenen Monaten immer wieder gesagt. «Das hast du vorher gewusst, und offensichtlich hast du dich in diese Version von mir verliebt. Und jetzt willst du plötzlich, dass ich jemand bin, der ich nie war.»

Das Problem war, dass Gemma so ähnlich empfand.

«Glaubt ihr, wir kriegen Colin Firth zu sehen, wenn er herkommt, um seine Szenen zu drehen?», fragte June, als der Abspann lief. «Ich bin gestern mal am Set vorbeigefahren, aber da gibt's ja nicht so viel zu sehen. Nur ein Typ mit einem Klemmbrett, der mir gesagt hat, ich solle bloß nicht rumerzählen, wo der Filmset ist, und ihm damit eine Horde Schaulustiger vorbeischicken.»

Isabel stand auf und begann, die fast leeren Popcornschüsseln einzusammeln. «Das wird sowieso so kommen, ob er will oder nicht. Für einen kurzen Blick auf Colin Firth würde sogar ich das Gedränge aushalten.»

«Ich auch», sagte June und stellte die Gläser und die Kanne auf ein Tablett. «Ich finde ihn in *Stolz und Vorurteil* einfach großartig. *Bridget Jones* basiert ja locker auf der Geschichte. Ist es nicht herrlich, dass Colin Firth in beiden Filmen die Rolle des Darcy spielt?»

Die drei Mitglieder des Colin-Firth-Fanclubs begannen, jeden einzelnen seiner Filme aufzuzählen, inklusive aller Co-Stars und ihrer Meinung über die Filme. Das war der Moment, in dem sich die Besucher des Kinoabends langsam zerstreuten. Gemma ging nach oben in ihr winziges Zimmerchen, zog ein Top und ihre Pyjamahose an und schlüpfte unter den weiß-gelben Quilt, der mit Monden und Sternen bestickt war. Ihr Telefon plingte. Eine Nachricht von Alexander: *Hast du dir die Infos über das Haus angeschaut?*

Gemma seufzte und schrieb zurück: «Noch nicht», und fügte hinzu, sie sei erschöpft. Dann schaltete sie das Telefon aus und versuchte einzuschlafen. Aber sie konnte nicht aufhören, an Colin Firth zu denken, wie er Renée Zellweger sagte, er möge sie, sehr sogar, so wie sie war. Sie schaltete die Lampe auf dem Nachttischchen an und schlug das Buch über Schwangerschaft auf, das June ihr gegeben hatte. Die Lektüre war ihr immer noch lieber als das Exposé eines Hauses in Dobbs Ferry.

4 Bea

Auf der Hügelkuppe neben dem großen grünen Schild, das verkündete, dass hier die *Boothbay Region* begann, fuhr Bea rechts ran. Ihr Herz schlug viel zu schnell, um weiterzufahren. Einen Moment lang überlegte sie, ob es nicht besser wäre, umzukehren und die ganze Geschichte zu vergessen. Sie wäre vor zweieinhalb Stunden schon einmal fast umgekehrt, als sie das Schild an der Staatsgrenze passierte, auf dem stand *Willkommen in Maine – hier ist das Leben, wie es sein soll*. Das Schild hatte so bedrohlich gewirkt. *Fahr ruhig weiter, wenn du deine leibliche Mutter treffen willst*, schien es ihr zuzurufen. *Geh dein Leben suchen, wie es hätte sein sollen.*

Es war inzwischen drei Wochen her, seit sie den Brief ihrer Mom bekommen hatte, und sie war sich kein bisschen sicher, ob sie ihre leibliche Mutter sehen, geschweige denn kennenlernen wollte. Sie hatte keine Ahnung, was sie wollte. Allenfalls eine Art ... Abschluss. Nein, das war nicht das richtige Wort. Vielleicht aber doch. Bea wusste, dass man manchmal, um etwas zu Ende zu bringen, erst mal eine Tür öffnen musste.

Und dazu hatte gehört, ihre Geburtsurkunde anzufordern, die sie gestern mit der Post bekommen hatte. Allein der Anblick in der Zeile des Namens ließ sie zittern: *weibliches Baby Russo*. Und weiter: *Name der Mutter: Veronica Russo. Name des Vaters: unbekannt. Geburtsdatum: 12.10.1991, 7:22 Uhr. Geburtsort: HHP, Boothbay Harbor. Ausgestellt von: Coastal General Hospital, Boothbay Harbor, Maine.*

Sie konnte das Gefühl nicht abschütteln, jemand anderes zu sein. Sie hatte ein völlig neues Leben begonnen, das zu anderen Menschen, einer anderen Familie und einem anderen Ort gehörte. Sie musste herausfinden, wer diese Leute waren. Wer Veronica Russo war.

Sie parkte auf einem öffentlichen Parkplatz und schaute in ihr kleines Notizbuch: Das Best Little Diner in Boothbay lag auf der Main Street, also der kleinen Hauptverkehrsader, auf der sie sich gerade befand. Bea schaute aus dem Fenster. Es war offensichtlich, dass das Küstenstädtchen vom Sommertourismus lebte. Die Feriengäste strömten über die schmalen Kopfsteinpflasterwege und Bürgersteige, die mit Läden und Fischrestaurants gesäumt waren. Außerdem Hotels, wohin sie auch schaute.

Sie würde sich ein billiges Motel suchen. Dort würde sie sich fürs Erste einquartieren, vielleicht das Krankenhaus aufsuchen, in dem sie geboren war. Sie wollte herumlaufen und nachdenken. Entscheiden, ob sie Veronica Russo treffen wollte. Letztlich konnte sie so lange in der Stadt bleiben, wie sie wollte, schließlich hatte sie jetzt kein Zuhause mehr. Vor ein paar Tagen war sie in die Wohnung gekommen und hatte eine der neuen Mitbewohnerinnen beim Sex im Wohnzimmer erwischt. Das hatte für Bea das Fass entgültig zum Überlaufen gebracht. Die Mitbewohnerin meinte, ihre Schwester würde gern einziehen, und damit war die Sache für Bea erledigt. Jetzt konnte sie eine Weile von dem Geld leben, das sie für die Julimiete beiseitegelegt hatte. Bis sie wusste, wie es weiterging. Das Beängstigende war, dass sie wirklich überall hingehen konnte. Der einzige Ort, den sie aufsuchen *wollte*, war Cape Cod. Doch das Cottage gehörte nicht mehr ihrer Mutter. Darum konnte Bea genauso gut blind mit dem Finger einen Ort auf der Landkarte aussuchen oder sich bei jedem Schulbezirk in den Staaten bewerben und dorthin gehen, wo man sie haben wollte. Für den Moment war jedenfalls ihr Auto ihr Zuhause. Alles bis auf die Möbel ihrer Mutter hatte sie im Kofferraum ihres alten Toyota verstaut – ihre Klamotten, ihr Notebook und die Bücher, die Fotoalben ihrer Eltern, den alten, schäbigen Winnie Puuh, den sie zum sechsten Geburtstag von ihrem Vater geschenkt bekommen hatte. Die Möbel hatte sie in einem günstigen Lagerhaus untergebracht. Sobald sie irgendwo angekommen war, würde sie die Sachen holen und sich dann so gut wie möglich einrichten.

Bea lief die Main Street hinauf, aber sie kam nicht am Diner vorbei und sah es auch nicht auf der anderen Straßenseite. Aber sie war ohnehin noch nicht so weit. Sie spazierte an der Anlegestelle entlang und passierte die Souvenirläden und Restaurants. Zu ihrer Linken erstreckte sich die Bucht. Es war ein Samstag im Juni, ein herrlicher Frühsommerabend, und am Pier drängten sich viele Leute, die einkauften, Hummerbrötchen oder Eiscreme aßen, Eiskaffee tranken und dabei die Boote beobachteten. Sie kam an Pärchen vorbei, die Hand in Hand oder eng umschlungen und um die Wette strahlend herumliefen, was bei Bea sofort bohrenden Neid hervorrief. Sie wünschte, es gäbe jemanden, der ihr sagte, dass alles wieder in Ordnung kam, und der auch für sie da war, falls das nicht der Fall war. Ihr letzter Freund, mit dem sie sich ein paar Monate lang getroffen hatte, war einfach verschwunden, als ihre Mutter krank wurde. Er war nicht mal zur Beerdigung gekommen. Sie beobachtete einen Mann, der seine Freundin für einen spontanen, leidenschaftlichen Kuss in der Taille umfasste und elegant nach hinten bog. Einige

Passanten klatschten. Nie hatte Bea sich wehmütiger gefühlt. Oder einsamer.

Sie kaufte sich an einem der Stände ein Zitroneneis, suchte sich ein Sonnenplätzchen auf einer Bank und versuchte, sich anhand eines kleinen Stadtplans zu orientieren, der ihr vor einem Geschäft in die Hand gedrückt worden war. Sie suchte die Main Street und entdeckte, dass das Best Little Diner eingezeichnet war. Es konnte nur ein Stückchen weiter die Straße hoch sein.

Bea steckte die Karte ein. Wieder hatte sich ihr Herzschlag beschleunigt. Es bedurfte nur eines Fingerschnippens, und sie stünde ihrer leiblichen Mutter gegenüber, von deren Existenz sie bis vor wenigen Wochen nichts gewusst hatte. Das war doch verrückt! Wie auch die Erkenntnis, dass jede Frau um die vierzig, die an ihr vorbeilief, Veronica Russo sein könnte. Die eine da, blond wie Bea und in einem hellgelben Sommerkleid und Flipflops, wie Bea sie sich auch ausgesucht hätte. Sie beobachtete die Frau, die auf ihr Handy schaute und sich dann suchend am Pier umguckte, als würde sie auf jemanden warten. Beas leiblicher Vater vielleicht. Für Bea hatten ihre leiblichen Eltern geheiratet. Waren schon immer verheiratet gewesen und hatten weitere Kinder, älter oder jünger. Vielleicht auch beides. Bea könnte eine Schwester haben. Zwillingsbrüder. Veronica Russo konnte auch die großgewachsene Blondine sein, die mit einem ebenso großgewachsenen Labrador an ihr vorbeijoggte. Oder vielleicht hatte Bea die blonden Haare auch von ihrem biologischen Vater geerbt, und Veronica war die Brünette, die sich gerade vom Take-away-Tresen des Restaurants gegenüber entfernte und genussvoll in ein Brötchen biss.

Bea betrachtete nachdenklich den verwitterten Charme

des Restaurants. Ein riesiges Schild schaukelte sanft im Wind und versprach die *Besten Hummerbrötchen von Boothbay*. Drei Wochen lang hatte sie inzwischen über ihre Herkunft spekuliert und sich mit diesen Fragen herumgequält. Sie musste damit aufhören, sonst wurde sie noch verrückt. Ich muss irgendetwas über dich erfahren, Veronica Russo, dachte sie. Über meinen leiblichen Vater. Meine Großeltern. Warum ich zur Adoption freigegeben wurde. Ich muss einfach wissen, was passiert ist.

Bea öffnete ihren Rucksack und nahm das kleine rote Notizbuch heraus. *Veronica Russo. 225 Sea Road. Tel: 207 555-3235. Arbeit: The Best Little Diner in Boothbay, 45 Main Street.* Wenn sie der Karte glauben konnte, musste sie nur ein Stück die Straße raufgehen und sich dann rechts halten.

Geh einfach hin, redete sie sich Mut zu. Geh hin und schau, ob sie da ist.

* * * * *

Bea konnte sie nicht auf Anhieb ausmachen. Es gab insgesamt drei Kellnerinnen, von denen zwei im richtigen Alter waren und die dritte kaum älter als Bea. Die in Beas Alter arbeitete am Tresen, weshalb sie dort auf einem freien Barhocker Platz nahm, der an der Ecke neben der Tür stand. So konnte sie das ganze Diner im Blick behalten. Es war ziemlich voll; nur ein Tisch war frei und auch am Tresen waren fast alle Plätze besetzt.

Ihr gefiel das Diner. Es war wie ein altmodischer Imbissladen gekreuzt mit einem typischen Küsten-Restaurant, mit hellblau getünchten Wänden, an denen die kostspieligen Werke örtlicher Künstler hingen. Bunt gepolsterte Stühle und Bänke waren mit typischen rustikalen Holztischen kombiniert. An der Decke hing ein Hummernetz mit einem riesigen Holzhummer darin. Neben dem Tresen stand ein Regal mit Büchern, auf dem ein Schild empfahl: *Lies mich*.

Bea schaute sich die anderen beiden Kellnerinnen genauer an. Leider entdeckte sie keine Namensschilder. Eine ging gerade mit vier Tellern beladen zu einem Tisch. Sie war fast so groß wie Bea, aber sie hatte nicht die blonden Haare. Die hatte keine der Kellnerinnen.

«Tut mir leid, dass es so lange gedauert hat», sagte die junge Kellnerin und gab Bea die Speisekarte. Sie trug eine Halskette mit goldenem Namensschriftzug. Katie. «Im Moment ist echt die Hölle los, darum muss ich auch bei den anderen aushelfen.»

«Kein Problem.» Bea bestellte einen Eiskaffee und den dekadent aussehenden Kuchen neben der Möhrentorte.

«Oh, das ist der Glückskuchen. Er ist mit Toffee gefüllt und unglaublich lecker. Eine unserer Kellnerinnen macht ihn, sie ist richtig berühmt für ihre Kuchen.» Sie ging zur Kaffeemaschine und lächelte einer Frau zu, die gerade aus einem Hinterzimmer kam. «Da bist du ja, Veronica. Ich verkaufe gerade das letzte Stück von deinem leckeren Karamellkuchen.»

Bea erstarrte.

Ihre leibliche Mutter stand keine drei Meter von ihr entfernt. Sie schloss die Augen und drehte den Kopf weg, um aus dem großen Panoramafenster zu schauen. Durchatmen, sagte sie sich.

Meine leibliche Mutter, dachte sie. Dann drehte sie sich um und schaute noch einmal hin. Veronica lächelte Katie geschmeichelt an, dann ging sie zur Kaffeemaschine und füllte einen großen Thermobecher. Sie war nicht älter als vierzig und ebenso groß wie Bea. Die rotbraunen Haare fielen in weichen Wellen bis knapp über ihre Schultern. Sie war vollbusig, ganz im Gegensatz zu Bea. Veronica Russo war auf eine üppige, weibliche Art schön, die Bea nie besitzen würde. Ein Exfreund hatte mal gemeint, sie sehe eher wie ein Bauernmädchen aus, obwohl sie in Boston und Cape Cod aufgewachsen war. Trotzdem lag etwas im Blick der Frau, das Bea seltsam vertraut vorkam. Veronica Russos Augen waren genau wie ihre eigenen: ein gräuliches Braun wie von Treibholz, groß und rund.

Sie war komplett in Weiß gekleidet – ein glitzerndes weißes Oberteil und eine weiße Leinenhose. Dazu mit Perlen bestickte Sandalen. Vermutlich war gerade ihre Schicht zu Ende.

Du bist für mich eine vollkommen Fremde, und trotzdem verdanke ich dir meine ganze Geschichte, wollte Bea rufen. Wie lautet deine Geschichte? Was ist damals passiert?

Bea schaute auf Veronicas Hände, während diese ein Päckchen Zucker in den Kaffee schüttete. Keine Ringe. Sie war also nicht verheiratet.

«Hey, Süße», sagte ein Mann, und Bea blickte auf. Ein großer, hagerer, rotgesichtiger Kerl mit Halbglatze hing in der Tür, als wäre er betrunken. Sein Fuß hielt die Tür geöffnet. Er starrte Veronica an. «Ist heute mein Glückstag? Gehste endlich mit mir aus?»

Veronica warf ihm einen genervten Blick zu. «Bitte hör auf, mich einzuladen. Meine Antwort wird sich nie ändern.»

«Sie bricht mir das Herz», rief er und tat so, als wäre er von einem Dolch in die Brust getroffen worden. Die Leute, die im vorderen Teil des Diners saßen, brachen in Gelächter aus.

Bea beobachtete Veronica. Sie schüttelte gutmütig den Kopf und rührte ihren Kaffee um, während der Mann davonstapfte.

«Colin Firth schreibt drüben im Harbor View Autogramme!», rief plötzlich eine nasale Stimme von draußen.

Colin Firth? Etwa der Schauspieler?

Veronica schoss sofort aus der Tür. Zusammen mit ungefähr der Hälfte der Gäste.

Bea verspürte den starken Drang, aufzuspringen und ihrer Mutter zu folgen, aber ihr Körper gehorchte dem Befehl nicht. Bis auf ihre Hand, die zitternd die Gabel hielt, war sie vollkommen erstarrt. Sie legte die Kuchengabel hin, sog scharf die Luft ein und überlegte, ob sie ihre Freundin Caroline anrufen und ihr erzählen sollte, dass sie ihre Mutter gesehen hatte und dass sie wunderschön war. Aber Caroline war diesen Sommer in Berlin.

Bea schaute auf das unberührte Stück Kuchen, das zähflüssige Karamell und die blättrige Kruste. Ihre Mutter hatte den Kuchen gebacken. Sie nahm einen kleinen Bissen und kostete ihn. Wow, lecker.

Bea wollte am liebsten hinter Veronica herlaufen und ein bisschen Elfenstaub auf sie pusten, um die Zeit anzuhalten und heimlich ihre Gesichtszüge zu mustern. Die Form der Augen, die Linie ihrer Nase, die Struktur des Kinns – sie wollte sich selbst in Veronicas Gesicht, ihrem Körper und ihren Angewohnheiten entdecken. Irgendetwas, das ihren Verstand dazu zwang, die Tatsache zu akzeptieren, dass wirklich diese Frau – und nicht Cora Crane – ihr das Leben geschenkt hatte. Dass jemand, dessen Namen sie nicht kannte, ihr Vater war. Wer war er? Hatten sie sich geliebt? War er nur ein One-Night-Stand? War etwas Schreckliches passiert? Woher komme ich, hallte es in Beas Kopf. Plötzlich war sie begierig, Veronicas Lebensgeschichte zu hören. Wer waren ihre Großeltern?

Vor allem: wer war sie selbst, Bea?

Sie legte eine Zehndollarnote auf den Tisch und rannte hinter Veronica her.

· · · · ·

Die Main Street war überfüllt mit Touristen und Radfahrern, einem Hundesitter mit mindestens zehn Hunden an ebenso vielen Leinen und einer Horde Kinder, die in Zweierreihen und neongelben «Happy Kids Day Camp»-T-Shirts auf sie zukamen. Bea konnte Veronica nirgends entdecken. Aber den Harbor-View-Coffeeshop sah sie, fünf Häuser weiter. Bea ging hinein und schaute sich um, doch Veronica war nicht zu sehen, geschweige denn ein britischer Schauspieler.

«Wenn Sie wegen Colin Firth kommen, der ist nicht hier», rief die Barista ihr zu und verdrehte die Augen. «Jemand hat offensichtlich gedacht, es wäre lustig, wenn er uns jede Frau in der Stadt mal vorbeischickt.»

Bea sah ein Pärchen, das mit Pappbechern in der Hand durch die hintere Tür verschwand, und sie trat ebenfalls in den kleinen Innenhof. Keine Veronica. Ein Kopfsteinpflasterweg führte zu der kleinen Gasse, die direkt zurück auf die Main Street führte. Veronica musste in der Richtung verschwunden sein.

Also gut, und nun? Sie konnte morgen zurückkommen und sich dieses Mal vielleicht in Veronicas Bereich setzen. Bea ging Richtung Hafen und versuchte nachzudenken. Sie war nach Boothbay gekommen, um sich die Stadt anzusehen, weil sie in dieser Stadt geboren war, weil hier ihre leibliche Mutter lebte. Der Plan sah so aus, dass sie, falls es passte und der richtige Zeitpunkt kam, an Veronica Russos Tür klopfte, egal ob im übertragenen oder wörtlichen Sinne.

Das hatte sich vor wenigen Augenblicken noch richtig angefühlt. Aber was hätte sie gemacht, wenn sie Veronica eingeholt hätte? Hätte sie ihr auf die Schulter getippt und gesagt: «Ähm, hi. Ich heiße Bea Crane, und Sie haben mich vor zweiundzwanzig Jahren zur Adoption freigegeben»? Es war klar, dass Veronica sich wünschte, von Bea kontaktiert zu werden, denn anderenfalls hätte sie ihre Adresse in der Akte nicht aktualisieren lassen. Aber vielleicht war ein Anruf besser. Für beide. Ein bisschen Distanz, und beide konnten sich erst mal setzen und den Schock verdauen, ehe sie sich trafen.

Ja, Bea wollte sie anrufen. Vielleicht schon morgen.

Als sie sich dem Hafen näherte, wo noch mehr los war als in der Haupteinkaufsstraße, hatten sich ihr Veronicas Gesichtszüge – die warmen braunen Augen, die gerade, beinahe spitze Nase, die so sehr Beas eigener ähnelte – schon förmlich ins Gedächtnis gebrannt. Bea war so in Gedanken versunken, dass sie einfach ohne Ziel weiterlief.

Falls Veronica nicht ihr Leben lang die Sonne gemieden hatte, konnte sie kaum älter als Ende dreißig sein. Bea schätzte sie eher auf sechsunddreißig oder siebenunddreißig. Was bedeutete, dass sie Bea als Teenager bekommen haben musste.

Während sie sich einen Weg durch die Touristenmassen bahnte, stellte sie sich eine sehr junge Veronica vor, die über diese Straße ging – schwanger, verängstigt und unsicher, was jetzt aus ihr wurde. Hatte Beas Vater sie unterstützt? Oder hatte er sie sitzengelassen? Wie hatte Veronicas Mutter, also Beas Großmutter, darauf reagiert? Hatte Veronica sich an sie wenden können? Oder war sie verstoßen worden?

Bea lief weiter und stellte Spekulationen an, bis sie bemerkte, dass sie bis zum anderen Ende der Bucht gelaufen war, weit weg von dem Gedränge in der Innenstadt. Vor sich entdeckte sie am Ufer eines Weihers eine Gruppe Menschen, die geschäftig riesige schwarze Scheinwerfer und Kameras aufbauten. Dahinter stand ein beigefarbener Wohnwagen. Sah wie ein Filmset aus – in Boston hatte sie ein paarmal so was gesehen und immer gehofft, einen Filmstar zu entdecken. Aber da hatte sie nie Glück gehabt.

Vielleicht war das der Grund für diesen Colin-Firth-Aufruhr. Er drehte vielleicht hier einen neuen Film. Bea ging hinüber, weil sie dringend Ablenkung von ihren Gedanken brauchte.

«Ein Filmset, richtig?», fragte sie einen großen, schlaksigen Typ mit Drahtgestellbrille, der vor dem Wohnwagen stand. Ein laminierter Ausweis hing um seinen Hals und wies ihn als *Tyler Echols, PA* aus.

Er schaute auf ein Klemmbrett und hatte sie entweder nicht gehört oder wollte nicht antworten.

Ein hübsches Mädchen mit langen, dunklen Haaren saß ein paar Meter weiter auf einem Klappstuhl vor dem Wohnwagen. Sie hatte ein Buch auf dem Schoß liegen. *Wer die Nachtigall stört* – das Cover würde Bea auf eine Meile Entfernung erkennen.

«Ich mag das Buch sehr», sagte Bea zu dem Teenager. «Darüber habe ich meine Abschlussarbeit geschrieben.»

«Ich komme nicht mal über den ersten Absatz hinaus», stöhnte das Mädchen und blätterte durch die Seiten. «Es ist so langweilig. Wie soll ich über das Buch bitte einen Aufsatz schreiben? Es sollte eigentlich *Wen die Nachtigall nervt* heißen.»

Sie hatte keine Ahnung, was ihr entging. «*Wer die Nachti-*

gall stört ist ein brillantes Sittengemälde der damaligen Zeit. Es geht um die Südstaaten, um Rassismus, um gesellschaftliche Ungerechtigkeiten. All das wird aus der Sicht eines Mädchens erzählt, das viel über das Leben, seinen Vater und sich selbst lernt. Es gehört zu meinen absoluten Lieblingsbüchern.»

Der Typ mit dem Klemmbrett schaute in ihre Richtung und stützte einen Fuß gegen den Wohnwagen hinter sich. Dann widmete er sich wieder seiner Liste.

Das Mädchen schien noch gelangweilter zu sein. Doch dann hellte sich seine Miene auf. «Können Sie nicht meinen Aufsatz schreiben?»

«Tut mir leid, aber: ganz sicher nicht», sagte Bea. «Gib dem Buch einfach eine Chance, okay?»

Das Mädchen verdrehte die Augen. «Sie klingen schon wie mein Bruder», sagte sie und nickte mit dem Kinn zu dem Klemmbrett-Mann rüber.

«Das hier ist also ein Filmset?», erkundigte Bea sich erneut bei dem Mann und schaute erst die Kameras und dann wieder ihn an.

Er schaute kaum auf. «Tun Sie uns allen einen Gefallen und erzählen Sie nicht jedem, dass wir hier sind. Das Letzte, was wir brauchen können, ist eine Menschenmenge, die uns beim Ausrichten der Beleuchtung zuguckt. Hier ist kein Filmstar. Das können Sie denen ruhig sagen.»

Na schön, Griesgram. «Worum geht's in dem Film? Colin Firth spielt mit, richtig?»

Er warf ihr einen ungeduldigen Blick zu. «Kein Kommentar.»

5 Veronica

Veronica hatte vier Teller, vier Kaffeebecher, vier Gläser Orangensaft und einen Korb Apfelscones auf dem schweren Tablett, das sie zu Tisch sieben schleppte. Es war Sonntagmorgen um acht Uhr, und seit das Diner um halb sieben geöffnet hatte, hatte sie schon gefühlt fünfhundert Portionen Eier in allen Variationen, Bratkartoffeln, Speck und Toast und bestimmt tausend Tassen Kaffee serviert. Und der Gästestrom riss nicht ab. Vor der Tür hatte sich eine Schlange gebildet, am Tresen und an den Tischen war jeder Platz besetzt. Das Best Little Diner in Boothbay wurde seinem Namen gerecht, es gehörte zu den beliebtesten Einkehrmöglichkeiten der Stadt. Sogar seine Fish 'n' Chips konnte mit den Fischrestaurants mithalten, und das wollte in einer Hafenstadt etwas heißen. Und wenn jemand Kuchen wollte, führte sowieso kein Weg am Diner vorbei.

Von allen Diners, in denen Veronica im Laufe der letzten zweiundzwanzig Jahre gearbeitet hatte, war ihr das Best Little Diner in Boothbay mit Abstand das liebste. Erstens mochte sie seine hübsche Einrichtung. Der Boden war mit breiten dunklen Pinienplanken ausgelegt, die aus dem späten 19. Jahrhundert stammten, als das Gebäude als Gemischtwarenladen genutzt wurde. Statt der üblichen Vinylsitzpolster waren die weiß lackierten, maßgeschneiderten Holzbänke in den gemütlichen Nischen mit individuellen bunten Polstern versehen. Und die runden Tische, insgesamt fünfundzwanzig, waren aus poliertem, dunkel gebeiztem Holz. Wenn das Diner außerhalb der Öffnungszeiten zur Ruhe kam, betrachtete Veronica die Bilder der örtlichen Künstler, die die Wände schmückten. Und das Hinterzimmer war mit den gemütlichen Sesseln ein wahres Paradies für Kellnerinnen. Deirdre, die Besitzerin des Diners, hatte hinter dem Haus auch einen geheimen Blumengarten angelegt, und Veronica liebte es, in ihren Pausen einfach inmitten der großen Pflanzkübel mit blauen Hortensien zu stehen und den Duft der Rosen einzuatmen.

«Ich sehe aber da vorne zur Rechten einen freien Tisch, junge Dame», hörte Veronica eine nur allzu vertraute Stimme fauchen. Oh nein. Mrs. Buffleman zeigte mit gewohnt finsterem Blick auf den Tisch, der gerade in Veronicas Bereich frei geworden war. Mrs. Buffleman war in der Highschool Veronicas Englischlehrerin gewesen. Seit sie in Pension gegangen war, frühstückte sie praktisch jeden Morgen im Diner. Schon oft hatte Veronica die Tischanweiserin gebeten, sie woanders hinzusetzen. Aber manchmal ging es nicht anders, und sie musste Mrs. Buffleman bedienen. Wie heute.

«Guten Morgen, Mrs. Buffleman. Mr. Buffleman», sagte Veronica und blieb mit der Kaffeekanne am Tisch stehen, wo sich das Paar umständlich auf die Bank quetschte und Mrs. Buffleman sofort begann, mit einem Taschentuch die nicht vorhandenen Krümel vom Tisch zu fegen. «Eine Tasse Kaffee?»

Mrs. Buffleman musterte sie einen Moment und schüttelte dabei wie jedes Mal leicht den Kopf, um ihrer Missbilligung Ausdruck zu verleihen. Als Veronica mitten im Schuljahr die Highschool verlassen musste, hatten alle Lehrer ein Memo bekommen, in dem der Grund dafür stand. Mrs. Buffleman war die einzige Lehrerin, die ihr gegenüber das Thema angesprochen hatte. «Das ist eine verdammte Schande», hatte sie zu Veronica an ihrem letzten Tag gesagt, als sie ohnehin schon kurz vor einem Tränenausbruch stand. Kopfschütteln. «So eine Verschwendung.» Noch mehr Kopfschütteln. Und Veronica, die sich nicht hätte vorstellen können, dass es ihr schlimmer gehen konnte, fühlte sich augenblicklich schlechter.

Sie hatte Mrs. Buffleman nie besonders gemocht, aber die alte Streitaxt hatte Veronica bei jedem Aufsatz eine Eins gegeben, und jede Prüfung schloss Veronica bei ihr ebenfalls mit einer Eins ab. Englisch war immer ihr bestes Fach gewesen, aber sie hatte gar nicht vor, irgendwann Lehrerin oder Lektorin oder so was zu werden. Sie hatte eigentlich nie so genau gewusst, was aus ihr werden sollte. Als sie vor vier Jahren mit dem Backen anfing, hatte sie überlegt, ein kleines Café zu eröffnen, aber das kostete unheimlich viel Geld, das man erst mal reinstecken musste. Und obwohl Veronica nach zweiundzwanzig Jahren Kellnern, niedrigen Mieten und geringen Fixkosten einen dicken Sparstrumpf hatte, fürchtete sie, das ganze Geld in etwas zu investieren, das schiefging. Sie hatte ja auch niemanden, der die Hälfte der Rechnungen und Tilgungen bezahlte, und selbst wenn man einen Mann hatte, wusste man doch nie, was passierte. Dieses kleine Café war ein schöner Traum, aber mehr auch nicht.

«Das ist das Mädel, das die Highschool geschmissen hat, weil es schwanger wurde», hörte sie Mrs. Buffleman ihrem Ehemann zuflüstern. Was sie bestimmt schon zum hundertsten Mal machte, seit Veronica wieder in der Stadt war.

Veronica verdrehte die Augen und stöhnte innerlich auf, weil sie aus dem Augenwinkel bemerkte, dass Penelope von

Blun und ihre Mutter an einem Tisch für zwei in ihrem Bereich Platz genommen hatten. Sie musste wohl Penelope auch auf die Liste derer setzen, die nicht in ihrem Bereich sitzen sollten. Penelope war einer der schlimmsten Snobs, denen Veronica je begegnet war, und sie hatte nicht die geringste Lust darauf, Penelope und ihre Freundin CeCe Allwood morgen Abend in ihrem Backkurs begrüßen zu müssen. Veronica war überrascht, dass die Frau sich dazu herabließ, ausgerechnet von Veronica die Kunst des Backens zu lernen. Aber sie war auch ziemlich sicher, dass ein niederes Motiv der Grund dafür sein musste. Penelope wollte vermutlich ihre Geheimnisse kennenlernen, um ihre eigenen Heilkuchen zu backen, damit sie kein Geld für Veronicas Künste ausgeben musste.

Penelope begann in dem Moment mit ihrer Mutter zu tuscheln, als Veronica mit der Kaffeekanne in ihre Richtung ging. Für sie bestand kein Zweifel, was Penelope sagte. *Weißt du noch, diese kleine Schlampe, die im Juniorjahr an der Highschool schwanger wurde und in das Heim der Guten Hoffnung geschickt wurde? Das ist sie. Arbeitet jetzt in einem Diner. Schätze, da sehen wir, was aus ihrem Leben geworden ist.*

«Veronica!», rief Penelope mit gespielter Fröhlichkeit, und Veronica bemerkte, dass sie ganz anders aussah als sonst. Nicht so aufgebrezelt und schrill wie gewöhnlich. Die Haare waren nicht so glatt geföhnt, das Outfit eher konservativ, und sie trug nur ein paar dezente Schmuckstücke statt haufenweise Klunker. «Ich freue mich so sehr auf den Backkurs morgen Abend.» Sie wandte sich an ihre Mutter und sagte: «Veronica ist in der ganzen Stadt für ihre Kuchen bekannt. Hast du die schon mal probiert?»

«Oh, ich habe keinen Sinn für solchen Quatsch», erklärte

ihre Mutter und winkte ab. «Kuchen bringen einem nicht die verlorene Liebe zurück, und sie heilen keinen Krebs. Also bitte.»

Die Frau wirkte so sauertöpfisch, dass Veronica lachen musste. «Also, zumindest schmecken sie.»

«Das weiß ich. Ich habe schon mal Ihren Kuchen gegessen», sagte die Frau, ohne zu lächeln. «Kaffee, bitte.»

Veronica goss beiden Kaffee ein und nahm ihre Bestellungen auf. Penelope nahm die Obstplatte. Die Bestellung ihrer Mutter war ein einziger Sonderwunsch. So etwas hatte Veronica noch nie aufschreiben müssen. Zwei Eier, davon eins von beiden Seiten gebraten, das andere von einer Seite. Roggentoast, nur leicht getoastet, aber noch warm, die Butter darauf geschmolzen. Bratkartoffeln ohne ein Stück verbrannte Kartoffel (obwohl Veronica es besonders mochte, wenn die Zwiebeln mit den Kartoffeln zusammenbackten).

Manchmal, wenn sie Leuten wie Penelope oder der alten Buffleman begegnete, spürte sie wieder einen leisen Anflug der alten Scham. Nicht so schlimm wie damals mit sechzehn, als ihre Schwangerschaft bekannt wurde und die Leute sie anstarrten, als habe sie ein Mal um den Hals. Aber zumindest ein kurzer Schauer jenes unangenehmen Gefühls von damals, das sie so geprägt hatte. Die aufdringliche Erinnerung daran, dass ihr Leben eine völlig andere Wendung hätte nehmen können, wenn sie sich nicht hätte schwängern lassen. Sie wäre vielleicht heute verheiratet. Hätte zwei Kinder. Und sie hätte vielleicht auch herausgefunden, was sie mit ihrem Leben machen wollte. Hätte ihre Fähigkeiten als Bäckerin viel früher entdeckt, weil sie für die Kuchenbasare an der Schule ihrer Kinder gebacken hätte. Vielleicht, vielleicht auch nicht. Wer wusste das schon?

Sie schaute zum Tresen rüber, wo Officer Nick DeMarco immer saß, wenn er vorbeischaute. Zu schade, dass er gestern nicht da gewesen war, als sie ihn auf den wie üblich betrunkenen Hugh Fledge hätte hetzen können, der nicht aufhörte, sie um ein Date zu bitten. Sie hatte kaum Erinnerungen an den Nick aus Highschool-Zeiten, sie hatte ihn eigentlich persönlich kaum gekannt. Aber er hatte zu Timothys Clique gehört. Jedes Mal, wenn sie Nick jetzt ansah, fühlte sie sich irgendwie nackt, als wüsste er ziemlich viel über sie, das gar nicht stimmte. Sie hasste dieses Gefühl. Und darum mied sie ihn, wann immer sie ihn im Diner oder in der Stadt sah. Aber morgen Abend beim Backkurs konnte sie ihm nicht aus dem Weg gehen. Sie müsste außerdem besonders nett zu ihm sein, weil seine Tochter dabei war.

Manchmal fragte sie sich, ob es nicht ein Fehler gewesen war, nach Boothbay Harbor zurückzukommen. Ob sie überhaupt irgendwann zur Ruhe kommen und sich der Vergangenheit stellen konnte? Boothbay Harbor fühlte sich jedenfalls noch nicht wie ihr Zuhause an, auch nach einem Jahr nicht. Und obwohl sie ein paar Freunde gefunden hatte – Shelley natürlich, die gerade drüben an Tisch neunzehn mit lauter Stimme den Unterschied zwischen einem Western-Omelett und einem Country-Omelett erklärte – und dazu noch viele Bekannte, zu denen vor allem ihre Kunden gehörten, die sich auf sie verließen, als wäre sie eine Wahrsagerin. Trotzdem fühlte Veronica sich ... einsam. Irgendetwas fehlte ihr, und sie wusste nicht, was. Liebe? Eine Gruppe enger Freundinnen, wie es Veronica nie vergönnt gewesen war außer in den sieben Monaten, die sie im Heim der Guten Hoffnung verbracht hatte? Etwas in ihr fühlte sich leer an.

Die Menschen werden in dein Leben treten und wieder ver-

schwinden, und sie werden alle möglichen akzeptablen oder beschissenen Gründe dafür haben, hatte ihre Großmutter immer auf ihre direkte und offene Art gesagt. *Darum ist es wichtig, dir selbst die beste Freundin zu sein und zu wissen, wer du bist. Lass dir nie von irgendwem einreden, dass du jemand bist, von dem du ganz genau weißt, dass du es nicht bist.*

Veronica war dreizehn, als ihre Großmutter ihr das eintrichterte, weil ein Mädchen aus der Schule ihr erklärt hatte, sie könne nicht länger ihre Freundin sein, weil ihre Mutter fand, Veronica sehe schon zu erwachsen aus. Sie hatte eine schlanke, aber kurvenreiche Figur und trug in der achten Klasse schon einen BH mit C-Körbchen. Es war egal, wie altmodisch sie sich kleidete, die Jungs setzten ihr trotzdem nach. In der neunten Klasse hatten die Mädchen– allen voran Penelope von Blun – angefangen, Gerüchte über Veronica zu verbreiten, sie wäre «leicht zu haben» und würde «wild herumhuren». Dabei hatte sie noch nicht mal einen Jungen mit Zunge geküsst. Die wenigen Jungs, mit denen sie sich traf, hatten irgendwelche Geschichten erfunden, wie weit sie bei ihr gehen durften, weshalb Veronica die Sache meist schnell beendete. Mit sechzehn, als sie schließlich mit Timothy Macintosh ausging, hatte sie einen gewissen Ruf weg, obwohl noch nie ein Junge ihre Brust berührt hatte. Timothy hatte ihr das auch geglaubt. Er sagte, sie sei schön und klug und dass er nie ein Wort über sie zu seinen Freunden sagen würde. Die Mädchen hatten immer Abstand von ihr gehalten, weshalb Timothy ihr erster richtiger bester Freund wurde. Bis zu jenem eisigen Aprilnachmittag, als sie ihm von der Schwangerschaft erzählte.

Die Erinnerung an jenen Tag brachte erneut einen schmerzhaften Stich mit sich. Vielleicht würde es ja immer weh tun, selbst in dreißig Jahren noch. Hör auf, dir über ihn den Kopf zu zerbrechen, schalt Veronica sich und rief die Bestellung von Penelope von Blun und ihrer Mutter durch die Durchreiche in die Küche, wo der Koch Joe ausgiebig die Augen verdrehte. Sie wünschte, sie könnte endlich loslassen. Aber schon im ersten Monat nach ihrer Rückkehr hatte sie Timothy aus der Ferne in einem Supermarkt gesehen, und seitdem war es ihr unmöglich gewesen, ruhig zu schlafen, weil die Erinnerungen sie immer wieder aufschreckten. Sie war so gelähmt gewesen, als sie ihn sah, dass sie nur reflexartig hinter einen Stand mit Bananen sprang. Sie war sich erst nicht ganz sicher, ob er es wirklich war, aber dann hörte sie sein Lachen, weil die Frau an seiner Seite etwas sagte. Veronica hatte sie nicht erkennen können, weil die Frau ihr den Rücken zuwandte – sie hatte jedenfalls einen präzise geschnittenen Bob und eine atemberaubende Figur. Timothys Arm lag um ihre Schulter, und er drehte sich um, weil er etwas entdeckt hatte. Und da war sein Profil mit der geraden römischen Nase. Fast hätte Veronica angefangen zu hyperventilieren. Es kam so überraschend. Sie hatte nicht erwartet, dass er noch in Boothbay lebte; sie hatte extra im Telefonbuch nachgeschaut, damit sie wusste, ob sie damit rechnen musste, ihm in der Stadt über den Weg zu laufen. Aber es gab keinen Eintrag unter seinem Namen, und sie hatte ihn seitdem auch nicht mehr gesehen. Vielleicht hatte er nur Verwandte besucht.

«Oh. Mein. Gott», sagte Shelley, als sie die liegengebliebene *Sunday Boothbay Regional Gazette* von einem der Tische nahm.

«Was ist los, Shel?», fragte Veronica und kam herüber.

Shelley war ein kleiner, quirliger Rotschopf und im selben Alter wie Veronica. Sie war der optimistischste Mensch, den Veronica kannte, sie versprühte einfach immer Tatkraft und gute Laune. Ihre katzenartigen bernsteinbraunen Augen starrten auf eine Seite der Zeitung. Dann hielt sie die Rubrik *Leute & Leben* hoch. «Hier.»

Ein Blick auf die Seite genügte, und Veronica wiederholte Shelleys Worte wie einen Schwur. «Oh. Mein. Gott.» Ein atemberaubendes Foto von Colin Firth in einem maßgeschneiderten Smoking. Daneben stand ein kurzer Artikel über die Filmcrew, die seit kurzem in Boothbay Harbor war und in der Nähe des Froschweihers einen Set aufbaute, um Szenen für eine neue Dramedy mit Colin Firth in der Hauptrolle zu drehen. Darunter stand in einem Kästchen ein Aufruf für Komparsen.

> Große Filmproduktion sucht Ortsansässige als Komparsen. Bewerbungen können am Set am Froschweiher abgegeben werden, Montag und Dienstag jeweils zwischen vier und sechs. Benötigt werden ein Lebenslauf und zwei Fotos – eine Ganzkörperaufnahme, ein Porträt –, außerdem Name, Telefonnummer, Größe, Gewicht und Kleidergröße, mit wasserfestem Stift auf der Rückseite notiert.

Es stimmte also. Colin Firth kam nach Boothbay Harbor. Er konnte durchaus gestern im Harbor-View-Coffeeshop gewesen sein, obwohl die Barista auf einen ganzen Stapel Bibeln geschworen hatte, dass er nicht dort gewesen sei. Vielleicht hatte er sich durch die Hintertür verdrückt, nachdem sich die Nachricht verbreitet hatte, er sei dort. Der arme Mann hatte bestimmt nur einen Eiskaffee und ein Scone kaufen wollen. Himmel, auf kreischende Fans, die ihn umlagerten, hatte er bestimmt keine Lust. Fans, wie sie einer war.

«Komm heute Abend zu mir, damit wir Fotos machen können», sagte Shelley, riss die Seite aus der Zeitung, faltete sie zusammen und steckte sie in Veronicas Schürzentasche.

«Was für Fotos?»

«Na, ein Porträt und eine Ganzkörperaufnahme von dir natürlich. Damit du dich als Komparsin bewerben kannst, du Dummerchen!»

Veronica lachte. «Ich? Ich muss arbeiten. Ich backe gefühlt tausend Kuchen pro Woche. Das kann ich doch nicht alles stehen- und liegenlassen, nur um für eine kleine Statistenszene tagelang die Strandpromenade auf und ab zu laufen.» Sie hatte mal gelesen, dass Komparsen den ganzen Tag in Rufbereitschaft sein müssen, solange der Film gedreht wird. Sie saßen die meiste Zeit in einem Zelt und langweilten sich zu Tode, bis der Regisseur sie rief, damit sie hopp, hopp stumm im Hintergrund rumliefen. «Natürlich bewirbst du dich», sagte Shelley, die ganz genau wusste, wie sehr Veronica Colin Firth verehrte. Mindestens dreimal im Monat lud Veronica Shelley ein, mit ihr einen Colin-Firth-Film zu gucken, inklusive leckerer Drinks und Häppchen und Kuchen und einer anschließenden Diskussion über den Film und über die Frage, warum sie Colin Firth so sehr liebte. *Haben wir nicht erst vor ein paar Monaten* Tatsächlich ... Liebe *geguckt?*, hatte Shelley sie neulich gefragt, als Veronica sie dazu einlud. Als könnte man *Tatsächlich ... Liebe* zu oft sehen.

«Du hast doch Geld, Veronica. Dein Kuchengeschäft erlaubt es dir, ein paar Wochen auszusetzen. Du kannst dir doch nicht die Chance entgehen lassen, als Komparsin in einem Colin-Firth-Film mitzuwirken, der in deiner Heimatstadt gedreht wird!»

Veronica musste unwillkürlich an die Szene in *Stolz und Vorurteil* denken, die es neulich geschafft hatte, ihr den Kuchen zu verhunzen. Mr. Darcy, der klatschnass aus dem Weiher watet. Verdammt, Shelley hatte recht. Auf keinen Fall durfte sie sich diese Chance entgehen lassen. Allein die Vorstellung, in einem Colin-Firth-Film mitzuwirken, machte sie ganz kribbelig vor Aufregung. So hatte sie sich seit Monaten nicht mehr gefühlt. Sie faltete die Zeitungsseite auseinander und starrte auf das Foto ihres Schwarms und dann auf die Anzeige. Das Grinsen, das sich auf ihrem Gesicht ausbreitete, musste sehr idiotisch aussehen.

Große Filmproduktion sucht Ortsansässige als Komparsen. Lieber Himmel, Veronica durfte sich vielleicht im selben Luftraum bewegen wie Colin Firth. Veronica im selben *Raum* wie Colin Firth. Sie durfte Mr. Darcy in die Augen sehen! Und Shelley hatte recht – ihr Kuchengeschäft hatte sich so prächtig entwickelt, dass sie ohne Probleme eine Zeitlang vom Kellnern freinehmen konnte.

Also gut. Wennschon – dennschon. Sie wollte die Erste in der Schlange der Bewerber sein. Was bedeutete, dass sie zum ersten Mal in ihrem Leben einen Lebenslauf schreiben musste. Sie hob den Blick und sah, dass soeben zwei ihrer Bestellungen in der Durchreiche abgestellt wurden. Also ging sie rüber und belud ihr Tablett. Seit sie sechzehn war und nach Florida ging, hatte Veronica in geschäftigen Diners gekellnert. Alles, was man für diesen Job brauchte, war die Erfahrung, die man dann bei der Arbeit unter Beweis stellte. Das genügte, um den Job zu kriegen. Sollte sie etwa jedes Diner auflisten, in dem sie von Florida bis New Mexico und zurück nach Maine in den letzten zweiundzwanzig Jahren gearbeitet hatte? Darüber würde sie später nachdenken, wenn sie die Kuchenbestellungen buk. Wenn die Filmleute Ortsansässige wollten, dann wollten sie vermutlich gewöhnliche Leute mit Jobs in der Stadt. Gewöhnliche Leute, die keinen Lebenslauf brauchten, der ihre Leistungen aufzählte. Sie würde die Wahrheit schreiben, heute Abend zu Shelley gehen und Fotos machen. Und dann würde sie sich bewerben und die Daumen drücken.

Sie würde sich außerdem einen Hoffnungskuchen backen. Einen Käsekuchen mit salzigem Karamell. Nur für den Fall.

Um vier Uhr nachmittags glänzte Veronicas Haus für den morgigen Backkurs, sie hatte die Rezepte zum Verteilen ausgedruckt und ihren Lebenslauf geschrieben. Sie hatte geschrieben, dass sie Boothbay Harbor nur wenige Monate vor ihrem siebzehnten Geburtstag verlassen hatte – ohne den genauen Grund anzugeben – und nach Florida ging, wo sie in einem Diner arbeitete. Wenige Jahre später zog sie weiter Richtung Westen nach Louisiana, Texas und New Mexico, ehe sie letztes Jahr zurück nach Maine kam. Sie schrieb einen Absatz über ihre Arbeit im Best Little Diner, wie sehr sie ihre Stammkunden mochte und den Kontakt mit Touristen genoss. Sie wusste nicht, ob das auch nur annähernd interessant war für denjenigen, der die Komparsen auswählte. Darum ging sie noch mal zu Google und erfuhr auf einer Webseite, dass sie mit ihrem Wissen über die Tätigkeit als Komparse nicht ganz falschlag. Viel rumsitzen und warten. Offenbar gab es nicht besonders viel, das einen guten Komparsen auszeichnete und warum man sie anderen vorziehen sollte. Aber wenn sie «echte Menschen» wollten, war Veronica so echt, wie es nur ging. In den Artikeln über die Tätigkeit als Komparse stand auch, was man auf keinen Fall tun durfte, wenn man diesen Job wollte: zeigen, wie verrückt man nach einem Star war. Sie ließ also ihre beständige Liebe für Colin Firth außen vor.

Veronica stellte das Notebook beiseite, machte einen ordentlichen Stapel aus den Rezeptausdrucken und überprüfte dann ihre Vorräte in der Speisekammer und im Kühlschrank, damit ihr für den morgigen Kurs auch nichts fehlte. Sie musste den Salzvorrat auffüllen, brauchte Eier, frische Butter, Äpfel und ein paar Schälchen Blaubeeren. Sie ergänzte Kirschen, Brombeeren, Bananen, Limetten und Schokolade auf der Liste. Melasse benötigte sie so selten, dass sie sich keine Sorgen machen musste, dass sie ihr für Leigh DeMarcos Shoofly Pie ausgehen könnte.

Ihr Telefon klingelte. Das war hoffentlich Penelope von Blun, die ihre Kursteilnahme absagte.

«Hallo, hier ist Veronica.»

«Ich möchte gerne einen Kuchen bestellen. Einen besonderen Kuchen.» Die Stimme klang belegt, dachte Veronica. Eine Frau in den Dreißigern, die irgendwie wütend, verbittert, aber auch traurig war.

«Klar. Was für einen Kuchen möchten Sie?» Vermutlich einen Liebeskuchen oder vielleicht einen Gute-Besserung-Kuchen.

«Einen Kuchen, der dafür sorgt, dass man sich jemanden aus dem Kopf schlägt. Machen Sie solche Kuchen?»

Ihr Freund oder Ehemann hatte eine Affäre. Oder er liebte eine andere. Aber das schien nicht alles zu sein. Eine Stimme verriet Veronica meist schon sehr viel, aber dies hier schien etwas komplexer zu sein als die meisten Kundenwünsche. «Also, ich müsste schon wissen, ob Sie das im romantischen Sinne meinen oder einfach jemanden aus Ihrem Leben verbannen möchten.»

«Vielleicht beides», sagte die Frau.

Einen Bannkuchen. Veronica hatte schon einige solcher Kuchen gebacken, aber bisher nur zwei in dieser Stadt und ein paar mehr unten in New Mexico. Beim ersten Mal hatte einer der Hilfskellner im Diner, ein emotionales Wrack von einem jungen Mann, jedes Mal losgeheult, wenn er den Tisch einer rothaarigen Frau abräumen musste. Die Ex, die ihm das Herz gebrochen hatte, war auch rothaarig gewesen. Irgendwann wurde es so schlimm, dass er deshalb fast seinen Job verlor. Darum war Veronica eines Nachts lange aufgeblieben und hatte das richtige Rezept ausgeklügelt: Erdnussbutter gegen die Anhänglichkeit und Kokosnuss für den Mut, denn eine leichtere Creme wäre zu luftig, um den Kummer zu verdrängen. Die schwere Erdnussbutter und die Textur der Kokosflocken aber schafften es, dieses Gefühl der Leere und der Trauer aus dem Magen zu vertreiben, wo sich der Schmerz quasi festgefressen hatte. Sie hatte ihren Bannkuchen gebacken und dem armen Jungen am nächsten Morgen in der Küche ein Stück serviert, während sie sich unterhielten. Sie erklärte ihm, er sei stärker, als er selbst glaubte, und dass er sein eigenes Schicksal und seine Zukunft in der Hand hatte. Vielleicht war der richtige Moment gekommen, um den alten Schmerz hinter sich zu lassen. Vielleicht sollte er sich auf etwas Neues konzentrieren.

Während er das große Stück Kuchen aß, das Veronica ihm serviert hatte, erzählte er ihr, dass er sich ein bisschen in Jenna verguckt habe. Vielleicht fragte er die dunkelhaarige Kellnerin mit den blauen Augen einfach mal, ob sie mit ihm ausgehen wollte. Der Bannkuchen war also ein Erfolg, und Veronica hatte das Rezept mit der Erdnussbutter und der Kokosnuss so beibehalten.

«Ich nenne ihn Bannkuchen», sagte Veronica jetzt.

«Und der funktioniert wirklich?», fragte die Frau. Sie klang plötzlich hoffnungsvoll.

«Ich will ehrlich sein. Er gehört zu den Heilkuchen, die nicht immer so funktionieren, wie sie sollen. Ich vermute, man muss wirklich, wirklich, wirklich wollen, dass diese Person aus dem Herzen verschwindet, damit es klappt. Sie müssen bereit sein. Wenn Sie das nicht sind, scheint es nicht zu funktionieren. Manche Leute fühlen sich bereit, aber die Erinnerungen halten sie doch immer wieder zurück. Andere sind noch nicht an dem Punkt loszulassen, selbst wenn ihr Verhalten selbstzerstörerisch ist. Dann hilft auch kein Kuchen.»

«Na ja, manchmal sieht man eben nicht, was für einen selbst das Beste ist», fauchte die Frau.

Veronica hatte den Eindruck, dass die Frau noch nicht an dem Punkt war, loszulassen, und ihr Kuchen nicht funktionieren würde. Aber der Schmerz in ihrer Stimme ging Veronica unter die Haut. Veronica wollte ihr helfen.

«Ich sag Ihnen was», sagte sie. «Wenn Sie den Kuchen abholen, bezahlen Sie erst mal nichts. Wenn es klappt, können Sie mir das Geld in den Briefkasten werfen. Einverstanden?»

Die Frau schwieg für einen Moment. «Also gut. Ich brauche ihn morgen Nachmittag, geht das?»

Morgen? Sie musste ihren Lebenslauf noch Korrektur lesen, dann wartete das Fotoshooting mit Shelley auf sie, und der Backkurs musste weiter vorbereitet werden. Morgen hatte sie die Frühschicht im Diner und musste nach der Arbeit für zwei Kundinnen Sonderbestellungen backen – plus ihren eigenen Käsekuchen mit gesalzenem Karamell. Morgen Nachmittag brauchte sie noch mal viel Zeit, um die Einkäufe für den Kurs zu erledigen und alles vorzubereiten.

Und hatte sich die Frau überhaupt dafür bedankt, dass sie Veronica nicht bezahlen musste, wenn der Bannkuchen bei ihr nicht wirkte?

«Bitte», sagte die Frau. Jetzt klang ihre Stimme so verzweifelt, dass Veronica nicht ablehnen konnte.

Sie atmete durch und seufzte leise. «Kommen Sie morgen Nachmittag gegen fünf vorbei.»

«Danke», sagte die Frau schlicht und legte auf.

6 Gemma

Am Montagmorgen verließ Gemma um halb zehn die Praxis der Gynäkologin Dr. Laura Bauer. Sie besaß nun die Bestätigung ihrer Schwangerschaft – zumindest einen zweiten positiven Urintest – und ein Rezept für Schwangerschaftsvitamine. Und einen errechneten Geburtstermin. Der 3. Januar. Ein Neujahrsbaby.

Die Ärztin hatte Gemmas Fragen dazu beantwortet, welche Speisen sie lieber meiden sollte (kalten Aufschnitt, rohen Fisch und Caesar Dressing wegen der rohen Eier) und ob sie wenigstens eine Tasse Kaffee am Tag trinken durfte (ja, durfte sie). Sie hatte Glück, so schnell einen Termin bekommen zu haben; June hatte Isabel diskret nach dem Namen ihrer Gynäkologin gefragt, und dank einer kurzfristigen Terminabsage am Morgen konnte Gemma direkt vorbeigehen. In ein paar Tagen bekam sie außerdem das Ergebnis des Bluttests, doch die Ärztin hatte ihr versichert, dass sie mit zwei positiven Urintests aller Wahrscheinlichkeit nach tatsächlich schwanger war.

Gemma berührte ihren Bauch, der noch ganz flach war. Wann würde es sich wohl wirklich anfühlen? Vielleicht wenn das Baby zum ersten Mal nach ihr trat. Wann war das wohl? Ihr Ehering glänzte im Licht der Sonne, als sie die Main Street entlangging. *Ich bin schwanger*, sagte sie sich. *Ich bekomme ein Baby.* Es war real, obwohl es sich noch überhaupt nicht real anfühlte. Vielleicht war es für Gemma auch besser, dass es sich noch nicht so anfühlte. Ein Teil von ihr wollte Alexander sofort anrufen und die Neuigkeit mit ihm teilen, aber jedes Mal, wenn sie nach dem Telefon griff, hielt sie sich doch wieder davon ab. Das Gespräch würde von seinem Jubelschrei ziemlich direkt zu seinem Plan führen, nach Westchester zu ziehen. Und zu Gemmas Horrorvorstellung davon, als Mutter zu Hause zu sitzen oder bestenfalls bei dem kostenlosen örtlichen Wochenblatt Teilzeit zu arbeiten, wenn sie denn darauf «bestand». Neulich abends hatte June gemeint, in ihren Ohren klinge das doch ziemlich vernünftig, zumindest für die ersten Jahre, und wenn sie bedachte, dass June seinerzeit als einundzwanzigjährige Collegestudentin ganz alleine mit ihrem Baby dastand und immer arbeiten musste, um sich und Charlie durchzubringen, war Junes Reaktion natürlich sehr verständlich. Gemma sollte sich glücklich schätzen. Sie hatte einen Ehemann, der sie über alles liebte und für sie sorgen wollte. Trotzdem. War es denn so falsch, dass sie ihre Karriere, die ihr so viel bedeutete, nicht an den Nagel hängen wollte? Wenn sie schon schwanger sein musste, konnte sie dann nicht wenigstens beides haben? Ein Kind und eine Karriere?

Vor einem Monat war sie in einer Obdachlosenunterkunft in Brooklyn gewesen und hatte eine alleinstehende Mutter interviewt. Die junge Frau wusste nicht, wo sie hingehen sollte, sie hatte nichts gelernt und konnte mit ihrem zweijährigen Kind, das neben ihr auf der Pritsche schlief, nicht arbeiten gehen. Gemma war von ihrer Geschichte so gerührt gewesen, dass sie der Frau ein Vorstellungsgespräch als Hilfskraft in einer Kindertagesstätte besorgte, aber der Job ging an eine andere Bewerberin. Aber Gemma blieb am Ball, und über zwanzig Anrufe bei diversen Tageseinrichtungen später hatte die Frau endlich einen Job und zugleich eine Unterbringungsmöglichkeit für ihre Tochter. Innerhalb von zwei Wochen konnte sie das Obdachlosenheim hinter sich lassen und in eine eigene, kleine Wohnung ziehen. Gemmas Reportage über drei Frauen aus dem Heim hatte über tausend Kommentare auf der Webseite der *New York Weekly* nach sich gezogen. Manche verurteilten die Frauen für deren Lebensumstände, andere wiederum waren voller Mitgefühl und sprachen darüber, wie wichtig es sei, den Teufelskreis zu durchbrechen. Das war es, was Gemma tun wollte – mit den Menschen reden, ihre Geschichten erzählen, so herzzerreißend oder kontrovers sie auch seien. Viele Geschichten waren letztlich einfach die Erlebnisse gewöhnlicher Menschen, die im Leben Krisen meistern mussten. Gemma wollte informieren, wollte Diskussionen in Gang bringen. Alexander hatte einmal vermutet, Gemma wollte vielleicht vor allem deshalb über Alltagsgeschichten und persönliche Schicksale berichten, den Menschen Gehör verschaffen, weil sie selbst als Kind nie gehört worden war. Vielleicht war das so. Manchmal glaubte sie, Alexander verstand sie wirklich gut. Aber dann wieder …

Vielleicht rief sie ihn heute Abend an und teilte ihm die Neuigkeit mit. Nach ihrem Treffen mit Claire Lomax von der *Boothbay Regional Gazette*. Gemma hatte verflixtes Glück gehabt, sie war Claire direkt am Samstag beim Hochzeitsempfang der gemeinsamen Freundin über den Weg gelaufen. Als Sommerfreundinnen hatten Claire und Gemma als Teenager immer Reporter gespielt, hatten die Leute auf der Straße befragt und ihre Antworten in Notizbüchern aufgeschrieben. Claire hatte immer die Gabe besessen, die richtigen Geschichten aufzugreifen. Kein Wunder also, dass sie jetzt Ressortleiterin bei der beliebten regionalen Zeitung war.

Beim Hochzeitsempfang der Freundin hatte Claire sie umarmt, als stünden sie sich noch immer so nah wie früher, und sie hatten sich mit den Minikrabbenquiches und den mit Stiltonkäse gefüllten Weintrauben einen ruhigen Tisch gesucht, um einander auf den neuesten Stand zu bringen. Das letzte Mal hatten sie sich bei der Beerdigung von Junes Tante vor zwei Jahren gesehen. Gemma war zu ihrer Freundin ehrlich gewesen, woraufhin sie Glückwünsche zur Schwangerschaft, Mitgefühl bezüglich der Probleme mit ihrem Ehemann und außerdem eine Einladung bekommen hatte, heute früh in der Redaktion vorbeizuschauen, um im Gespräch herauszufinden, ob Gemma im Laufe der Woche etwas für die Zeitung schreiben konnte. Claire führte eine langjährige Beziehung und konnte daher alles nachempfinden, was Gemma ihr erzählte. Der Auftrag von Claire wäre bestimmt super, eine Story, mit der sie sich ein paar Tage beschäftigen konnte. Allein die Tatsache, endlich wieder an einer Story zu arbeiten, zu recherchieren und aus dem prallen Leben zu berichten, würde Gemma ein Gefühl von neuer Stärke geben. Sie würde sich wieder wie sie selbst fühlen. Und dann wäre sie auch besser gerüstet, wenn Alexander wieder damit anfangen würde, was für ein Glück im Unglück es doch war, dass man sie gefeuert hatte.

Als Gemma bei der Italian Bakery vorbeikam, in der sie in ihren Sommerurlauben als Kind oft genug ihr Taschengeld gelassen hatte, befiel sie ein plötzlicher Heißhunger auf die Cannoli. Sie schaute durchs Fenster und entdeckte auf einer Platte einen Stapel der köstlichen Gebäckrollen. Nur eine, sagte sie sich. Sie betrat die Bäckerei und kam mit vier Cannoli in der Tüte wieder heraus. Eine für jetzt, eine für June, wenn sie sich später trafen, eine für Isabel und eine für heute Abend, wenn sie selbst von Cannoli träumte. Sie setzte sich auf eine Bank vor dem Laden und bemerkte, wie ihre Aufmerksamkeit sich auf die vorbeigehenden Mütter konzentrierte. Und die Babys. Plötzlich waren überall Babys. Kinderwagen. Babys in Tragen, die vor die Brust von Mama oder Papa geschnallt waren. Oder in kompliziert gewickelten Tüchern. Die Eltern hatten allerdings eine Sache gemeinsam. Sie sahen aus, als würden sie das schon seit Ewigkeiten machen. Diese Elternsache. Ihre Gesichter waren entspannt. Eine Frau mit Trage betrachtete ausgiebig das Schaufenster, eine andere blieb mit dem Kinderwagen kurz stehen, um ans Telefon zu gehen, ehe sie den Kinderwagen weiterschob, als sei es echt keine große Sache, sich um ein Baby zu kümmern. Gemma musste sich ein bisschen beruhigen. Offensichtlich konnte man mit Baby mehrere Sachen gleichzeitig machen. Bestimmt lernte auch sie irgendwann, ein Baby zu halten und gleichzeitig mit jemandem zu telefonieren. Himmel, Frauen waren seit Anbeginn der Zeit Mütter. Sie konnte das lernen. Sie konnte mit Isabel reden, die es schaffte, trotz Baby das Three Captains' Inn zu managen. Vielleicht hatte sie Tipps, wie man weiter arbeiten und zugleich ein Baby umsorgen konnte. Irgendwo musste es einen glücklichen Mittelweg geben, aber Gemma hatte einfach keine Ahnung, wo und wie der aussah. Sie wusste einfach nur, dass sie nie das empfunden hatte, wovon Freundinnen immer sprachen – von der Sehnsucht nach einem Baby. Alexander beharrte darauf, dass sie nicht so empfand, weil sie Angst hatte. Wegen ihrer schwierigen familiären Situation, weil ihr selbst als Kind immer die Zuneigung ihrer Mutter gefehlt hatte. Er behauptete außerdem immer wieder, sie werde bestimmt eine tolle Mom, dass sie so liebevoll und einfühlsam und voller Hingabe war.

Mehr brauchte es doch nicht, um eine großartige Mutter zu werden.

Gemma war sich da allerdings nicht so sicher. Man brauchte doch noch etwas anderes. Mehr als all diese Eigenschaften. Zunächst mal musste man doch Mutter sein wollen.

Aus dem Nichts brannten heiße Tränen in Gemmas Augen, weil es sich so schrecklich anfühlte, so zu empfinden, vor allem, wenn gerade ein Leben in ihr heranwuchs. Ein Leben, gerade mal sechs Millimeter groß mit einem röhrenförmigen Herzchen, das eben erst anfing zu schlagen – so stand es zumindest in dem Schwangerschaftsratgeber, in dem sie seit Freitagabend immer mal wieder las. Ihr Baby. Alexanders Baby.

Gemma legte die Hände auf ihren Bauch und fragte sich, ob sie ein leises Flattern spürte. Noch nicht. Bist du ein Mädchen oder ein Junge?, fragte sie in Gedanken ihren Bauch. Wirst du meine glatten Haare haben? Alexanders braune Augen? Oder meine dunkelblauen? Vielleicht erbte das Baby das gespaltene Kinn der Hendricks. Und ja, ihre alle Menschen umfassende Wärme. Auch wenn Gemma sich immer gern über ihre übergriffige Art beklagte, würden Mona und Artie Hendricks wunderbare Großeltern abgeben, von denen ein Kind nur träumen konnte, dessen war sie sich sicher. Sie wären in das Baby vernarrt, würden es verwöhnen und mit Liebe überschütten.

Ein Hund an der langen Leine stürzte sich auf Gemma und schnappte ihr das Cannolo aus der Hand. Sie hatte sich nur zwei Bissen gegönnt. Die Besitzerin entschuldigte sich peinlich berührt und bot an, Gemma gleich ein neues zu kaufen. Aber sie lächelte nur und zeigte auf die Schachtel, in der die anderen Cannoli lagen. Sie habe noch mehr, also keine Sorge. Der Hund hatte ihr irgendwie sogar einen Gefallen getan.

Zum Glück gab es niedliche Hunde, die ihr Cannoli mopsten, damit Gemma auf andere Gedanken kam und nicht länger über ihren Bauch grübelte und wie er ihr Leben verkomplizierte. Sie schaute auf die Uhr. Es war langsam Zeit, rüber zur *Gazette* zu gehen. Wenn sie Glück hatte, würde Claire sie für die große Story engagieren, über die jeder in der Stadt im Moment redete – nämlich über die Filmcrew, die sich drüben am Froschweiher im Laufe des Wochenendes eingerichtet hatte. Sie könnte den wunderbaren Colin Firth interviewen. Vielleicht sogar bei einem Cannolo in der italienischen Bäckerei. Sie würde fast sterben vor Aufregung und es sich wohl nur mühsam verkneifen können, ihn zu bitten, für sie die schönsten Sätze zu wiederholen, die je in einem Film gesagt worden waren. «Ich mag dich. Sehr sogar. So wie du bist.»

Und ein Interview mit einem berühmten Filmstar, noch dazu in ihrer Heimat – nun, zumindest ihrer Sommerheimat –, könnte für sie der Weg zurück in den Beruf sein. Die persönliche Komponente zusammen mit einer Story und dem Interview eines Filmstars aus der ersten Liga? Das war die Art Story, mit der sie bei ihrem früheren Chef wieder landen könnte. Gut möglich, dass er ihr sogar ihren alten Job zurückgab.

Ein Gewicht fiel von ihr ab. Kopf, Herz und Schultern fühlten sich leichter an. Sie ging die Harbor Lane entlang, die mit dem hübschen Kopfsteinpflaster zu ihren liebsten Seitenstraßen in Boothbay gehörte. Dort lag die Redaktion der *Gazette*, im ersten und zweiten Stock eines Gebäudes direkt gegenüber von Books Brothers, der Buchhandlung von June und Henry. Gemma lächelte, als sie am Moon Tea Emporium vorbeikam, das in der Harbor Lane eine Institution war. June, Claire und sie hatten sich als Teenager erwachsen und wichtig gefühlt, wenn sie dort hingingen und Tee mit Minisandwichs bestellten. Sie hatte auch ein paarmal die Wahrsagerin nebenan konsultiert. Gemma schaute in die Fenster, die von roten Samtvorhängen fast vollständig verhüllt waren, und entdeckte Madame Periot, die mit einer Frau an einem runden Tisch saß. Vielleicht würde Gemma später dort reinschauen. Obwohl, eigentlich wollte sie gar nichts über ihre Zukunft erfahren. *Du bist verwirrt, und jemand, der dir sehr nahesteht, wird langsam ungeduldig,* würde Madame Periot ihr erklären. Gemma würde daraufhin fragen, ob Alexander und sie die Sache irgendwie lösen konnten und einen glücklichen Mittelweg fanden, und Madame Periot würde sagen, ja, natürlich würden sie das. Dafür brauchte sie wirklich keine fünfundzwanzig Mäuse zusammenkratzen.

Gemma schaute auf die Uhr. Ihr blieben noch fünfzehn Minuten Zeit vor dem Termin, darum schaute sie noch kurz bei Books Brothers rein. In der Ecke mit Regionalliteratur aus Maine fand Gemma June, wo sie gerade einem Kunden die Wanderführer für den Aufstieg zum Mount Katahdin zeigte.

«Heute Morgen ist der Teufel los», sagte June und gab Gemma einen Kuss auf die Wange, nachdem ihr Kunde verschwunden war. «Geht's dir gut?»

«Irgendwas an der Luft hier im Norden muntert mich ganz schön auf», sagte Gemma. «Und rate mal, wo ich jetzt hingehe. Ich treffe Claire bei der *Gazette*, weil sie für mich eine Story hat.»

June lächelte. «Das ist ja super!» Zwei Kunden reckten die Hälse und verlangten nach Junes Aufmerksamkeit. Gemma schaute sich das Display mit den hübschen Notizbüchern an und kaufte schließlich ein schlichtes schwarzes Moleskine, damit sie bei ihrem Gespräch gleich Notizen machen konnte. Dann schaute sie auf die Uhr. Immer noch zehn Minuten, bis sie in der Redaktion sein musste. Sie ging an den Regalen mit den Romanen entlang und dann in die Ecke mit den Sachbüchern, weil sie ein Schild anlockte, auf dem stand *Bücher, die helfen*. Das klang ansprechend. Ein ganzes Regalbrett war der Ehe gewidmet. Beziehungstipps, Scheidungsratgeber. Scheidung ... Gemma drehte sich weg, weil sie plötzlich einen Stich in der Magengrube spürte. Sie konzentrierte sich lieber auf das Regal mit den Schwangerschaftsratgebern. Das bist du, sagte sie sich. Schwanger. Niemand, der auf eine Scheidung zusteuert. Sie schaute erneut auf die Uhr. Jetzt war es aber Zeit zu gehen. Zeit, ihr Leben wieder in die Spur zu bringen.

• • • • •

Um zehn Uhr saß Gemma vor Claires großem, abgenutztem Schreibtisch und spürte endlich wieder Hoffnung. In dem chaotischen Büro inmitten der wuseligen Redaktion, umgeben von permanentem Tastaturengeklapper, geschäftigen Telefongesprächen und den Rufen der Redakteure fühlte sich Gemma sofort zu Hause. Das hier war ihr Territorium, auch wenn die Büroräume der *Gazette* nur ein Achtel der Größe der *New York Weekly* hatten.

Gemma zog ihr neues Notizbuch hervor und ergriff die Initiative. *Du musst sagen, was du willst*, das hatte ihr ihr Mentor in der Uni wie ein Mantra eingetrichtert. «Ich wäre an einem Artikel über den Filmset in der Stadt interessiert. Welche Wirkung es auf die örtliche Wirtschaft hat, auf die Stimmung der Menschen und so weiter. Ich könnte Colin Firth und die anderen Stars interviewen. Ich habe in der *Gazette* vom Sonntag die Anzeige gesehen, dass sie nach Komparsen suchen – also könnte ich den Regisseur fragen, wie so ein Casting abläuft, und auch ein paar Komparsen interviewen. Es gibt so viele spannende Komponenten bei dem Thema.»

Claire sah immer noch wie das kantige Mädchen aus, an das Gemma sich so gut erinnerte. Sie war groß und knabenhaft schlank mit glatten, dunklen Haaren, die zu einem akkuraten Pagenkopf geschnitten waren. Sie nahm einen Schluck Kaffee, und ehe sie etwas zu Gemmas Vorschlag sagen konnte, klopfte jemand an, kam herein und schob Claire einen Stapel Unterlagen zu, damit sie diese unterschrieb. Claire war eine dieser bewundernswerten Frauen, die sich durch nichts aus der Ruhe bringen ließen und immer gefasst blieben. Sie überflog die Seiten wachsam und unterschrieb, ehe sie ihre volle Aufmerksamkeit wieder Gemma widmete. «Eigentlich habe ich schon jemanden, der sich um den Filmset und alle Begleiterscheinungen kümmert. Und ich sag dir eins, es ist ohnehin unmöglich, herauszufinden, wann Colin Firth in die Stadt kommt. Aber ich habe dich hergebeten, weil es eine andere Story gibt, mit der ich dich gerne betrauen würde.»

Ja! «Großartig», sagte Gemma. Sie hatte den Stift gezückt und war bereit, alles zu notieren. Sie saß sehr aufrecht, und alle Spuren der schwangerschaftsbedingten Müdigkeit waren wie weggefegt. Jetzt durchströmte sie pures Adrenalin.

Claire beobachtete sie einen Moment schweigend und trank ihren Kaffee. «Am Rande von Boothbay gibt es ein

Heim für schwangere Teenager. Das Heim der Guten Hoffnung. Es feiert Ende Juli sein fünfzigstes Jubiläum, und ich möchte gerne eine große Story über dieses Haus bringen. Was es den Mädchen bietet, Porträts von aktuellen und früheren Bewohnerinnen, so eine Was-ist-aus-ihnen-geworden-Geschichte, wie es vor fünfzig oder fünfundzwanzig Jahren war, schwanger zu werden. Wie es heute ist. Ich will Statistiken über alles Mögliche, außerdem aufrichtige Wortmeldungen, was die Leute aus der Stadt darüber denken, das volle Programm eben.»

Gemmas Mut sank. Eine Story über schwangere Teenager? Überhaupt: Schwangere? Das war nicht gerade das Thema, auf das Gemma sich jetzt auch noch professionell konzentrieren wollte. Wie konnte sie Claire das erklären, ohne sie zu verprellen? Sie musste ihr eine andere Story geben. «Claire, ich ...»

Ihre Freundin hob die Hand und schnitt ihr das Wort ab. «Gemma, die Tatsache deiner Schwangerschaft und – ich will ehrlich sein – deine Verwirrung darüber sind der Hauptgrund, warum ich die Story von dir haben möchte. Die Fragen, die du stellst, deine Perspektive, die du dir vielleicht auch erst erarbeiten musst, wird aus der Story etwas Großes machen, etwas, was kein anderer meiner Reporter im Moment bringen kann.»

Gemma lehnte sich zurück. «Aber ...»

«Dreitausend Wörter. Die Titelseite der Rubrik *Leute & Leben.*»

Dreitausend Wörter. Titelseite. Das war wirklich groß. Heim der Guten Hoffnung. Schwangere Teenager. Ob sie dort einer Horde Fünfzehnjähriger begegnete, die ihre Babys zur Adoption freigaben? Dieser Auftrag wäre emotional äußerst herausfordernd, um es mal vorsichtig auszudrücken. «Du weißt, wie sehr ich diese Chance zu schätzen weiß, Claire. Es kommt nur so ... unerwartet.»

«Wie die meisten Dinge im Leben», sagte ihre Freundin und lächelte zufrieden.

* * * * *

Gemma ging zurück in die Pension und nahm ihr Notebook mit in den Aufenthaltsraum, wo Isabel für die Gäste zur Mittagszeit Tee servierte. Der Aufenthaltsraum war so gemütlich mit den gepolsterten Sofas und Sesseln, den Mohairüberwürfen und weichen Kissen, Gemma könnte ewig dort bleiben. Sie entschied sich für Kamillentee, der in einer wunderhübschen Tasse serviert wurde, und dazu ein Stück vom besten Limettenkuchen, den Gemma je gekostet hatte. Dann begann sie, die Informationen der Webseite vom Heim der Guten Hoffnung zu studieren.

Die Homepage war ziemlich knapp gehalten, aber mit Bedacht geschrieben. Sie fand genug Auskunft darüber, was das Heim bot – einen sicheren Hafen für schwangere Teenager, Kost und Logis, Beratung, eine Krankenschwester und Hilfe beim Umgang mit Adoptionsagenturen. «Seit 1963» stand unter dem Logo des Heims. Wie es wohl 1963 für einen Teenager gewesen war, schwanger in so ein Heim geschickt zu werden? Gemma zückte ihr Moleskine und notierte ein paar Dinge, die sie recherchieren wollte. Statistiken heraussuchen. Wie viele schwangere Teenager gab es in den Staaten heute, wie viele waren es in den Sechzigern gewesen? Wie viele der Babys, wurden zur Adoption freigegeben, verglichen mit denen von erwachsenen Frauen? Wie viele schwangere Teenager behielten ihre Babys, und wie viele gaben sie zur Adoption frei? Sie staunte, in welcher Windeseile sie zwei ganze Seiten gefüllt hatte, so viele Fragen fielen ihr ein.

Die Startseite des Webauftritts zeigte ein Bild von dem Heim. Es sah auf jeden Fall hübsch aus. Ein großes, weißes Farmhaus mit einer ringsum verlaufenden Veranda. Und einer Tafel: Erbaut 1883. Die Veranda war großzügig mit Pflanzkübeln bestückt, und unter einem großen, weit ausladenden Baum standen mehrere Liegestühle in einem Halbkreis. Für Gruppensitzungen, nahm Gemma an. Sie trank ihren Tee aus und hätte sich am liebsten ein zweites Stück von diesem unbeschreiblich leckeren Kuchen gegönnt, aber sie zwang sich, von dem gemütlichen Mahagonisofa aufzustehen, dessen Polster mit funkelnden Seesternen bedruckt waren, genau wie jene, die den Quilt in ihrem Zimmer zierten.

Draußen auf der Veranda setzte Gemma sich auf die Hollywoodschaukel, zog ihr Handy aus der Tasche und wählte die Nummer vom Heim der Guten Hoffnung. Fünf Minuten später hatte Gemma mit der Leiterin einen Termin für ein Interview und eine kleine Besichtigungstour zur Mittagszeit vereinbart. Die Frau meinte, sie würde ein paar ihrer Schützlinge fragen, ob sie an einem Artikel mitwirken und ihre Geschichte erzählen wollten. Sie konnten bei dem Gespräch dann auch über die Möglichkeit reden, frühere Bewohnerinnen zu kontaktieren.

Als Gemma ihr Notizbuch aufschlug, um weitere Fragen zu notieren, klingelte ihr Handy. Alexander.

«Ich bin unterwegs zum Gericht, darum habe ich nur ein paar Minuten Zeit. Aber ich wollte unbedingt hören, wie es dir geht», sagte er. «Haben die frische Luft in Maine und diese hübsche kleine Stadt dich inzwischen von einem Umzug nach Dobbs Ferry überzeugen können?»

Er blieb also unnachgiebig. Und warum musste er nur immer so mit der Tür ins Haus fallen.

«Ich hatte immer noch keine Gelegenheit, mir das Exposé anzusehen, Alex. Ich habe einen Auftrag von der *Boothbay Gazette* angenommen, und ...»

«Gemma, du hast es mir versprochen. Das ist wirklich unfair von dir. Ich wurde heute Morgen fast von einem Taxi überfahren. Ehrlich, ich bin diese Stadt so leid! Ich will hier nur noch weg.»

«Alex, ich kann darüber im Moment wirklich nicht diskutieren. Ich habe einen Auftrag. Und meine Zeit hier ist begrenzt, darum muss ich mich jetzt der Recherche widmen.»

«Sieh mal, Gemma, ich habe im Bieterwettstreit um das Haus verloren, weil mein Gebot zu niedrig war und ich danach nicht das Gefühl hatte, höher gehen zu dürfen, weil du dann bestimmt ausgerastet wärst. Aber ich will umziehen, ich bleibe dabei. Du hast keinen Job mehr, der dich in New York hält. Es gibt keinen Grund, hierzubleiben. Wir sind hier, seit wir die Highschool abgeschlossen haben. Elf Jahre. Das reicht doch mal langsam.»

Gemma seufzte. «Dir vielleicht, aber mir nicht.»

«Dann soll ich also einfach unglücklich sein. Willst du mir das sagen?»

«Nein, ich sage dir nur, dass ich in Dobbs Ferry noch unglücklicher wäre. Du wolltest immer in New York leben, das war dein Traum. Aber wenn ich nach Dobbs Ferry ziehe, wäre ich kreuzunglücklich. Ich hätte das Gefühl, dass mir die Seele ausgesaugt wird, und das jeden Tag aufs Neue. Ich würde dort nicht wissen, wer ich bin, Alex.»

New York City, wo er zum College und später zur Law School gegangen war, hatte allerdings schon vor langer Zeit aufgehört, Alex' Traum zu sein, das wusste sie. Als sie ungefähr drei Jahre verheiratet waren, fing es damit an, dass sie eine Art spielerischen Dauerstreit über New York hatten. Gemma zählte all die Wunder auf und Alex die vielen Nachteile, die Gemma gar nicht so auffielen. Sie hatte ihm erzählt, wie sie als Kind mal den Aufzug zum Dach des schicken Wohngebäudes an der Upper West Side genommen hatte und auf die Aussichtsplattform trat, um auf die funkelnden Lichter zu starren. Sie hatte sich damals von den vielen Möglichkeiten erleuchtet gefühlt. Wie viel da draußen in der Welt auf sie wartete, wie viele Träume und Hoffnungen sich ihr boten! Wenn sie wegen ihrer Familie traurig war, was recht oft passierte, ging sie wieder aufs Dach und ließ sich von den ganzen Wundern aufmuntern.

Am Abend ihres zweiten Hochzeitstags erklärte Alex ihr, er habe eine Überraschung für sie. Er legte ihr eine Augenbinde um und führte sie aus der Wohnung Richtung Fahrstuhl. Erst als er ihr endlich die Augenbinde abnahm, merkte sie, dass sie nach oben und nicht nach unten gefahren waren. Sie standen auf dem Dach ihres Hauses. Er hatte einen Tisch gedeckt, mit Spitzendecke, einem riesigen Blumenstrauß und zwei abgedeckten Tellern, unter denen seine Spezialität auf sie wartete, Hühnchen mit Parmesan auf Linguini. Ein kleiner Heizofen war eingeschaltet, weil Oktober war und die Nächte empfindlich kühl wurden. Aus seinem alten Ghettoblaster dröhnte ihr Hochzeitslied. *You're My Best Friend* von Queen.

Er hatte das alles für sie gemacht. Sie setzten sich, und er sagte ihr, wie atemberaubend schön sie sei und wie verdammt dankbar er sei, dass sie seine Frau war. Solange sie zusammen waren, könnte er überall glücklich werden. Sie aßen und tranken Champagner und tanzten anschließend so langsam und eng umschlungen, dass sie sich kaum bewegten. Dann gingen sie nach unten und liebten sich leidenschaftlicher und zärtlicher, als Gemma es je erlebt hatte.

Das war jetzt erst zwei Jahre her. Ihr geliebter Alex, ihr bester Freund, ihr Ehemann hatte diesen wunderschönen Abend für sie arrangiert. Er hatte ihr versichert, egal wie schwierig es zu diesem Zeitpunkt in ihrer Ehe war mit all den Diskussionen über die Frage, wo sie leben und wann sie eine Familie gründen sollten, ihre Ehe sollte für sie immer wie New York City sein: ihr Fels, ihr Wunder, Hort der unermesslichen Möglichkeiten. Irgendwie würden sie einen Weg finden.

Zwei Jahre später war ihnen alles so schrecklich entglitten, und die Fronten waren verhärtet.

«Du hast den Vororten ja nicht mal eine Chance gegeben, Gemma!», bellte er ins Telefon. «Du behauptest nur, es zu hassen, weil es eben nicht New York ist und weil du glaubst, ganz genau zu wissen, wie es ist, weiter draußen zu leben. Dabei hast du keine Ahnung, du hast es doch noch nie ausprobiert!»

Gemma schloss die Augen und wünschte, sie könnte einfach mit einem Zauberstab wedeln und die Sache in Ordnung bringen. Alex sollte das wollen, was sie wollte. Oder sie sollte das wollen, was er wollte. Egal wie, aber sie sollten endlich wieder einer Meinung sein.

Sie konnten noch ewig so weitermachen. Es gab in dieser Frage schließlich weder richtig noch falsch, nur Dobbs Ferry war für Gemma falsch. Es wäre ihr Tod, das wusste sie. New York allerdings war für ihn inzwischen genauso schlimm. Vielleicht war sie genau so egoistisch, wie sie es ihm vorwarf.

Sie sagte, sie müsse jetzt wirklich Schluss machen, und hörte sein Seufzen. Sie konnte sich vorstellen, wie er in New York auf der Straße stand, einen Kaffeebecher in der Hand, auf dem Weg zum Gericht. Taxis brausten an ihm vorbei, es herrschte ein unvorstellbares Gedränge, und die Busse bliesen ihre Abgase in die feuchte Luft von Manhattan und damit direkt in sein Gesicht. Einen Augenblick lang fühlte Gemma sich richtig selbstsüchtig. Wenn sie wenigstens einen Mittelweg finden konnten, der für sie beide die Antwort war!

Sie hob ihr Gesicht der wärmenden Sonne entgegen und versuchte, das Gespräch aus ihren Gedanken zu verbannen. Junes Subaru fuhr auf den Parkplatz, auf dem Rücksitz entdeckte Gemma Junes kleine Nichte in einem pinken Babysitz. June winkte Gemma zu und hatte in wenigen Augenblicken das Baby auf dem Arm. Wieder suchte Gemma beim Anblick des Babys in sich selbst nach Anzeichen von dem, was offenbar die meisten Leute fühlten, wenn sie Babys anschauten: ein Zusammenziehen des Herzens, ein Gefühl der Entzückung, den Wunsch, das Baby zu halten und seinen Duft zu schnuppern. Die Sehnsucht nach einem eigenen Baby.

Aber Gemma spürte nichts dergleichen. Alles, was sie fühlte, war die Angst, die sich tief in ihrem Inneren eingenistet hatte.

7 Bea

Die Dusche ihres ranzigen Motels am Ende der Bucht von Boothbay Harbor war so eng, dass Bea sich kaum umdrehen konnte. Aber wenigstens war das Wasser heiß, das Shampoo roch gut, und auf dem kleinen Tisch im Zimmer standen eine winzige Heizplatte, ein Becher und ein Schälchen mit Instantkaffee, Milchpulver und Zucker in Portionstütchen. Noch viel wichtiger war aber, dass das Motel billig war. Die Fahrt rauf nach Maine hatte ein Vermögen für Benzin verschlungen, und sie hatte bereits zwei Nächte in diesem Motel verbracht, ohne genau zu wissen, wann sie auschecken sollte. Das Motel war das billigste, das sie mitten im Sommer in diesem lebhaften Touristenstädtchen finden konnte – und kostete dennoch pro Nacht stolze neunundsechzig Dollar. Eine Nacht konnte Bea sich noch leisten, aber dann wären ihre Reserven schon fast aufgebraucht. Wenn sie noch ein, zwei Wochen in der Stadt bleiben, sich zurechtfinden und sich vor allem in Ruhe überlegen wollte, ob sie sich mit ihrer leiblichen Mutter bekannt machen wollte, musste sie sich zumindest vorübergehend einen Job suchen. Bestimmt gab es jetzt in der Hochsaison in einem der zigtausend Restaurants von Boothbay Bedarf für eine Küchenhilfe. Gleich nachher wollte sie sich nach «Aushilfe gesucht»-Schildern umschauen oder eine Lokalzeitung kaufen.

Bea föhnte ihre schulterlangen blonden Haare mit dem winzigen Blechföhn trocken, der an der Wand befestigt war, legte dann dezentes Make-up auf – etwas Mascara und braunen Eyeliner sowie einen Hauch pinkes Lipgloss –, ehe sie zurück in das kleine Schlafzimmer trat und ihre Tasche nahm. Auf dem Tischchen neben dem Bett stand das Foto von ihr und ihrer Mutter bei Beas College-Abschlussfeier. Sie hatte es aufgestellt, damit sie in all diesem Gefühlschaos nie vergaß, dass dieses verrückte, am Totenbett anvertraute Geheimnis nichts an der Tatsache änderte, dass sie Bea Crane war. Die Tochter von Cora und Keith Crane. Die beiden hatten sie aufgezogen und immer geliebt.

Sie hatten sie immer belogen.

Bea sank auf die Bettkante. Dieses übelkeiterregende Gefühl überkam sie jedes Mal, wenn ihre Gedanken sich an dieser Tatsache festbissen. Wie hatten sie ihr das nur verschweigen können? In den vergangenen Nächten hatte sie wach gelegen und immer wieder Erinnerungen aus ihrer Kindheit gewälzt. Momente, in denen ihre Eltern ihr die Wahrheit hätten sagen können. Wie damals, als sie in der Mittelstufe ein Schulprojekt mit dem Titel «Über meine Familie» machte, mit Fotos und ein paar Sätzen zu jedem Familienmitglied, und als eine Klassenkameradin meinte: «Du siehst deiner Mom und deinem Dad kein Stück ähnlich. Vielleicht bist du ein Marsmensch.»

Damals war Bea dreizehn und schon fünf Zentimeter größer als ihr Vater.

Vielleicht war das eben so, wenn erst eine gewisse Zeit vergangen war und die Worte nie zuvor ausgesprochen worden waren – wir haben dich adoptiert, wir haben dich ausgesucht und ausgewählt. Dann konnte man vielleicht nicht mehr einfach mit der Wahrheit herausrücken, wenn das Kind älter wurde. Diese Worte wären für eine Siebenjährige genauso niederschmetternd gewesen wie für eine Zwölfjährige. Wenn sie von Anfang an in dem Wissen aufgewachsen wäre und schon vor der ersten Erinnerung die Wahrheit gekannt hätte, wäre es ein Teil von ihr gewesen. Bea glaubte zu verstehen, warum ihre Eltern nie davon erzählt hatten. Sie hatten es im Laufe der Jahre bestimmt immer wieder tun wollen, aber sobald sie ein gewisses Alter erreichte, brachten die beiden es einfach nicht über sich, ihre Welt in den Grundfesten zu erschüttern und damit ihre Identität und ihr Selbstbild empfindlich zu stören.

Wenn Bea über dieses Versäumnis wütend war – der Begriff war ihr lieber, als von einer *Lüge* zu sprechen –, versuchte sie sich daran zu erinnern, dass ihre Eltern sich damit in eine vertrackte Situation gebracht hatten, die sich nicht so einfach auflösen ließ.

Vom Kaffee und von der heißen Dusche gestärkt, war sie bereit, zum Coastal General Hospital zu gehen, in dem sie geboren worden war. Oder wo sie glaubte geboren zu sein. Das Original ihrer Geburtsurkunde nannte als Ort ihrer Geburt HHP, aber die Urkunde war von einem Arzt des Coastal General Hospital unterschrieben und ausgestellt worden. Vielleicht war HHP die Abkürzung für den Trakt oder Flügel des Krankenhauses, in dem sich die Kreißsäle befanden. Bea verließ ihr Zimmer und spürte sofort, wie sich dank der strahlenden Sonne, der Schäfchenwolken am blauen Himmel und der angenehmen Wärme ihre Stimmung hob. Ihr gefiel der Gedanke, an diesem schönen Ort zur Welt gekommen zu sein. Maine war ein wunderschöner Staat mit viel Wasser, Bäumen und frischer, sauberer Luft. Die zwei Tage in Boothbay Harbor seit Samstagnachmittag hatten ihr bereits ein heimisches Gefühl gegeben. Sie hatte Lust, das Örtchen und die umliegenden Berge zu erkunden. Aber Veronica Russo war in ihrer Vorstellung noch genauso fremd wie am Samstag, als sie in das Diner gegangen war. Ihre leibliche Mutter war für sie eine absolut Fremde. Allerdings war Bea mit dieser Fremden auf eine ziemlich wesentliche Art verbunden. Und das konnte Beas Verstand einfach nicht begreifen.

• • • • •

Das Coastal General Hospital lag am Rand von Boothbay Harbor etwa fünfzehn Minuten Autofahrt entfernt an einer Landstraße. Bea verband eine gewisse Hassliebe mit Krankenhäusern. Sie hatte sich in einem Krankenhaus für immer von ihrem Vater verabschiedet, obwohl er schon tot war, als er in die Notaufnahme eingeliefert wurde. Ein Herzinfarkt – ohne ersichtliche Grunderkrankung – mit einundvierzig. Bea schüttelte bei der Erinnerung daran den Kopf, weil sie nie vergessen würde, welcher Ausdruck sich auf dem Gesicht ihrer Mutter abzeichnete, als sie den Anruf bekam. «Mein Mann ist tot?», sagte sie in den Hörer, und ihr Gesicht spiegelte heftige Verwirrung wider. Die neunjährige Bea stand damals dicht neben ihr und wusch im Spülbecken der Küche einen Apfel. Das war ihre erste Erfahrung mit Krankenhäusern, und lange Zeit danach konnte sie nicht an Krankenhäusern vorbeigehen, ohne sich sofort wieder unwohl zu fühlen.

Sie hatte sich in einem Krankenhaus auch für immer von ihrer Mutter verabschiedet. An jenem letzten Tag konnte Cora ihre Hand kaum mehr in der von Bea bewegen. Die medizinische Betreuung ihrer Mutter durch das Personal war erstklassig und sehr liebevoll, und eine Zeitlang hatte das Krankenhaus sich für Bea in einen Ort der Hoffnung verwandelt. Bis es keine Hoffnung mehr gab.

Bea ging den Steinplattenweg zu dem stattlichen alten

Backsteingebäude hoch, passierte die Drehtür und fragte den Mann an der Information, wo die Entbindungsstation sei. Im zweiten Stock öffneten sich die Fahrstuhltüren direkt vor dem Schild «Martha L. Johnson Entbindungsstation». Hier war also nicht HHP. Bea ging den kurzen Flur entlang und suchte nach dem Schwesternzimmer, doch sie blieb wie angewurzelt stehen, als sie am Säuglingszimmer vorbeikam. Hinter der Glaswand lagen mehrere Babys in Decken gewickelt und mit winzigen Hauben auf den Köpfen in Glaskästen. Eine Schwester hob ein rotgesichtiges, wütendes Baby hoch, das sich in ihren Armen sofort beruhigte.

Bea versuchte sich vorzustellen, wie sie selbst als eines dieser Babys dort gelegen hatte und ihre leibliche Mutter da stand, wo sie jetzt stand. Aber vielleicht hatte Veronica Russo gar nicht dort gestanden. Vielleicht stand man auch nicht vor dem Säuglingszimmer und schaute auf das eigene Baby in dem Glasbettchen, wenn man es zur Adoption freigab. Hatten Cora und Keith Crane hier gestanden? Oder hatte die Adoptionsagentur den Transfer geregelt? Hatte das überhaupt irgendwas zu bedeuten? Bea spürte, wie sich ihre Brust schmerzlich zusammenzog, und sie wandte sich ab und wollte gehen. Sie war froh, eine Krankenschwester zu sehen, die ihr entgegenkam.

«Entschuldigen Sie bitte», sagte Bea und zog ihre Geburtsurkunde aus der Tasche und hielt sie der Schwester hin. «Können Sie mir sagen, was dieses HHP bedeutet?»

Die Krankenschwester schaute auf Beas Geburtsurkunde, die mit einem Stempelaufdruck als Original gekennzeichnet war. «Also, ich weiß, dass HH für das Heim der Guten Hoffnung steht. Aber das P kann ich jetzt nicht entschlüsseln. Warten Sie, ich frage mal meine Kollegin.»

«Heim der Guten Hoffnung?», wiederholte Bea und folgte ihr.

Die Frau drehte sich zu Bea um. «Es ist nicht weit von hier. Ein Heim für schwangere Teenager.»

Oh, dachte Bea. Dann war Veronica in ein Heim gegangen? Sie fragte sich, warum sie nicht im Haus ihrer Eltern geblieben war. Hatten sie Veronica etwa fortgeschickt?

«Das P steht für Parkplatz», erklärte eine andere Krankenschwester und gab Bea ihre Geburtsurkunde zurück. «HHP bedeutet, dass das Baby auf dem Parkplatz vor dem Heim der Guten Hoffnung geboren wurde.»

«Ich wurde auf einem Parkplatz geboren?», sagte Bea. Auf dem Parkplatz von einem Heim für Teenagermütter. Was ist das für eine wilde Geschichte, Veronica Russo?, wunderte sie sich.

«Sie wurden aller Wahrscheinlichkeit nach in einem Einsatzwagen der Ambulanz geboren, der gerufen wurde, um Ihre Mutter ins Krankenhaus zu bringen. Aber Sie kamen wohl, ehe Ihre Mutter hergebracht werden konnte.»

«Ich wurde auf einem Parkplatz geboren», wiederholte Bea, aber sie dachte dabei weniger an sich als vielmehr an Veronica Russo, ihre leibliche Mutter, die außer sich vor Angst gewesen sein musste.

• • • • •

Das Heim der Guten Hoffnung lag zwanzig Minuten außerhalb von Boothbay Harbor am anderen Ende der Halbinsel, wohin eine lange, gewundene Straße führte, die meilenweit ins Nichts führte. Eine Rechtsabzweigung führte zu einer weiteren langen Straße, die nur zu noch mehr Bäumen führte. Endlich fand Bea ein Schild, auf dem 14 Hill Circle stand.

Wieder folgte sie einem Feldweg, bis das Haus endlich in Sicht kam. Bea war überrascht; sie hatte eigentlich ein sehr offiziell wirkendes Gebäude erwartet. Aber ein Schild mit der Aufschrift «Heim der Guten Hoffnung» hing vor der Veranda eines sehr hübschen, weitläufigen weißen Farmhauses. Überall standen Blumenkübel und bequeme, gepolsterte Schaukelstühle. Große Bäume spendeten dem Vorgarten Schatten. Unter einem Baum saß ein hochschwangeres Mädchen, das kaum älter als dreizehn aussah, und blätterte in einer Zeitschrift. Ein anderes sehr schwanger aussehendes Mädchen mit wunderschönen, langen roten Haaren spazierte zwischen den Bäumen am hinteren Rande des Grundstücks umher und hatte Kopfhörer auf den Ohren.

Ein paar Autos parkten neben dem Haus auf einem von niedrigen Steinen umgrenzten Platz. Bea stellte ihren Wagen ebenfalls dort ab und überlegte, ob sie wohl genau hier geboren war, an der Stelle, wo sie jetzt stand.

Als Bea auf das Haus zuging, erhob sich das schwangere Mädchen, das das *People*-Magazin gelesen hatte, schwerfällig aus seinem Liegestuhl und kam auf Bea zu. «Hallo, bist du schwanger?»

Jetzt sah Bea, dass das Mädchen etwas älter war, als sie im ersten Augenblick geglaubt hatte. Sechzehn, vielleicht siebzehn. Ihre langen, hellbraunen Haare hatte sie zu einem hübschen Franzosenzopf geflochten. «Nein. Ich wurde hier geboren.»

«Oh. Und was wollen Sie jetzt hier?»

«Ich wollte mich nur mal umsehen. Vielleicht mit der Leiterin reden oder so.»

«Fragen Sie nach Pauline.» Das Mädchen schaute auf die Uhr. «Sie ist vermutlich am Empfang.»

«Danke.» Bea lächelte das Mädchen an und stieg die Stufen hoch. Sie zog die Fliegengittertür auf. Gepolsterte Bänke standen im Eingangsbereich. Hinter einem weißen Holzschreibtisch, auf dem ein Strauß blaue Hortensien stand, saß eine Frau.

Die Frau schaute von dem Ordner auf, in den sie gerade etwas notierte. «Willkommen. Kann ich Ihnen helfen?»

Beas Zunge war plötzlich ganz belegt. «Ich ... äh, guten Tag. Ich wurde hier vor zweiundzwanzig Jahren geboren. Offensichtlich auf dem, ähm, Parkplatz. Ich ... wollte fragen, ob ich mich vielleicht ein wenig umsehen könnte? Mit jemandem über diesen Ort reden? Ich möchte mehr über meine Vergangenheit erfahren.» Puh. Es war heraus.

Die Frau lächelte freundlich. «Klar. Ich bin Leslie, die Assistentin von Pauline Lee, der Leiterin des Heims der Guten Hoffnung. Pauline hat gerade eine Besprechung, aber ich werde Ihre Fragen sehr gerne beantworten, soweit ich kann.» Sie schloss den Ordner und zeigte auf den Stuhl vor dem Schreibtisch. Bea setzte sich. «Auf dem Parkplatz, hm? Dann müssen bei Ihrer Mutter die Wehen so heftig eingesetzt haben, dass wir sie nicht rechtzeitig ins Krankenhaus bringen konnten. Sie wurden entweder auf einer Decke direkt draußen auf dem Rasen geboren oder in einem Krankenwagen, je nachdem, wie viel Zeit blieb.»

Bea konnte sich unmöglich vorstellen, wie irgendjemand – zum Beispiel das Mädchen, das draußen das *People*-Magazin las – ein Baby auf dem Rasen zur Welt brachte. Oder in einem Krankenwagen.

«Können Sie mir ein bisschen was über das Heim der Guten Hoffnung erzählen? Ich weiß überhaupt nichts darüber.»

«Nun, wir stehen Teenagern und jungen Frauen bis zu

ihrem 21. Lebensjahr offen. Im Moment sind sieben Mädchen hier bei uns. Letzten Monat waren es noch zwei mehr. Wir bieten ihnen ein gemütliches Zimmer, Mahlzeiten, Bildung – sie können entweder den Unterricht von ihrer Schule hier fortsetzen oder hier bei uns auf dem zweiten Bildungsweg ihren Abschluss nachholen – und Beratung zu jedem denkbaren Thema: ihrem emotionalen Zustand, einer Entscheidung bezüglich ihrer Schwangerschaft, wie auch immer diese dann aussieht, und Hilfe beim Umgang mit Adoptionsagenturen.»

«Das klingt wundervoll», sagte Bea. «Hier ist also alles unter einem Dach vereint.» Und das Heim sah wirklich gemütlich aus mit der Einrichtung im Landhaus-Stil und den Blumenkästen vor den Fenstern.

Leslie nickte. «Wir sind eine gemeinnützige Einrichtung und decken die Kosten für alles, was ich aufgezählt habe. Die medizinische Versorgung gehört nicht dazu, aber das hat das Coastal General übernommen. Alle Vorsorgeuntersuchungen werden dort durchgeführt, aber hier im Hause arbeitet auch eine Krankenschwester, die rund um die Uhr für die Mädchen da ist.»

«Haben Sie vor zweiundzwanzig Jahren schon hier gearbeitet?», fragte Bea.

«Nein, ich bin erst vor zwei Jahren ins Heim der Guten Hoffnung gekommen. Pauline ist seit fast zehn Jahren die Leiterin. Wir haben hier sehr strenge Verschwiegenheitsrichtlinien, weshalb es unwahrscheinlich ist, dass jemand, der damals hier war, Ihre Fragen beantworten kann.»

Bea schaute aus dem Fenster zu den beiden schwangeren Mädchen, die inzwischen auf der Hollywoodschaukel auf der Veranda saßen. Ihre leibliche Mutter war eines dieser Mädchen gewesen, vor zweiundzwanzig Jahren. Es gab so vieles, was Bea diese Frau fragen wollte, aber vermutlich kannte nur Veronica Russo alle Antworten auf ihre Fragen.

«Ich könnte Sie kurz herumführen, wenn Sie möchten», sagte Leslie. «Es ist nicht so wie vor zweiundzwanzig Jahren, aber im Grunde ist vieles so geblieben.»

Bea nahm das Angebot dankbar an und folgte Leslie durch den kurzen Flur ins Speisezimmer. «Drei Mahlzeiten pro Tag werden hier serviert. Das Speisezimmer bietet außerdem zu jeder Tageszeit kleine, gesunde Snacks, falls die Bewohnerinnen Gelüste bekommen.»

Als Nächstes kam der Kursraum, dann das Sprechzimmer, ein Klassenzimmer, eine kleine Bibliothek. Schließlich zeigte Leslie Bea noch ein Bewohnerinnenzimmer, das derzeit leerstand. Das Zimmer war nicht besonders groß, aber es gab ein weißes Holzbett mit einem Quilt und Rüschenkissen, einen einladenden Schaukelstuhl und einen großen, geflochtenen Teppich in Blau und Gelb, der auf dem Holzfußboden lag. An der Wand neben dem weißen Schreibtisch hing ein Zitat von Eleanor Roosevelt: *Niemand kann dir ohne deine Zustimmung das Gefühl geben, weniger wert zu sein.* Sie stellte sich Veronica vor, wie sie im Schaukelstuhl saß und eines der Bücher über Schwangerschaft aus der hauseigenen Bibliothek las. Oder auf das Zitat von Eleanor Roosevelt starrte. Sie schaute den Flur entlang und aus dem Fenster wieder zu den beiden Mädchen raus. Das Mädchen, das sie begrüßt hatte, flocht jetzt die Haare der anderen ebenfalls zu einem Franzosenzopf. «Leslie, ich hoffe, es ist nicht unhöflich, wenn ich Sie danach frage, aber eins interessiert mich noch. Kommen die meisten Mädchen her, weil sie sich vor dem Stigma fürchten, das es für sie bedeutet, als Teenager schwanger zu sein?»

Leslie schaute ebenfalls zu den Mädchen. «Ja. Manchmal ist dies der richtige Ort, um sie vor dem Gerede und dem Stress zu schützen, dem sie daheim ausgesetzt werden. Manchmal kommen sie her, weil wir sie rund um die Uhr betreuen können, weil sie weiter lernen dürfen und nicht allein sind. Und manchmal ... Nun, es gibt Mädchen, die einfach nicht wissen, wo sie sonst hinsollen.»

Sollte das etwa heißen, dass sie zu Hause rausgeflogen waren? Bea stellte sich vor, wie Veronicas Eltern sie hier absetzten und wieder wegfuhren und wie hinter ihrem Auto der Staub aufwirbelte. Unwillkürlich überlegte sie, wie es dazu hätte kommen können.

«Ich bin froh, dass Sie mir Ihre Zeit gewidmet haben», sagte Bea. «Ich vermute, ich wollte einfach nur den Ort sehen. Das habe ich jetzt, vielen Dank.»

Leslie schüttelte ihre Hand. «Ich wünsche Ihnen viel Glück bei der Suche nach Antworten, Bea.» Sie lächelte, setzte sich wieder hinter den Schreibtisch und schlug einen dicken Ordner auf.

Als Bea draußen auf der Veranda stehen blieb, ließ die Rothaarige die Zeitschrift sinken, und das andere Mädchen nahm einen Bissen von dem Sandwich, das sie auf dem Teller auf ihren Knien balancierte.

«Kim hat erzählt, Sie wurden hier geboren?», sagte die Rothaarige. Sie trug quadratische Kupferohrringe, auf die der Name Jen eingestanzt war.

«Das stimmt. Offensichtlich drüben auf dem Parkplatz.»

Ihr Mund blieb offen stehen. «Auf dem Parkplatz?»

Vielleicht hätte Bea das lieber nicht sagen sollen. Verdammt.

«In einem Krankenwagen, meine ich. Der hier geparkt hat.» Zumindest ging Bea davon aus.

«Oh. Gerade gestern im Geburtsvorbereitungskurs hat die Leiterin gesagt, so was kommt schon mal vor. Dass die Wehen so schnell kommen und man es nicht ins Krankenhaus schafft. Aber dank der Krankenschwester und den Sanitätern sei das nicht so schlimm.»

Kim nahm einen Bissen von ihrem Sandwich. «Und wenn ich Sie mir so ansehe, war es das auch nicht.» Sie starrte Bea offen an. «Sie ... also, Sie wollten einfach sehen, wo Sie geboren wurden?»

«Ja. Ich denke darüber nach, meine leibliche Mutter zu kontaktieren.»

«Sie denken drüber nach?», wiederholte Kim. Ihr Miene spiegelte unendliche Verwirrung wider. «Sie sind sich gar nicht sicher, ob Sie das wollen?»

«Ich wusste bis vor ein paar Wochen ja gar nicht, dass ich adoptiert wurde», fuhr Bea rasch fort, weil sie fürchtete, das Mädchen beunruhigt zu haben. «Es war für mich irgendwie ein Schock. Ich versuche im Moment noch herauszufinden, wie ich mich damit fühle.»

Die Mädchen schauten sich an.

«Sie haben gerade erst erfahren, dass Sie adoptiert wurden?», fragte Jen. Ihre Augen waren vor Wut weit aufgerissen. «Das haben Ihnen Ihre Adoptiveltern nie erzählt?»

Bea schüttelte den Kopf. «Je länger sie damit warteten, umso unmöglicher wurde es, nehme ich an. Außerdem hat mir meine Mutter in einem Brief erklärt, sie wollte tief in ihrem Herzen wohl glauben, mir selbst das Leben geschenkt zu haben. Ach, das ist sehr kompliziert.»

«Kompliziert?», wiederholte Jen. «Sagen Sie lieber falsch. Sie hat Ihre leibliche Mutter völlig aus dem Gesamtbild herausgehalten.»

«Jen», sagte das andere Mädchen und berührte den Arm ihrer Freundin.

«Lass mich!», fauchte Jen und riss sich los. «Wie konnten die es nur wagen, Ihnen nichts davon zu erzählen! Und wenn das Paar, das mein Baby adoptiert, ihr auch nicht erzählt, dass sie adoptiert wurde? Wenn sie einfach so tun, als würde ich gar nicht existieren?» Sie lief aufgeregt hin und her, und Bea spürte, wie ihr Herz anfing zu rasen. Was zum Teufel hatte sie nur getan? Warum hatte sie diesen verletzlichen Mädchen überhaupt von ihrer Geschichte erzählt? Sie waren noch Teenager. Schwangere Teenager. Oh, Bea, du bist so eine Idiotin, schalt sie sich. Ihr Magen krampfte sich zusammen.

«Dann suchen Sie jetzt nach Ihrer leiblichen Mutter?», fragte Kim vorsichtig und warf einen Blick auf ihre aufgebrachte Freundin.

«Nun, darum bin ich in der Stadt. Sie lebt nämlich hier. Aber ich bin nicht sicher, ob ich sie treffen will. Ich bin einfach sehr verwirrt gerade.»

«Gott, ich hasse das!», rief Jen. «Sie wissen nicht mal, ob Sie die Person kennenlernen wollen, die Ihnen das Leben geschenkt hat?»

«Es ist ... nicht so einfach», sagte Bea. Sie wollte sich bei den Mädchen entschuldigen, weil sie sie aufgeregt hatte – nun, eins der Mädchen zumindest –, und dann wollte sie schleunigst verschwinden.

«Ich hoffe, mein Kind macht sich eines Tages auf die Suche nach mir», sagte Kim. «Ich meine, sehen Sie sich doch nur an. Sie sind hübsch, gesund und nett. Wer würde nicht gerne wissen, dass aus seinem eigenen Kind so ein zufriedener Mensch geworden ist?»

«Ich würde es nicht wollen!», rief Jen und funkelte ihre

Freundin an. «Ich meine, also ich finde, es ist echt scheiße, dass sie nicht mal ihre eigene Mutter kennenlernen will. Aber ich glaube auch nicht, dass ich irgendwann von meinem Kind gesucht werden will. Wie um alles in der Welt soll ich das jeden Tag aushalten, dass jemand an der Tür klingeln und sich als mein Kind vorstellen könnte?»

«Ist das nicht irgendwie ein Widerspruch, Jen?», sagte Kim sanft. «Larissa jedenfalls – das ist die Beraterin hier», fügte sie erklärend für Bea hinzu, ehe sie sich wieder an Jen wandte, «sie hat doch gesagt, du lebst einfach dein Leben und machst dieses Kind zu einem Teil von dir. Und wenn du gefunden werden willst, kannst du diese Informationen bei der Agentur hinterlegen. Wenn nicht, dann musst du das nicht tun.»

«Ich weiß aber gar nicht, was ich will! Ich will gar nicht wissen, dass das Baby, das ich hergebe, eines Tages ein richtiger Mensch sein wird, der mich finden will», rief Jen wütend und starrte Bea an. «Jetzt verschwinden Sie schon endlich!»

«Himmel, Jen. Ich will es aber wissen», sagte Kim. Ihre Stimme war kaum mehr als ein Flüstern. Sie wandte sich an Bea. «Ich will alles Gute über sie wissen. Ich will wissen, dass mein Baby mich eines Tages trotz alledem lieben wird, auch wenn ich sie nicht behalten habe. Ich will darauf vertrauen, dass sie mich eines Tages kennenlernen will.» Sie fing an zu weinen.

«Jetzt sehen Sie nur, was Sie angerichtet haben. Sie Idiot!», fauchte Jen und warf plötzlich ihr Sandwich in Beas Richtung.

Bea schnappte nach Luft, als das Brötchen sie am Oberschenkel traf und zu Boden fiel. Ein Stück Truthahn und ein kleiner Klecks Mayonnaise blieben an ihrer Jeans kleben. Ein

Salatblatt landete auf ihrem Fuß. Sie schüttelte es ab, aber ihre Beine zitterten.

«Es tut mir leid», sagte Bea. Ihr Magen krampfte sich zusammen. «Es tut mir wirklich leid. Ich ...»

Die Fliegengittertür ging quietschend auf, und drei Frauen kamen nach draußen. Eine von ihnen war Leslie, die Assistentin der Leiterin.

«Warum müssen wir uns diese Scheiße anhören?», wollte Jen von ihr wissen. Ihr Gesicht wurde so rot wie ihre Haare. «Ich will das nicht wissen, okay? Ich. Will. Das. Nicht. Wissen.»

Kim begann wieder zu weinen und rannte ins Haus.

«Ich bin Pauline Lee», sagte eine große, dunkelhaarige Frau zu Bea. «Die Leiterin dieses Hauses. Es tut mir leid, aber ich denke, Sie gehen jetzt besser», fügte sie freundlich hinzu. Sie setzte sich neben Jen auf die Hollywoodschaukel und legte den Arm um ihre Schulter.

Bea unterdrückte ein Schluchzen, das ihr in der Kehle steckte. Sie rannte zu ihrem Auto.

Als sie gerade in den Wagen steigen wollte, sah sie die andere Frau, die mit Pauline und Leslie aus dem Haus gekommen war, über den Parkplatz auf sie zukommen. «Hier, wollen Sie sich Ihre Hose sauber machen?», fragte sie und hielt Bea ein Päckchen Taschentücher hin.

Bea nahm die Packung entgegen. Tränen brannten in ihren Augen. «Danke.»

«Mein Name ist Gemma Hendricks», sagte die Frau. Ihre honigfarbenen Haare schimmerten in der hellen Sonne. «Ich schreibe einen Artikel über das Heim der Guten Hoffnung und hatte gerade eine Besprechung mit der Leiterin, als wir die Schreie von der Veranda hörten.»

«Ich fühle mich entsetzlich», sagte Bea. Tränen strömten über ihre Wangen. «Ich wollte die beiden gar nicht so aufwühlen. Ich wollte eigentlich gar nichts sagen. Sie haben mich gefragt, warum ich hier war, und ich war nur ehrlich, aber das war wohl nicht so gut. Ich hätte wissen sollen, wie empfindlich sie auf das reagieren, was ich erzähle.» Bea schüttelte den Kopf und schlug die Hände vors Gesicht. «Was zur Hölle habe ich getan?»

Gemma berührte sanft Beas Arm. «Ich bin Journalistin. Wie ich schon sagte, ich arbeite an einem Artikel über das Heim. Darum weiß ich nicht, ob ich die beste oder die falscheste Person bin, mit der Sie reden können. Aber wenn Sie ein offenes Ohr brauchen, selbst wenn es ganz im Vertrauen ist, würde ich Ihnen gerne zuhören.»

«Sie hatten also ein Gespräch mit der Leiterin?», fragte Bea.

Gemma nickte. «Ich wollte mehr über die Geschichte des Heimes hören. Der Artikel erscheint zum fünfzigsten Jubiläum des Heims.»

«Können Sie wohl diese Geschichte mit mir teilen?»

«Klar. Es wird auch in meinem Artikel stehen, daran ist also nichts irgendwie vertraulich.»

«Was ich Ihnen über meine Vergangenheit erzähle, könnte allerdings vertraulich sein», sagte Bea. «Nicht bezüglich meiner Perspektive. Ich meine eher die meiner leiblichen Mutter. Sie weiß nicht mal, dass ich in der Stadt bin.»

«Ich werde diskret sein. Und ich werde auch nicht Ihren richtigen Namen verwenden, wenn Ihnen das lieber ist», versicherte Gemma ihr.

Ihr richtiger Name. Es machte Bea schier verrückt, sich vorzustellen, einen anderen Namen zu tragen, wenn Veronica Russo sie nicht weggegeben hätte. Sie hätte ein völlig anderes Leben geführt.

Bea hatte auf der Welt keinen Ort mehr, wo sie hingehörte, und vielleicht würde es ihr helfen, mit jemandem darüber zu reden. «Einverstanden.»

«Wie wär's, wenn wir was essen gehen?», schlug Gemma vor. «Die Rechnung geht auf mich.»

Zwanzig Minuten später saß Bea in einem Fischrestaurant am Hafen Gemma gegenüber. Zwischen ihnen auf dem Tisch lag ein kleines schwarzes Aufnahmegerät neben Gemmas Notizbuch und dem Stift. Die Ereignisse der letzten drei Wochen sprudelten förmlich aus Bea heraus. Sie erzählte Gemma von dem Geständnis, das ihre Mutter auf dem Totenbett gemacht hatte und das ihr ein Jahr nach dem Tod ihrer Mutter zugestellt wurde. Von dem Anruf bei der Adoptionsagentur. Von ihrer leiblichen Mutter, die in der Akte stets ihre aktuelle Adresse vermerken ließ und jedes nur denkbare Fitzelchen Kontaktinformation auflistete. Wie sie in das Diner ging und Veronica dort beobachtete. Sie das erste Mal leibhaftig vor sich sah, als reale, lebendige Person. Die Frau, die sie zur Welt gebracht hatte. Die die Antworten auf all ihre Fragen hatte.

«Wow», sagte Gemma und lehnte sich zurück. Sie stellte das Glas mit Eistee ab, ohne auch nur einen Schluck genommen zu haben. «Das ist ja mal was ... Darf ich die Geschichte in meinen Artikel aufnehmen? Was du durchgemacht hast, ist so bewegend. Ich werde nichts schreiben, das deine Mutter irgendwie identifizierbar macht. Es sei denn natürlich, ich bekomme ihre Erlaubnis dafür.»

«Na ja, wie soll es denn dazu kommen?», fragte Bea. «Ich

bin nicht mal sicher, ob ich sie treffen möchte. Ob ich dazu bereit bin, meine ich.»

«Keine Sorge», sagte Gemma. «Ich meine, falls du sie triffst und falls sie gerne ihre Vergangenheit teilen möchte. Ihre Geschichte. Das wäre eine wunderbare Geschichte darüber, wie sich manche Kreise wieder schließen.»

«Natürlich», sagte Bea. «Aber ich habe keine Ahnung, ob sie überhaupt daran interessiert ist, ihre Vergangenheit der Öffentlichkeit preiszugeben. Ich weiß gar nichts über sie. Außer, dass sie offensichtlich wirklich leckere Kuchen backen kann.»

Plötzlich dröhnte eine männliche Stimme: «Hey, Leute! Colin Firth schreibt draußen am Pier Autogramme und lässt sich fotografieren!»

Mindestens zwanzig Leute sprangen auf und rannten nach draußen oder drängten sich vor den Fenstern. Eine Minute später waren sie aber schon wieder zurück, zuckten mit den Schultern und bestätigten einander, dass der Star nirgends zu sehen war.

«Ich würde Colin Firth auf eine Meile Entfernung erkennen», sagte Gemma und spähte aus dem Fenster. «Und ich sehe ihn nicht.»

«Das ist so verrückt», sagte Bea. «Als ich am Samstag im Diner war, rief auch jemand, dass Colin Firth draußen gesichtet worden sei.»

«Vielleicht hat er ja Wind davon bekommen und ist geflüchtet. Zugegeben, ich würde liebend gerne mal einen Blick auf ihn erhaschen», sagte Gemma. «Er gehört zu meinen Lieblingsschauspielern. ‹Ich mag dich. Sehr sogar. So wie du bist›», fügte sie mit britischem Akzent hinzu.

Bea lachte. «*Bridget Jones.* Ich liebe den Film. Einer der letzten Filme, die meine Mutter und ich zusammen gesehen haben, war *The King's Speech*. Sie war verrückt nach Colin Firth. Wir haben ihn in ihrem Zimmer im Krankenhaus geschaut.» Tränen brannten in Beas Augen. «Sie hat den Film so sehr geliebt. Sie hatte ihn schon zweimal gesehen, aber sie wollte ihn unbedingt mit mir zusammen ein drittes Mal gucken.»

«Vielleicht lag das daran, dass sie dir etwas sagen wollte, das sie einfach nicht über die Lippen bringen konnte», überlegte Gemma laut.

Bea stockte der Atem, als sie begriff, was Gemma damit andeutete. Sie stellte sich Colin Firth in seiner Rolle als König George VI. vor, der sein Leben lang unter dem schrecklichen Stottern litt, auf den Thron gestoßen wurde und gezwungen war, in der Öffentlichkeit vor seinen Landsleuten zu sprechen und ihnen Mut zu machen. «Ich wette, das trifft zu. Daran habe ich noch gar nicht gedacht.»

«Na ja, du hattest in den letzten Wochen ja auch so schon genug zu verarbeiten», sagte Gemma, und Bea spürte, wie sie sich langsam entspannte. Es tat so gut, mit jemandem zu reden, der einfach nur freundlich und so interessiert war. Zugegeben, Gemma Hendricks war eine Journalistin, und vielleicht war sie ja auch nur hinter der Story her, aber Bea hatte bei Gemma einfach ein gutes Gefühl. Sie schien aufrichtig zu sein.

Das Essen wurde serviert. Bea bekam Fish 'n' Chips, für Gemma gab es Krabbenquiches. Als die Rechnung kam, bot Bea an, ihren Teil zu bezahlen, obwohl es ihrem Geldbeutel ziemlich weh tun würde, aber Gemma bestand darauf, alles zu zahlen.

«Ich hab doch gesagt, dass ich dich einlade, und dazu stehe ich.»

Bea war ehrlich erleichtert. «Das weiß ich wirklich zu schätzen. Ich wohne schon im billigsten Motel der Stadt, aber ich kann mir nicht mehr als eine weitere Nacht leisten. Ich muss mir dringend einen Job suchen, wenn ich weiter hierbleiben will.» Aber warum blieb sie überhaupt noch hier? Um zu entscheiden, ob sie ihre leibliche Mutter treffen wollte? Das konnte sie genauso gut von zu Hause aus tun.

Aber genau das war ihr Problem. Es gab kein Zuhause mehr. Bea hatte keinen Ort, wo sie hingehen konnte. Nirgends erwartete man sie. Sie dachte an das kleine weiße Cottage in Cape Cod, das gemütliche Wohnzimmer, das kleine, kuschelige Schlafzimmer, das ihre Mutter für Bea eingerichtet hatte, wenn sie zu Besuch kam oder den Sommer dort verbrachte. Sie sah ihre Mutter vor sich, die in Baumwollkleid und Sandalen aus dem Haus kam und sie begrüßte, die Haare zu einem lockeren Knoten aufgesteckt, das Gesicht strahlend vor Glück, weil ihr Mädchen den Sommer über nach Hause kam. Cora Crane. Ihre Mutter.

Bea schaute aus dem Fenster und atmete tief durch. Plötzlich wollte sie nur noch eins: Colin Firth draußen auf dem Pier sehen, wie er Autogramme schrieb und sich mit seinen Fans fotografieren ließ. Sie wollte dem König George VI. ihrer Mutter gegenüberstehen, der so hart an sich arbeitete, um das herauszubekommen, was er sagen wollte. Was er seinen Landsleuten sagen musste. Ob ihre Mutter versucht hatte, Bea alles zu sagen? Hatte sie sich gewünscht, die Worte zu finden, die die Wahrheit weniger schockierend machten? «Hey, weißt du, was?», sagte Gemma und trank einen Schluck Eistee. «Gestern hat die Chefin der Pension, in der ich wohne, gesagt, sie suche jemanden für die Küche und als Mädchen für alles. Dafür biete sie freie Kost und Logis. Es ist das Three Captains' Inn, nur wenige Straßen vom Hafen entfernt. Eine herrliche Pension. Die Besitzerinnen sind gute Freundinnen von mir. Wenn wir hier fertig sind, könntest du ja einfach mal in dein Motel gehen und dich umziehen, und dann kommst du einfach mal rüber in die Pension. Ich stelle dich Isabel vor, und ihr zwei könnt einen Termin für ein Vorstellungsgespräch ausmachen.»

Bea spürte, wie sich ihre Stimmung hob. «Küchenarbeit ist genau mein Ding. Es wäre großartig, wenn das klappen würde. Jetzt hast du aber echt was gut bei mir. Du hast mich im Heim der Guten Hoffnung gerettet, mich zum Essen eingeladen, mir zugehört – und jetzt noch der Tipp mit dem Job. Du bist für mich wie eine gute Fee.»

Gemma lachte. «Ich wünschte, ich könnte auch bei meinen eigenen Problemen einfach so den Zauberstab schwingen ...»

8 Veronica

Mit Lebenslauf und Fotos in einem großen braunen Umschlag machte Veronica sich am Montag um drei Uhr nachmittags auf den Weg zum Froschteich und ging davon aus, eine der Ersten in der Schlange der Bewerber um die Komparsenrollen für den Film zu sein. Aber mindestens hundert Leute hatten sich dort bereits versammelt und hielten alle ihre braunen Umschläge in der Hand. Sie erkannte viele Leute aus der Stadt und winkte ihnen zu, versuchte zugleich abzuschätzen, inwieweit sie Konkurrenten waren. Die meisten sahen so aus, wie man es von einem Komparsen erwartete: wie ganz normale Leute. Einige Frauen allerdings hatten sich herausgeputzt und gestylt, als gingen sie zu einer Silvesterparty.

Auch Veronica war an diesem Morgen tief in ihren Kleiderschrank abgetaucht, um den richtigen Look hinzubekommen. Sie hatte herausgefunden, dass sie in der Schlange warten, ein Formular ausfüllen und ihren Lebenslauf nebst Fotos überreichen musste. Nichts von alledem erforderte einen bestimmten Look, aber man weiß nie, wer dieses Casting vornimmt und was dieser Jemand dann auf den Lebenslauf schreibt, nachdem man ihn überreicht hat. Ist zu angestrengt. Zu alt. Zu jung. Zu viel Make-up. Zu lahm.

Veronica hatte sich deshalb große Mühe gegeben, wie eine Allerweltsfrau auszusehen. Die Frau, die im Hintergrund vorbeigeht, im Restaurant am Nebentisch sitzt, im Supermarkt einkauft. Komparsen mussten mit dem Hintergrund verschmelzen. Mit ihren eins achtzig und dem D-Körbchen, dem schlanken Körper und den kastanienbraunen schulterlangen Haaren war Veronica jedoch nie besonders unauffällig gewesen. Darum hatte sie eine alte Jeans, eine hellgelbe Bauernbluse und ihre bequemen Clogs angezogen und die Haare zu einem schlichten Pferdeschwanz im Nacken zusammengefasst. Zum Schluss band sie noch ihre Schürze vom Best Little Diner in Boothbay um, als müsste sie direkt im Anschluss noch zur Arbeit. Das musste sie nicht, aber wie authentisch konnte eine Allerweltsfrau als Kellnerin noch sein? Sie war ein alter Hase und konnte stumm mit der Kaffeekanne ihre Runden im Hintergrund des Best Little Diner drehen. Sie hatte die Kanne sogar für alle Fälle in der Tasche dabei. Falls sie gleich eine Demonstration ihrer Kellner-Künste abgeben sollte.

Ihr Selbstvertrauen machte allerdings gerade eine Achterbahnfahrt. Sie wollte diesen Job. Sehr.

Der Filmset war gewachsen, seit sie das letzte Mal hier gewesen war. Es gab jetzt mehrere Wohnwagen, außerdem drei große Lastwagen. Das Areal war weiträumig abgesperrt. Vor einem der Wohnwagen, der, wie Veronica bald erfuhr, dem zweiten Regieassistenten gehörte, stand ein langer Tisch. Als die Schlange hinter ihr wuchs und bald weitere zweihundert Leute hinter ihr warteten, kam er aus dem Wohnwagen und sagte: «Leute, hört mal zu. Mein Name ist Patrick Ool. Ja, genau, Ool. Und ja, ich habe jeden Witz gehört, den man über den Namen machen kann. Pfuhl, Stuhl – den macht ein gewisser PA besonders gerne. PA steht übrigens für Produktionsassistent, das nur für diejenigen unter euch, die noch nie beim Film waren. Ich bin der zweite Regieassistent dieses

Films, der bisher noch keinen Titel hat. Wir drehen hier in Boothbay Harbor insgesamt vier Szenen: eine im Best Little Diner, zwei hier am Weiher und eine auf einem Kreuzfahrtschiff. Wir brauchen dafür ungefähr fünfzig bis fünfundsiebzig Komparsen ...»

Eine Szene sollte im Best Little Diner spielen ... Veronica schaute auf ihre Schürze und konnte sich fast nicht das Grinsen verkneifen. Das hier könnte tatsächlich ihr Glückstag werden. Wenn Veronica eins gut konnte, dann war es, wie eine Kellnerin im Best Little Diner in Boothbay umherzulaufen. Sie ging davon aus, dass das Diner für die Drehtage ohnehin geschlossen wurde. Der Regisseur oder Produzent oder wer immer für solche Sachen Geld aufbringen musste, hatte Deirdre bestimmt ein kleines Vermögen bezahlt.

«Wann kommt Colin Firth?», rief eine Frau, die ganz weit vorne in der Schlange wartete. «Das ist alles, was mich interessiert», fügte sie mit einem Lachen hinzu.

«Sie», bellte Patrick Ool und zeigte auf die Frau, die gerufen hatte. «Sie haben hier nichts verloren. Gehen Sie bitte.»

«Was? Warten Sie, aber ...», setzte die Frau an.

Ein Sicherheitsmann, so ziemlich der größte Kerl, den Veronica je gesehen hatte, stand bereits neben der Frau und schob sie beiseite. Die Frau tat Veronica leid; man konnte die Tränen in ihren Augen glitzern sehen, als sie sich umdrehte und mit hängenden Schultern den Set verließ.

«Tut mir leid, Leute», sagte Patrick. «Ich bin kein Arsch, aber das war eine gute Lektion für alle. Wenn ihr hier seid, weil ihr nur mal einen Blick auf die Filmstars erhaschen wollt, geht bitte jetzt. Groupies können wir hier nicht brauchen. Aber wenn ihr hier seid, weil ihr glaubt, dass die Arbeit als Komparse bei einer großen Hollywoodproduktion wirklich spannend klingt und ihr Spaß daran haben könntet, bleibt bitte. Regel Nummer eins für die Arbeit als Komparse lautet: Ihr sprecht die Stars nicht an. Ihr belästigt sie nicht. Ihr macht keine Fotos von ihnen. Ihr erzählt ihnen nicht, dass ihr sie bewundert seit bla, bla, bla. Das macht ihr einfach nicht. Wenn wir uns in der Hinsicht einig sind, großartig.»

Das zu der Idee, sich auf Colin Firth zu stürzen, sobald er auftauchte. Veronica behielt Patrick Ool im Auge, behielt gleichzeitig aber auch die Wohnwagen im Blick, weil sie natürlich trotzdem hoffte, Colin würde plötzlich mit diesem atemberaubenden Lächeln auftauchen.

Sie musste einfach angeheuert werden. Je mehr der zweite Regieassistent darüber redete, was von einem Komparsen erwartet wurde – viel Zeit, stundenlanges Herumsitzen, totenstilles Ausharren während der Aufnahmen und das unbedingte Befolgen seiner Anweisungen –, umso mehr wuchs ihre Hoffnung.

Schließlich rückte die Schlange langsam vor, und Veronica war die Nächste, die den drei Leuten gegenüberstand. Zwei Männer, darunter Patrick Ool, und eine Frau saßen an dem langen Tisch und hatten bereits einen Stapel mit Lebensläufen zwischen sich liegen. Die Frau beäugte Veronicas Schürze, machte ein Polaroid von ihr, ohne ihr auch nur zu sagen, dass sie lächeln sollte, notierte etwas auf der Rückseite und nahm dann Veronicas Umschlag entgegen und heftete das Polaroid mit einer Büroklammer an den Umschlag. Mit einem «Danke, wir melden uns» war Veronica entlassen, und Patrick Ool rief bereits: «Der Nächste!»

Es passierte so schnell, dass Veronica nicht mal Zeit blieb, irgendwelche Fragen zu stellen. Aber die Frau hinter ihr in der Schlange war so geistesgegenwärtig, und Veronica hörte noch, wie Patrick Ool erklärte, die ausgewählten Komparsen würden in den kommenden Tagen benachrichtigt. Heute Abend wollte sie nach dem Kurs den Hoffnungskuchen mit salzigem Karamell backen, wenn sie nicht völlig ausgepowert war.

• • • • •

Der Bannkuchen für Veronicas neue Kundin stand sorgfältig verpackt und mit Veronicas unverkennbarer roter Samtbanderole versehen auf der Küchenanrichte. Sie schaute auf die Uhr. Schon zwanzig vor sechs. Die Frau hatte sie um eine besonders eilige Erledigung des Auftrags gebeten und kam dann zu spät, um ihn abzuholen? Wie nervig. In zwanzig Minuten würde Veronica die Küche voll mit ihren Kursschülern haben.

Dabei hatte sich das Backen des Bannkuchens an diesem Nachmittag als eine überraschend wohltuende Erfahrung erwiesen. Die dickflüssige Erdnussbutter abmessen und mit den Kokosflocken und den Schokoladentropfen vermischen, den Mürbeteigboden aus Weizenschrot kneten – das alles hatte sie vom Abend abgelenkt, an dem sie Schüler wie die snobistische Penelope von Blun erwartete, die sie immer so schmerzhaft daran erinnerte, wer sie war: die Schülerin, die im ersten Jahr an der Highschool schwanger wurde und fortgeschickt wurde. Und Officer Nick DeMarco, in dessen Gegenwart Veronica sich immer irgendwie unwohl fühlte. Vielleicht lag es daran, dass er für sie in gewisser Weise für Timothy stand und in ihr die Erinnerung daran weckte, wie sie sich damals gefühlt hatte und wie sie es seither nie wieder empfunden hatte: Sie war so unglaublich verliebt gewesen. Während sie also den Bannkuchen buk, hatte sie sich auf das konzentriert, was aus ihrem eigenen Herzen und ihrem Kopf verschwinden sollte: Sie wollte sich nicht mehr so minderwertig fühlen, wollte die Scham hinter sich lassen und die Trauer, weil sie sich im Alter von sechzehn Jahren in eine Situation gebracht hatte, die so schreckliche Konsequenzen nach sich zog. Ihr war ein Baby genommen worden. Eine Liebe war zerstört worden. Eine Familie auseinandergerissen. Veronica war plötzlich ganz allein gewesen. Sie merkte, wie sie all das in den Kuchen legte, all die negativen Gefühle. Und irgendwie fühlte sich ihr Herz ein wenig leichter an, als der Kuchen dann im Ofen war. Vielleicht war sie ja doch bald so weit, die Vergangenheit endlich ruhenzulassen.

Veronica schaute sich ein letztes Mal in der Küche um und überprüfte, ob für den Kurs alles vorbereitet war. Sie hatte auf der großen Kochinsel mehrere Backstationen aufgebaut. Nudelhölzer und beschriftete Behälter mit den verschiedenen Zutaten für sechs Personen. Zwei Teilnehmer hatten heute früh angerufen und abgesagt; eine hatte ihren Strickkurs vergessen, der diese Woche in der Bibliothek losging, und die andere bekam kaum ein Wort heraus, weil sie so krank war und heftig hustete. Blieben also noch sechs Schüler. Die Türglocke klingelte. Entweder eine sehr späte Kundin oder eine frühe Schülerin.

Veronica erkannte die Frau vor der Tür nicht, und sie kannte alle Schüler zumindest vom Sehen. Einen Moment lang starrte die Frau Veronica an, und sie bemerkte, dass sie diese Frau in den letzten Monaten ein paarmal in der Stadt gesehen hatte. Sie war ungefähr Mitte dreißig, hatte schulterlange, wilde blonde Haare mit Strähnchen und war elegant gekleidet. Sie trug außerdem ordentlich Make-up und erinnerte Veronica ein bisschen an die Reality-Show «The Real

Housewives», weil die Frauen sich da auch immer so aufstylten.

«Ich komme den Heilkuchen abholen, wir hatten telefoniert», sagte die Frau schließlich. Ihre Feindseligkeit war fast greifbar. «Bannkuchen, sagten Sie.» Sie war in ein feminines, luftiges Klamöttchen gehüllt, das im krassen Widerspruch zu ihrer Wut stand. Zu einem lavendelfarbenen Seidentop mit Rüschen und einer naturfarbenen Hose trug sie hochhackige Riemchensandalen. Außerdem hatte sie ziemlich viel Goldschmuck angelegt, inklusive eines Eherings.

War der Bannkuchen doch für ihren Mann gedacht, der vielleicht eine Affäre hatte? Veronica war keine Psychologin, aber irgendwie wusste sie, dass das hier nicht der Fall war.

«Ich habe den Kuchen schon eingepackt, Sie können ihn sofort mitnehmen», sagte Veronica. «Warum kommen Sie nicht rein, und ich hole ihn gerade.» Sie streckte die Hand aus. «Veronica Russo.»

Die Frau zögerte für den Bruchteil einer Sekunde. Das weckte Veronicas Neugier. Was war mit dieser Frau bloß los? «Beth» war alles, was sie als Antwort bekam.

Als Veronica in die Küche ging und den Kuchen holte, spürte sie, wie sich Beths Blick in ihren Rücken bohrte wie ein winziger Dolch. Dabei schien sich ihre Feindseligkeit nicht direkt auf Veronica zu richten; irgendwas Kompliziertes war bei ihr am Werk. Als sie mit dem Kuchen zurückkam, sagte Veronica: «Kenne ich Sie nicht irgendwoher? Ich glaube, ich habe Sie ein paarmal in der Stadt gesehen.»

«Das glaube ich nicht», sagte Beth und nahm den Kuchen entgegen. «Wenn der Kuchen also hält, was er verspricht, lege ich Ihnen das Geld in den Briefkasten, richtig? Fünfzehn Dollar?»

«Genau. Und wenn er nicht funktioniert, schulden Sie mir nichts. Wie vereinbart.»

«Nun, wir werden sehen», sagte Beth und bedachte Veronica mit einem gequälten Lächeln, ehe sie sich umdrehte und das Haus verließ. Sie ging an zwei Frauen vorbei, die gerade den Weg zum Haus hochkamen.

Selbst wenn Veronica gerne noch länger über Beths merkwürdiges Verhalten nachgedacht hätte, gerade waren ihre ersten beiden Schüler eingetroffen. Zwei Schwestern, die bereits ihre Schürzen trugen. Isabel und June Nash waren die Besitzerinnen des Three Captains' Inn, dem Veronica jede Woche zwei Kuchen lieferte. Veronica mochte die beiden sehr, aber sie kannte sie nicht besonders gut. Isabel, die ein paar Jahre jünger war als Veronica, hatte sie vor ein paar Monaten angerufen und ihr gesagt, sie hätte im Diner ein Stück von ihrem Kuchen gegessen und würde jetzt gerne für die Pension regelmäßig Kuchen bestellen. Isabel war vor gerade mal sechs Monaten Mutter geworden, auch wenn man das nicht glauben mochte, denn ihre Figur war perfekt. Selbst in Jeans und T-Shirt sah sie elegant aus. June war die Jüngere der Schwestern und hatte so ziemlich die tollste kastanienbraune Lockenmähne, die sie heute Abend mit zwei Stäben gebändigt hatte. June arbeitete in Veronicas Lieblingsbuchhandlung und hatte einen sehr höflichen Sohn.

«Ich bin wild entschlossen, zu lernen, wie ich einen ordentlichen Kuchenboden mache, der nicht zu Krümeln zerfällt oder klitschig wird», sagte Isabel. «Es wird einfach Zeit, dass es in der Pension wieder selbstgebackenen Kuchen gibt.» Ihre Cousine Kat war eine begnadete Bäckerin, das hatte Isabel Veronica am Telefon erzählt. Sie hatte im Three Captains' Inn jede Woche Muffins gebacken, bevor sie nach Frankreich gegangen war, um sich einen Lebenstraum zu erfüllen: Sie ließ sich in Paris zur Konditorin ausbilden.

«Du hättest mal den Bananencremekuchen probieren sollen, den ich letztes Jahr für den Kuchenbasar in Charlies Schule gebacken habe», sagte June. «Ich glaube, ich hatte den Zucker vergessen. Jemand kaufte ein Stück und kam dann wieder zum Stand und wollte sein Geld zurück!»

Veronica lachte. «Das wird dir nie wieder passieren, ich versprech's.»

Als Nächstes traf Penelope von Blun ein, die erklärte, ihre Freundin CeCe könne leider doch nicht am Kurs teilnehmen. Erneut war Veronica überrascht, wie anders Penelope aussah. Sie wirkte so viel … dezenter als gewohnt. Ihre schulterlangen dunklen Haare, die sie sonst immer glättete, bis sie perfekt fielen wie bei einem Model, waren heute natürlich und leicht wellig. Sie hatte nur minimales Make-up aufgelegt. Und ohne die übliche Garderobe einer bekennenden Fashionista sah sie plötzlich irgendwie genau so aus wie alle anderen. Wie jemand, die in Maine lebte und nicht in New York. Veronica fragte sich, was da los war. Penelope von Blun hatte schon als Schülerin diesen auffälligen, teuren Stil gepflegt. Aber statt sich jetzt an Veronica vorbeizuschieben und irgendwelche schnippischen Bemerkungen über ihre Kleidung zu machen oder sich über die geringe Größe ihres Hauses auszulassen, wie Veronica es beinahe erwartet hätte, begrüßte Penelope alle mit einem freundlichen Lächeln, machte Veronica Komplimente wegen des Wildblumen-Bilds im Flur und erzählte den Nash-Schwestern, sie hätte ja wirklich «fabelhafte» Dinge über die kleine Pension gehört. Veronica war angenehm überrascht.

Während Isabel und June mit Penelope plauderten, kamen

Nick DeMarco und seine Tochter Leigh. Natürlich kannten alle Nick. Die anderen Cops und er waren viel in der Stadt unterwegs, gingen Streife und schrieben Strafzettel für Falschparker und abgelaufene TÜV-Plaketten. Die Frauen schmeichelten sich gerne bei ihm ein, weil er so gut aussah und verwitwet war. Obwohl June und Isabel warm und freundlich zu ihm und insbesondere zu Leigh waren, schleimten sie sich nicht bei ihm ein. Penelope war ebenfalls charmant, ohne gleich draufloszuflirten. Veronica, die einzige alleinstehende Frau im Haus, konzentrierte sich lieber auf seine Tochter als auf ihn.

Als Veronica schon glaubte, Penelope könne unmöglich noch wärmer oder liebenswürdiger werden, schenkte sie all ihre Aufmerksamkeit der jungen Leigh DeMarco und fragte sie, wohin sie ins Sommercamp fuhr. Dann schüttelte sie Nicks Hand und erklärte, es sei allein den hart arbeitenden Polizeibeamten wie ihm zu verdanken, dass Boothbay Harbor ein so sicherer Ort war, an dem man gerne lebte. Veronica kam aus dem Staunen über Penelopes neue Freundlichkeit gar nicht mehr heraus. «Dann lasst uns mal in die Küche gehen und mit dem Backen anfangen», schlug Veronica vor und ging voran. «Ihr seid heute nur zu fünft, das ist die perfekte Größe für einen Backkurs.»

«Oh, was für eine wunderschöne Küche!», rief Isabel begeistert und schaute sich in dem großen Raum um.

Veronica liebte ihre Küche. Schon in dem Moment, als sie den gelben Bungalow gesehen hatte, wusste sie, dass er das richtige Haus für sie war. Aber als sie die Küche betrat, konnte sie ihr Glück kaum fassen. Es war eine große Landküche mit weiß lackierten Schränken, viel Arbeitsfläche und alten Holzdielen. Der Raum war einfach wie geschaffen fürs

Kuchenbacken. Veronica hatte die Wände in einem sehr hellen Blau gestrichen und einen Profi-Ofen einbauen lassen, in dem man mehrere Kuchen auf einmal backen konnte, aber ansonsten hatte sie nicht allzu viel renovieren müssen. Eine Hintertür führte zu einer kleinen Veranda, an die ein winziger Hof anschloss, wo Veronica Kübelpflanzen gepflanzt hatte. Sie hatte keinen besonders grünen Daumen, aber sie mochte es, Blumen zu sehen, wenn sie aus dem Fenster schaute.

Die Gruppe versammelte sich um die Kücheninsel, alle begutachteten die Behälter mit den Zutaten und spielten mit den Nudelhölzern.

«Heute Abend backen wir einen klassischen Apfelkuchen», sagte Veronica. «Ich weiß, einige von euch haben unter Umständen auch Interesse an meinen besonderen Heilkuchen. Ich habe die beliebtesten Rezepte ausgedruckt, wenn ihr also eines davon haben wollt, sagt Bescheid. Falls jemand heute schon lieber einen speziellen Kuchen backen möchte, könnt ihr das auch machen und mich einfach jederzeit um Hilfe bitten.»

«Für uns gibt's heute Apfelkuchen, was, Leigh?», fragte Nick seine Tochter.

Leigh schaute erst zu Boden, dann suchte sie Veronicas Blick. «Eigentlich will ich einen speziellen Kuchen machen. Nämlich Shoofly Pie.»

«Oh, den kenne ich!», sagte Nick und lächelte erst seine Tochter und dann Veronica an. «Meine Urgroßmutter hat den immer gebacken, als ich noch ein Kind war.»

«Shoofly Pie», schwärmte auch Isabel. «Meine Tante Lolly hat den geliebt! Der ist mit Melasse, oder?»

Veronica nickte. «Melasse und eine Kruste aus braunem

Zucker obendrauf. Ich mag ihn auch sehr, aber heutzutage wird er leider nicht mehr allzu oft gebacken.»

«Was für eine Art Heilkuchen ist das?», fragte June und nahm beiläufig eine Dose mit Backnatron zur Hand und schaute durch den Plastikdeckel.

Leigh DeMarco starrte ihre Füße an.

«Ich nenne ihn Seelenkuchen», sagte Veronica. «Er hilft, wenn man sich jemandem nahe fühlen möchte, den man verloren hat.»

Für den Bruchteil einer Sekunde schien es, als hielten alle im Raum die Luft an. Nick nickte langsam und nahm die Hand seiner Tochter, und Leigh sah aus, als wollte sie am liebsten durch die Hintertür verschwinden. Aber sie blieb. June und Isabel blickten sich an und verstummten. Auch Penelope schien berührt.

«Ich vermisse meine Mom», sagte Leigh und starrte beharrlich auf ihre Turnschuhe. Veronica sah trotzdem, wie das Mädchen mit den Tränen kämpfte. «Mrs. Buckman, also unsere Nachbarin», fügte sie hinzu und schaute zu ihrem Dad hoch, «sie hatte einen von Veronicas Seelenkuchen und sagte, sie hätte das Gefühl gehabt, ihre Mutter sei bei ihr im Raum.»

«Manchmal fühle ich mich in der Pension auch so», sagte Isabel. «Ich stehe dann in der Eingangshalle, ordne die Faltblätter auf der Kommode, und ganz plötzlich spüre ich die Gegenwart meiner Eltern. Erst vor ein paar Wochen war ich in der Küche und machte gerade ein irisches Frühstück für unsere Gäste, und für einen winzigen Moment war es so, als stünden meine Tante Lolly und mein Onkel Ted hinter mir und sagten, ich würde meine Sache gut machen. Das kann gar nicht oft genug passieren.»

«Wenn ich ein Stück leckeren Kuchen essen könnte, der mir hilft, ihre Nähe zu spüren», sagte June, «hätte ich wohl eine großartige Entschuldigung, den ganzen Kuchen zu vertilgen.»

Veronica lächelte. «Das ist das Gute an einem ordentlichen Shoofly Pie. Er ist so süß, dass man wirklich nur ein Stück davon essen kann. Wenn ich ihn mache und mich dann zum Tee hinsetze und ein Stück genieße, spüre ich meine Großmutter ganz nah. Es ist ein wunderbares Gefühl.»

«Und warum machen wir nicht einfach alle Shoofly Pie statt Apfelkuchen?», schlug Leigh vor. «Wir können danach alle ein Stück essen und uns denjenigen nahe fühlen, die wir vermissen.» Sie kramte in den Rezepten, die Veronica auf der Kochinsel ausgelegt hatte, und zog das für den Shoofly Pie hervor.

Penelope wandte sich an Veronica. «Klappt das auch bei jemandem, der noch nicht tot ist? Du hast gesagt, es hilft, wenn man sich jemandem näher fühlen möchte. Und wenn er noch lebt? Funktioniert das auch?»

«Ich denke schon», sagte Veronica. «Du denkst einfach an die Person, während du den Kuchen backst und während du ein Stück isst. Dann sollte es funktionieren. Also machen wir Shoofly Pie statt Apfelkuchen?», fragte Veronica in die Runde.

Alle nickten, mit Ausnahme von Nick. Leigh blickte starr zu ihm hoch. «Du kannst Mommy sagen, dass es dir leidtut, Dad», sagte sie.

Erneut schien es, als würde die Luft aufhören zu zirkulieren.

Nick atmete tief ein und legte seine Hand auf die Schulter seiner Tochter. Aber er wandte den Blick ab, und seine dunklen Augen waren wieder undurchdringlich. Wow. Alle waren so höflich, auf die Dosen mit den Zutaten und die Rezeptausdrucke zu blicken, um ihm – und Leigh – etwas Privatsphäre zu gönnen. «Also gut, wir machen alle Shoofly Pie», sagte Veronica hastig. «Wenn ihr keine Schürze dabeihabt, könnt ihr euch hinter der Tür eine vom Haken nehmen. Lasst uns anfangen.»

Während Veronica ihre Schürze hinter dem Rücken zuband, schaute sie verstohlen zu Nick, der aussah, als wollte er überall sein, nur nicht hier.

Veronica hielt einen Farbfotoausdruck vom letzten Shoofly Pie hoch, den sie vor ein paar Wochen gebacken hatte, um den Tag zu feiern, an dem ihre Großmutter vierundachtzig geworden wäre. Veronicas Eltern hatten nie großes Aufheben um Geburtstage gemacht, aber Renata Russo war da anders gewesen. «Shoofly Pie ist sehr einfach zu machen, aber die wichtigste Zutat dafür muss von euch selbst kommen, tief aus euren Herzen. Während ihr eine Zutat hinzugebt oder rührt oder mischt oder auch nur darauf wartet, dass der Kuchen fertig backt, denkt einfach an die Person, der ihr euch nahe fühlen wollt. Und wenn ihr dann den Kuchen esst, denkt ihr noch ein bisschen mehr an diese Person, und dann werdet ihr das Gefühl haben, dass sie direkt neben euch sitzt.»

«Wenn das doch nur so einfach wäre», sagte Penelope mit einem Seufzen.

Veronica lächelte sie an. «Ich habe nicht behauptet, es wäre einfach. Nur, dass es offensichtlich funktioniert.» Sie wandte sich an Leigh. «Leigh, warum liest du uns nicht die Zutatenliste vor, solange ich noch ein paar Kopien von dem Rezept ausdrucke, damit jeder eins hat.»

Leigh lächelte und nahm das Rezept. Sie las laut vor. Veronica ging in das kleine Arbeitszimmer, das an ihr Wohnzimmer grenzte. «Für den Boden», sagte Leigh. «Mehl, Zucker, Salz ...»

Veronica kam zurück in die Küche und verteilte die Rezepte. «Danke, Leigh. Das Erste, was wir machen, ist der Teig für den Boden, weil wir den dann noch dreißig Minuten lang im Kühlschrank abkühlen lassen müssen.»

Die allgemeine Anspannung löste sich, als sie sich an die Arbeit machten. Leigh kippte das Mehl in die Schüssel der Rührmaschine, Nick gab den Zucker hinzu und Penelope das Salz. Veronica bat Leigh, die Küchenmaschine kurz einzuschalten, ehe Isabel die kleingeschnittene Butter hinzugab und June das Backfett.

«Also, es gibt Leute, die ihren Kuchenboden entweder mit Butter oder mit Margarine machen», sagte Veronica, «je nachdem, welchen Kuchen sie machen. Aber meine Großmutter hat immer beides verwendet, also mache ich das auch.» Sie gab ein bisschen kaltes Wasser zu der Mischung, ehe sie zeigte, wie man die Arbeitsfläche mit Mehl bestäubte, damit der Teig nicht klebte, und wie man ihn dann zu einer Kugel formte. «Ihr dürft den Teig nicht zu fest durchkneten, sonst wird er zu kompakt.»

«Jeder erzählt mir immer, wie schwierig es ist, einen guten Kuchenteig zu machen», sagte Isabel. «Aber das war ja einfach.»

Penelope wischte sich die mehligen Hände an der Schürze ab. «Ich bin so froh, mich für den Kurs angemeldet zu haben. Ich glaube, in Zukunft backe ich jede Woche ein paar Kuchen für das Seniorenheim.»

Also, diese neue, nette Penelope gefiel Veronica wirklich gut. «Jetzt wickeln wir den Teig in Plastikfolie ein und lassen ihn dreißig Minuten lang im Kühlschrank ruhen, während wir die Füllung anrühren.»

«Warten Sie! Ich habe gar nicht richtig an meine Mom gedacht, als ich das Mehl in die Schüssel gekippt habe», sagte Leigh. Ihr Gesicht fiel in sich zusammen. «Jetzt wird der Kuchen für mich gar nicht wirken.»

«Keine Sorge», tröstete Veronica sie, die Nicks Blick auf sich ruhen spürte. «Du weißt doch, ich mache auch für andere Leute Seelenkuchen. Sie setzen sich dann mit dem Kuchen hin und denken an diejenigen, denen sie sich nahe fühlen möchten. Darum wirkt der Kuchen bei dir bestimmt auch, wenn du jetzt nicht fest genug an sie gedacht hast. Und gleich denkst du noch mal doppelt fest an deine Mom, während wir die Füllung anrühren.»

Leigh strahlte. Nick schien sich nicht wohl in seiner Haut zu fühlen. Penelope wirkte erleichtert, und June und Isabel waren offensichtlich die Einzigen, die wirklich Spaß am Backkurs hatten. Weil sie mit ihrem Verlust und ihrer Trauer im Reinen sind, begriff Veronica.

Sie teilte jedem eine Zutat für die Füllung zu. «Und wenn ihr die Zutat in die Rührschüssel gebt, denkt ihr fest an die Person, der ihr euch nahe fühlen wollt. Ihr könnt sie euch einfach nur vorstellen, eine bestimmte Erinnerung ins Gedächtnis rufen. Alles, was euch an sie erinnert, funktioniert. Schließt dabei am besten die Augen.»

Veronica beobachtete Leigh, die so langsam wie möglich das Backnatron in die Rührschüssel kippte. Ihre Miene drückte eine Mischung aus Glück, Trauer und Entschlossenheit aus. Nick gab den braunen Zucker so rasch dazu, dass Veronica es fast verpasst hätte. Isabel war für die Butter zuständig, und Veronica zeigte Leigh danach, wie sie alles zusammenrühren musste. Dann gab June das Ei hinzu. Penelope stand jetzt vor der Rührschüssel, und bevor sie das flüssige Vanille-Extrakt hinzugab, schloss sie kurz wie im Gebet die Augen. Veronica fragte sich unwillkürlich, an wen sie wohl dachte. Vielleicht hatte sie eine Freundin oder einen Verwandten vor den Kopf gestoßen und hoffte auf diesem Weg auf Vergebung. Leigh gab die Melasse hinzu und rührte weiter.

«Ich spüre ihre Hand um meine!», kreischte Leigh plötzlich und schaute sich um. «Ich hab die Hand meiner Mom gespürt!» Sie stand ganz still und fing dann an zu weinen.

Nick legte den Arm um ihre Schultern. «Leigh? Alles in Ordnung?», erkundigte er sich.

«Ich habe ihre Hand um meine gespürt», wiederholte sie, und obwohl sie weinte, hatte ihr Gesicht den Ausdruck freudigen Staunens angenommen.

Nick drückte ihre Schulter und küsste sie auf den Scheitel, aber zugleich schaute er abwesend aus dem Fenster.

Veronica gab das kochende Wasser zur Füllung, damit sie glatt gerührt werden konnte, und einen Moment lang war sie selbst überrascht, weil ihr dabei nicht automatisch das Gesicht ihrer Großmutter in den Sinn kam.

Es war das jenes kleinen Mädchens, das sie zur Adoption freigegeben hatte. Veronica hatte es nur zwei Minuten lang in den Armen halten dürfen, und in diesen zwei Minuten hatte sie sich vorgestellt, wie sie aus dem Krankenwagen ausbrach und mit dem Baby auf dem Arm einfach loslief. Aber als sie in das wunderschöne, kleine Gesicht schaute, mit den zu drei Vierteln geschlossenen Augen und dem winzigen blonden Flaum, erinnerte sie sich, dass sie nicht wusste, wohin sie gehen und wie sie für ihr Kind sorgen sollte. Ihre Eltern hatten sie verleugnet. Ihr Freund beharrte darauf, nicht der Vater zu sein. Und ihre Großmutter, die für sie stets ein Fels in der Brandung gewesen war, war seit fast einem Jahr tot. Wenn niemand sie unterstützte, wie konnte Veronica darauf hoffen, ein Kind emotional und finanziell durchzubringen? Als der Sanitäter ihr behutsam das Baby in die Arme gelegt hatte, kniff Veronica die Augen fest zu und wandte den Kopf ab, weil sie sich selbst immer wieder ermahnen musste. Es war nicht ihr Baby, sie konnte es nicht behalten. Sie tat das Richtige. So war es das Beste für das Baby.

Sie hatte das Richtige getan. Wie oft hatte sie diesen Satz gehört, immer und immer wieder. Nicht vom Personal im Heim der Guten Hoffnung, denn dort war man klug genug, nicht mit irgendwelchen Platituden um sich zu werfen, die nicht notwendigerweise wahr sein mussten. Eher von Fremden. Eltern auf Besuch. Eigentlich jeder, dem sie später ihre Geschichte erzählte, hatte das gesagt. *Du hast das Richtige getan.*

Ich habe das Einzige getan, was ich tun konnte, hatte Veronica immer gedacht.

Im Laufe der Jahre hatte sie selten versucht, sich vorzustellen, wie ihre Tochter wohl inzwischen aussah. Veronica mochte Kinder, aber sie hielt sich lieber von ihnen fern. Auf Spielplätzen fühlte sie sich immer unruhig. Eltern, die Hand in Hand herumspazierten, gaben ihr das Gefühl, etwas verloren zu haben, was sie doch nie wirklich besessen hatte. Veronica ging zum Spülbecken, vordergründig, um sich die Hände zu waschen, aber eigentlich vor allem, um für einen Moment die Augen zu schließen und zu warten, bis das Gefühl des Verlusts verging. Aber es ging nicht vorbei. Das feine Gesicht ihres Babys kam ihr wieder in den Sinn, dieses Gefühl eines winzigen Gewichts in ihren Armen und an ihrer

Brust. Sie spürte es ganz konkret, als befände sie sich wieder in dem Rettungswagen.

Seit sie nach Boothbay Harbor zurückgekehrt war, hatte sie merkwürdige Träume, in denen das Heim der Guten Hoffnung und die Nacht, in der sie ziemlich überraschend im Rettungswagen das Kind bekam, eine wichtige Rolle spielten. Aber sie erlaubte sich nie, länger über ihre Tochter nachzudenken oder darüber, wo sie jetzt vielleicht war oder wie sie aussah. Das war zu schmerzhaft, und Veronica hatte schon mit sechzehn gelernt, wie man solche Gedanken verdrängte, zu groß war die Angst, daran zu zerbrechen.

«Ich weiß ja nicht, wie es euch geht, aber ich habe gar nichts gespürt», unterbrach Penelope Veronicas Gedanken.

«Ich bin nicht sicher, ob ich meine Eltern gespürt habe», sagte Isabel. «Aber ich habe an eine Situation aus meiner Kindheit gedacht, die mir seit Jahren nicht mehr eingefallen ist. Und es war eine richtig schöne Erinnerung.»

«So ging es mir auch», sagte June zu ihrer Schwester. «Wir waren alle zusammen – du und ich, Mom und Dad, Tante Lolly und Onkel Ted und Kat. Es war Weihnachten, als wir noch ganz klein und in der Pension waren. Erinnerst du dich noch an den Streuner? Lolly hatte die Katze aufgenommen, und die hat die Girlande vom Baum gerissen und sich dann am Stamm die Krallen geschärft und damit den ganzen Baum zum Einsturz gebracht.»

Leigh lachte. «War Ihre Tante danach böse?»

«Zuerst schon», sagte Isabel. «Aber unser Onkel Ted musste so heftig lachen, weil der Kater irgendwie doch noch aus dem Baum fand und die Girlande um seinen Schwanz gewickelt war. Diese Katze hat ein gutes Leben geführt und war seitdem eine Art Maskottchen für die Pension.»

«Daddy, an wen hast du gedacht?», wollte Leigh wissen.

Alle Blicke richteten sich auf Nick. «An meinen Großvater», sagte er hastig, und Veronica hatte eher den Eindruck, dass er an niemand Bestimmtes gedacht hatte. «Du hättest deinen Urgroßvater DeMarco bestimmt sehr lieb gehabt.»

Leigh lächelte. «Zeigst du mir Fotos, wenn wir nach Hause kommen?»

Nick nickte lächelnd, und sie schob ihre Hand in seine.

Die Füllung für den Shoofly Pie war fertig, und jetzt war es an der Zeit, den Teig aus dem Kühlschrank zu holen und auszurollen. Alle versammelten sich um die Kochinsel, während Veronica es vormachte. Dann gab sie Nick das Nudelholz, der auf sie so wirkte, als müsste er beschäftigt werden. Sobald die Kuchenform mit Teig ausgelegt und die Füllung hineingegeben war, zeigte Veronica ihnen, wie man aus braunem Zucker, Mehl, kalter Butter und Salz die Streusel zubereitete.

«Kann ich mal mit dir unter vier Augen sprechen?», fragte Penelope sie, während sie dabei zusahen, wie Leigh die Mischung behutsam zu einer bröseligen Konsistenz vermengte.

«Klar», sagte Veronica. «Ich bin in ein paar Minuten zurück», sagte sie zu den anderen. «Mach einfach so weiter, Leigh, das wird prima.»

Veronica ging voran in ihr Arbeitszimmer und schloss hinter Penelope die Tür, damit sie ungestört waren.

«Bei mir hat es nicht funktioniert», sagte Penelope. «Was mache ich falsch?»

«Hast du an die Person gedacht, der du dich näher fühlen möchtest?», fragte Veronica. «Du sagtest ja, es handle sich um eine lebende Person.»

«Ja.» Penelope schloss für eine Sekunde die Augen, dann öffnete sie sie. Ihr Frust und ihre Verärgerung waren deutlich zu spüren. «Ich weiß nicht. Ich denke nicht so viel an sie, sondern vielmehr an etwas, von dem ich mir wünsche, dass es passiert. Ergibt das für dich Sinn?»

«Ich dachte, du wolltest dich der Person näher fühlen?»

Penelope schob eine Strähne ihrer braunen Haare hinter das Ohr. Der Diamant auf ihrem Ehering war so ziemlich der größte, den Veronica je gesehen hatte. «Ich will einfach von dieser Person gemocht werden. Das ist alles.»

Okay, das klang wirklich merkwürdig, und Veronica hatte keine Ahnung, worauf Penelope hinauswollte oder worum es hier gehen könnte. «Hm. Magst du diese Person?»

«Ich weiß es nicht, wenn ich ehrlich sein soll. Aber ich möchte von ihr gemocht werden. Ich dachte, wenn ich deinen Kurs mache und hier lerne, einen deiner speziellen Kuchen zu backen, über die alle Leute immer reden ... einen Hoffnungskuchen oder so. Als Leigh aber vom Seelenkuchen sprach, dachte ich, der funktioniert in diesem Fall vielleicht auch. Ich glaube eigentlich nicht an diesen Unsinn, Veronica. Aber ich bin auch nicht religiös und glaube auch nicht, dass plötzlich ein Flaschengeist hervorkommt und mir meinen größten Wunsch erfüllt. Aber ich weiß nicht mehr weiter und versuche einfach alles.»

«Du steckst fest, weil du etwas willst, von dem du glaubst, es werde nicht passieren? Weil du nicht sicher bist, ob diese Person dich mag?»

«Ja, genau.»

Veronica hatte keine Ahnung, worauf Penelope genau anspielte, aber in den Augen der Anderen sah sie ehrliche Verzweiflung.

«Ich gebe dir mein Rezept für den Hoffnungskuchen», sagte Veronica. «Vielleicht hilft dir das weiter. Mach ihn zu

Hause und lege deinen Wunsch mit aller Kraft hinein. Ich habe mir vorgenommen, später heute Abend auch noch einen zu backen.»

Penelope blickte sie überrascht an, als könne sie sich nicht vorstellen, dass Veronica sich irgendetwas wünschte. «Das versuche ich.»

«Hast du deshalb den Kurs belegt? Weil du das Rezept wolltest?»

«Unter anderem», sagte Penelope.

«Veronica!», rief Leigh aus der Küche. «Der Ofen hat geklingelt, er ist jetzt vorgeheizt.»

«Ich komme!», rief Veronica zurück.

«Jetzt lass uns erst mal den Kuchen in den Ofen bringen», sagte sie an Penelope gewandt. «Dann werden wir den Rest der Zeit im Kurs verschiedene Techniken besprechen, und danach wird jeder Teilnehmer seinen eigenen Teig kneten. Du kannst dabei noch mal versuchen, das Gefühl zu fassen zu kriegen, das du mit der Person verbinden möchtest.»

Penelope nickte und schaute weg. Irgendwie lag ein trotziger Ausdruck auf ihrem Gesicht.

«Und wenn du möchtest, kannst du mich jederzeit anrufen, Penelope. Egal warum.»

Penelope schaute zu ihr auf. «Danke. Das weiß ich sehr zu schätzen.»

Wenige Minuten später war die braune Zuckerbröselmasse auf dem Kuchen verteilt, und er buk im Ofen, während alle ihren ersten eigenen Teig kneteten. Der Kurs lief jetzt recht gut. Nick und Leigh lachten, weil das Mehl staubte und an Nicks Wange und in Leighs Haaren klebte. June und Isabel tauschten Erinnerungen an ihre Familie aus. Und Penelope formte ihren Teig zu einer Kugel, wobei sie ein bisschen zu grob vorging, als wollte sie das Gefühl wieder herbeizwingen. Als wollte sie ein Band zu jemandem straffen, das vielleicht gar nicht existierte. Veronica ermahnte sie, behutsam mit dem Teig umzugehen, sonst würde er zu fest. Und dann spürte sie wieder wie aus dem Nichts dieses winzige Gewicht, das auf ihre Arme drückte.

9 Gemma

Gemma saß auf der Hollywoodschaukel vor dem Three Captains' Inn und tippte ihre Notizen vom Besuch im Heim der Guten Hoffnung auf dem Laptop ins Reine. Ihr blieben nur noch zehn Minuten, ehe Bea eintraf, um sich bei Isabel für den Job in der Küche vorzustellen. Gemma war sehr froh, dass sie das Gespräch mit Pauline Lee aufgezeichnet und gleichzeitig Notizen gemacht hatte. Es war sehr dichte Information, und jede Antwort, die sie von Pauline bekam, hatte nur noch mehr Fragen aufgeworfen. Von den sieben aktuellen Bewohnerinnen des Heims wollte eine ihr Baby behalten, vier würden den Weg einer Adoption beschreiten – zu ihnen gehörten auch die zwei Mädchen, deren Gespräch mit Bea so außer Kontrolle geraten war –, und zwei waren noch unentschlossen. Eine der beiden war eine Siebzehnjährige mit einem Collegestipendium, die darüber nachdachte, die Schwangerschaft abzubrechen.

Die Mädchen kamen von überall her. Zwei aus New York, vier aus Neuengland, von denen eine wiederum aus Boothbay Harbor stammte, und eine war den weiten Weg von Georgia hierhergekommen. Laut Pauline Lee hatte keines der Mädchen beabsichtigt, schwanger zu werden. Zwei Mädchen waren von dem Moment überrascht worden und hatten sich von ihren Partnern versichern lassen, sie würden «ihn schnell rausziehen», weshalb sie sich «keine Sorgen machen müssten». Ein drittes Mädchen verhütete gar nicht, da sie irgendwo gehört hatte, eine Frau könne nur zu einer bestimmten Zeit des Monats schwanger werden, und sie war davon überzeugt gewesen, für sie sei gerade nicht diese Zeit. Zwei gingen sorglos mit ihren Pillen um und nahmen sie nur unregelmäßig. Und weitere zwei hatten berichtet, ihre Partner hätten Kondome benutzt, die aber gerissen seien.

Gemma konnte bestätigen, wie leicht ein geplatztes Kondom zu einer unerwarteten Schwangerschaft führen konnte.

Sie hatte ihre eigene Jungfräulichkeit im Alter von sechzehn an ihren Freund in der Highschool verloren, einen engagierten Mitstreiter bei der Schülerzeitung, den unglücklicherweise das Credo «die Story um jeden Preis bekommen» zu immer neuen Höchstleistungen trieb, was ihn sehr unbeliebt machte. Nach einem Jahr hatte Gemma genug von seiner unnachgiebigen Zielstrebigkeit, mit der er die Story stets über die Gefühle der Menschen stellte. Das war eine rote Linie, die Gemma nie übertreten hatte. Die sie auch in Zukunft nicht überschreiten würde.

Sie hatte ihren Chef bei der *New York Weekly* gefragt, ob das der wahre Grund sei, weshalb sie auf der Liste derer gestanden hatte, die man gehen ließ. Er druckste herum und sagte immer wieder, bei den Storys, die sie machte, stünden ja ohnehin die Menschen im Vordergrund. Aber sie hatte sich an die Story erinnert, für die sie einer Frau auf die Pelle rücken sollte, die erst kürzlich ihren Sohn verloren hatte, der als Soldat diente, weil sie eine Reaktion für die Kontroverse rund um seinen Tod kriegen sollte. Gemma hatte sich geweigert, und eine andere Zeitung hatte das Foto der trauernden, wütenden Frau gebracht, die sich im Übrigen ohnehin weigerte, mit den Journalisten zu sprechen. Aber Gemmas Weigerung, der Frau massiv zuzusetzen, war nicht unbemerkt geblieben.

Es gab eben Fragen, die sie nicht stellen wollte. Das traf auch auf den Artikel über das Heim der Guten Hoffnung zu. Fragen, die sie nicht stellte, weil sie zu persönlich waren und niemanden etwas angingen. Es gab diese rote Linie, und Gemma spürte immer, wo die Grenze war. Ihr Freund an der Highschool hatte an diese Linie nicht geglaubt, und darum hatte sich ihre Bewunderung für ihn irgendwann in Abscheu verwandelt.

Und wenn sie damals schwanger geworden wäre? Wenn das Kondom mit sechzehn und nicht mit neunundzwanzig geplatzt wäre? Was hätte *sie* dann getan?

Dass du überhaupt schon Sex hast, hörte sie die Stimme ihrer älteren Schwester wieder im Ohr, als säße Anna direkt neben ihr. Als Gemma mit sechzehn einmal besorgt war, weil sich ihre Periode um fast eine Woche verspätete, hatte Anna, die für die Weihnachtsferien nach Hause gekommen war, ziemlich genau das gesagt. *Wenn du keinen Sex haben würdest, müsstest du dir jetzt auch keine Sorgen machen, ob du schwanger bist. So einfach ist das.*

Nichts war je so einfach, dachte Gemma. Tatsachen vielleicht. Aber keine Gefühle.

Ihr Telefon klingelte, und sie griff danach, weil sie hoffte, es sei die Leiterin vom Heim der Guten Hoffnung. Pauline hatte ihr versprochen, einige der Bewohnerinnen zu fragen, ob sie bereit seien, mit Gemma zu sprechen und in ihrem Artikel zitiert zu werden.

Aber es war nicht die Heimleiterin, sondern Mona Hendricks, ihre Schwiegermutter. Gemma seufzte und nahm den Anruf an. Sie sah die sechsundfünfzigjährige Mona vor sich, wie sie mit ihrem lockigen Bob und der bunten Lesebrille, die an einer Kette um ihren Hals hing, in ihrer riesigen Küche stand und ein kompliziertes Rezept wie zum Beispiel Bœuf Bourguignon zubereitete.

«Gemma, was habe ich da gehört? Du bleibst die Woche über in Maine?», fragte Mona. «Gibt es irgendwelche Probleme zwischen dir und Alex?»

Stellten eigentlich alle Schwiegermütter so unverfrorene, persönliche Fragen?

«Ich bin für eine Hochzeit hergekommen, und weil ich meinen Job verloren habe, dachte ich, ich nutze die freie Zeit, um den Besuch bei meinen Freundinnen etwas auszudehnen. Sonst sehe ich sie ja nicht mehr allzu oft.»

«Nun, du wirst Alexander auch nicht allzu oft zu Gesicht bekommen, wenn er dreihundert Meilen entfernt ist», sagte Mona. «Wann kommst du nach Hause? Ich möchte gerne einen Termin mit einem Makler machen, von dem ich nur Gutes gehört habe. Es gibt zwei neue Häuser auf dem Markt, von denen ich glaube, sie wären perfekt für Alexander und dich. Eins im Kolonialstil mit ...»

«Mona, tut mir leid, wenn ich dich unterbreche, aber meine Freundin kommt gerade. Ich muss aufhören. Wir sprechen bald weiter. Bye.» Es war reine Zeitverschwendung, Mona daran zu erinnern, dass sie nicht aus New York wegziehen wollte. Mona hörte ihr nicht zu und kümmerte sich nicht darum, was sie fühlte. Alle Hendricks dachten, es sei falsch und selbstsüchtig von ihr, dass sie in der Stadt bleiben wollte.

Gemma hätte sich vielleicht schuldbewusst gefühlt, weil sie ihre Schwiegermutter förmlich abgewürgt hatte, aber Bea war tatsächlich gerade auf den Parkplatz gefahren. Sie hatte die Jeans und das T-Shirt gegen ein hübsches Baumwollkleid und flache Ballerinas getauscht, die hellblonden Haare zu einem Pferdeschwanz zusammengefasst. Etwas an Bea weckte in Gemma ihren Beschützerinstinkt. Bea war ganz allein auf der Welt und musste mit einer emotional schwierigen Situation klarkommen. Als Bea ihr die Geschichte erzählt hatte, wie sie ein Jahr nach dem Tod ihrer Mutter deren Geständnis vom Totenbett erhielt, hatte Gemma sich gefragt, wie sie sich wohl gefühlt hätte, wenn sie so einen Brief bekommen hätte. *Ich bin nicht deine leibliche Mutter. Wir haben dich adoptiert.* Allerdings bestand offensichtlich ein himmelschreiender Unterschied zwischen Beas Adoptivmutter, die Bea als die Mutter des Jahres beschrieben hatte – und zwar einundzwanzig Jahre in Folge! –, und Gemmas Mutter. Inzwischen war Gemma ziemlich sicher, dass ihre Mutter an einer Art dissoziativer Persönlichkeitsstörung litt. Gemma hätte den Brief also gelesen, wenn er an sie gerichtet wäre, und hätte dann womöglich gedacht: Ja, jetzt ergibt das alles einen Sinn, kein Wunder. Sie war gar nicht meine Mutter. Aber die Mutterschaft funktionierte nicht so – das hatte Gemma inzwischen begriffen. Es ging nicht darum, wer dich zur Welt brachte, wer dich adoptierte oder aufzog. Es ging um Liebe, um Hingabe und Verantwortung. Es ging darum, da zu sein. Darum, immer da sein zu wollen.

Ist ja nicht so, als wollte ich nicht da sein, richtete sie ihre Gedanken auf ihren Bauch. *Es ist nur ... Ich scheine diese Sache – die Mutterschaft – nicht so sehr zu wollen, wie ich meine Karriere wiederhaben will. Ich weiß, das ist schrecklich. Weil ich schon in siebeneinhalb Monaten eine Mutter sein werde.*

Du klingst schon wie Mom, schalt sie sich. Erneut spürte sie, wie sich ein eiskalter Ring um ihr Herz schloss.

«Hey», sagte Bea und kam die Stufen zur Veranda hoch. «Ich kann dir gar nicht genug danken, dass du mich mit der

Geschäftsführerin bekannt machst. Dabei weiß ich ja nicht mal, wie lange ich noch in der Stadt bleibe.»

«Komm, wir suchen erst mal Isabel. Ich habe ihr erzählt, ich hätte die perfekte Küchenhilfe gefunden, und sie hat gesagt, ich soll dich einfach zu ihr bringen, wenn du kommst. Ich drücke dir auf jeden Fall die Daumen.»

Sie fanden Isabel, die sich das Baby vor die Brust gebunden hatte und gerade auf dem Buffet im Aufenthaltsraum einen üppigen Blumenstrauß arrangierte. Sie streckte Bea die Hand hin und stellte sich und Baby Allie vor.

Gemma starrte auf das Baby und versuchte wieder, sich auszumalen, wie sie selbst so ganz nebenbei ein Baby herumtrug und dabei tausend andere Dinge machte.

«Mein Bewerbungsgespräch besteht aus einem traditionellen amerikanischen Frühstück, das du herrichtest und servierst. Anschließend räumst du wieder ab», sagte Isabel zu Bea. «Ich hätte Gemma wohl sagen sollen, dass du dich für das Gespräch nicht extra umziehen brauchst. Alte, schäbige Klamotten hätten es auch getan.»

Gemma hätte fast gelacht. Bea hätte genauso gut in ihrer mit Truthahn und Mayonnaise verdreckten Jeans auftauchen können und wäre damit angemessen gekleidet gewesen.

«Ich weiß, das ist viel verlangt, Gemma», sagte Isabel. «Aber wir brauchen höchstens eine halbe Stunde. Würde es dir was ausmachen, solange auf Allie aufzupassen?»

Gemma erstarrte. Auf das Baby aufpassen? Sie war erst mal völlig entsetzt, weil Isabel ihr so sehr vertraute. Zugegeben, Gemma war eine Freundin der Familie, die die Nash-Schwestern kannte, seit sie Kinder waren. Aber was um alles in der Welt ließ Isabel glauben, Gemma wisse, wie man ein Baby hält, geschweige denn eine Windel wechselt? Vielleicht hatte sie Glück, und das Baby würde in der nächsten halben Stunde nicht kacken.

«Wird nicht länger als dreißig Minuten dauern», versprach Isabel. «Glaub mir, wenn Bea halb so lange braucht, um Rührei und Toast zu machen, hat sie ein echtes Problem», fügte sie hinzu und zwinkerte Bea zu.

Gemma beäugte das Baby, das mit großen blauen Augen und speckigen Wangen zufrieden in die Welt schaute. Sie saß einfach da, schaute recht neugierig drein, weinte nicht und machte keine merkwürdigen Geräusche. Gemma schaffte das, eine halbe Stunde lang sollte es gehen. Es wäre jedenfalls eine gute Übung.

«Kein Problem», sagte sie an Isabel gewandt.

«Du kannst sie mit in den Garten nehmen. Draußen ist ihre Schaukel, und die Wickeltasche mit allem, was du brauchst, steht direkt daneben. Ich hab sie vorhin erst gefüttert und ihre Windel gewechselt. Sie ist bestimmt zufrieden, wenn sie einfach ein bisschen gehalten wird oder in ihrer Schaukel sitzen darf.»

«Okay», sagte Gemma. *Ich schaffe das. Ich werde das in sieben Monaten regelmäßig machen. Ich kann das.*

Isabel hob das Baby aus der Trage und gab es Gemma. Einfach so lag Allie in Gemmas Armen, und Gemma schob sie etwas weiter hoch, um sie gut zu fassen. Sie war so leicht!

Gemma hatte es vermieden, ihre eigene Nichte, die Tochter von Alexanders Bruder, auf den Arm zu nehmen, bis sie ein Jahr alt war. Sie hatte sie schließlich genommen, als sie ihr in den Arm gelegt wurde, weil ihre Schwägerin aufs Klo musste und ihr Schwager draußen stand und grillte. Steif wie ein Brett hatte sie dagesessen, bis Mona ihr endlich das Baby aus den Armen pflückte.

Bea lächelte Gemma an und folgte Isabel in die Küche. Und einfach so war Gemma mit dem Baby allein. Sie schaute auf Allies Profil herunter, die winzige Nase, die dicken Bäckchen. Sie war wirklich hübsch. Gemma ging den kurzen Flur entlang zu dem kleinen Wohnzimmer und der Bibliothek, und von dort durch die Glastüren hinaus in den Garten, der von allen Seiten umzäunt war. Der Garten war groß und reichte weit nach hinten, wo riesige Bäume sich über einem kleinen Findling erhoben. Auf der Terrasse standen Liegen und Sonnenschirme, und neben einem der Stühle war Allies Schaukel. Gemma setzte sich hin, das Baby auf ihrem Schoß, und wiegte Allie ein bisschen.

Es war gar nicht so schlimm.

Gemma schaute zum Küchenfenster, hinter dem Bea stand und Isabel offenbar konzentriert zuhörte.

«Ich bekomme auch bald ein Baby», flüsterte Gemma Allie zu. «Im Januar bekomme ich ein Baby, so wie du eins bist.»

Wieder wurde sie von der Furcht gepackt. Es war das eine, für eine halbe Stunde auf ein Baby aufzupassen und es anschließend wieder abzugeben. Etwas völlig anderes war es, für die nächsten achtzehn Jahre für ein Kind verantwortlich zu sein. Für den Rest ihres Lebens, berichtigte Gemma.

Dann wurde Allie unruhig. Gemma stand auf und verlagerte das kleine Gewicht, ließ es auf und ab wippen, wie sie es bei ihrer Schwägerin manchmal beobachtet hatte. Allie beruhigte sich ein bisschen, wurde dann aber wieder zappelig.

«Vielleicht möchtest du lieber in der Schaukel sitzen?», fragte Gemma und setzte Allie in die Schaukel. Ja, das schien zu helfen. Gemma drückte auf den Schalter, und die hellgelbe Plastikschaukel setzte sich sanft in Bewegung.

Dann klingelte Gemmas Telefon, und sie war nicht sicher, ob sie einfach drangehen konnte, weil sie ja gerade auf das Baby aufpasste, aber sie sah ständig Mütter und Babysitter, die telefonierten, wenn sie ihnen auf der Straße oder auf Spielplätzen über den Weg lief. Und im Moment war Allie ja sicher in der Schaukel.

Gemma zog das Handy aus der Tasche. Es war die Leiterin vom Heim der Guten Hoffnung.

«Eine unserer Bewohnerinnen hat ihr Interesse bekundet, mit Ihnen für den Artikel zu reden», sagte Pauline. «Chloe Martin. Sie ist siebzehn, im fünften Monat schwanger und möchte ihr Baby behalten.»

Siebzehn und will das Baby behalten. Mit siebzehn war Gemmas größte Sorge noch, auf das College ihrer Wahl zu kommen. Chloe Martins Leben würde völlig anders verlaufen.

«Das ist großartig. Wann kann ich am besten für ein Interview vorbeikommen?», fragte Gemma.

«Morgen gegen Mittag? Dann können Sie vor dem Essen mit Chloe sprechen.»

«Das ist perfekt», sagte Gemma. «Vielen Dank.»

Es war Montagabend kurz vor sieben, und Gemma lag für den Artikel gut in der Zeit. Dank der Informationen, mit denen Pauline sie versorgt hatte, der Fotos, die sie mit ihrer Handykamera gemacht hatte, Beas Story und der einer aktuellen Bewohnerin lief alles nach Plan. Hoffentlich gelang es ihr in den nächsten Tagen, mit ein paar früheren Bewohnerinnen und vielleicht auch einer Adoptivmutter zu reden. Dann könnte sie den Artikel bis Freitag geschrieben haben und ihn direkt morgens an Claire schicken. Alexander erwartete sie am Freitag zurück in New York.

Sie vermisste ihren Ehemann. Und dabei war doch erst Montag. Aber trotzdem freute Gemma sich nicht besonders darauf, Boothbay Harbor zu verlassen. Sie fühlte sich hier so sehr wie sie selbst. Sicher. Weit, weit weg von den Meinungen ihres Mannes und deshalb ganz im Lot mit ihrer eigenen Meinung. Er bedrängte sie nicht so sehr, wie sie anfangs befürchtet hatte; er schrieb Textnachrichten, statt anzurufen, und ließ ihr die Zeit, die sie brauchte. Sie lehnte sich auf einem Liegestuhl zurück, behielt Allie dabei im Auge und entspannte sich. Die wärmende Junisonne verströmte großzügig ihr Licht.

Als das Baby wieder unruhig wurde, schaltete Gemma die Schaukel aus und hob Allie hoch, aber die Kleine fing an zu weinen. Oh nein. Und was nun? Gemma ließ sie auf und ab wippen, aber das Weinen wurde noch schlimmer, und ihr Gesicht wurde ganz rot.

Das Baby wand sich jetzt heftig in ihren Armen. Ein Paar, das in der Zwischenzeit auf die Veranda gekommen war, starrte Gemma an.

Wie lange war es her, seit sie rausgekommen war? Zwanzig Minuten? Vielleicht schaute sie drinnen nach, wie weit Isabel und Bea inzwischen waren? Aber sie wollte auch nicht das Vorstellungsgespräch stören. Schon gar nicht ein «interaktives».

Das Baby kreischte lauter. Isabels Gesicht tauchte hinter dem Fenster auf, und wenige Augenblicke später kam sie auf Gemma zu. Gemma hatte das Gefühl, eine absolute Idiotin zu sein. Sie hatte damit nur bestätigt, was sie bereits wusste. Sie konnte nicht für ein Baby sorgen. Sie schaffte es ja keine dreißig Minuten. Sie war für dieses Leben einfach nicht geschaffen.

«Was ist los, Zuckerschnute?», sagte Isabel zu Allie und nahm sie Gemma ab. Das Baby weinte weiter, was Gemma, wie sie sich insgeheim eingestehen musste, irgendwie beruhigte. «Hast du Luft im Bauch? Sind's die Zähne? Komm, wir holen deinen Zahnungsring.» Sie lächelte Gemma an. «Danke, dass du auf sie aufgepasst hast. Ich habe vergessen zu erwähnen, dass sie im Moment wie verrückt zahnt. Oh, und übrigens: Deine Freundin Bea weiß, wie man einen Herd bedient. Ihre Rühreier können mit denen von Tante Lolly mithalten, und das will was heißen. Ich musste nur kurz zur Tür, um ein Paket anzunehmen, und als ich zurückkam, hatte sie schon alles wieder aufgeräumt und geputzt. Ich werde ihre Referenzen noch überprüfen, aber ehrlich, ich schulde dir was, Gemma.»

Das Baby zahnte also nur. Gemma war nicht die schlimmste Babysitterin der Welt. Und Isabel war nicht verärgert, weil sie es nicht geschafft hatte, sich um Allie zu kümmern. Außerdem bekam Bea den Job. Dann war heute vielleicht doch kein so missratener Tag.

.....

Am nächsten Tag traf Gemma zur Mittagszeit im Heim der Guten Hoffnung ein, um die siebzehnjährige Chloe Martin zu interviewen. Sie erkannte Jen und Kim wieder, die Mädchen, mit denen Bea sich gestern unterhalten hatte. Sie lagen auf den Liegestühlen unter einem Baum und lasen Schwangerschaftsratgeber. Ein drittes Mädchen, das Gemma noch nicht gesehen hatte, machte in der Nähe Yogaübungen. Gemma ging ins Haus und fand Pauline an dem Schreibtisch am Empfang.

Pauline stand auf. «Hallo, Gemma. Chloe wartet in ihrem Zimmer auf Sie. Ich mache Sie miteinander bekannt.»

Die Leiterin führte Gemma durch eine offene Tür am Ende des Flurs. Ein Mädchen saß auf einem der beiden Betten im Zimmer. Über ihrem Bett hingen mindestens zehn Poster. Vincent van Goghs Sternennacht zwischen Justin Bieber und One Direction. Chloe war hübsch mit ihren schulterlangen, seidigen braunen Haaren und den haselnussbraunen Augen.

«Sie können sich da hinsetzen, wenn Sie wollen», sagte Chloe und zeigte auf den Stuhl, der vor dem Schreibtisch neben ihrem Bett stand. Ein identischer Schreibtisch stand auf der anderen Seite des Raums neben dem zweiten Bett.

«Ich freue mich über dein Interesse und die Bereitschaft, dich für meinen Artikel interviewen zu lassen. Wenn du möchtest, dass ich deinen Namen nicht verwende, kann ich ihn ändern, um deine Identität zu schützen. Wenn irgendwas von dem, was du mir erzählst, dir später nicht recht ist und ich nicht darüber schreiben soll, sag mir einfach Bescheid, okay? Dann nehme ich es wieder raus.»

«Okay», sagte Chloe. «Das klingt gut.»

«Ist es in Ordnung, wenn ich unser Interview aufzeichne?», fragte Gemma.

Chloe nickte und lehnte sich mit dem Rücken gegen die Wand, die Beine lang ausgestreckt. Sie hielt ein Zierkissen gegen den Bauch gedrückt, auf das «Ich liebe dich» eingestickt war.

Gemma stellte das kleine Aufnahmegerät auf den Schreibtisch und drückte die Aufnahmetaste, dann holte sie das Notizbuch und den Stift hervor. «Pauline hat mir erzählt, dass du dein Baby behalten wirst. Kannst du mir erzählen, wie du zu dem Entschluss gekommen bist?»

Chloe legte die Hände auf ihren Bauch. «Ich wusste immer, dass ich ihn behalten werde – ich weiß nicht, ob es ein Junge oder ein Mädchen wird, aber irgendwas sagt mir einfach, dass es ein Junge ist. Ich werde ihn Finn nennen.»

«Finn. Ein schöner Name.» Gemma hatte bisher noch gar nicht über Namen nachgedacht. Ihr war noch nicht mal die Idee gekommen. Weil sich das Baby bisher nicht real anfühlte, erinnerte sie sich. Weil du bisher die Realität nicht akzeptiert hast.

Chloe lächelte. «Ja, das finde ich auch.»

«Magst du mir etwas über den Vater deines Babys erzählen?»

Ihr Gesicht strahlte. «Dylan. Er ist mein Freund und hat mir zur Seite gestanden, als sonst keiner für mich da war. Meine Eltern glauben, ich ruiniere mein Leben. Meine Mom meinte, sie werde bestimmt eine gute Großmutter werden und auch mal babysitten, aber wenn ich diese Entscheidung treffe, müsse ich auch aufs Ganze gehen. Ich dürfe mich nicht darauf verlassen, dass sie das Baby für mich großzieht.»

Gemma konnte nicht aufhören, darüber nachzudenken, wie jung Chloe im Grunde war. Und schon in vier Monaten würde sie Mutter sein. «Wo wirst du nach der Geburt leben?»

«Ich habe einen Job in Aussicht. Eine ältere Dame, die bei uns in der Nähe unten in Massachusetts lebt und eine Pflegekraft braucht, die ständig bei ihr ist, hat mich eingestellt. Es gibt ein kleines Apartment direkt bei ihr im Haus, und ich bekomme Kost und Logis und ein kleines Taschengeld. Mein Freund und ich wollen heiraten, sobald ich achtzehn werde, und dann kann er bei uns einziehen, hat Vivian gesagt. Er macht die Highschool fertig, und danach mache ich meinen Abschluss in der Abendschule.»

Gemma hoffte von ganzem Herzen, dass es wirklich so

kommen würde. «Warum bist du ins Heim der Guten Hoffnung gekommen, Chloe?»

Chloe schaute einen Moment beiseite und umklammerte das Kissen etwas fester. «Meine Mutter hat mir klargemacht, dass ich es ganz allein schaffen muss, wenn ich drauf bestehe, das Baby zu bekommen. Sie würde es mir nicht leichtmachen und so. Darum hat sie nach einem Heim für schwangere Teenager gesucht, und hier war gerade ein Platz frei.»

«Was denkst du über diese Haltung deiner Mutter? Diese liebevolle Strenge?»

Chloe zuckte mit den Schultern. «Ich werde schon irgendwie klarkommen, das ist alles, was ich weiß. Ich wäre lieber zu Hause und nicht hier, vor allem weil Dylan mich nur samstags besuchen kann. Es ist hier aber ganz okay.»

Das Heim schien für diese Mädchen ein warmer, einladender Ort zu sein. «Wie hast du dich gefühlt, als du die Schwangerschaft bemerkt hast?»

«Ich hatte Angst. Aber ich liebe Dylan, und ich kann mir nicht vorstellen, unser Baby herzugeben. Ich weiß, die meisten Mädchen sind hier, weil sie die Babys zur Adoption freigeben wollen, aber ich kann das einfach nicht.»

Gemma dachte an die gespannte Atmosphäre gestern, als die anderen Mädchen mit Bea über Adoption geredet hatten. «Beeinflusst das dein Verhältnis zu den anderen Mädchen?»

Wieder zuckte Chloe mit den Schultern. «Manche glauben, ich mache einen großen Fehler, weil ich mit siebzehn doch nicht wissen kann, wie ich eine gute Mutter werde. Dass ich meinem Baby damit keinen guten Start ins Leben gebe und so. Die meinen alle, ich würde mir selbst was vormachen und keine Ahnung haben, worauf ich mich einlasse.»

«Fühlst du dich denn bereit, Mutter zu werden?»

«Ich weiß, dass ich immer auf ihn aufpassen werde. Ich bin kein verantwortungsloser Loser. Ich habe einige Bücher über Babypflege gelesen. Aber wissen Sie, was? Warum ich gar nicht mehr so viel Angst habe?»

Gemma beugte sich leicht vor.

«Ich liebe diesen kleinen Kerl schon jetzt wie verrückt», sagte Chloe.

Betroffen lehnte Gemma sich wieder zurück. Manchmal redete sie mit ihrem Bauch, aber das machte das Baby darin für sie nicht realer, und sie konnte auch noch keine Gefühle für das Wesen in ihr ausmachen, geschweige denn es mit Kosenamen bedenken. Vielleicht passierte das ja irgendwann, und dann würde Gemma sich so fühlen wie Chloe.

«Haben Sie Kinder?», fragte Chloe und schaute auf Gemmas Ehering.

«Nein, aber ich verrate dir ein Geheimnis. Ich bin schwanger. Erst in der siebten Woche. Außer einer Freundin habe ich noch niemandem davon erzählt. Nicht mal mein Mann weiß es. Ich wollte erst die Bestätigung durch den Bluttest abwarten.»

Die Ärztin hatte ihr gesagt, die Blutergebnisse würden morgen oder spätestens Donnerstag da sein. Sie würde ein positives Resultat bekommen, und danach hätte sie keine Entschuldigung mehr, nicht zum Telefon zu greifen und Alexander sofort davon zu erzählen. Es wäre falsch, es ihm noch länger zu verschweigen.

Ja. Sie würde die Resultate abwarten und es ihm dann erzählen. Sie würde sich vorher ihren Plan zurechtlegen, den sie ihm dann am Telefon darlegen wollte. Sie wollte genau wissen, wie die Zukunft aussah. Aber er würde sie wieder völlig überrumpeln, das war ihr jetzt schon klar.

«Sie haben so ein Glück», sagte Chloe. «Sie sind verheiratet, Sie haben schon viel erlebt und Karriere gemacht. Jetzt können Sie ganz in Ruhe ein Kind bekommen. Das muss sich wie ein Segen anfühlen. Gott, ich wünschte, ich wäre an Ihrer Stelle.»

Gemma lehnte sich wieder zurück, und für einen Moment glaubte sie, ihr würde die Luft aus den Lungen getrieben.

10 Bea

Am Mittwochmorgen wachte Bea in ihrem kleinen Zimmer im Three Captains' Inn auf. Im ersten Stock gelegen, war es früher ein Vorratsraum gewesen, der zu einem gemütlichen Schlafzimmer mit einem kleinen Bogenfenster ausgebaut worden war, das mit der hellen Rosenmustertapete und dem breiten Bett mit einem wunderschönen, geschmiedeten Kopfteil und dem weichen alten Quilt mit aufgestickten Muscheln aussah, als sei es direkt einem Märchen entsprungen. Es gab außerdem eine kleine Kommode mit einem runden Spiegel darüber, einen weichen Teppich und an der Wand über dem Bett das Bild eines in weiter Ferne liegenden Leuchtturms. Bea war gestern spätabends eingezogen, direkt am Tag nach ihrem Bewerbungsgespräch mit Isabel. Sie fing an diesem Morgen an zu arbeiten, was perfekt passte, weil sie wirklich nur noch sehr wenig Geld übrig hatte. Sie war dafür verantwortlich, für die Gäste das Frühstück zuzubereiten, wobei die Bestellannahme und der Smalltalk Isabel überlassen blieben. Nach dem Frühstück sollte Bea dann das Frühstückszimmer und die Küche putzen, in den anderen Gemeinschaftsräumen und auf der Veranda aufräumen und die Einkaufsliste führen. Ihr Arbeitstag begann um sechs und endete um elf, und dafür bekam sie ein Zimmer und Frühstück, die Küche stand ihr zur Verfügung, damit sie sich ihre Mahlzeiten zubereiten konnte, und außerdem erhielt sie einen kleinen Lohn. Die Pension war wunderschön und gemütlich und lag sehr zentral. Nach dem, was am Montag im Heim der Guten Hoffnung passiert war, hatte Bea sich völlig verloren gefühlt. Doch dank Gemma spürte sie nun wieder Boden unter den Füßen. Und Isabel hatte gesagt, es sei für sie völlig in Ordnung, wenn Bea sich nicht für den ganzen Sommer verpflichtete. In der Woche vor und nach dem 4. Juli waren sie ausgebucht, und Isabel hatte gesagt, solange Bea ihr versprechen konnte, bis Mitte Juli zu bleiben, konnte sie den Job haben.

Jetzt fühlte sich Bea auch eher bereit, ihre leibliche Mutter zu kontaktieren. Vielleicht war heute der richtige Tag. Sie konnte ihre Mutter anrufen, und dann konnten sie sich zum Mittagessen oder so treffen, und da Bea noch ein paar Wochen in der Stadt bleiben würde, konnten sie hin und wieder Kaffee trinken gehen, sodass Veronica nicht das Gefühl haben musste, ihre ganze Lebensgeschichte sofort bei ihrem ersten Treffen in einer Stunde vor Bea ausbreiten zu müssen.

Die Sonne ging gerade erst auf. Bea stand auf und ging zu dem kleinen Sessel, der unter dem winzigen Fenster eingekeilt stand, und schaute in den Garten, wo die einbrechende Morgendämmerung über den riesigen Eichen aufstieg. Sie war so glücklich mit ihrem neuen Zimmer. Auf der kleinen Kommode hatte sie ihre beiden liebsten Familienfotos neben der Sammlung wunderhübscher Muscheln aufgestellt, die schon vorher dort gelegen hatte. Sie trat an die Kommode und nahm das Foto zur Hand, das sie als Vierjährige mit ihren Eltern zeigte. «Ihr seid meine Eltern, egal was passiert», flüsterte Bea, stellte das Bild zurück und nahm eine Muschel zur Hand, die sie an ihren Vater erinnerte. Keith Crane hatte das Meer geliebt, und als Bea noch sehr klein war, hatte er ihr gesagt, wenn sie eine Frage für sich nicht lösen könne, müsse sie nur eine Muschel finden, egal ob groß oder klein, diese an ihr Ohr halten und lauschen.

«Muss ich die Frage dann stellen?», hatte die siebenjährige Bea gefragt.

«Nein. Das ist nicht nötig», hatte ihr Dad gesagt. «Die Frage ist ja schon tief in dir drin. Du musst dir nur die Muschel ans Ohr halten und lauschen. Richtig zuhören.»

Sie erinnerte sich an Fahrten ans Meer, wo sie im Laufe der Jahre immer wieder Muscheln fand, sie sich ans Ohr hielt und ihre brennendsten Fragen stellte. Werde ich in meiner Klasse Freunde finden? Mag er mich auch? Passt mein Dad auf mich auf? Sie hörte angestrengt zu, und die Muschel selbst sprach nie zu ihr, aber wenn sie sie an ihr Ohr presste und das Rauschen hörte, wusste sie meistens die Antwort auf ihre Fragen. Viel später verstand Bea, dass die Antwort vor allem davon abhing, was sie tief in ihrem Innern glaubte. Manchmal hatten die Muscheln auch keine Antwort für sie. Manchmal bestätigten sie die schlimmsten Befürchtungen. Manchmal schenkten sie Hoffnung. Aber solange Bea denken konnte, hatte sie den Muscheln ihre brennendsten Fragen gestellt.

Jetzt drückte Bea die Muschel an ihr Ohr. «Soll ich Veronica Russo heute nach meiner Schicht anrufen und mich ihr vorstellen?», fragte sie.

Bea fand, jetzt sei der richtige Zeitpunkt gekommen. Sie war am Freitag in Boothbay Harbor angekommen, und inzwischen war fast eine Woche vergangen. Sie war ja quasi schon auf eine Goldmine gestoßen, als sie Veronica am Tag ihrer Ankunft im Diner gesehen hatte, aber seitdem war sie nicht noch einmal in das Best Little Diner in Boothbay zurückgekehrt. Schon der Gedanke daran hatte sich angefühlt wie aufdringliches Stalken und unendliche Blöße zugleich.

Sie lauschte. Da war das Rauschen. Und dann die Antwort, die tief aus ihrem Innern aufstieg.

Ja. Geh hin.

.....

Es gab im Three Captains' Inn fünf Gästezimmer. Drei im ersten Stock und zwei weitere im zweiten Stock. Das Frühstück wurde zwischen sieben und halb zehn für die aktuell zwölf Gäste serviert. Um Punkt sieben Uhr kamen die ersten Bestellungen für Bea aus dem Fischadlerzimmer und dem Muschelzimmer – vier verschiedene Eierspeisen, unter anderem ein Schweizer Omelett, wie sie sich vor Beginn ihrer Schicht auch selbst eines gemacht hatte, außerdem ein Bagel mit Frischkäse, zwei Schalen Müsli und ein Teller mit Würstchen für die Kinder sowie zwei Obstplatten. Um Viertel vor acht war das Speisezimmer ziemlich voll. Gäste kamen und gingen, und Bea schnurrte wie ein Dynamo. Sie bereitete Rührei zu und wendete Pfannkuchen, als hätte sie ihr Lebtag nichts anderes gemacht. Wenn Isabel mit den Bestellungen in die Küche kam, sagte sie mehr als einmal, wie beeindruckt sie von Beas Kochkünsten sei, und überbrachte außerdem die Komplimente der Gäste. Nachdem ihre Burger bei Crazy Burger abgemessen und die Gehaltsschecks bei jeder Abweichung gekürzt worden waren, freute Bea das ganz besonders.

Um halb neun machte sie Crêpes für die frischverheirateten Nachzügler aus dem Hüttensängerzimmer, ein Paar Ende zwanzig, das seine Teller mit in den Garten nahm. Durch das Fenster sah Bea, wie sich die beiden gegenseitig fütterten, und musste unwillkürlich lächeln, weil sie so hoffnungslos ineinander verknallt waren.

Gemma kam gerade noch rechtzeitig für ein warmes

Frühstück, und als Isabel ihre Bestellung brachte, machte Bea das absolut perfekteste Omelett. Gemma hatte ihr einen großen Gefallen getan, und sie war ein bisschen neugierig auf diese Frau. Sie hatte ein freundliches, hübsches Gesicht, das komplett strahlte, wenn sie lächelte, aber unter der Oberfläche schien sie irgendwas zu beunruhigen. Ein paarmal hatte Bea bemerkt, wie Gemma unbewusst ihren Ehering drehte, und als sie in das Speisezimmer kam und die letzten Tische abräumte, nippte Gemma nur an ihrem Kräutertee und starrte etwas verloren aus dem Fenster. Gemmas Mann war nicht hier, zumindest hatte Bea ihn bisher nicht gesehen. Dann verschwand Gemma, weil sie zu einem Interview musste, die beiden Turteltäubchen verschwanden aus dem Garten, und schon war der Frühstücksansturm vorbei.

Nachdem sie das Geschirr gewaschen, abgetrocknet und weggeräumt hatte und die Küche makellos sauber war, wischte Bea die Tische im Speisezimmer ab, fegte den Boden und ging dann auf die Terrasse, um die Liegen gerade zu rücken und die Kaffeebecher einzusammeln. Sie nahm die verstreut herumliegenden Zeitungen, glättete sie und legte sie zurück in den Korb neben der Tür. Im Wohnzimmer füllte Bea die Kaffeemaschine wieder auf und schnitt Zitronen für den Eistee der Gäste, sammelte weitere Becher und Teetassen ein, nahm den Kuchen, die Bagel und Muffins, die Isabel für die Nachzügler am Morgen noch bereitstellte, und räumte alles weg.

Um zehn waren alle Gemeinschaftsräume der Pension aufgeräumt, und Bea schaute, wo sie sich sonst noch nützlich machen konnte. Sie ordnete die Karten und Faltblätter auf der Kommode im Eingangsbereich. Saugte hinter einer Spur aus Sand her, die die Kinder reingetragen hatten. Sie ging den

Kühlschrank und die Speisekammer durch und machte eine Liste der Dinge, die Isabel wieder auffüllen musste. Dann war es elf Uhr. Feierabend. Bea mochte ihren neuen Job. Sie war nicht die ganze Zeit in der Küche eingesperrt, sondern konnte sich auch unter die Gäste im Aufenthaltsraum und im Garten mischen und ein wenig mit ihnen plaudern. Sie hatte sich selbst überrascht, weil sie schon Fragen nach bestimmten Sehenswürdigkeiten beantworten konnte. Nach wenigen Tagen, die sie in Boothbay Harbor herumgelaufen war und versucht hatte, diesen Ort – ihren Geburtsort – in sich aufzunehmen, hatte sie mehr erfahren, als ihr bisher bewusst war.

Es war Zeit für den Anruf. Oben in ihrem Zimmer holte sie ihr Notizbuch und das Telefon hervor, atmete ein letztes Mal tief durch und wählte Veronicas Nummer. *Hi, mein Name ist Bea Crane*, sagte sie sich in Gedanken vor. *Ich wurde am 12. Oktober vor zweiundzwanzig Jahren hier in Boothbay geboren. Ich würde dich gern kennenlernen, wenn du magst. Du kannst mich unter dieser Nummer erreichen, ich wohne im Moment im Three Captains' Inn.*

«Hallo. Sie haben die Nummer von Veronica Russo gewählt. Ich kann Ihren Anruf leider gerade nicht entgegennehmen, aber wenn Sie eine Nachricht hinterlassen, rufe ich so schnell wie möglich zurück.» Piep.

Verdammt. Bea legte auf. Ihr Herz schlug rasend schnell. Sie konnte noch mal anrufen und eine Nachricht hinterlassen. Das würde Veronica auch die Gelegenheit geben, erst nachzudenken und nicht gleichzeitig mit dem Anruf und Bea am anderen Ende konfrontiert zu werden.

Aber als sie das Telefon wieder zur Hand nahm, schaffte sie es einfach nicht, die Nummer erneut zu wählen. Sie musste das persönlich machen. Sie musste sie sehen und durfte die Sache nicht noch länger vor sich herschieben. Bea wechselte die Kleidung: Sie zog das hellgelbe Baumwollkleid mit den Flügelärmeln an, das sie schon zum Bewerbungsgespräch getragen hatte. Ein bisschen hübscher als nur Jeans und T-Shirt, aber nichts allzu Schickes. Dann schlüpfte sie in ihre Sandalen und verließ das Haus. Wieder schlug ihr Herz viel zu schnell.

• • • • •

Bea lief die halbe Meile bis zu Veronica Russos Haus. Sie war bestimmt zehnmal dran vorbeigefahren, seit sie in die Stadt gekommen war, und der Anblick des niedlichen, zitronengelben Hauses mit den strahlend weißen Fensterläden und den Blumenkästen auf den Fensterbänken ließ ihr Herz schon wieder rasen.

Aber in der Einfahrt stand kein Auto, und das Haus besaß keine Garage. Veronica war wahrscheinlich bei der Arbeit, und Bea hatte das Gefühl, mit ihrem Plan in einer Sackgasse gelandet zu sein. Sie würde nie dafür bereit sein, es würde sich nie richtig anfühlen. Sie konnte es genauso gut jetzt hinter sich bringen.

Nur für den Fall, dass Veronica doch zu Hause war, ging Bea den Weg zur Haustür hoch. Sie klingelte und wartete, aber sie wusste schon vorher, dass Veronica nicht öffnen würde.

Sie könnte in das Diner gehen. Sie könnte sich dort vorstellen und dann Veronica vorschlagen, in ihrer Pause spazieren zu gehen. Sie will dich treffen, rief Bea sich in Erinnerung. Also lief sie die zwei langen, gewundenen Straßen bis zur Main Street und weiter zum Diner hinunter.

Sie schaute durch die großen Fenster, aber sie konnte Veronica im Diner nicht entdecken. Vielleicht war sie gerade hinten. Es war die Zeit zwischen Frühstück und Mittagessen, es war nicht sehr viel los. Bea zog die Tür auf. Ihr Herz hämmerte, und ihre Hoffnung stieg.

So würde sie es machen.

Sie wollte sich in Veronicas Bereich setzen, und wenn sie zu ihr kam, um Bea die Speisekarte zu geben, würde Bea sofort mit der Sprache herausrücken.

Mein Name ist Bea Crane. Es tut mir leid, dass ich hier so auftauche, aber ich weiß wirklich nicht, wie ich das sonst machen soll, und es fühlte sich komisch an, einfach eine Nachricht zu hinterlassen. Ich wurde am 12. Oktober geboren. Hier. Vor zweiundzwanzig Jahren.

Das wäre ein Anfang.

Bea schaute sich suchend nach Veronica um, weil sie abschätzen wollte, welchen Bereich sie betreute, aber sie war nirgends zu sehen. Vielleicht fing ihre Schicht ja später an?

Sie trat an den Tresen. Die junge Kellnerin, die sie am Tag ihrer Ankunft bedient hatte, schenkte einer Frau Kaffee nach. Bea wartete, bis sie zu ihr rüberkam.

«Die Karte?», fragte sie.

«Eigentlich wollte ich nur wissen, ob Veronica Russo heute arbeitet.»

«Die Glückliche wurde als Komparsin für den Colin-Firth-Film gecastet, und heute ist der erste Drehtag. Statt Eier und Burger zu servieren, darf sie jetzt mit den Stars auf Du und Du sein.»

Komparsin bei einem Colin-Firth-Film? Wow.

Und was jetzt? Vielleicht konnte sie irgendwie herausfinden, wo sie heute drehten. Das Equipment war bestimmt noch draußen am Froschweiher. Sie würde dort anfangen. Eine Freundin am College hatte mal als Komparsin bei einer romantischen Komödie gearbeitet, und sie hatte erzählt, die Komparsen müssten die meiste Zeit stundenlang herumsitzen und warten, bis sie aufgerufen wurden. Vielleicht saß Veronica einfach auf einer Decke, las ein Buch und starrte in den Himmel. Vielleicht hatte sie eh nichts Besseres zu tun, als heute ihre Tochter kennenzulernen.

• • • • •

Drei große, beigefarbene Zelte, Wohnwagen, Beleuchtung, Kameras und Absperrungen waren inzwischen um den Weiher errichtet worden. Vor dem Zelt, das der Straße am nächsten stand, saß ein Wachmann, der einen Teller mit Chickenwings auf dem Schoß balancierte. Der Typ, den sie am Abend ihrer Ankunft getroffen hatte, kam aus einem Wohnwagen neben dem Zelt und hielt den Blick auf sein Klemmbrett gerichtet. Der grummelige Produktionsassistent. Tyler Echols. Das Mädchen, das *Wer die Nachtigall stört* gelesen hatte, war diesmal nicht zu sehen.

«Filmen Sie heute?», fragte Bea von der anderen Seite der Absperrung.

Er schaute nicht mal vom Klemmbrett hoch. «Es ist mir nicht gestattet, darüber zu sprechen.»

So förmlich heute! «Können Sie mir denn sagen, wo die Komparsen sind?»

Jetzt sah er sie an und wirkte ehrlich irritiert. «Sind Sie Komparsin?»

«Nein, aber ich kenne jemanden, die eine ist, und ...»

Er widmete sich wieder dem Klemmbrett. «Dann müssen Sie hinter der Absperrung bleiben.»

«Können Sie mir nicht einfach sagen, wo die ...», setzte Bea noch mal an.

Tyler verdrehte die Augen und verschwand in der Menge

der Mitarbeiter, die ständig kamen und gingen. Wer braucht dich schon, rief sie ihm in Gedanken hinterher. Dann schob sie sich durch die Menge der Schaulustigen, die hinter der langen Absperrung die Dreharbeiten beobachteten und die Hälse reckten, weil sie hofften, jemand Berühmtes zu sehen. Sie hielt nach einem Schild an den Zelten Ausschau, das die Unterkunft für die Komparsen kennzeichnete. Bingo, das ganz rechts war das Richtige. Zehn Minuten später, als sie an der Absperrung entlangging und versuchte, in das Zelt zu spähen, stand Tyler Echols wieder da, zeigte mit seinem Klemmbrett erst auf die Absperrung und dann auf den großen Kerl, der seinen Chickenwings mehr Aufmerksamkeit widmete als irgendwas anderem.

Sie trat wieder hinter die Absperrung. Der Griesgram hob die Augenbrauen und widmete sich wieder seinem Klemmbrett.

Bea wandte sich an die Frau neben sich. «Ich vermute, heute wird gedreht?»

«Anscheinend nur Testaufnahmen», sagte sie. «Wegen der Beleuchtung und so.»

Bea versuchte, die Gesichter der Leute zu erkennen, die am anderen Ende des Komparsenzelts an einem Tisch saßen. Sie suchte nach Veronica, aber im Innern des Zelts herrschte dichtes Gedränge. Bea sah den Griesgram mit Klemmbrett einen Typen zusammenfalten, der aussah, als wollte er ihn schlagen, und sie wandte sich zur anderen Seite, wo jetzt zwei weitere Wohnwagen standen, die ebenfalls abgesperrt waren und von einem großen Mann bewacht wurden, der ebenfalls gerade zu Mittag aß.

Bea wartete, bis er auf seinen Teller schaute, ehe sie über die Absperrung flankte. Wenn sie bloß irgendwie auf die andere Seite gelangte, wo die Zeltklappe weit offen stand und sie hineinblicken konnte. Vielleicht konnte sie Veronica dort abpassen und darum bitten, mit ihr reden zu dürfen.

«Gott, du gibst aber auch gar nicht auf, was? Ich versichere dir, Colin Firth ist nicht hier. Mann, Mädel, er ist doppelt so alt wie du. Verschwinde und lass deinen Vaterkomplex von einem Therapeuten behandeln.»

Bea wirbelte herum. Hinter ihr stand wieder Tyler Echols. «Ich bin doch nicht hinter Colin Firth her! Jemand, den ich kenne, ist hier Komparse, und ...»

«Ach so, dann stalkst du einen Ex, der dich abserviert hat? Verstehe. Du hast eine Sekunde, um wieder hinter die Absperrung zu gehen und dort zu bleiben. Sonst rufe ich persönlich die Polizei und lasse dich wegen unbefugtem Betreten des Sets festnehmen. Ich nehme Stalker ernst, wenn es um meine Schauspieler und meine Komparsen geht. Vor zwei Tagen hat eine wahnsinnige Frau einen Becher Orangensaft auf Christopher Cade geschleudert, nur damit etwas, das sie getrunken hat, ihn berührte. Ein anderer Fan hat sich auf ihn gestürzt und wollte ihm an die Eier. So was können wir hier nicht brauchen. Also verschwinde schon.»

Na gut, sie hatte es kapiert. Er musste auch nur seine Arbeit machen. Aber er war so herablassend. «Wissen Sie, ich hab keine Ahnung, wer Christopher Cade ist. Ich habe null Interesse an den Filmstars. Ich ...»

Er zog sein Handy heraus. «Siehst du, jetzt rufe ich die Polizei.»

Der Typ war echt unmöglich! «Hören Sie. Ich bin hier, weil meine leibliche Mutter als Komparsin bei diesem Film arbeitet und ich einfach gehofft habe, hier zusehen zu können und zu entscheiden, ob ich sie ansprechen soll und ...»

Gott, was um alles in der Welt war denn jetzt in sie gefahren? Hatte sie das wirklich gerade alles ausgeplaudert? Sie atmete tief durch und starrte beschämt auf ihre Füße.

Tyler gab ein Geräusch von sich, das verdächtig einem Schnauben glich, doch er steckte das Handy wieder ein. «Da hast du noch mal Glück gehabt. Meine Hausregeln ersparen dir eine Menge Ärger.»

«Was denn für Ärger?»

Er schaute auf das Klemmbrett und hakte etwas ab. «Meine Schwester ist adoptiert – sie ist sechzehn und geradezu davon besessen, ihre biologische Mutter zu finden. Dachte, das würde all ihre Probleme in der Schule und mit den blöden Jungs lösen, in die sie sich verguckt. Hab Monate damit verschwendet, zu versuchen, ihre Mutter für sie ausfindig zu machen. Schließlich kannte ich ihren Namen und wusste, wo sie wohnte – was mich übrigens einige tausend Dollar gekostet hat –, und, ganz ehrlich, wenn ich noch einmal vor der Entscheidung stünde, würde ich mir die dreitausend sparen.»

«Es tut mir leid, Tyler, aber Sie scheinen unglaublich schnell enttäuscht zu sein. Und Sie haben keine Ahnung von meiner Situation.»

Er ignorierte den Einwand. «Tja, die besagte Dame war nicht daran interessiert, meine Schwester zu treffen. Letztlich wollte sie nur Geld. Maddy – meine Schwester – ist wegen der ganzen Sache immer noch total durcheinander. Also, ich tue dir damit echt einen Gefallen.» Er zeigte auf die Absperrung. «Entweder du gehst wieder auf die andere Seite, oder ich rufe den Typen da.» Mit diesen Worten wies er auf den großen Kerl im Stuhl.

«Ja, genau, der passt auch so gut auf», sagte Bea. Der Mann schaufelte sich einen Berg Bratkartoffeln in den Mund. Aber wenigstens rief er jetzt nicht mehr die Polizei. «Außerdem ist meine Situation völlig anders.»

«Ich sage dir ja nur, dass du vorsichtig sein sollst. Phantasie und Wirklichkeit sind zwei sehr unterschiedliche Dinge.»

Beas Magen krampfte sich schmerzhaft zusammen.

Ein Mann Ende zwanzig mit unordentlichen, dunkelbraunen Haaren und tollen blauen Augen tauchte hinter Tyler auf. «Gibt's ein Problem?», fragte er Bea. Auf seinem Schild stand *Patrick Ool, ZRA*. «Nervt dieser Grobian Sie?»

«Er ist nur unglaublich rechthaberisch», sagte Bea. «Ich kenne jemanden von den Komparsen und wollte ihr bei der Arbeit zusehen, mehr nicht. Ich bin nicht hier, um irgendwelche Stars zu belästigen, versprochen.»

«Wie heißen Sie?», fragte Patrick.

«Bea Crane.»

Patrick lächelte sie an. «Also gut, Bea Crane, Sie können sich ansehen, was Sie wollen.» Er legte ihr einen Ausweis am Schlüsselband um den Hals, auf dem mit schwarzen Buchstaben fett *Gast* aufgedruckt stand. «Ich bin der zweite Regieassistent für diesen Film, und wenn dieser Typ da Sie nervt, sagen Sie Bescheid.» Sein Handy klingelte. «Bleibt einfach da. Fasst nichts an», blaffte er ins Telefon, steckte es wieder ein und seufzte. «Ein Brand nach dem nächsten. Ich hoffe, wir laufen uns noch mal über den Weg.»

Bea blickte ihm nach, als er davoneilte. Dann warf sie Tyler einen triumphierenden Blick zu.

Tyler verdrehte die Augen. «Er ist übrigens ein notorischer Frauenheld.»

«Wollen Sie damit wieder realistisch sein?», stichelte sie.

«Meine Güte. Mach dir ruhig das Leben schwer. Mich stört's nicht.»

Er stapfte davon, und Bea schüttelte den Kopf. Himmel, was für ein Problem hatte er mit ihr? Aber sie wollte über Tyler Griesgram Echols gar nicht weiter nachdenken. Mit dem Gästeausweis konnte sie sich frei bewegen und einfach an dem Wachmann vorbeigehen und ihm zuwinken. Er winkte zurück. Von dieser Seite des Zelts konnte sie hineinsehen. Mindestens fünfzig Leute saßen und standen rings um den langen Tisch, auf dem ein Buffet aufgebaut war.

Dann sah sie sie.

Veronica saß auf einem Klappstuhl, in der Hand einen Schokoladenmuffin, und unterhielt sich angeregt mit der Frau, die neben ihr saß. Sie schien förmlich von innen zu leuchten.

Da saß sie. Beas leibliche Mutter.

Sie könnte einfach ins Zelt treten. Sich vorstellen.

Nur dass sie sich plötzlich ein bisschen verrückt vorkam, weil sie Veronica bis an den Drehort verfolgt hatte. Veronica wirkte hier ganz in ihrem Element, mit ihrem Auftauchen würde Bea nur Sand ins Getriebe streuen. *Oh, hallo. Ich weiß, du arbeitest im Moment für den Film, aber hier bin ich, tada! Die Tochter, die du mal zur Adoption freigegeben hast.*

Scheiße. Nein, Bea wollte sie lieber heute Abend anrufen. Sie würde anrufen, ihnen beiden genug Raum lassen – sich selbst, das Telefon danach aufzulegen und erst mal ihr heftig klopfendes Herz zu beruhigen, und Veronica, die Tatsache zu verdauen, dass ihre leibliche Tochter mit ihr Kontakt aufgenommen hatte. Wenn Bea den Anrufbeantworter erwischte, hinterließ sie eben eine Nachricht.

Sie wandte sich gerade zum Gehen, als Patrick Ool wieder auf sie zukam.

«Tut mir leid, wenn Tyler Ihnen das Leben schwergemacht hat», sagte Patrick. «Es ist super, dass er seinen Job so ernst nimmt, aber manchmal übertreibt er. Jedenfalls wollte ich Ihnen noch etwas Persönliches sagen, Bea. Also, ich kann gar nicht aufhören, an Ihr Gesicht zu denken.»

Bea wurde rot. Der Typ war nicht gerade attraktiv im klassischen Sinne, aber irgendwas war an ihm, irgendwas ... war richtig sexy, und er starrte Bea an, als wäre sie zum Sterben schön. Sie musste sich eingestehen, dass das ihrem Ego außerordentlich guttat.

«Ist Ihnen das schon mal passiert?», fragte er. «Dass Sie jemanden getroffen haben und sich auf der Stelle wünschten, mit diesem Jemand spazieren zu gehen oder einfach beisammenzusitzen und Kaffee zu trinken?»

Sie lächelte. «Gerade eben.»

Er erwiderte ihr Lächeln. Er hatte nur ein Grübchen, bemerkte sie. Und diese unglaublich blauen Augen ... «Kann ich Sie morgen Abend zum Essen einladen? Es muss aber früh sein, denn wir essen hier immer schon um fünf, und um sieben muss ich zurück sein und das Bildmaterial vom Tag sichten. Aber das wäre doch mal ein Anfang, finde ich.»

«Einverstanden», sagte Bea.

«Morgen um fünf also. Wo darf ich Sie abholen?»

Und so einfach hatte Bea ein Date mit einem gutaussehenden zweiten Regieassistenten namens Patrick.

11 Veronica

Veronica liebte es, in diesem riesigen Zelt am Set zu sitzen, auf dem in großen Lettern «Komparsen» stand. Auch wenn sie gestern und den Großteil von heute tatsächlich die meiste Zeit mit den anderen Komparsen herumgesessen und auf ihren Einsatz gewartet hatte. Immerhin hatte sie sich nett unterhalten. Außerdem nutzte Veronica die Zeit, um sich neue Kuchenrezepte zu überlegen, und fragte sich, wie sich wohl ihre Schüler bei dem Versuch machten, alleine Shoofly Pie zu backen.

Sie konnte es immer noch nicht glauben, dass das Universum ihr das Glück beschert hatte, als Komparsin ausgewählt zu werden. Montagabend, nachdem ihre Schüler nach Hause gegangen waren und sie die Küche geputzt hatte, klingelte ihr Handy. Der Anruf. Eine Erregung, ein Gefühl, wie sie es nicht mehr empfunden hatte, seit sie ein sehr junger Teenager gewesen war, brach plötzlich über sie herein. Sie spürte es in den Zehen, wie es kribbelnd ihr Rückgrat hinauf bis in den Nacken wanderte und wie ein Feuerwerkskörper in ihrem Innern explodierte. Sie wollte Komparsin bei dem Colin-Firth-Film sein, natürlich. Aber wie *sehr* sie das wollte, das war ihr gar nicht klar gewesen. Vielleicht hatte sie einfach sehr lange nicht zugelassen, irgendetwas so sehr zu wollen. Sie schwärmte für Colin Firth mit einer Hingabe, die sie sich sonst nie erlaubte, und es war ein Wohlgefühl. Nicht so kompliziert wie die Gefühle für die Menschen in ihrem Leben.

Und so wurde sie Komparsin. Erst vor wenigen Tagen war dieser Job nur ein Funkeln in den Augen ihrer Freundin Shelley gewesen. Ihre Chefin freute sich sehr für Veronica und erklärte ihr, sie könne jederzeit wieder zur Arbeit kommen, wenn diese märchenhafte Erfahrung vorbei war. Es fühlte sich tatsächlich ein bisschen wie ein Märchen an, all diesen produktiv wirkenden Leuten zuzusehen, die mit ihren Klemmbrettern und iPhones an dem Zelt vorbeiliefen, Ausrüstung hinter sich herzogen und zu irgendwelchen Besprechungen riefen. Die Komparsen waren angewiesen worden, in normaler Kleidung zu kommen, die sie an irgendeinem gewöhnlichen Morgen aus dem Schrank ziehen würden, und Veronica hatte sich wieder für ihre Kellneruniform entschieden, was ihr ein «Phantastisch!» von der Kostümbildnerin einbrachte, die bei jedem einzelnen die Klamotten überprüfte und viele in das kleine, zweite Zelt nebenan schickte, damit sie sich umzogen. In dem großen, weißen Zelt hatten gestern und heute mit ihr zusammen ungefähr vierzig Leute gewartet. Einige von ihnen lasen Bücher mit Titeln wie *Durchbruch als Schauspieler* oder *Wie man es in Hollywood schafft*. Mit einer anderen Komparsin zusammen hatte Veronica eine Liste mit allen Colin-Firth-Filmen gemacht, die ihnen einfielen, und als Veronica hinterher online nachschaute, war sie überrascht, denn er hatte schon in über fünfzig Filmen mitgespielt. Veronica nahm sich vor, jeden Abend einen davon anzuschauen. Ein Colin-Firth-Marathon klang nach einem langen Tag, an dem sie davon träumte, ihm persönlich gegenüberzustehen, einfach himmlisch. Wenn ihr Schwarm schon in der Stadt war, hielt er sich allerdings nicht am Drehort auf. Sie hatte ständig ein Adlerauge auf die Vorgänge vor dem Zelt, wie auch einige andere

Frauen, die in der Nähe saßen und ihre Colin-Manie schön für sich behielten, falls Patrick Ool mit seiner Intoleranz gegen Starstalker auftauchte.

Gestern war Veronica mit etwa dreißig anderen Komparsen gegen acht Uhr früh für die ersten Probeaufnahmen eingetroffen, und die Szene dazu sollte heute gedreht werden. Aber früh am Nachmittag hatte sich eine der Schauspielerinnen am Knie verletzt, und die Dreharbeiten waren deshalb immer weiter nach hinten verschoben worden.

Jetzt war es schon fast vier Uhr, und endlich kam Patrick Ool ins Zelt und informierte sie, dass jetzt die Dreharbeiten losgingen. Ja! Die anderen Komparsen rings um Veronica setzten sich aufgeregt auf. Patrick erklärte ihnen noch mal den Ablauf der Szene: Die weibliche Hauptrolle, eine wunderschöne Frau, deren Namen Veronica immer wieder vergaß, stand mit ihrer selbstsüchtigen Mutter zusammen in der nahe gelegenen Blumenwiese, wo diese versuchte, ihr die Befürchtungen bezüglich ihrer bevorstehenden Hochzeit mit dem angeblich ach so perfekten Mann zu erklären. Der übrigens nicht von Colin Firth gespielt wurde. Die Mutter wurde von einer Schauspielerin gespielt, die Veronica schon viele Male gesehen hatte. Patrick war inzwischen zu der wiederholten Erläuterung der Komparsen-Regeln übergegangen. Keiner spricht die Stars an. Kein Wort, basta. Und keine Fotos.

Veronica und die anderen traten an die Absperrung, an der ein Schild hing: «Komparsen hier warten». Patrick Ool platzierte ungefähr zehn von ihnen in der Szene, einige auf dem Feldweg zwischen dem Weiher und der Wiese, einige auf der Wiese, wo sie sich zu einem Picknick niederließen, zwei sollten Hunde ausführen. Veronica sollte einfach vorbeigehen, wenn die Mutter ihren ersten Satz sagte, und dabei sollte sie kurz auf ihre Armbanduhr gucken. Die Frau hinter ihr bekam eine braune Papiertüte aus dem Supermarkt in die Hand gedrückt. Ein Mann sollte jemandem zuwinken, der irgendwo in der Ferne stand. Patrick rief: «Macht euch bereit, Leute!», und wieder spürte Veronica, wie die Aufregung von ihr Besitz ergriff. Sie war so dicht bei den beiden Schauspielerinnen, dass sie die Sorgenfalten auf der Stirn der Mutter sehen konnte. Und wie unglaublich schön die jüngere Schauspielerin tatsächlich war.

Der Regisseur rief «Action!», und Veronica wartete, bis die Mutter ihren ersten Satz sagte, ehe sie vorbeiging und nirgendwo hinschaute, wie sie es ja sollte. Aber sobald Veronica an den beiden vorbei war, zeigte die Mutter mit dem Finger direkt auf das Gesicht der anderen Frau. Sie tat das mit so viel Verachtung, dass sich bei diesem Anblick eine Erinnerung in Veronica löste, die ihre Hände zittern ließ. Sie ging so natürlich wie möglich weiter, schaute wie gewunscht auf die Uhr und schlenderte seitlich aus dem Bild. Erst jetzt bemerkte sie, wie heftig sie zitterte. Lieber Himmel, was war denn nur mit ihr los? Einmal wurde mit dem Finger in ihre Richtung gezeigt, und schon war sie so ein Wrack?

Sie gestattete sich nur selten, an ihre Eltern und insbesondere an die Grausamkeit ihrer Mutter zu denken. Aber als sie jetzt auf der anderen Seite der Absperrung stand und sich plötzlich so einsam zwischen all den Menschen fühlte, die um sie herumwuselten und beim Dreh zusahen, verlor sie sich in der Erinnerung. Sie sah ihre Mutter vor sich, die mit dem Finger auf die sechzehnjährige Veronica zeigte, ebenso rechthaberisch wie die Mutter hier beim Dreh, nachdem Veronica hervorgestoßen hatte, dass sie schwanger war.

Sie würde nicht zulassen, dass sie sich an dieses Gespräch erinnerte. Besonders nicht hier und jetzt. Hier am Set und Teil dieses Zaubers zu sein fühlte sich an wie Weihnachten, das würde sie sich nicht mit der Erinnerung an ihre Mutter zerstören. Aber die Wahrheit war, dass der Schmerz dieser Erinnerung noch zweiundzwanzig Jahre nach diesem Fingerzeig, diesen grausamen Worten, so lebhaft wie damals war.

Veronica kniff fest die Augen zusammen, um den Schmerz auszublenden, den all die Worte und Sätze von jener Zeit in ihr hinterlassen hatten. Konzentrier dich auf die Szene, ermahnte sie sich. Vor deinen Augen entsteht gerade ein Film! Vielleicht kannst du schon morgen Colin Firth sehen. Aber das Gesicht ihrer Mutter, erfüllt von Wut und Scham, wollte nicht vor ihrem inneren Auge verschwinden. Seit sie heimgekehrt war, sah sie es ständig vor sich. Und war sie nicht zurückgekommen, um sich der Vergangenheit zu stellen? Aber wie half es ihr, wenn sie sich daran erinnerte, wie grausam ihre Eltern mit ihr umgesprungen waren? Wie konnten diese Gedanken etwas anderes tun als schmerzen und sie immer wieder daran erinnern, dass sie keine Familie mehr hatte?

Sie war froh, als Patrick den Komparsen zurief, sie hätten ihre Sache großartig gemacht und wären für heute entlassen. Morgen um acht sollten sie wieder da sein, um die Szene noch mal aus zwei anderen Perspektiven aufzunehmen.

Zwei verschiedene Perspektiven. Vielleicht unzählige Versuche. Veronica musste schleunigst über diesen stechenden Finger hinwegkommen, wenn sie Teil dieses Films bleiben wollte.

Als sie das Zelt verließ und in ihre Strickjacke schlüpfte, hörte sie hinter sich Schritte.

«Vi-va-Veronica», sagte die Stimme eines Mannes, dann

lachte er in sich hinein, als wäre seine Verballhornung ihres Namens ganz besonders originell. «Ich kam vorbei, weil ich mal diesen Drehort besichtigen wollte, und wen sehe ich? Die schönste Frau von Boothbay. Wie wär's mit einem Drink? Dann kannst du mir alles erzählen über das Leben als Statistin.»

Ächz. Die Pest persönlich, Hugh Fledge. Tu einfach so, als hättest du ihn nicht gehört und nicht gesehen, sagte sie sich. Und wenn sie nach dem leicht schleppenden Klang seiner Worte ging, hatte er sich schon längst den einen oder anderen Drink genehmigt. Sie beschleunigte ihre Schritte.

«Du wirst meinem Charme und meinem guten Aussehen nicht mehr lange widerstehen können», rief er ihr nach und lachte, während sie um die nächste Ecke verschwand.

Für immer würde sie ihm widerstehen, und das war noch nicht lange genug. Ob dieses Ekelpaket überhaupt irgendwann aufhörte, ihr nachzustellen?

Besonders lange konnte aber auch Hugh Fledge sie nicht von ihren Gedanken ablenken. Sie hatte es extra vermieden, am Pier vorbeizugehen, wo Timothy Macintosh und sie früher oft geknutscht hatten. Aber wohin sie sich auch wandte – die Erinnerungen verfolgten sie bis nach Hause.

• • • • •

Wenn sie buk, wollte Veronica an nichts anderes denken als den Kuchen und die Mission, für die sie ihn buk. Als sie sich daranmachte, einen Liebeskuchen für den Freund ihrer Nachbarin anzurühren, dachte sie deshalb dabei nur an Colin Firth, der Elizabeth Bennet erklärte, dass er sie liebte und nicht mehr sagen konnte, wann genau sie sein Herz erobert hatte. «Ich steckte schon mittendrin, ehe ich überhaupt wusste, wie mir geschah.» Oh, Mr. Darcy, dachte Veronica und formte den Teig zu einer Kugel. Es überraschte sie überhaupt nicht, dass sie so viele Dialoge des Films auswendig mitsprechen konnte. Heute Abend wollte sie *Tatsächlich ... Liebe* zum ungefähr zehnten Mal gucken, obwohl es eigentlich ein Weihnachtsfilm war. Es war einfach genau die Art Film, die sie jetzt brauchte.

Das Telefon klingelte, und Veronica nahm ab, wobei sie eine Mehlspur auf dem Hörer hinterließ.

Es war Beth. Die Kundin, die den Bannkuchen bestellt hatte.

«Es hat nicht geklappt», sagte sie. «Ich hätte wissen sollen, dass Sie mir nur Mist andrehen.»

Wow. Die Stimme der Frau klang unglaublich wütend, doch Veronica hörte noch etwas anderes heraus: tiefen Schmerz.

Sei ein bisschen nachsichtig mit ihr, sagte Veronica sich und atmete langsam aus. «Haben Sie daran gedacht, diese Person aus Ihrem Herzen zu verbannen, während Sie den Kuchen aßen?»

«Ich bin nicht diejenige, die sich jemanden aus dem Kopf schlagen muss. Jemand anderes muss diesen Jemand verdammt noch mal endlich vergessen.»

Das war's. Vielleicht hatte ihr Ehemann doch eine Affäre. Veronica war nie verheiratet gewesen, aber sie konnte sich den Schmerz vorstellen, der aus so einer Angelegenheit erwuchs. «Aha.»

«Ich wollte Ihnen nur mitteilen, was für eine Scheiße das ist», sagte Beth. Ihre Wut wuchs. «Ich zahle da nix für.»

«So lautete ja die Abmachung, es ist also in Ordnung. Tut mir leid, dass es für Sie nicht geklappt hat.»

«Ja toll, es tut Ihnen leid.» Beth knallte den Hörer auf.

Was zum Teufel sollte das nun wieder? Und wie sollte sie einen vernünftigen Liebeskuchen backen, nachdem sie sich der Wut und dem Frust dieser fremden Frau hatte aussetzen müssen? Sie würde sich eine Pause gönnen, während der Teig ruhte, damit die Spannung in ihrem Innern nachließ. Danach wollte sie sich vorstellen, wie Colin Firth mit tropfnassem Hemd aus dem Teich stieg. Hören, wie er Elizabeth Bennet sagte, was er für sie empfand. *Ich kann meine Gefühle für dich nicht unterdrücken. Du musst mir gestatten, dir zu sagen, wie sehr ich dich liebe und begehre.*

Sie hatte gerade den Teig in den Kühlschrank gelegt, als jemand an der Tür klingelte. Sie schaute auf die Uhr an der Wand. Sieben Uhr. Hatte sie vergessen, dass ein Kunde seinen Kuchen abholen wollte? Das bezweifelte sie. In den vergangenen zwei Tagen im Komparsenzelt hatte sie mehr als genug Zeit gehabt, über alles Mögliche nachzudenken. Ihr Kunde, der den Liebeskuchen bestellt hatte – ein schüchterner Kerl, der Teilzeit hinter der Ausleihe in der Bibliothek arbeitete –, wollte den Kuchen erst morgen früh abholen.

Veronica wischte sich die Hände an der Schürze ab und ging zur Haustür.

Nick DeMarco.

Für den Bruchteil einer Sekunde erstarrte sie, wie es ihr immer passierte, wenn sie ihn sah. Es war egal, ob er dicht vor ihr stand oder ob sie ihn nur von weitem durch die Stadt patrouillieren sah. Jedes Mal erstarrte sie für einen Moment. Als sie vor einem Jahr im Diner angefangen hatte, war Nick eines Morgens zum Frühstück gekommen, wie er es seither oft tat, sagte hallo und meinte, es sei schön, sie wieder hier zu sehen. Danach wahrte er Distanz. Sie war nicht sicher gewesen, ob er wusste, wer sie war, weil es für ihn wichtig war, jeden in der Stadt zu kennen, oder weil er sich an die Mitschülerin im Juniorjahr erinnerte, die sich von seinem Freund hatte schwängern lassen – oder das zumindest behauptete – und danach auf geheimnisvolle Weise verschwand. Anders als so mancher Stammgast im Diner flirtete er nicht mit ihr, er starrte ihr nicht nach, und sie konnte ihn trotzdem nicht durchschauen. Weshalb sie sich seiner Gegenwart umso bewusster war.

«Tut mir leid, wenn ich einfach so hier auftauche», sagte er. «Ich wollte nur sagen, dass Leigh und ich nicht mehr am Kurs teilnehmen.»

Sie sah ihn an und hoffte, irgendeinen Hinweis aus seiner Miene herauslesen zu können, aber er hatte sein Pokerface aufgesetzt. Das Gesicht eines Polizisten. Wenn der Kurs mit anderen Terminen kollidierte oder zu spät für Leigh war, hätte er angerufen. Aber er war persönlich vorbeigekommen, was bedeuten musste, dass etwas anderes, Wichtigeres, dahintersteckte.

«War der Shoofly Pie für Leigh zu traurig?», fragte Veronica. «Ich weiß, sie ist erst zehn, und vielleicht habe ich zu viel ...»

«Es ist nicht ...», setzte er an, dann legte er den Kopf in den Nacken und atmete tief durch. Er schüttelte leicht den Kopf.

Weg war das Pokerface. Sie öffnete die Tür weiter. «Komm rein. Ich backe gerade einen Kuchen. Wir können in der Küche reden.»

Er war in Uniform und nahm die Mütze ab. Er legte sie neben der Schüssel mit den Äpfeln auf die Arbeitsplatte und strich die dunkelbraunen, welligen Haare mit einer Hand zurück. Egal, wie groß ihre Küche war und wie groß sie selbst war, neben Nick mit seinen eins fünfundachtzig, vielleicht eins neunzig, hatte sie das Gefühl, er nehme den ganzen Raum für sich ein. Er überwältigte sie. Und Veronica Russo ließ sich nicht sehr leicht aus der Fassung bringen.

Sie trat an die Kücheninsel und schlug die Eier in die Schüssel, gab braunen Zucker und Speisestärke dazu und verrührte alles. Weiterzubacken war immer noch besser, als sich mit Nick ins Wohnzimmer zu setzen. Hier war sie wenigstens voll in ihrem Element und musste nicht überlegen, wo sie mit ihren Händen hinsollte. Sie schaute zu Nick auf, der auf der anderen Seite der Kücheninsel stand. Er fühlte sich sichtlich unwohl, darum entschied sie, es sei das Beste, ihn nicht zu drängen.

«Der Kuchen funktioniert bei ihr sogar zu gut», sagte er. «Sie hatte seit dem Kurs am Montag drei Stücke davon, und sie sagt, jedes Mal, wenn sie nur ein Stückchen davon isst, spürt sie ihre Mutter ganz nah. Sie kann ihr Parfüm riechen und spürt die Wolle ihres roten Lieblingspullovers.»

Veronica hielt inne. «Aber das ist doch schön, oder nicht?»

«Ihre Großeltern – die Eltern ihrer Mutter – glauben, das ist so eine Art Voodoo, und das gefällt ihnen nicht. Eigentlich mögen sie vor allem mich nicht.»

Sie schaute ihn an, und er wandte den Blick ab.

«Ich glaube nicht, dass es Voodoo-Unsinn ist», fuhr er fort. «Sondern einfach ihre Vorstellungskraft. Es ist nur ein Kuchen.»

Sie lächelte. «Ja, es ist nur Kuchen. Mit ein paar eingebackenen Wünschen und Hoffnungen. Die Heilkuchen scheinen für die Leute vor allem deshalb zu funktionieren, weil in ihren Namen ein Funke Hoffnung liegt – Gute-Besserung-Kuchen, Liebeskuchen, Seelenkuchen.»

Er lehnte sich an den Kühlschrank und legte wieder den

Kopf in den Nacken. «Gibt's einen Kuchen, damit man sein Kind nicht verliert?», fragte er, und seine Stimme brach leicht. Er starrte an die Decke, konzentriert blinzelnd, die Hände tief in den Hosentaschen vergraben.

«Nick? Was ist denn los?»

Er senkte den Kopf und schaute zwischen ihr und dem Boden hin und her. «Leighs Großeltern glauben, sie sei bei ihnen besser aufgehoben. Wenn sie bei ihnen wohnt, sagen sie, müsste sie nicht mehr in die Nachmittagsbetreuung der Schule gehen. Sie könnte direkt nach der Schule mit dem Bus nach Hause fahren, wo eine liebevolle Großmutter auf sie wartet und kein alleinstehender Vater, der zu den unmöglichsten Zeiten arbeitet und einen unberechenbaren Job hat. Sie glauben, Leigh braucht diesen mütterlichen Einfluss, und insbesondere den ihrer Großmutter. Die Vorstellung, ich könnte ein zweites Mal heiraten, stößt ihnen übel auf. Jedes Mal, wenn ich etwas habe, das auch nur annähernd ein Date sein könnte, wissen sie sofort darüber Bescheid.» Er wandte sich direkt an sie. «Was zum Teufel tue ich hier überhaupt? Ich wollte doch nur sagen, dass wir nicht mehr zum Kurs kommen, und jetzt breite ich meine Lebensgeschichte hier aus.»

«Ich bin froh, dass du es mir erklärst», sagte sie. «Leigh ist so ein liebes Mädchen, und der Shoofly Pie scheint sie wirklich zu trösten. Das ist alles, was er bietet. Trost.»

«Ich weiß. Das Verrückteste daran ist, dass ich den Vorschlag perfekt fand, als Leigh fragte, ob wir den Kurs belegen können, weil ich dachte, das würde ihren Großeltern gefallen. Eine schöne, ordentliche Beschäftigung für Vater und Tochter.» Er verdrehte die Augen. «Stattdessen rief mich meine Schwiegermutter heute bei der Arbeit an und hat einen riesigen Wirbel veranstaltet, weil ich mit Leigh diesen ‹Voodookuchenquatsch› mache. Und sie hat mir erneut damit gedroht, das Sorgerecht für meine Tochter zu beantragen.»

«Das klingt nicht gut», sagte Veronica. «Und meinst du, sie ist einfach nur verärgert, oder traust du ihr das wirklich zu?»

Er zuckte mit den Schultern. «Ich weiß nicht, ob sie nur Dampf ablassen muss oder ob sie wirklich einen Antrag stellt. Aber ich werde bald wahnsinnig mit der Frau. Ich weiß ja nicht mal, warum ich dir das alles erzähle. Ich wollte nur, dass du verstehst, warum wir am Montag nicht wiederkommen. Ich darf ihr jetzt einfach keine zusätzliche Munition liefern.»

«Das verstehe ich», sagte sie. «Es tut mir leid, dass ihr meinetwegen Probleme habt. Die Kuchen sollen nur helfen, sich besser zu fühlen. Das ist alles.»

Er durchquerte die Küche, lehnte sich gegen die Küchenzeile und starrte wieder aus dem Fenster. «Ich wollte gerade die Scheidungspapiere beantragen, als der Unfall passierte. Unsere Ehe war am Ende, die Dinge zwischen uns standen ziemlich schlecht. Meine Frau ... Sie hatte damals eine Affäre. Ich fand es heraus, und das war der Tropfen, der das Fass zum Überlaufen brachte. Aber dann starb sie, und meine ehemaligen Schwiegereltern, die von der Affäre nichts wussten, haben mich seitdem nur noch gehasst. Ich schätze, sie glauben, ich hätte die Scheidung eingereicht, weil ich derjenige war, der durch die Betten tobte.»

«Oh Nick, das tut mir so leid!»

«Leigh bleibt heute über Nacht bei ihnen. Das hat mich so sehr beschäftigt, dass ich nicht mal nach Hause gehen möchte, weil ich mir dann vorstelle, wie es sein wird, wenn sie versuchen, sie mir wegzunehmen.»

«Du kannst mir helfen, den Kuchen zu backen», sagte Veronica und zeigte auf die Rührschüssel. Sie hatte für den Augenblick den Liebeskuchen ruhenlassen; Kummer und Stress und das Szenario eines Sorgerechtsstreits schienen ihr nicht die richtige Atmosphäre für einen Kuchen zu sein, der Liebe und Hoffnung spenden sollte. «Nur einen einfachen Glückskuchen mit Schokopudding, den du dann mit nach Hause nehmen kannst. Ohne irgendwelchen Voodoo-Unsinn.»

Er nickte und schenkte ihr sogar so etwas wie ein Lächeln.

«Du kannst den Teig aus dem Kühlschrank nehmen», wies sie ihn an. Insgeheim fragte sie sich, ob er sich noch von früher an sie erinnerte. Er sprach sie nie auf die Highschool an. Vielleicht erinnerte er sich an sie als ein Mädchen, das damals auf seine Schule gegangen war und mehr nicht. Vielleicht wusste er nicht mal, dass sie das Mädchen war, das eine Zeitlang mit Timothy ging. Das Mädchen, das ihn «beschuldigt» hatte, sie geschwängert zu haben. Sie würde allerdings alles darauf setzen, dass er ganz genau Bescheid wusste. «Er hat jetzt lange genug gekühlt.»

Nick schien dankbar zu sein, etwas zu tun zu bekommen. Er nahm den Teig aus dem Kühlschrank und streute etwas Mehl auf der Arbeitsfläche aus, genau so, wie Veronica es ihnen am Montag gezeigt hatte. Dann begann er, mit Bedacht den Teig auszurollen.

«Wie ich sehe, hast du im Kurs gut aufgepasst», sagte Veronica.

«Ich passe immer auf. Das ist Voraussetzung in meinem Job.»

Ja, er wusste bestimmt, wer sie war. «Wie wär's mit einem Kaffee?»

«Ich könnte wohl einen brauchen», sagte er lächelnd und rollte weiter den Teig aus.

Veronica trat an die Kaffeemaschine. Sie war froh, ihm für einen Moment den Rücken zuwenden zu können. Sie gab einen halben Löffel mehr vom starken Sumatrakaffee in den Filter, wobei sich ihre Hände merkwürdig zittrig anfühlten. Nicht wie während der Dreharbeiten, sondern heftiger. Als hätte sie keinen Boden mehr unter den Füßen.

«Du liebst deine Tochter wirklich sehr», sagte sie. Eigentlich hatte sie es nicht laut aussprechen wollen, aber der Gedanke kam ihr und war schneller ausgesprochen, als sie verhindern konnte.

Er nickte. «Das tue ich. Mehr als alles andere. Aber ihre Großeltern haben in mancher Hinsicht auch recht. Ich bin nicht da, wenn sie nach der Schule nach Hause kommt. Ich habe einen Job, der mich in Lebensgefahr bringt, und ich bin ihr letzter lebender Elternteil. Ich bin ein lausiger Koch.»

«Immerhin weißt du jetzt, wie man Kuchenteig ausrollt», sagte sie.

Er lächelte. «Das verdanke ich dir.»

Der Kuchen konnte jetzt in die Form gelegt und gefüllt werden. Aber nur wenige Minuten später, nachdem er den halben Kaffee getrunken hatte, kündigte Nick seinen Aufbruch an.

«Ich sollte wohl lieber einen langen Spaziergang machen und das alles mal gründlich überdenken», sagte er. «Vielleicht kann ich ja einen Gutschein für ein Stück von diesem Schokoladenkuchen bekommen und ihn irgendwann einlösen?»

«Klar», sagte Veronica.

Und schon war er verschwunden.

• • • • •

Veronica konnte nicht aufhören, über Nick DeMarco nachzudenken. Natürlich fühlte sie mit ihm, das war keine schöne Geschichte. Aber da war noch etwas anderes. Etwas Unerwartetes. Eine Anziehungskraft, die plötzlich von Nick DeMarco ausging.

Sie saß in dem Erkerfenster ihrer Küche, schaute in den Garten und trank den Kaffee, den sie für sie beide gekocht hatte. Sein halbleerer Becher stand noch auf der Kücheninsel, wo er ihn abgestellt hatte. Er hatte es ziemlich eilig gehabt, als könnte er gar nicht schnell genug verschwinden. Er hatte offenbar das Gefühl, zu viel gesagt zu haben.

Es war erst kurz nach acht, und doch senkte sich bereits die Dunkelheit. Wie sehr Veronica auch versuchte, ihre Gedanken von Nick wegzulenken, es ging nicht. Sie dachte über den Kuchen nach, den sie noch backen musste, über die Tasche, die sie für den langen Tag packen wollte, der ihr morgen im Komparsenzelt bevorstand, und ging in Gedanken ihre offenen Bestellungen durch, damit sie wusste, welche Kuchen sie morgen Abend backen musste. Trotzdem ging Nick ihr nicht aus dem Kopf. War er schon immer so attraktiv gewesen? Er war groß und gut gebaut, ja. Und dann noch die dunklen, welligen Haare und die dunkelbraunen Augen, das markante Kinn mit dem tiefen Grübchen. Aber sie hatte ihn noch nie so bewusst als Mann gesehen. Für sie hatte er immer etwas anderes repräsentiert, nämlich ihre längst verstrichene Vergangenheit. Timothy. Ein Leben, an das sie sich kaum mehr gebunden fühlte, in das sie sich aber seit ihrer

Rückkehr nach Boothbay so unsanft zurückgeworfen fühlte. Das war ihre eigene Schuld. Sie hatte den Plan Vergangenheitsbewältigung schließlich selbst ausgeheckt.

Es klingelte an der Haustür, und sie schrak zusammen, weil fast gleichzeitig ihr Blick auf Nicks Polizistenmütze fiel, die er auf der Anrichte vergessen hatte. Das war ihr nicht mal aufgefallen, obwohl Veronica sonst selten etwas entging.

Mit der Mütze in der Hand ging sie zur Tür, damit er nicht noch einmal reinkommen und auf sie warten musste. «Ich vergesse sonst nie meine Mütze in den Küchen anderer Leute», sagte Nick mit einem flüchtigen Lächeln.

«Ich ...»

Das Telefon klingelte, aber Veronica ignorierte es. Sollte ihr Anrufbeantworter den Anruf aufzeichnen. Sie wollte Nick gerade sagen, dass sie sich sehr freuen würde, wenn er und Leigh doch weiter zum Kurs kommen könnten, als die melodische Stimme einer Frau in der Diele erklang.

«Hallo, Veronica?», sagte sie zögerlich. «Mein Name ist Bea Crane. Ich wurde am 12. Oktober 1991 in Boothbay Harbor geboren. Ich ... ähm, ich bin auch jetzt in Boothbay und wohne im Three Captains' Inn. Ich würde dich gern treffen, wenn du magst. Du kannst mich auf dem Handy unter der Nummer 207-555-1656 erreichen. Tschüs.» Klick.

Veronica hörte, wie sich ihr ein merkwürdig fremder Laut entrang. Die Mütze fiel ihr aus der Hand und auf den Boden. Sie stand wie erstarrt da und merkte nur, wie Nick sich neben ihr hinkniete, die Mütze aufhob und sie eindringlich ansah. Dann trat er ein, schloss die Haustür und führte sie zu einem Sessel in ihrem Wohnzimmer.

«Veronica? Ist alles in Ordnung?»

Sie zitterte am ganzen Leib. Das Baby. *Ihr* Baby. Ihre Tochter. Sie hatte angerufen.

Veronica fing an zu weinen und stand auf, setzte sich wieder und stand erneut auf.

Nick stand dicht neben ihr. «Veronica?»

«Ich ...», begann sie, aber die Worte kamen ihr nicht über die Lippen. Sie stand einfach da, schluchzte, und dann spürte sie Arme, starke Arme, die sie festhielten. Sie ließ sich in diese Arme sinken und weinte. Sie konnte gar nicht aufhören zu weinen und stand lange Zeit nur so da. Schließlich begann sie, nach Luft zu schnappen, und versuchte, Worte zu finden. «Es ist ... es ist nur ...»

«War das das Kind, das du zur Adoption freigegeben hast?» Er zog sie sanft zum Sofa, wo sie beide Platz nahmen. «Was sie gesagt hat und das Geburtsdatum ... Ich habe nur zwei und zwei zusammengezählt.»

Sie schloss die Augen und nickte. Also hatte sie sich nicht getäuscht. Er wusste genau, wer sie war. «Ich habe die Akte in der Adoptionsagentur immer aktualisiert, damit sie mich finden kann, wenn und falls sie das will. Ich habe auf diesen Tag gewartet, seit sie achtzehn wurde. Ich kann das gar nicht glauben ...»

«Ich sollte jetzt lieber gehen, damit du sie in aller Ruhe zurückrufen kannst.»

«Ehrlich gesagt bin ich ganz froh, in diesem Moment nicht alleine zu sein, Nick. Kannst du ein bisschen bleiben? Es ist so ein Schock. Ich denke, ich hatte einfach schon die Hoffnung verloren, irgendwann noch mal von ihr zu hören.» Bea Crane. Der Name ihres Babys lautete Bea Crane. Ihre Stimme klang nett. So höflich und freundlich. Wieder brannten die Tränen in Veronicas Augen.

Nick ging in die Küche und kam mit einer Schachtel Papiertaschentücher zurück. Er gab ihr ein Taschentuch und setzte sich wieder. «Soll ich dir ein Glas Wasser holen? Irgendwas?»

Sie schüttelte den Kopf. «Du und ... Timothy. Ihr wart damals Freunde, richtig?», stammelte sie und atmete tief durch. Auch das hatte sie eigentlich nicht sagen wollen.

Er nickte. «Ist er der Vater?»

«Ja. Ich weiß, er hat überall rumerzählt, er wär's nicht. Aber er war es definitiv. Er war der Einzige. Ich hatte einen ziemlich üblen Ruf dafür, dass ich vor ihm noch Jungfrau war.» Sie schüttelte den Kopf.

«Ja, ein schlechter Ruf klebt wie die Pest. Wenn ich ehrlich sein soll, fühle ich mich mit meinen Schwiegereltern im Moment so ähnlich. Sie sehen mich als Schürzenjäger und Ehebrecher, dabei könnten sie kaum weiter entfernt von der Wahrheit sein. Und jetzt lasse ich mich von ihnen herumstoßen? Wegen eines Kuchens?»

Er wollte ihr offensichtlich die Chance geben, das Thema zu wechseln oder ihm zu sagen, er könne jetzt gehen. Aber sie war froh, ihn bei sich zu haben, was an sich schon merkwürdig genug war. Die Verbindung zu ihrer Vergangenheit, sogar zu Timothy, schien sie mehr zu trösten als alles andere. Sie war immer so allein gewesen mit der Erinnerung an jene einsame und verwirrende Zeit, als sie sechzehn war. Als sie das Baby allein in einem Krankenwagen bekam, wo nur ein Rettungssanitäter ihr beistand. Sie war ganz allein gewesen mit der Erinnerung daran, wie sie ihm das Baby zurückgab und es nie wieder hatte ansehen dürfen.

«Mit sechzehn habe ich mich von allen herumstoßen lassen, glaube ich», sagte sie. «Ich wusste nicht, wie ich für mich selbst einstehen sollte. Wie ich die Leute davon überzeugen konnte, mir zu glauben.»

«Weißt du, ich habe immer versucht, meiner Tochter beizubringen, dass sie vor allem an sich selbst glauben muss. Das ist alles, was zählt. Du musst an dich selbst glauben, fertig. Zur Hölle mit dem, was andere denken.»

Sie nickte. «Du bist ein guter Vater, Nick. Das müssen Leighs Großeltern doch wissen.»

«Manchmal sehen die Leute nur das, was sie sehen wollen.»

Das war eine schreckliche Wahrheit, dachte Veronica.

«In den letzten zweiundzwanzig Jahren – genau genommen seit dem Tag, an dem ich ins Heim der Guten Hoffnung geschickt wurde – habe ich vor allem versucht, zu verdrängen, was damals passiert ist. Ich habe mich immer so sehr angestrengt, nicht darüber nachzudenken, was ich hinter mir gelassen habe: meine Eltern, die nichts mehr mit mir zu tun haben wollten. Meinen Freund, den ich von heute auf morgen», sie schnippte mit den Fingern, «einfach so verloren habe. Die Zukunft, die ich mir immer ausgemalt habe. Ich konnte mir nicht vorstellen, damit zu leben, wenn das alles in meiner Erinnerung präsent ist. Ich habe versucht, diese Ereignisse zu verdrängen, um nach vorne blicken zu können.»

«Hat das funktioniert?»

«Leider zu gut», sagte sie. «Ich habe zu viel Zeit mit dem Versuch verbracht, gar nichts zu fühlen.»

Er schaute sie lange an. «Aber jetzt ist deine Tochter hier. Sie ist sehr real und möchte dich kennenlernen.»

«Es fühlt sich für mich falsch an, sie als meine Tochter zu sehen. Ich habe sie nicht aufgezogen. Ich war nie ihre Familie.»

Er drückte ihre Hand.

Veronica biss sich auf die Lippe. «Ich könnte jetzt einfach

zum Telefon greifen und würde in wenigen Sekunden mit ihr sprechen. Mit Bea Crane. Ich kann es einfach nicht glauben. Ich frage mich, wer sie ist. Was für ein Mensch sie ist und wie sie aussieht.»

«Wirst du sie heute Abend noch zurückrufen?»

Veronica wusste es selber nicht. Sie konnte sich wirklich nicht vorstellen, einfach zum Hörer zu greifen und ihre Tochter zurückzurufen. Sie war sich nicht sicher, ob sie das schaffte. «Ich will einfach ein bisschen hier sitzen und darüber nachdenken. Es ist ein viel größerer Schock, als ich erwartet hätte.»

Er stand auf. «Dann lasse ich dich jetzt lieber allein. Außerdem muss ich zurück und den Streifenwagen abliefern. Vielleicht kommen Leigh und ich doch am Montag wieder zum Backkurs. Ich weiß es nicht. Ich hab keine verdammte Ahnung, was ich machen soll.»

«Tu einfach das, was sich für dich richtig anfühlt», sagte sie.

«Du auch, Veronica», sagte Nick. Sein Blick war offen und warm, und er barg die geballte Verbundenheit, die das vergangene Gespräch zwischen ihnen geschaffen hatte. Und dann war er wirklich fort.

Zwei Stunden später saß Veronica am Küchentisch und schaute am Telefon vorbei ins Leere. Eine Tasse mit frischem Kaffee stand unberührt vor ihr neben dem Telefon.

Bea Crane. Sie war hier, in Boothbay Harbor.

Sie hatte Bea Crane neun Monate und zwei Minuten lang gekannt und zweiundzwanzig Jahre lang versucht zu vergessen, und jetzt war sie hier. Nicht mehr das sechs Pfund schwere Bündel, das sie an die Brust gedrückt hatte, sondern eine erwachsene Frau. Sie versuchte, sich Bea vorzustellen. Sah sie ihr ähnlich? Oder eher Timothy? War sie eine Kombination aus beiden? Sie hatte keinen Zweifel, dass Bea groß war; Veronica war eins achtzig und Timothy noch ein Stück größer. Sie fragte sich, ob Bea wohl Timothys dichte, hellblonde Haare geerbt hatte, in denen sie sich immer so gerne mit ihren Fingern verloren hatte.

Bea würde sie nach Timothy fragen, ging es Veronica plötzlich auf. Durfte sie ihr die ganze Wahrheit erzählen? Wie sie von ihm behandelt worden war? Dass sie keine Ahnung hatte, wo Timothy Macintosh und seine Familie jetzt waren? Veronica konnte ihr ihre eigene Vergangenheit erzählen, aber sie konnte sich nur schwer vorstellen, einer neugierigen jungen Frau die schmerzhaften Umstände ihrer eigenen Geburt zu erzählen. Sie würde Bea nur erzählen, dass sie damals so jung gewesen war und dass sie sie zur Adoption freigegeben hatte, um ihr unter diesen Umständen das beste Leben zu ermöglichen. Das entsprach schließlich der Wahrheit. Veronica musste ihr ja nicht erzählen, was ihre Mutter gesagt hatte, wie sie sie beschimpft hatte. Oder wie Timothy sie angeschrien und verlassen hatte. Nein, davon wollte sie Bea nichts erzählen.

Sie starrte das Telefon an.

Sie würden reden. Ein bisschen plaudern. Sie würden sich zum Kaffee oder zum Essen treffen. Sie würden über ihr Leben reden. Bestimmt wollte Bea ihre medizinische Vorgeschichte erfahren, und das, was sie wusste, konnte Veronica ihr natürlich erzählen. Aber was dann? Worüber würden sie dann reden? Sie waren zwei Fremde, die doch so wesentlich miteinander verbunden waren.

Ruf sie einfach zurück, sagte Veronica sich und nahm den Hörer zur Hand. Aber dann fing sie an zu zittern und wartete. Sie wünschte, Nick hätte sie nicht allein gelassen. Er hätte sie ermutigt, die Tasten zu drücken, hätte ihr Kaffee nachgefüllt und ihr gesagt, sie solle einfach weitermachen.

Sie hatte sich die Telefonnummer inzwischen eingeprägt und wählte langsam.

Es klingelte zweimal. Dann: «Veronica?»

Sie sog die Luft scharf ein und erstarrte. «Ja. Hallo.»

Eine Sekunde lang war es still. «Hallo», erwiderte Bea dann.

Okay. Sie waren beide nervös. «Ich bin froh, dass du angerufen hast», sagte Veronica. «Ich habe immer darauf gehofft.»

«Die Adoptionsagentur hat mir gesagt, du hast die Akte jedes Mal aktualisiert, wenn du umgezogen bist. Deshalb dachte ich, es ist okay, wenn ich anrufe.» Beas Stimme war ganz anders als Veronicas. «Ich freue mich, dass du froh darüber bist … Oh Gott, ich klinge ja wie eine Idiotin.»

Veronica lachte. «Nein. Gar nicht. Ich bin genauso nervös wie du.»

Stille.

«Ich habe sehr lange auf diesen Tag gewartet», sagte Veronica. «Ich habe gehofft, dich irgendwann zu treffen und zu erfahren, dass es dir gutgeht.» *Dabei durfte ich gar nicht an dich denken. Ich habe mir gesagt, das sollte ich lieber nicht tun. Meine Freundinnen im Heim der Guten Hoffnung haben gesagt, ich soll das nicht machen, weil es die einzige Möglichkeit ist, irgendwie darüber hinwegzukommen. Aber sosehr ich auch versuchte, die Erinnerung an dich zu verdrängen, habe ich doch jeden Tag an dich gedacht. Mich gefragt, ob du glücklich warst. Ob deine Eltern dich liebten.*

An deinem Geburtstag kam ich manchmal nicht aus dem Bett, aber dann stellte ich mir vor, wie du die Kerzen auf deinem Geburtstagskuchen ausbläst, und es ging mir besser …

«Es geht mir gut.»

«Das freut mich», sagte Veronica. «Sehr.»

«Wollen wir uns treffen?», fragte Bea.

Veronica spürte, wie ihr Herz anschwoll und Tränen in ihren Augen brannten. «Ja, sehr gerne.»

Wenn man bedachte, wie nervös Bea klang, fühlte sie sich vielleicht wohler bei dem Gedanken, zu Veronica nach Hause zu kommen und so von außen einen Blick auf sie werfen zu können, statt auf neutralem Boden in einem Café oder Restaurant zu sitzen, wo sich beide der Menschen bewusst waren, die an den Nebentischen saßen und ihr Gespräch belauschten. Veronica konnte für sie beide Tee machen und Kuchen backen. Einen Glückskuchen.

«Ich würde lieber zu dir nach Hause kommen», sagte Bea, als Veronica sie danach fragte.

Erneut versuchte Veronica, sich Bea vorzustellen. Würde sie wie eine jüngere Version von ihr selbst aussehen? Teilte sie Veronicas Eigenschaften? Ihre Vorlieben und Abneigungen? Sie wusste nicht so viel über den Unterschied zwischen Erbanlage und Sozialisation, aber sie ging davon aus, dass Bea ihr zumindest entfernt ähneln würde. Veronica war mehr als ihr halbes Leben lang Kellnerin gewesen. Außer im Kuchenbacken wusste sie nichts, worin sie es zur Meisterschaft gebracht hatte. Sie traf keinen Tennisball, und sie war kein Mathegenie, aber sie las viel und konnte jede Nacht damit verbringen, Filme zu schauen. Und sie reiste gerne. Gott, sie würde Bea morgen bestimmt zu Tode langweilen.

«Morgen Abend? Ich werde nicht vor sechs oder sieben zu

Hause sein. Aber dann könnte ich Abendessen machen. Oder Kuchen, wenn du vorher schon gegessen hast.»

Bea schwieg für ein paar Sekunden. «Ich habe früher am Abend schon Pläne, ich könnte so um acht vorbeikommen, wenn das in Ordnung ist.»

«Morgen Abend um acht, das passt mir gut.»

Und so würde das kleine Baby, das sie in einer Oktobernacht vor zweiundzwanzig Jahren weniger als zwei Minuten lang an ihre Brust gedrückt hatte, morgen Abend an ihre Tür klopfen.

12 Gemma

Gemma erschrak, als es an ihrer Tür im Three Captains' Inn klopfte. Sie schaute von ihrem Laptop auf, der auf dem kleinen Schreibtisch am sonnigen Fenster stand, und warf einen Blick auf die Uhr: Es war erst kurz nach neun am Morgen. Widerstrebend stand sie auf. Sie hatte seit dem Aufwachen vor zwei Stunden gearbeitet und war nicht einmal zum Frühstücken nach unten gegangen, weil sie ihren Schreibfluss nicht unterbrechen wollte. Die ersten Absätze ihres Artikels über das Heim der Guten Hoffnung, in denen es um seine Geschichte und einige Statistiken von früher und von heute ging, standen bereits. Jetzt musste sie nur noch den Hauptteil schreiben, in dem sie sich mehr auf die Menschen konzentrieren würde – die ehemaligen Bewohnerinnen, die jetzigen Bewohnerinnen. Wahre Geschichten.

Gemma reckte sich und streckte die Arme über den Kopf. Dann ging sie zur Tür und öffnete sie. Bea Crane stand davor und sah aus, als müsste sie gleich platzen.

«Ich hab's getan», sagte Bea. «Ich habe meine leibliche Mutter angerufen. Wir treffen uns heute Abend.» Sie hielt die Hände waagerecht vor sich. «Schau mal, wie ich zittere.»

Gemma drückte Beas Hand. Sie sah so jung aus, wenn sie ihre blonden Haare zu einem Pferdeschwanz band und kein Make-up trug. «Wie ist das Gespräch denn gelaufen? Oh du meine Güte – ich höre mich schon wie eine neugierige Reporterin an. Aber ich frage dich das als Freundin. Sag einfach vorher, wenn das, was du sagst, vertraulich ist, dann bleibt es ganz sicher unter uns.»

«Du kannst alles für deinen Artikel verwenden, wenn du willst», sagte Bea. «Außer Veronicas Namen natürlich. Aber wer weiß, vielleicht hat sie ja auch Lust, mit dir zu sprechen und ihre Sicht der Dinge zu schildern.»

«Das wäre toll», sagte Gemma.

Bea lächelte. «Ich kann ihr ja von dir erzählen. Sie muss ja auch wissen, dass ich mit einer Reporterin über sie gesprochen habe, auch wenn ihr Name nicht erwähnt wird.»

Gemma hoffte, dass Beas leibliche Mutter tatsächlich mit ihr sprechen würde. Die beiden unterschiedlichen Perspektiven, die der Mutter und die der Tochter, die sie zur Adoption freigegeben hatte und die jetzt Kontakt zu ihr suchte, das erste Treffen der beiden – das würde den Artikel richtig rund machen. Bea und ihre echte Mutter trafen sich an diesem Abend allerdings zum ersten Mal – Gemma glaubte nicht, dass sie mit ihr, wenn überhaupt, vor Ablauf einiger Tage würde sprechen können. Es hing alles davon ab, was für eine Person Veronica war, wie bereit sie war, ihre Geschichte zu erzählen.

«Wenn du jemanden zum Reden brauchst, eine Freundin, dann klopf einfach oder ruf an, okay? Auch wenn du nur ein bisschen Zuspruch für heute Abend brauchst.»

«Das weiß ich zu schätzen», erwiderte Bea. «Aber jetzt mach ich mich lieber wieder an die Arbeit. Die Kinder aus dem Fischadlerzimmer veranstalten einen kleinen Haferbreikrieg im Frühstückszimmer.» Sie lächelte und flitzte dann die Treppe hinunter.

Gemma schloss die Tür, aber die Gedanken an Beas und Veronicas Treffen ließen sie nicht los. Allein die Gefühle, die es auslösen würde! Beas Geschichte war wirklich herzzerreißend. Es wäre phantastisch, wenn Gemma auch die Sicht ihrer leiblichen Mutter in dem Artikel unterbringen könnte ...

Gemma griff nach ihrem Telefon, um Claire bei der *Gazette* anzurufen, und erzählte ihr, dass sie unter Umständen mit einer Mutter und ihrer zur Adoption freigegebenen Tochter nach ihrem ersten Wiedersehen sprechen würde. Sie würde wohl beide Perspektiven bekommen, und vielleicht könnte sie sich ein paar Wochen mehr Zeit für den Artikel nehmen, zumal Claire ihn eigentlich nicht vor Mitte Juli brauchte.

«Was den Termin angeht, kein Problem», sagte Claire. «Ich brauche es im Grunde nicht vor dem 18. Juli, um es am Sonntag vor dem 50. Jubiläum in Druck zu geben. Also nimm dir ruhig die Zeit. Das, was du da planst, ist genau das, woran ich gedacht hatte, hört sich super an.»

Großartig, dachte Gemma. Die Sätze bildeten sich schon fast von selbst in ihrem Kopf. Jetzt würde sie ausreichend Zeit haben, um die Story zu entwickeln, tief in sie einzutauchen und alles aus ihr herauszuholen.

Eigentlich sollte sie morgen nach Hause fahren, aber jetzt hatte sie offensichtlich gerade ein paar Wochen mehr für sich herausgeholt. *Weil ich gar nicht nach Hause fahren will.*

Sie stellte sich vor den Spiegel an ihrer Schranktür und legte die Hand auf ihren Bauch. Dann wandte sie sich zur Seite, um zu prüfen, ob er sich schon ein wenig rundete. Nein, noch nicht. Aber sie war ganz sicher schwanger; gestern Abend war der Brief von der Ärztin angekommen. Der Bluttest war positiv ausgefallen.

Sie fand sich ein wenig blass. Unter ihren dunkelblauen Augen konnte man zarte Schatten erkennen. Vermutlich rührten sie von der intensiven Arbeit der letzten Tage. Das hellbraune Haar wirkte voller, wenn sie sich das nicht nur einbildete. Irgendwie üppiger. Sie haben so ein Glück, hörte sie die siebzehnjährige Chloe Martin in ihrer Erinnerung sagen.

Vor etwas mehr als einer Woche hatte sie das rosafarbene Pluszeichen auf dem Stäbchen des Schwangerschaftstests gesehen. Und doch hatte sie ihrem Mann noch immer nichts davon erzählt. Sie wollte es ihm immer noch nicht sagen. Noch ein paar Wochen, dann wäre der Artikel fertig, und sie würde ihn abgeben. Dann wäre sie bereit, nach Hause zu fahren. Schon nach ein paar Tagen Arbeit als Reporterin, in denen sie Interviews geführt, recherchiert und geschrieben hatte, spürte sie wieder ihr altes Selbst – und gleichzeitig konnte sie sich ein wenig an die Vorstellung gewöhnen, schwanger zu sein. In zwei Wochen wäre sie vielleicht schon etwas in die Situation hineingewachsen und nicht mehr so leicht zu erschüttern, wenn sie Alexander von ihrer Schwangerschaft erzählte.

Sie griff nach dem Telefon und wählte die Nummer seines Handys. Die Schwangerschaft würde sie noch nicht erwähnen, aber sie musste ihm schließlich sagen, dass sie morgen noch nicht nach Hause käme.

«Noch zwei Wochen?», wiederholte er nach einem drückenden Schweigen. «Was zum Teufel ist los, Gemma?»

«Ich will für den Artikel nur noch ein wenig in die Tiefe gehen. Vielleicht kann ich mit der leiblichen Mutter einer meiner Quellen sprechen. Es würde die Sache wunderbar ...»

«Gemma, du wolltest übers Wochenende nach Maine fahren. Dann wurde daraus eine Woche. Jetzt sind es drei.»

«Ich will nur ...»

«Willst du damit andeuten, dass du Abstand von mir

brauchst? Wenn es das ist, Gemma, dann sag's einfach. Und tu nicht so, als ginge es um einen Artikel für eine Kleinstadtzeitung.»

Ja, ich brauche Abstand von dir, dachte sie und schloss die Augen.

«Ich finde weder den Artikel noch die Zeitung zu klein, Alex. Warum kannst du nicht verstehen, wie wichtig mir meine Karriere ist?»

«Herrje, Gemma, welche Karriere? Du bist entlassen worden. Es gibt keinen Job. Im Moment hast du keine Karriere. Du jagst hinter irgend so einer schmalzigen Geschichte für eine Touristenortzeitung her, die dir eine Kolumne gegeben hat, als du elf warst. Also bitte. Wenn du mich verlassen willst, sag es einfach. Aber halte mich nicht hin, während du ‹dir über deine Gefühle klar wirst› und Teenager zum Thema Eiscreme befragst.»

Meine Güte, er konnte wirklich eklig sein. Ihr Herz klopfte viel zu schnell, als sie in ihrem kleinen Zimmer herumging. Beruhige dich, Gemma, sagte sie sich. Beruhige dich einfach. Sieh es doch mal aus seiner Sicht. Er will, was er will, und zwar genau so stark, wie du willst, was du willst.

«Alex, ich versuche nur ...» Meinen Weg in dieser neuen Situation zu finden, beendete sie den Satz in Gedanken. Ihre Hand lag dabei wieder auf ihrem Bauch. Mich darin wiederzufinden.

«Du versuchst nur was?», bellte er. «Was zum Teufel versuchst du zu tun, außer unsere Beziehung zu ruinieren? Ich will endlich wissen, was zum Teufel ...»

«Ich bin schwanger!», schrie sie und brach in Tränen aus.

Oh Gott.

Einen Moment lang schwieg er. «Was? Gemma – was?»

«Ich bin schwanger, Alex.» Sie konnte kaum glauben, dass sie die Worte ausgesprochen hatte.

«Bist du sicher?», fragte er. Sein Tonfall klang jetzt ganz anders – vollkommen anders. Anstelle von Wut war da jetzt … blankes Erstaunen.

«Ganz sicher. Zwei positive Schwangerschaftstests und ein positiver Bluttest, der gestern gekommen ist.»

«Oh mein Gott, Gemma, das ist wunderbar! Wir werden ein Baby haben! Warte mal», sagte er dann, und seine Stimme veränderte sich wieder. Jetzt klang er zögerlich. «Seit wann weißt du es?»

«Letzten Mittwoch habe ich den ersten Test gemacht. Er war positiv. Ich war so erschrocken – das kannst du dir ja vorstellen. Ich dachte, dass ich vielleicht einfach meine Periode nicht bekommen habe, weil ich solchen Stress wegen der Kündigung hatte. Ich habe den Test eigentlich nur gemacht, um den unwahrscheinlichsten Grund für das Ausbleiben der Periode auszuschließen. Neulich hab ich doch Antibiotika genommen.» Sie schloss die Augen und setzte sich auf die Bettkante. «Aber da war es, das rosafarbene Pluszeichen.»

Er schwieg erneut, diesmal einige Sekunden lang. «Gemma, du weißt seit einer Woche, dass du schwanger bist, und sagst mir kein Wort? Du bist nach Maine gefahren und hast mir nichts gesagt? Was ist nur los, Gemma?»

«Es ist ein ziemlich belastetes Thema, Alex.»

«Belastet?», wiederholte er verächtlich. «Also freust du dich nicht darüber? Ist es das?»

«Ich weiß es nicht.»

«Du weißt es nicht», wiederholte er. Tonlos. «Und hattest du vor, es mir bei diesem Anruf zu erzählen, auch wenn es nicht zufällig herausgekommen wäre?»

«Das weiß ich auch nicht. Ich weiß gar nichts, außer dass ich auf keinen Fall nach Dobbs Ferry ziehen und Tür an Tür mit deinen Eltern wohnen will. Ich will keinen Teilzeitjob bei der dortigen Zeitung, wenn ich darauf bestehe – wie du es nennst – zu arbeiten. Ich will das Leben nicht, in das du mich zwängen willst.»

«Aber, Gemma, du bist schwanger. Es geht doch jetzt nicht mehr nur um dich.»

«Und um wen dann?»

«Um das Baby. Um mich. Unsere Ehe, unsere Familie.»

Sie war plötzlich sehr, sehr müde. «Ich weiß nicht, wie ich das alles finde, Alex. Ich brauche Zeit, um zu …»

«Gemma, du bist nicht mehr fünfzehn und schwanger wie diese Mädchen, die du interviewst. Du bist eine erwachsene Frau. Benimm dich auch so.»

«Ich lege jetzt auf, Alex, ich muss los.»

Klick.

Sie vergrub das Gesicht in den Händen und weinte.

• • • • •

Gemma schaute noch einmal auf die Adresse der Frau, die sie in drei Minuten interviewen sollte. Caitlin Auerman, Banyon Road 33. Das kleine weiße Einfamilienhaus in der Mitte der Straße mit dem Dreirad und dem Bobby Car vor der Tür musste es sein.

Die Leiterin des Heims der Guten Hoffnung hatte Gemma auf der Main Street erreicht. Gemma hatte einfach unter Menschen gehen müssen. Das Gespräch mit Alexander hatte sie erschöpft, und in ihrem kleinen Zimmer hatte sie sich eingesperrt gefühlt. Sie hatte sich gerade einen Kräutereistee und einen Frischkäse-Bagel gekauft und sich auf eine Bank gesetzt, um sich ein wenig zu beruhigen und einen Happen zu essen, als Pauline Lees Anruf sie erreichte. Eine Frau, die vor fünfzehn Jahren als Fünfzehnjährige im Heim der Guten Hoffnung gelebt und ihr Baby zur Adoption freigegeben hatte, wollte mit Gemma sprechen, hatte aber nur zwei Stunden Zeit. Gemma war dankbar, ein Ziel zu haben, etwas, worauf sie sich konzentrieren konnte und das nichts mit ihrer Ehe zu tun hatte.

Gemma klingelte, und eine Frau öffnete die Tür. Sie wirkte, als hätte sie kaum geschlafen – vielleicht schon nächtelang nicht. Im Wohnzimmer hing eine Babyschaukel, Spielsachen lagen überall verstreut.

«Sie müssen Gemma Hendricks sein», sagte sie. «Ich bin Caitlin Auerman. Ich habe vergessen, der Heimleiterin zu sagen, dass ich auf Anonymität bestehen muss. Im Heim der Guten Hoffnung haben sie mich gut behandelt, und ich kann nichts Schlechtes darüber sagen, aber wenn ich ehrlich erzählen soll, wie mein Leben seitdem verlaufen ist, möchte ich nicht, dass mein Name in dem Artikel auftaucht.»

«Ich kann Ihnen versichern, dass ich Ihren Namen nicht erwähnen werde. Ich denke mir einen anderen Namen aus und nenne nur Ihr wahres Alter und den Zeitraum, in dem Sie im Heim der Guten Hoffnung waren, aber Ihre Identität bleibt geschützt. Ich freue mich, dass Sie sich Zeit für mich nehmen.»

Caitlin führte Gemma ins Wohnzimmer, und sie setzten sich aufs Sofa. Gemma holte das Aufnahmegerät und ihr Notizbuch hervor, und die Frau begann schon zu erzählen, bevor Gemma auch nur den Stift in die Hand nehmen und die erste Frage stellen konnte.

«Alle haben gesagt: Du zerstörst dein Leben, wenn du mit

fünfzehn ein Kind bekommst», sagte Caitlin. «Du hast doch noch dein ganzes Leben vor dir. Gib das Baby zur Adoption frei. Das ist die richtige Entscheidung. Für euch beide. So ging das die ganze Zeit. Ich habe sogar zugestimmt, im Heim der Guten Hoffnung zu wohnen, damit in der Stadt niemand erfuhr, dass ich schwanger war, damit das Geheimnis in der Familie blieb. Ich habe immer gemacht, was man mir gesagt hat – ich bin aufs College gegangen. Ich habe Jura studiert. Und alle haben gesagt: ‹Siehst du, du hast auf uns gehört, und jetzt ist etwas aus dir geworden.› Und jetzt? Jetzt bin ich dreißig, habe drei Kleinkinder, ich kann meine Karriere vergessen, und ich kann die meiste Zeit keinen einzigen klaren Gedanken fassen. Ich will gar nicht sagen, dass ich all das, was ich geschafft habe, auch hätte erreichen können, wenn ich mit fünfzehn mein Kind behalten hätte – aber wer weiß, vielleicht doch. Ich weiß nur, dass ich jetzt mit drei Kindern zu Hause hocke, einen Ehemann habe, der nie da ist, und dass meine Karriere im Grunde vorbei ist, bevor sie richtig angefangen hat. Warum zum Teufel habe ich mich dann so angestrengt? Um bei den Veranstaltungen meines Mannes übersehen zu werden? Weil ich plötzlich Hausfrau bin, ist von mir nichts Interessantes mehr zu erwarten? Ich hasse das alles.»

Das werde ich sein, dachte Gemma, und für einen kurzen Moment wurde ihr schwindelig. Ich will nicht so werden. Konzentriere dich auf das Interview, ermahnte sie sich. «Darf ich Ihnen eine persönliche Frage stellen?»

Caitlin lachte bitter auf. «Ich habe Ihnen doch wohl deutlich zu verstehen gegeben, dass Sie das dürfen.»

«Haben Sie Ihre zweite Schwangerschaft geplant?»

Caitlin schüttelte den Kopf. «Es war ein Unfall. Zwillinge. Ich war noch nicht bereit dazu, aber ich habe mich gefreut.

Ich dachte, ich könnte alles haben, Superwoman sein, auch wenn mich alle gewarnt haben, dass das unmöglich ist. Ich dachte, ich könnte Vollzeit arbeiten, eine tolle Mutter sein und außerdem noch an Kochkursen teilnehmen, Italienisch lernen und Yoga machen. Du meine Güte, war das ein böses Erwachen.»

«Also hatten Sie bestimmte Vorstellungen, aber das Leben verlief einfach anders?» Gemma wollte die Antwort eigentlich gar nicht hören. Offensichtlich hatte Caitlin viel vorgehabt, sich große Ziele in ihrem Leben gesteckt.

«Genau. Einer der Zwillinge hatte ständig Ohrenentzündungen, und der andere ist alle paar Stunden aufgewacht, und mein Mann hat unablässig auf mich eingeredet, dass ich kündigen und mit den Jungs zu Hause bleiben soll. Ich weiß, dass es schrecklich klingt, aber ich wollte das nicht. Ich habe meinen Job geliebt, ich habe mich gern morgens zurechtgemacht und bin ins Büro gegangen. Ich wollte nicht mit den Zwillingen zu Hause bleiben, sosehr ich sie auch liebe.»

«Aber dann haben beide Welten darunter gelitten», sagte Gemma. Es war mehr eine Feststellung als eine Frage.

«Genau. Mein Zuhause und meine Arbeit. Meine Ehe war am Ende. Ich habe meinem Mann Vorwürfe gemacht, dass er mich nicht mehr unterstützt. Er hat mir vorgeworfen, dass ich selbstsüchtig sei, dass ich nicht kündige, obwohl wir auch mit ihm als Alleinverdiener finanziell zurechtkommen, wenn wir ein bisschen aufpassen. Schließlich habe ich dem Druck nachgegeben und habe gekündigt, und plötzlich stand ich da mit drei Kindern und war schon so lange aus dem Job raus, dass ich nicht mehr wusste, wie ich jemals wieder die werden konnte, die ich einmal war.»

Die ich einmal war. Das war genau das, wovor sich Gemma fürchtete: eines Tages aufzuwachen und sich zu fragen, was aus der Person geworden war, die sie einmal war.

«Ich weiß, dass ich diese Frau nicht mehr bin», sagte Caitlin. «Ich bin nicht mehr fünfundzwanzig, kinderlos und eine aufstrebende Juniorpartnerin in der Kanzlei. Aber manchmal hasse ich die Frau, die ich jetzt bin. Mein Leben kommt mir vor, als gehöre es mir nicht. Genau so habe ich mich mit fünfzehn gefühlt, als ich schwanger war. Als ob mein Leben mir nicht gehörte. Und so war es ja auch.» Sie schüttelte den Kopf. «Vielleicht bin ich das auch nur. Ich kenne andere Rechtsanwältinnen in meiner alten Kanzlei, die zwei Kinder haben und es schaffen, zu arbeiten und gleichzeitig tolle Mütter zu sein. Sie kriegen es hin. Ich könnte das nicht.»

Gemma fielen ebenfalls einige Frauen ein, die Mütter waren, arbeiteten und dennoch ein gutes Gleichgewicht für sich erreicht zu haben schienen – genau das, was sie sich für sich selbst erhoffte. «Ich schätze es wirklich, dass Sie so offen und ehrlich mit mir sprechen. Ganz sicher können das viele Frauen nachfühlen.» Wenn sie nicht so tickten wie Gemmas Schwägerin, die eigentlich ähnliche Erfahrungen gemacht hatte wie Caitlin, außer der Schwangerschaft mit fünfzehn. Lisa hatte einen hochdotierten Job aufgegeben, um mit ihrem Kind zu Hause zu bleiben, und sie liebte es, jeden einzelnen Moment. Es ist meine Bestimmung, Mutter zu sein, betonte Lisa ständig. Mein ganzes Leben ist darauf hinausgelaufen. Dann putzte sie ihrem Kleinkind die Nase und tätschelte sich den Siebenmonatsbauch.

«Haben Sie Kinder?», fragte Caitlin.

«Noch nicht.»

Caitlin nickte. «Das habe ich mir gedacht. Sie sehen nicht erschöpft genug aus.»

Gemma lächelte, obwohl ihr eher nach Weinen zumute war.

«Sie erinnern mich so sehr an die Frau, die ich mal war», fuhr Caitlin fort. «Da sitzen Sie und führen ein Interview und schreiben für eine Zeitung. Sie leben Ihr Leben, das Leben, das Sie sich vermutlich schon als Teenager vorgestellt haben.»

Das Geräusch eines Autos, das die Einfahrt hinauffuhr, ließ Caitlin aufspringen und durch das Fenster spähen. «Das ist meine Mutter mit dem Baby.» Sie warf einen Blick auf ihre Armbanduhr. «Sie kommt eine halbe Stunde zu früh. Lana hat wahrscheinlich wieder die ganze Zeit Theater gemacht.»

Gemma stand auf. «Dann will ich Sie nicht aufhalten. Vielen Dank, dass Sie mir Ihre Zeit geschenkt haben, Caitlin. Ich wünsche Ihnen sehr, dass Sie doch noch einen glücklichen Kompromiss für sich finden.»

Die Haustür öffnete sich, und eine ältere Frau trat ein. Sie trug ein niedliches Baby auf dem Arm, das allerdings tatsächlich Theater machte. «Sie hat die ganze Zeit geschrien.»

Caitlin nahm das Kind und wiegte es in ihren Armen. «Genau», sagte sie zu Gemma und rollte dabei mit den Augen, «einen glücklichen Kompromiss.»

Gemma überlegte noch, Caitlins Mutter ein paar Fragen über die Zeit vor fünfzehn Jahren zu stellen, als ihre Tochter im Heim der Guten Hoffnung gewohnt hatte, aber die Frau eilte schon wieder durch die Tür und rief über die Schulter zurück, dass sie Caitlin später anrufen würde.

«Ich kann nicht einmal ein halbstündiges Interview geben», sagte Caitlin und schüttelte den Kopf. «Es gibt keinen glücklichen Kompromiss.»

Gemma hätte sehr gern etwas gesagt, das die Bitterkeit

der Frau, ihre verhärmte Sicht auf ihr Leben ein wenig gemildert hätte. Aber alles, was Caitlin erzählt hatte, hatte einfach zu sehr ins Schwarze getroffen. Gemma konnte ihr nur noch alles Gute wünschen. Sie beschloss, ihr schon morgen ein kleines Präsent zu schicken, vielleicht einen Gutschein für ein Restaurant in der Stadt, das sie und ihr Mann besuchen konnten, während ihre Mutter oder ein Babysitter auf die Kinder aufpasste. Irgendetwas, das sie ein wenig von ihrem Alltag ablenken würde.

Sie fragte sich, warum die Mutterschaft für manche Frauen ein so extremer Verzicht auf andere Dinge sein musste, während andere so in ihr aufzugehen schienen. Gemma sah sich selbst und Caitlin in derselben trostlosen Kategorie, während Frauen wie ihre Schwägerin und ihre Nachbarin in New York City, Lydia Bessell, zu der anderen gehörten. War es eine Frage der Einstellung? Man wählte dies oder das aus diesen oder jenen Gründen, obwohl man natürlich manchmal ohnehin keine Wahl hatte, und dann stand man da mit seinem Leben. Aber es gab noch eine weitere Kategorie von Frauen: Mütter, die arbeiteten, vielleicht sogar Vollzeit, und ihr Leben trotzdem hinbekamen – weil sie es mussten, weil sie es wollten. Gemma würde zu dieser Kategorie gehören. Ja, das würde sie, versicherte sie sich selbst. Egal wie wenig Caitlin daran glaubte, dass ihr Leben funktionieren konnte. Schließlich war jeder Mensch anders.

Gemma hatte keinen Job. Auch noch kein Baby. Sie hatte im Grunde von nichts eine Ahnung, wenn sie sich ausmalte, wie alles werden würde. Und womöglich war es das, was ihr am meisten Angst einjagte.

• • • • •

Nach einem langen Tag, den sie mit Recherche und zwei weiteren Interviews verbracht hatte – eins mit einer zweiten aktuellen Bewohnerin im Heim der Guten Hoffnung und ein anderes mit einer Frau, die vor fünf Jahren ein Baby von einer Bewohnerin adoptiert hatte –, kam Gemma gegen fünf Uhr wieder in der Pension an. Sie sehnte sich nach einem heißen Schaumbad und dem neuen Kapitel von *Ihre Schwangerschaft Woche für Woche*.

Ein Mann saß auf der Hollywoodschaukel auf der Veranda. Von der Auffahrt aus ähnelte er Alexander so sehr, dass Gemma plötzlich von heftiger Sehnsucht nach ihrem Mann erfüllt war. Trotz allem, was in der letzten Zeit zwischen ihnen vorgefallen war, vermisste sie ihn. Sie wünschte, sie könne sich mit all ihren Ängsten und Sorgen an ihn wenden, so wie sie es immer getan hatte. Aber in diesem Fall konnte sie es nicht.

Ich liebe dich wirklich, Alexander. Wirklich. So sehr. Ich möchte nur ...

Der Mann auf der Veranda stand auf. Es *war* Alexander.

Gemma rang nach Atem. Er kam auf sie zu und nahm sie schweigend in die Arme. Sie schmiegte sich an ihn, umarmte ihn fest und war unglaublich erleichtert, dass er da war. Lass einfach alles los und gib dich der Umarmung deines Ehemannes hin, sagte sie sich.

«Ich hätte wissen müssen, dass du kommen würdest», sagte sie. «Mein Kopf ist an so vielen Orten zugleich, dass ich gar nicht daran gedacht habe.»

«Im Ernst?» Er lächelte halb, legte den Arm um ihre Schultern, und sie gingen den kurzen gepflasterten Weg zur Veranda hinauf.

«Wir bekommen ein Baby», flüsterte er.

«Ich fürchte mich zu Tode», sagte Gemma.

«Ich nicht», entgegnete Alex.

Sie führte ihn in die Pension, die an diesem sonnigen Spätnachmittag ganz still war. Sie stiegen die Treppe zum zweiten Stock hinauf, und Gemma schloss ihre Tür auf.

Zusammen passten sie kaum in das Zimmer. Gemma betrachtete Alexander. Bei all ihren Streitereien hatte sie vergessen, wie anziehend sie ihn fand, wie leicht sie seinem Gesicht, seinem Körper erlag. In ihrer Verfassung, erschöpft wie sie war, würde sie sich vor ihm in Acht nehmen müssen. Sie brauchte ein heißes Bad und die starken Arme ihres Ehemannes – aber sie durfte nicht zulassen, dass er sie unter Druck setzte.

Sie schloss die Tür hinter ihm. «Ich werde lernen, eine Mutter zu sein, das weiß ich. Aber ich kann nicht lernen, das zu wollen, was du willst. Ich will nicht aufs Land ziehen und Hausfrau sein. Das ist sicher eine ganz wunderbare Sache für diejenigen, die es sich wünschen, und ja, ich verstehe, dass es ein Segen ist, dass wir es uns überhaupt leisten könnten. Aber ich will Reporterin bleiben. Ich möchte genau die Art von Geschichten schreiben, an der ich gerade arbeite. Heute Abend trifft eine Mutter ihre Tochter, die sie vor zweiundzwanzig Jahren zur Adoption freigegeben hat.»

Er legte ihr die Hand auf den Bauch. «Es gibt keinen Grund, warum du das nicht auch in Westchester tun könntest. Du arbeitest einfach Teilzeit bei der Zeitung dort. Wenn man dich hier mit dieser Geschichte beauftragt hat, warum nicht dort?»

Ich ziehe nicht nach Westchester, um dort bei deiner Familie nebenan zu wohnen, verdammt noch mal! «Ich möchte die Stadt nicht verlassen.» Er schüttelte den Kopf und setzte sich auf die Bettkante. «Tja, ich möchte das aber, Gem. Ich ziehe dieses Kind nicht in der Stadt groß. Das werde ich nicht tun.»

«Tja, und ich ziehe nicht nach Westchester.»

«Du bist so selbstsüchtig!», blaffte er.

«Bist du hierhergekommen, um mich anzuschreien?»

Er warf den Kopf in den Nacken und stöhnte auf. «Nein, Gemma, bitte entschuldige. Ich bin nur manchmal so verzweifelt. Wie sollen wir das nur lösen?»

Sie setzte sich neben ihn und nahm seine Hand, und er schloss seine fest um ihre. «Ich weiß es nicht. Ich weiß nur, dass ich die nächsten Wochen hierbleiben und an dieser Geschichte arbeiten möchte. Ich möchte mich langsam daran gewöhnen, schwanger zu sein, mich darauf einstellen. Es kommt so vollkommen unerwartet.»

«Dich darauf einstellen?» Er schüttelte den Kopf. «Weißt du eigentlich, was das für ein Glück ist, das wir da haben?»

Warum verstand er sie denn nicht?

Er seufzte. «Schön, stell dich darauf ein, wenn du das tun musst. Wenn du das brauchst, damit du erkennst, dass ein Umzug nach Dobbs Ferry für uns alle das Beste ist, dann tu es. Meine Familie kann uns unterstützen, auf das Kind aufpassen, uns Gesellschaft leisten. In der Gegend, die ich im Auge habe, gibt es viele junge Familien wie uns. Ich finde, wir würden dort perfekt hinpassen.»

«Ich aber nicht.»

Resigniert schloss er die Augen. Dann wechselte er abrupt das Thema. «Ich weiß gar nicht, wie du es in diesem winzigen Zimmerchen aushältst. Warum suchst du dir kein größeres?»

«June hat mir einen Freundschaftspreis für dieses Einzelzimmer gemacht», erklärte sie. «Die anderen Zimmer kosten fast zweihundert die Nacht, und ich wollte keinem voll zahlenden Gast das Zimmer wegnehmen. Außerdem gefällt es mir sehr gut. Es ist gemütlich. Isabel, Junes Schwester, die die Pension leitet, ist ganz wunderbar zu mir.»

«Ich vermisse dich, Gem.»

Ihre Augen füllten sich mit Tränen. «Ich vermisse dich auch.»

Er lehnte sich gegen das Kopfteil des Bettes. Dann zog er sie an seine Brust und schlang die Arme um sie. «Wir kriegen das hin.»

Aber wie?, fragte sich Gemma, und Caitlin Auermans erschöpftes Gesicht erschien vor ihrem inneren Auge.

13 Bea

In einem kleinen romantischen Restaurant am Hafen saß Bea Patrick gegenüber, dem hochgewachsenen, dunkelhaarigen, intelligenten zweiten Regieassistenten des Colin-Firth-Films. Er erzählte eine lustige Gesichte über einen berühmten Schauspieler, mit dem er einmal gearbeitet hatte, ohne Namen zu nennen. Sie fand es gut, dass er nicht damit Eindruck schinden wollte, welche Prominenten er kannte, und dass er nicht hinter ihrem Rücken über sie lästerte. Er sagte, dass einige der größten Filmstars zu den nettesten Menschen gehörten, die er je getroffen hätte, und das gefiel ihr. Sie mochte es, dass er ihr aufmerksam zuhörte, sie mochte die Wärme in seinem Blick. Sie mochte ihn. Er war achtundzwanzig Jahre alt und stammte aus Seattle, und er träumte davon, bei interessanten Dokumentarfilmen Regie zu führen. Er war schon an vielen Drehorten auf der ganzen Welt gewesen, aber trotzdem überhaupt nicht eingebildet. Je länger Bea ihn ansah, desto toller fand sie ihn. Er war exakt genauso groß wie sie – bei ihrer Körpergröße trug Bea selten hohe Absätze, um nicht alle zu überragen –, und er hatte schmale, blaue Augen, Sommersprossen und welliges, dunkles Haar – sehr sexy. Er hatte sie pünktlich in der Pension abgeholt, und sie waren gemeinsam zu dem bunt dekorierten Restaurant geschlendert, wo er einen Tisch für sie reserviert hatte, obwohl das um fünf Uhr noch gar nicht notwendig gewesen wäre.

Als der Kellner ihre Bestellungen aufgenommen hatte, hatte er Bea gebeten, ihm alles über sich zu erzählen, und sie hatte schon damit herausplatzen wollen, dass sie in weniger als drei Stunden zum ersten Mal ihre leibliche Mutter treffen würde, aber stattdessen erzählte sie vom Tod ihrer Adoptivmutter, wie sie in ihrer Trauer den Traum, Lehrerin zu werden, aus den Augen verloren hatte und dass es deshalb vielleicht im Grunde ein Segen war, dass ihr der Übergangsjob bei Crazy Burger gekündigt worden war.

«Und was verschlägt dich nach Boothbay Harbor, Maine?», fragte er und tunkte einen Tortilla-Chip in das Schälchen mit der köstlichen Salsa, das zwischen ihnen stand.

Sie erzählte von dem Brief ihrer Mutter. Von den Wochen, die sie damit verbracht hatte, durch Boston zu laufen und hin und her zu überlegen, ob sie ihre leibliche Mutter suchen sollte. Und wie sie dann schließlich beschlossen hatte, nach Maine zu fahren, um sie zu treffen. «Ich nenne auch keine Namen, aber der Grund, weshalb ich am Set herumgelungert habe, ist, dass meine leibliche Mutter – die ich heute Abend zum ersten Mal in meinem Leben treffen werde – Komparsin bei euch ist. Ich habe herausgefunden, dass sie an diesem Film mitwirkt, und wollte mich mal umschauen.»

Er hob das Margarita-Glas. «Wow. Ich bewundere dich, Bea. Das erfordert wirklich Mumm. Das alles. Besonders wenn man von so einem Hammer wie diesem Brief getroffen wird. Hast du dich inzwischen ein wenig an die neue Situation gewöhnen können?»

«Ich glaube schon. Manchmal habe ich das Gefühl, dass das alles nicht wahr sein kann, aber dann nehme ich Moms Brief, lese ihn noch einmal und weiß dann wieder, dass es alles stimmt.»

«Da tut es mir noch mal so leid, dass unser Produktionsassistent dich gestern so schlecht behandelt hat. Andererseits, wenn er nicht so grob gewesen wäre, hätte ich nichts von eurem Streit mitbekommen, und dann hätte ich dich überhaupt nicht gesehen. Und darüber bin ich ziemlich froh.»

Sie lächelte. «Ich auch.»

Als ihre Vorspeisen kamen – Enchiladas Suizas mit Béchamelsoße für Bea und Steak-Fajitas für Patrick –, plauderten sie über Gott und die Welt, über die Filme und Bücher, die sie beide liebten und hassten, über Länder, die sie schon bereist hatten – darin schlug er Bea bei weitem –, bis hin zu den merkwürdigsten Gerichten, die sie je probiert hatten. Bea beschrieb ihm, wie sie ihre Vesuv-Burger hatte nachmessen müssen, damit sie exakt zehn Zentimeter hoch waren, und er erzählte ihr von dem Filmset in der Nähe des echten Vesuvs in Italien. Es war so leicht, mit ihm zu plaudern, es fühlte sich so natürlich an, und Bea hatte das Gefühl, zum ersten Mal seit langem – vielleicht seit Monaten – wieder richtig zu lachen.

Nach dem Abendessen tranken sie Kaffee, teilten sich eine Portion Zimt-Churros, und traten danach hinaus auf die Dachterrasse, von der aus man über die ganze Bucht schauen konnte. Sie versuchten, einen Krebs aus dem Aquarium zu holen, aber ein Achtjähriger war schneller und fischte ihn heraus, ohne gezwickt zu werden.

Bea bot Patrick an, ihn zum Filmset zurück zu begleiten, zumal das Haus ihrer leiblichen Mutter ganz in der Nähe lag und sie nicht mehr viel Zeit bis zu ihrem Treffen hatte. «Ich kann es kaum glauben, dass ich ihr in weniger als einer Stunde gegenüberstehen und mit ihr sprechen werde.»

«Ich würde zu gern hören, wie es gelaufen ist», sagte Patrick. «Morgen wird ein ziemlich stressiger Tag, aber vielleicht hast du Lust, am Samstag gegen eins auf ein kurzes Mittagessen zu meinem Wohnwagen kommen? Ich könnte dich mit dem Buffet beeindrucken.»

Bea lächelte. «Das würde mich freuen.»

Er lächelte zurück und nahm ihre Hand, und die Vertrautheit, die Wärme der Berührung erschreckten sie fast. Oh ja, sie mochte diesen Mann.

Sie näherten sich den Wohnwagen, bei denen viel mehr los war als gestern. Überall liefen hektisch Menschen herum, und ein Mann rief: «Hey, Leute, Colin Firth gibt vor dem O'Donald's Autogramme!»

Sofort rannte eine Menschenmenge zu dem kleinen Pub, aber davor stand nur eine ältere Frau, die zwei Möwen mit Brotkrümeln aus ihrer Tüte fütterte. Sie kreischte auf, als sie den Pulk bemerkte, der auf sie zu lief. Ein Mann trat aus dem Pub – ebenfalls nicht Colin Firth – und sprang zwischen sie und die Menge. «Passt auf, Leute», schrie er. «Überrennt die Dame nicht.»

«Ist Colin Firth dadrin?», schrie eine Frau.

«Der einzige Colin Firth dadrin ist mein besoffener Onkel, der aus Schottland hier auf Besuch ist», entgegnete der Mann. «Was ist das hier für ein Unsinn?»

Bea warf einen Blick auf den Mann, der die Colin-Firth-Autogrammstunde verkündet hatte. Er war um die vierzig, hochgewachsen, sehr dünn, möglicherweise ein wenig angetrunken und grinste breit. Er sah aus wie der Mann, der sich mit Veronica im Diner hatte verabreden wollen.

«Tut der so, als hätte er irgendwo Colin Firth gesichtet, damit die Leute wie die Verrückten losrennen?»

Patrick folgte ihrem Blick. «Muss wohl, denn Colin Firth ist noch nicht einmal im Land. Er kommt frühestens in ein paar Tagen.»

Bea schaffte es kaum noch, Patrick für das Abendessen zu danken, denn schon kamen drei Mitarbeiter mit dringenden Fragen auf ihn zugeeilt.

«Bis Samstag dann», sagte er und gab ihr einen sehr schnellen, süßen Kuss auf die Lippen.

«Bis Samstag», lächelte Bea und schaute ihm nach, wie er zur Wildblumenwiese lief, wo sich eine Gruppe Leute um eine der Kameras scharte.

Bea hörte ein lautes Schnauben, und dann sagte eine bekannte Stimme: «Sag hinterher nicht, dass ich dich nicht gewarnt hätte.»

Sie wandte sich um und sah Tyler Echols, der auf einem Regiestuhl neben seiner kleinen Schwester Maddy saß. Auf ihrem Schoß lag geöffnet *Wer die Nachtigall stört,* aber sie schaute überallhin, nur nicht in ihr Buch.

«Ich kenn dich doch noch nicht einmal», sagte Bea. Was war nur los mit diesem Typen?

«Oh hey, bist du nicht die, die alles darüber weiß?», fragte Tylers Schwester und wedelte mit ihrem Buch in der Luft herum. «Weißt du, wer dieser Boo ist?»

Bea lächelte sie an. «Boo Radley. Er ist der menschenscheue Einsiedler in Maycomb. Weil ihn niemand je gesehen hat, aber alle wissen, dass er sich seit seiner Kindheit im Haus seiner Familie verkrochen hat, kursieren allerhand Gerüchte über ihn. Die übrigens alle falsch sind. Boo ist schließlich die Rettung für die Kinder. Seine Charakterisierung zeigt deutlich den Schaden, den Gerüchte und Vorurteile anrichten können.»

Maddy setzte sich auf. «Wirklich? Ich hasse Klatsch. Vor ein paar Monaten hat jemand ein Gerücht über ein Mädchen an meiner Schule in die Welt gesetzt, und nach den Frühjahrsferien ist sie nicht mehr zurückgekommen. Vielleicht lese ich doch ein bisschen weiter, bis ich zu ihm komme.»

Bea lächelte. «Es ist ein tolles Buch. Ehrlich. Von vorn bis hinten.»

«Oh mein Gott, ist das da hinten etwa Christopher Cade?», rief Maddy und starrte in Richtung des großen, gutaussehenden Schauspielers, der auf der Wildblumenwiese stand und von Leuten mit Kopfhörern und Klemmbrettern umringt war.

«Mehr lesen, weniger Stars anglotzen», ermahnte Tyler seine Schwester und schob dabei seine Drahtbrille hoch.

Maddy rollte mit den Augen. «Ich hab sein Autogramm sowieso schon.» Sie widmete sich wieder ihrem Buch, schaute aber immer wieder hoch, um den gutaussehenden jungen Schauspieler zu beobachten.

Tyler tat wieder so, als ob Bea gar nicht da wäre, obwohl sie nur einen halben Meter vor ihm stand. Sie sah auf ihre Armbanduhr. Wenn das so war, konnte sie auch schon zu Veronica gehen.

«Viel Glück mit dem Buch», sagte sie zu Maddy, ohne Tyler zu beachten, und machte sich mit klopfendem Herzen auf den Weg zum Hafen.

• • • • •

Bea stand auf Veronica Russos kleiner Veranda und starrte die rote Haustür an. Sie hatte noch nicht geklingelt.

Sie schaute zum Himmel auf, schloss die Augen und

dachte an ihre Mom. Wie Cora Crane es wohl fände, wenn sie wüsste, dass sie vor der Tür ihrer leiblichen Mutter stand, dass sie die Frau treffen würde, deren Existenz Cora ihr all die Jahre lang verschwiegen hatte? Ihre Mom musste gewusst haben, dass Bea ihre leibliche Mutter suchen würde. Sie war erst zweiundzwanzig und konnte solch eine Eröffnung nicht einfach auf sich beruhen lassen, ohne etwas zu unternehmen. Sonst würde sie verrückt werden, ständig darüber nachdenken, Vermutungen anstellen, Vorstellungen nachhängen und unablässig darüber nachgrübeln. Es war richtig, hier zu sein. Ja, Cora Crane hatte ihr die Wahrheit verheimlicht, aber ganz zum Schluss hatte sie eben doch gewollt, dass Bea sie erfuhr. Es lag an Bea, etwas daraus zu machen. Sie wusste, dass ihre Mutter das in Kauf genommen hatte, als sie den Brief schrieb. Cora hatte sich Seelenfrieden gewünscht. Bea berührte das kleine goldene Kettchen mit dem Herzmedaillon, das sie niemals ablegte – ihre Mutter hatte es ihr zum sechzehnten Geburtstag geschenkt –, und auch jetzt hatte sie das Gefühl, ihre Mom sei bei ihr.

Ich liebe dich, Mom, dachte sie und schaute wieder in den Himmel. Es begann schon zu dämmern.

Sie drückte auf die Klingel und hielt die Luft an.

Die Tür öffnete sich, und da stand Veronica Russo, die nach Luft schnappte und die Hand auf den Mund legte.

Sie schaute Bea eine ganze Weile an. «Ach, du meine Güte, du meine Güte», sagte sie dann, und ihre Augen füllten sich mit Tränen. «Es ist so schön, dich zu sehen, Bea. Ich glaube nicht, dass ich diese Worte in meinem ganzen Leben jemals so ehrlich gemeint habe.»

Bea lächelte. «Ich freue mich auch, dich zu sehen.»

Sie versuchte, Veronica nicht anzustarren, aber es fiel ihr

schwer. Sie war ihrer Mutter nicht gerade aus dem Gesicht geschnitten, aber sie erkannte einiges von sich in ihren Zügen und in ihrer Gestalt wieder, sodass sie unwillkürlich nach Einzelheiten forschte – die gerade, fast spitze Nase, der etwas zu groß geratene Mund, das fast glatte, nur ganz leicht gewellte Haar, das allerdings eine andere Farbe hatte.

Veronica war eine schöne Frau. Sie trug ein lavendelfarbenes Shirt, das am Ausschnitt bestickt war, einen weißen, gerüschten Rock und flache Sandalen. Dazu goldene Armreifen an einem Handgelenk und eine Armbanduhr am anderen.

Bea hatte mehr als eine halbe Stunde ihren provisorischen Kleiderschrank durchwühlt, um die richtige Kleidung für das erste Treffen mit ihrer leiblichen Mutter zu finden. Schließlich hatte sie sich für ihre engen weißen Jeans und ein gelbseidenes Trägerhemdchen entschieden.

Veronica führte Bea ins Wohnzimmer, wo sie ein großes Tablett auf den Kaffeetisch gestellt hatte. Darauf standen ein Kuchen, eine kunstvoll verzierte Teekanne und Tassen. «Wollen wir uns auf das Sofa setzen?», schlug sie vor.

Sie setzten sich jeweils ans gegenüberliegende Ende. Beide kneteten unsicher die Hände. Schließlich schob Bea ihre unter die Oberschenkel, um sie ruhig zu halten, und schaute sich im Zimmer um. Gemütlich, heimelig. Das Sofa war mit eierschalenfarbenem Samt bezogen. Bunte Kissen lagen darauf, und im rechten Winkel dazu stand ein passender Zweisitzer. Ein vollgestopftes Bücherregal nahm die eine Wand ein, ein gemauerter Kamin eine andere. Bea schaute sich alles genau an, nur um nicht Veronica anzustarren.

«Ich will ehrlich sein», sagte sie schließlich. «Ich bin hier im Vorteil, weil die Adoptionsstelle mir deine Kontaktdaten gegeben hat. Sie haben mir auch gesagt, wo du arbeitest. Also bin ich letzten Samstag als Erstes zum Best Little Diner gegangen, sofort nachdem ich hier angekommen war. Ich wollte dich nur mal aus der Entfernung sehen, wenn du verstehst, was ich meine.»

Veronica wirkte ein wenig erschrocken, sagte aber: «Doch, das verstehe ich. Ich hätte sicher dasselbe getan.» Sie nahm die Teekanne und fragte: «Tee?»

Bea nickte, und Veronica schenkte ihr ein. Bea bemerkte, dass ihre Hände ein wenig zitterten. Bea goss etwas Sahne in ihren Tee und nahm ein Stück Würfelzucker dazu, dann hob sie das hübsche Tässchen zum Mund, um ihren eigenen zittrigen Händen eine Beschäftigung zu geben. Der Duft des Earl Grey beruhigte sie etwas.

Als Bea hochsah, starrte Veronica sie an, schaute jedoch schnell weg. «Du kannst mich ruhig anschauen», sagte Bea. «Ich konnte dich ja schon anstarren, als ich im Diner war. Du bist mir vertrauter als ich dir, zumindest äußerlich.»

«Du hast meine Augen», bemerkte Veronica. «Und die Größe natürlich.»

«Und die Haare habe ich von meinem Vater?»

Veronica schien plötzlich zu zögern, aber vielleicht kam es Bea auch nur so vor. «Ja», antwortete sie dann und schaute weg.

Keine Erklärung. Wollte sie nicht über ihn reden? War ihre Beziehung schon während Veronicas Schwangerschaft auseinandergegangen? Oder war er bis zur Niederkunft bei ihr geblieben, dann aber vor dem Stress mit dem Neugeborenen geflohen? Bea war so neugierig, aber sie spürte, dass es besser war, sich erst einmal an Veronicas Tempo zu halten, zumal es ja das allererste Treffen war.

Bea nahm einen Schluck Tee. «Es gibt so viel, was ich dich fragen möchte, ich weiß gar nicht, wo ich anfangen soll. Wie alt warst du denn, als du mich bekommen hast?»

«Sechzehn. Fast siebzehn.» Veronica stellte zwei kleine Teller vor sie hin. «Möchtest du Kuchen? Es ist Schokoladencremetorte.»

Sie will nicht über sich sprechen, begriff Bea. Sie spürte, dass Veronica auf ihre Fragen antworten würde, aber ihre ganze Körpersprache, die steifen Schultern, der angespannte Gesichtsausdruck deuteten darauf hin, dass es ihr sehr schwer fallen würde.

«Sehr gern», sagte Bea. «Ich hatte schon ein Stück von deiner Schokoladencremetorte, als ich im Diner war. Da habe ich auch herausgefunden, welche von den Kellnerinnen du warst. Eine deiner Kolleginnen hat mit dir gesprochen und gesagt, dass deine Kuchen unwiderstehlich sind.»

Veronica lächelte. «Ja, ich bin sozusagen stadtbekannt für meinen Kuchen.»

«Und ich verstehe auch, warum», sagte Bea und nahm einen Bissen. «Ist der Name Russo eigentlich italienisch?», fragte sie dann. Wahrscheinlich war es besser, mit den neutralen Fragen zu beginnen.

«Ja. Die Familie meines Vaters kommt aus Norditalien, aus Verona, genau wie bei Romeo und Julia. Die Familie meiner Mutter stammt aus Schottland.»

«Und die Familie meines leiblichen Vaters?», fragte Bea.

«Auch aus Schottland», antwortete Veronica. «Das weiß ich, weil das etwas war, was wir gemeinsam hatten. Wir haben zusammen an einem Projekt über unsere Vorfahren in der Schule gearbeitet. So haben wir uns kennengelernt.»

Italienisch und schottisch. Kein einziger Tropfen irisches

Blut, wie bei den beiden Cranes. Wegen ihres hellblonden Haars, der blassbraunen Augen und der hellen Haut hielt man Bea oft für eine Skandinavierin.

«Wie lange seid ihr denn zusammen gewesen?», fragte sie jetzt.

Veronica nahm einen Schluck Tee. «Sechs Monate.»

«Hast du ihn geliebt?»

«Das dachte ich jedenfalls», sagte Veronica. «Doch, das habe ich.»

Bea wartete auf eine Erklärung, aber Veronica bedachte sie nur mit einem angespannten Lächeln und nahm noch einen Schluck Tee.

Bea aß von ihrem Kuchen und legte dann ihre Gabel auf den Teller. «Wie haben deine Eltern die Nachricht denn aufgenommen? Dass du schwanger warst, meine ich.»

«Na ja, das war nicht gerade optimal», antwortete Veronica. «Sie haben reagiert, wie es unter den Umständen vermutlich die meisten Eltern tun würden.»

«Sie waren aufgebracht?»

Veronica nickte. «Ich war sechzehn, und mein Leben als normale Schülerin war plötzlich vorbei. Daran hatten sie ganz schön zu knacken. Meine Eltern hatten große Erwartungen in mich. Ich sollte studieren, Karriere machen, heiraten und Kinder bekommen, in dieser Reihenfolge.»

«Und mein leiblicher Vater», fragte Bea, die einfach noch einmal nachhaken musste. «War er auch wütend?»

Veronica goss sich Tee nach, obwohl ihre Tasse noch beinahe voll war. Offenbar versuchte sie, Zeit zu gewinnen. «Er war ziemlich erschrocken», sagte sie schließlich.

«Hast du ein Foto von ihm?», fragte Bea.

Veronica setzte ihre Tasse so heftig ab, dass sie sie beinahe fallen gelassen hätte. «Habe ich. Aber nur eins. Ich bewahre es in einer Kiste mit Andenken auf. Während der Schwangerschaft habe ich es einmal herausgeholt und es mir angesehen. Aber dann habe ich es umgedreht, es ganz unten in die Schachtel gelegt und nie wieder angefasst.»

Bea biss sich auf die Unterlippe. Jetzt war wohl nicht der richtige Zeitpunkt, darum zu bitten, es sich ansehen zu dürfen. «Er muss dich sehr verletzt haben.»

«Na, das ist ja jetzt alles längst vorbei», entgegnete Veronica ein wenig zu heiter.

«Veronica, darf ich dich etwas fragen?» Bea sah, wie ihre Mutter sich innerlich zu wappnen schien. «Magst du mir nicht so recht von damals erzählen, weil es dir zu sehr weh tut? Oder vielleicht um mich zu schützen? Meine Gefühle zu schonen?»

«Ich glaube, von beidem ein bisschen, vor allem Letzteres. Das ist immerhin deine Geschichte. Und du bist den ganzen Weg hierhergekommen, um sie kennenzulernen. Ich würde dir gern nur die wichtigsten Dinge erzählen, ohne die unangenehmen Einzelheiten.»

Die unangenehmen Einzelheiten gehörten aber auch dazu. Bea wollte die ganze Wahrheit. Keine Ausweichmanöver, keine Auslassungen. Jetzt nicht mehr.

«Ich komme damit zurecht», sagte Bea. Sie hatte beide Eltern begraben. Sie hatte mit zweiundzwanzig erfahren, dass sie adoptiert war. Sie würde mit so ziemlich allem zurechtkommen.

Veronica nickte. «Es fällt mir nicht leicht, über meine Vergangenheit zu sprechen, vor allem, weil ich sonst niemals darüber rede. Ich musste diesen Teil meines Lebens praktisch vor zweiundzwanzig Jahren in die hinterste Schublade meiner Erinnerung packen und abschließen, sonst wäre ich verrückt geworden.»

«Weil es so schmerzhaft war?»

«Meine Eltern haben die Nachricht von meiner Schwangerschaft nicht gut aufgenommen. Dein Erzeuger auch nicht. Sie haben mich in ein Heim für schwangere Minderjährige gesteckt, und in den siebeneinhalb Monaten, die ich dort verbrachte, hat mich keiner von ihnen jemals besucht. Selbst heute noch kann ich das kaum aussprechen – die Vorstellung, dass du das jetzt in deinem Kopf hast, kann ich kaum ertragen. Dass deine Blutsverwandten wirklich nicht gerade ... eine Hilfe waren.»

«Du hattest damals niemanden?»

Veronica schüttelte den Kopf. «Ich hatte eine wunderbare Großmutter – die Mutter meines Vaters, Renata Russo. Aber sie ist gestorben, bevor ich erfuhr, dass ich schwanger war. Wenn sie noch gewesen wäre, wäre damals sicher alles anders gekommen.»

«Glaubst du, du hättest mich behalten, wenn deine Großmutter noch am Leben gewesen wäre?»

Veronica atmete einmal tief durch. «Vielleicht. Ich weiß es wirklich nicht genau.»

«Es ist verrückt, wenn ich mir vorstelle, dass ich ein ganz anderes Leben, eine vollkommen andere Kindheit hätte haben können. Eine andere Mutter.»

Veronica schien erleichtert zu sein, dass es jetzt nicht mehr um sie, sondern um Bea ging.

«Hast du viel darüber nachgedacht, als du aufgewachsen bist?»

«Ich wusste gar nicht, dass ich adoptiert bin. Ich habe es erst vor einem Monat erfahren. Meine Eltern haben es mir nie erzählt. Mein Vater starb, als ich neun war, und meine Mutter ist letztes Jahr gestorben. Sie hat mir einen Brief mit ihrer Totenbettbeichte geschrieben und es so arrangiert, dass ich ihn erst ein Jahr nach ihrem Tod bekam. Sie wollte, dass ich die Wahrheit so erfahre, weil sie es zu Lebzeiten nicht über sich bringen konnte, es mir zu erzählen.»

Veronica sah sie unverwandt an. «Du meine Güte. Das muss ja ein Schock gewesen sein.»

«Das war es», bekräftigte Bea.

«Wie war deine Mutter?», fragte Veronica.

«Sie war die Beste. Die Allerbeste.»

Veronica lächelte. «Gut.» Tränen glitzerten in ihren Augen. «Das habe ich immer gehofft. Dass du an einem sicheren Ort bist, mit wunderbaren und liebevollen Eltern.»

Die Gesichter ihrer Eltern tauchten vor Beas innerem Auge auf. Gott, wie sie sie vermisste! Und ja, sie war all die Jahre tatsächlich an einem sicheren Ort gewesen und hatte wunderbare, liebevolle Eltern gehabt.

Bea stand abrupt auf. Sie wollte jetzt gehen. Das alles hier war doch verrückt. Was wollte sie überhaupt hier mit dieser ... Fremden? Denn Veronica Russo war eine Fremde. Eine vollkommen fremde Person. Cora Crane war Beas Mutter. Keith Crane ihr Vater. Mehr musste sie nicht wissen.

Warum hatte ihre Mutter die Vergangenheit nicht ruhenlassen können?, fragte sich Bea plötzlich. Sie spürte, wie sich in ihrer Brust wieder dieser hohle Druck aufbaute. Bea hätte einfach so weitergemacht, wenn sie es nicht erfahren hätte, sie hätte, glücklich und zufrieden, einfach nicht gewusst, dass sie in Wirklichkeit eine ganz andere Person war. Dass sie italienische und schottische Vorfahren hatte, aber keinen Tropfen irisches Blut in ihrem Körper. Dass sie auf die Welt gekommen war, weil diese Frau, die nur einen halben Meter von ihr entfernt auf dem Sofa saß, als Teenager ungewollt schwanger geworden war.

Sie brauchte jetzt frische Luft. Eine Pause von alldem. Sie musste allein sein, um es zu verdauen – auch wenn sie gar nicht so viel Neues erfahren hatte. Aber sie hatte plötzlich das Gefühl, als sei ihre Haut zu eng für ihren Körper geworden.

Veronica stand ebenfalls auf. «Ist alles in Ordnung?»

«Ich gehe jetzt lieber», sagte Bea.

«Hoffentlich habe ich dich nicht verschreckt. Zu viel gesagt. Oder zu wenig. Ich will deine Fragen gern beantworten. Ich will dich nur nicht überfordern.»

«Mit der Wahrheit?», fragte Bea.

«Ja.»

«Genau diese Einstellung hat dazu geführt, dass ich jahrelang gar nicht wusste, dass ich adoptiert wurde», bemerkte Bea, vielleicht ein wenig zu schroff. «Wenn ich es schon immer gewusst hätte, wäre es vielleicht ein bisschen leichter.» Plötzlich wünschte sie sich nicht mehr, nie davon erfahren zu haben. Sie wusste gar nicht mehr, was sie dachte. Was sie fühlte. Sie wusste nur, dass sie frische Luft brauchte. Sie musste gehen.

«Ich verstehe, Bea.»

Bea hasste diesen besorgten Blick. Du bist eine Fremde, wollte sie schreien. Eine vollkommen fremde Person.

«Wenn du bereit bist», sagte Veronica, «und wenn du möchtest, würde ich dich gern wiedersehen. Ich würde sehr gern mehr über dich erfahren.»

Bea versuchte zu lächeln, aber sie war so nervös und fühlte sich unbehaglich.

«Ich rufe dich an.» Sie klang genau wie diese unverbindlichen Typen nach einer mittelmäßigen Verabredung. «Danke für den Kuchen», fügte sie hinzu, nahm ihre Tasche und ging zur Tür. Veronica öffnete sie für sie, und Bea hastete hinaus. Sie wusste, dass Veronica ihr nachsah.

Oh verdammt, dachte sie, als sie schon die Auffahrt hinunterfliehen wollte. Sie hatte vergessen, Veronica von dem Artikel über das Heim der Guten Hoffnung zu erzählen. Also drehte sie sich noch einmal um und sagte: «Das hätte ich beinahe vergessen. Ich habe vom Heim der Guten Hoffnung aus meiner Geburtsurkunde erfahren, und als ich vor ein paar Tagen dorthin gefahren bin, habe ich eine Journalistin getroffen, die einen Artikel zum fünfzigjährigen Bestehen des Heims schreibt. Ich habe ihr meine Geschichte erzählt, aber natürlich nicht deinen Namen erwähnt. Trotzdem wollte ich dir sagen, dass ich mit ihr gesprochen habe. Sie wohnt in derselben Pension wie ich. Sie hat mir dort einen Aushilfsjob verschafft, mit Unterkunft.»

Veronicas Augen weiteten sich. «Dann bleibst du eine Weile hier in der Stadt?»

«Ein paar Wochen auf jeden Fall», sagte Bea. Freute sich Veronica darüber? Oder machte sie sich Sorgen?

«Es ist besser, dass du der Journalistin nicht erlaubt hast, meinen Namen zu verwenden. Ich bin hier in der Stadt recht bekannt, weil ich in diesem beliebten Diner arbeite, und natürlich wegen meiner Kuchen. Aber eigentlich lebe ich eher zurückgezogen. Ich glaube, ich würde ungern in einer Zeitung über meine persönliche Vergangenheit lesen.»

«Bist du sauer, dass ich mich von ihr habe befragen lassen?»

«Nein, überhaupt nicht.»

«Ich glaube, sie ist vor allem an der Gegenwart interessiert, was uns angeht», erklärte Bea. «Sie würde sehr gern auch mit dir sprechen, das weiß ich.»

«Ich weiß nicht genau, ob ich dazu bereit bin», sagte Veronica.

«Das verstehe ich. Tja, auf Wiedersehen dann!»

«Auf Wiedersehen», sagte Veronica, und Bea sah erneut Tränen in ihren Augen glitzern, obwohl sie sich sichtlich bemühte, sie zu verbergen.

14 Veronica

Veronica schloss die Tür hinter Bea. Ein Teil von ihr wollte ihrer Tochter hinterherlaufen, sie fest an sich drücken und sie bitten zurückzukommen, ein Teil wollte niemals mehr eine von Beas Fragen beantworten müssen.

Bea ähnelte Veronica und Timothy so sehr. Sie hatte Timothys blonde Haare, die Gesichtsform und der Ausdruck waren genau wie seine, aber die Züge waren Veronicas. Die runden, hellbraunen Augen. Die gerade, etwas spitze Nase. Der breite Mund. Sie hatte ein angedeutetes Grübchen am Kinn, wie Timothy. Sie war groß, wie sie beide. Feingliedrig, wie Veronica.

Du hast meine Nase, hatte Veronica die ganze Zeit denken müssen, als sie Bea gegenübersaß und sich bemühte, sie nicht anzustarren. Und meinen Mund. Ich sehe mich selbst in deinem Gesicht.

Jedes Mal, wenn Bea gelächelt hatte, was nicht sehr oft gewesen war, hatte sie ihr eigenes Lächeln gesehen, nur mit Timothys großen, geraden weißen Zähnen.

Sie setzte sich zurück aufs Sofa und starrte die Tasse an, auf der Bea eine zarte beerenfarbene Lippenstiftspur hinterlassen hatte.

Das Telefon klingelte, und Veronica wäre nicht rangegangen, wenn es nicht Bea hätte sein können. Vielleicht wollte sie sich für ihren überhasteten Aufbruch entschuldigen?

Aber es war Nick DeMarco. Die Erleichterung lockerte ihre angespannten Schultermuskeln.

«Ich wollte mich nur kurz melden und fragen, wie es dir geht», sagte er vorsichtig. «Ob du mit deiner Tochter gesprochen hast.»

Veronica brach in Tränen aus. Und plötzlich konnte sie einfach nicht mehr aufhören. Sie saß da, hielt den Telefonhörer in der Hand und weinte. Sie konnte kein Wort herausbringen.

«Veronica, ich komme vorbei. Bleib, wo du bist», sagte er.

Sie legte auf und vergrub das Gesicht in den Händen. Du bist einfach nur überwältigt, das ist alles, sagte sie sich.

Sie ging ins Badezimmer, um sich ein Papiertaschentuch zu holen, und tupfte sich die Tränen ab, aber wenn sie in den Spiegel schaute, konnte sie nur noch daran denken, wie sehr Bea ihr ähnelte, dass die junge Frau, die noch vor fünfzehn Minuten auf ihrem Sofa gesessen hatte, dasselbe kleine sechs Pfund schwere Bündel war, das sie vor zweiundzwanzig Jahren im Krankenwagen an ihre Brust gedrückt hatte.

Es klingelte, und als Veronica die Tür öffnete und Nick sah, wie er in seinen Jeans und dem dunkelgrünen Henley-T-Shirt dastand, waren alle anderen Gedanken beinahe wie fortgewischt. Sein Blick versprach Veronica alles, was sie jetzt brauchte – Besorgnis, Neugier ... echtes Interesse vor allem. Sie hatte ein paar Freunde in Boothbay gefunden, und sie konnte gut mit Shelley reden, aber meistens blieb sie doch für sich. Sie sprach nie über das Baby, das sie zur Adoption freigegeben hatte, oder über die Reisen, die sie in den letzten zwanzig Jahren unternommen hatte. Aber Nick wusste davon, sie brauchte ihm nichts erklären. Und da stand er nun in der Tür mit seinen breiten Schultern und dem warmen Lächeln.

Sie war geradezu überwältigt von dem Bedürfnis, sich von ihm umarmen und festhalten zu lassen. Das war verrückt, aber sie wünschte es sich mehr als alles andere – und das machte ihr Angst. Sie verließ sich doch sonst auf niemanden.

«Veronica. Wie geht es dir?», fragte er.

Sie lächelte verzagt und trat zur Seite, um ihn hineinzulassen. «Ich könnte einen Kaffee gebrauchen. Oder ein Glas Wein.»

«Ich nehme das, was du nimmst», sagte er. «Leigh übernachtet heute bei einer Freundin und geht morgen früh von dort aus zur Schule, also habe ich keine Eile.»

«Wie läuft es denn mit den Großeltern?», fragte Veronica und ging in die Küche voran.

«Sie rufen Leigh jeden Tag an – manchmal denke ich, sie tun es mehr, um mich zu kontrollieren, als um sich von ihr erzählen zu lassen, dass sie das große Einmaleins als Hausaufgabe aufhatte. Und heute hat sie ihnen erzählt, dass sie bei ihrer Freundin schläft, nachdem sie gestern schon bei ihnen übernachtet hat. Jetzt glauben sie natürlich, dass ich sie dazu gedrängt habe, damit ich ‹Damenbesuch› empfangen kann.»

«Oh Nick, es tut mir so leid, dass du mit diesem Druck fertigwerden musst. Es ist wahrscheinlich schon schwierig genug, ein Mädchen allein aufzuziehen.»

«Um ehrlich zu sein, ist es gar nicht so schlimm. Vor allem natürlich, weil Leigh so ein großartiges Kind ist, aber es läuft auch wirklich gut mit uns zu Hause. Wir haben einen festen Tagesablauf, wir haben eine wunderbare Beziehung. Ich gebe ihr, was sie braucht, ich bin für sie da. Aber weil ich nicht ihre Mutter bin und weil wir solchen Ärger nach ihrem Tod hatten und ich zwei Jahre lang der Feind war, führen meine Schwiegereltern jetzt über meine Fehler Buch.»

Im Wandschrank fand Veronica eine Flasche Wein, die Shelley ihr letztes Jahr zu Weihnachten mitgebracht hatte. Sie trank normalerweise nicht viel, aber jetzt konnte sie einen Schluck Rotwein gut vertragen. «Ich glaube, uns tut jetzt beiden ein Gläschen gut.»

Nick setzte sich zu ihr an den runden Tisch am Fenster, und für einen Moment nahm der Anblick des Mondlichts auf seinem schwarzen Haar Veronica ganz gefangen.

«Na, lassen wir mein verrücktes Leben. Erzähl mir lieber von deiner Tochter. Habt ihr euch schon getroffen?»

«Gerade eben. Sie ist großartig.» Veronica setzte sich ihm gegenüber und reichte ihm ein Glas Wein. «Hübsch. Sie wirkt sehr intelligent, höflich und freundlich. Aber sie wusste bis vor einem Monat gar nicht, dass sie adoptiert war. Ihre Mutter hat ihr auf dem Totenbett einen Brief geschrieben, den sie erst jetzt bekommen hat.»

Er hob die Augenbrauen. «Ihre Eltern sind beide tot?»

Veronica nickte. «Ich kann mir kaum vorstellen, wie erschütternd dieser Brief gewesen sein muss. Sie muss doch alles, was sie über sich selbst wusste, nachträglich in Frage gestellt haben.»

«Sie hatte sicher eine Menge Fragen an dich.»

«Gott, ich hatte ja keine Ahnung, wie schwierig es sein würde, sie alle zu beantworten. Ich mag ihr einfach nicht erzählen, wie furchtbar es damals war, wie mich meine Eltern behandelt haben, wie ihr Vater mit mir umgegangen ist ... wie vollkommen allein ich war.»

Er nahm einen Schluck Wein und schaute auf die Tischplatte. Dann hob er den Blick und sah sie voller Mitgefühl an. «Sechzehn Jahre. Du musst solche Angst gehabt haben.»

Sie nickte. «Das hatte ich auch. Manchmal, wenn ich an

die Zeit zurückdenke, frage ich mich, wie ich das überhaupt alles durchgestanden habe.»

Er schüttelte den Kopf und schwieg einen Moment lang. «Ich erinnere mich daran, wie Timothy uns in der Clique erzählte, dass seine Freundin behauptete, schwanger von ihm zu sein, und dass das auf keinen Fall wahr sein könne. Damals wusste ich nicht, was ich denken sollte.»

Sie spürte, wie die alte Scham, die alte Verlegenheit in ihr hochkam. «Wegen meines Rufes?»

«Quatsch. Einfach weil Timothy mein Freund war und ich dich gar nicht kannte. Er hat dich ja nie mitgebracht.»

Veronica nickte. «Er hat mir damals erzählt, dass er nicht wollte, dass ich seine Freunde kennenlerne, weil er so schrecklich fand, was sie über mich dachten. Er sagte, dass er nichts daran ändern könne und dass ihm ohnehin niemand glauben würde, aber dass er mit mir zusammen sei, weil er mich wirklich mag, und nicht, weil ich ‹ihn ranlasse›.»

«So eng waren wir eigentlich auch gar nicht befreundet. Eigentlich war ich eher ein Freund seiner besten Freunde, wir haben über solche Sachen gar nicht geredet. Gott, es tut mir so leid, wie er mit dir umgegangen ist, Veronica.»

«Na ja, dann wurde ich schwanger und habe damit wohl meinen Ruf nur noch bestätigt. Die Schlampe hat einen Braten in der Röhre. Ich dachte, er würde zu mir stehen, allen erzählen, dass er der erste Mann in meinem Leben war, aber ich glaube, er war selbst so erschrocken, vielleicht auch verängstigt, dass er nur zu gern die Gerüchte über mich geglaubt hat, damit er abhauen und so tun konnte, als habe er mit alldem nichts zu tun.»

«Also hat er überall herumerzählt, dass er nicht der Vater sei, dass es nicht von ihm sein konnte.»

Veronica nickte. «Ich habe ihn nie wieder gesehen oder von ihm gehört. Kein einziges Wort. Einen Tag nachdem ich ihm gestand, dass ich schwanger bin, haben sie mich fortgeschickt, ins Heim der Guten Hoffnung. Meine Eltern wuschen ihre Hände in Unschuld und lehnten jede Verantwortung ab. Und als ich das Baby dann auf die Welt gebracht hatte, habe ich den Bundesstaat verlassen. Wie soll ich Bea all das bloß erklären?»

«Die Wahrheit ist leider manchmal unbequem.»

Veronica zuckte die Achseln und sah weg. «Als sie hier neben mir gesessen hat, konnte ich nur noch daran denken, dass sie einmal das kleine Bündel war, das ich zwei Minuten lang in den Armen halten durfte. Vollkommen unschuldig an den Umständen, unter denen sie auf die Welt gekommen war. Ich will nicht, dass sie die Wahrheit erfährt. Selbst wenn sie behauptet, dass sie das möchte.»

«Du bist ein guter Mensch, Veronica», sagte Nick, griff nach ihrer Hand und hielt sie fest. «Du wirst einen Weg finden, damit umzugehen.» Sie begann wieder zu weinen, und er war sofort bei ihr, half ihr hoch und umarmte sie fest.

Er hielt sie kaum fünfzehn Sekunden im Arm, aber es fühlte sich an wie eine Ewigkeit – im besten Sinne des Wortes. Er roch nach dezentem Aftershave, und seine Umarmung fühlte sich unvorstellbar gut an.

Sie entwand sich seiner Umarmung in der plötzlichen Angst, er könnte sie küssen. Sie wusste nicht, wie sie damit umgehen sollte. Allein die Vorstellung jagte ihr eine solche Angst ein, dass sie zum anderen Ende des Zimmers ging und ihm den Rücken zuwandte. Achtunddreißig Jahre alt und nicht in der Lage, sich einem Mann gegenüber normal zu benehmen. Meine Güte.

«Soll ich lieber gehen?», fragte Nick und lehnte sich gegen den Küchentresen, die Hände in den Taschen vergraben.

Sie wandte sich um. «Nein. Ich bin nur ...»

«Überwältigt?»

Sie nickte. «Genau das, ja.»

«Seine eigene Tochter zum ersten Mal zu treffen ist überwältigend, Veronica.»

Ja. Und genauso überwältigend ist es, von dir so in den Arm genommen zu werden.

«Ich habe das Gefühl, dass mir gleich der Kopf platzt», sagte sie.

«Wenn du dich leergeredet hast, könnten wir auch einfach nur dasitzen und einen Film anschauen oder so.»

Sie war überrascht. «Genau so fühle ich mich. Ganz leergeredet.»

«Na ja, langsam lerne ich, deinen Gesichtsausdruck zu deuten», sagte er.

Er schien nicht zu flirten. Stattdessen lag eine große Ernsthaftigkeit in seinem Blick. Mitgefühl. Bisher hatte sie ihn nicht so gut einschätzen können, und es machte Veronica ein wenig nervös, dass er sie offenbar so gut verstand.

«Einen Film schauen, das klingt perfekt. Das lenkt uns beide für ein paar Stunden von unserem Leben ab.» Ihr fiel der Film ein, den sie für heute Abend ausgeliehen hatte. «Hast du *A Single Man* gesehen? In dem es um einen Professor geht, der in den frühen 1960er Jahren um seinen Lebenspartner trauert? Ich habe es damals nicht geschafft, ihn im Kino zu sehen, aber jetzt, da ich als Komparsin in dem Colin-Firth-Film arbeite, will ich jeden seiner Filme gesehen haben. Er ist für diese Rolle sogar für den Oscar nominiert worden.»

«Ich wusste ja gar nicht, dass du dort als Komparsin arbeitest. Das ist ja toll. Wie ist das denn so?»

Sie erzählte ihm, dass sie eigentlich die meiste Zeit herumsitzen musste und dass man erst gestern die Szene auf der Wiese zu filmen begonnen hatte. «Ich musste eigentlich nur vorbeigehen und dabei auf meine Armbanduhr schauen, und selbst das hätte ich fast vermasselt.» Es war ja wohl unnötig zu erzählen, dass sie ein einziger Fingerzeig derart außer Fassung gebracht hatte. Für heute hatte sie genug von schwierigen Gesprächsthemen und Erinnerungen.

«Na, dann lass uns deinen neuen Job mit *A Single Man* feiern. Ich habe ihn auch noch nicht gesehen.»

Fünfzehn Minuten später saßen sie also im Wohnzimmer und schauten den Vorspann von *A Single Man*, jeder mit einem Stück Blaubeerkuchen und einer Tasse Kaffee vor sich. Wenn ihr jemand noch vor ein paar Wochen gesagt hätte, dass sie demnächst ihre Tochter treffen, Nick DeMarco in allen Einzelheiten ihre Lebensgeschichte erzählen und dann mit ihm einen Film schauen würde, während seine Füße auf dem Polsterhocker und sein Arm auf der Rückenlehne des Sofas lagen, sodass seine Finger ihre Schulter streiften, hätte sie laut gelacht. Aber genau das passierte gerade.

«Dieser Kuchen ist unverschämt lecker», sagte er und nahm einen weiteren Bissen. «Ist das einer von deinen speziellen Kuchen?»

«Ach nein, das ist nur der Glückskuchen. Nichts Besonderes.»

«Aber Glück ist doch was Besonderes.»

Sie lächelte ihn an und hatte das Gefühl, als wäre eine Last von ihren Schultern genommen – warum, wusste sie selbst nicht so genau. Sie wusste nur, dass sie nicht wollte, dass er jemals wieder diesen Raum verließ. Das hieß, solange er sie nicht berührte oder zu küssen versuchte. Zumindest noch nicht.

15 Gemma

Das Morgenlicht drang durch die hauchdünnen Vorhänge ihres Zimmers im Three Captains' Inn und weckte Gemma. Überrascht stellte sie fest, dass Alex neben ihr im Bett lag. Nur eine Woche waren sie getrennt gewesen, und schon hatte sie sich daran gewöhnt, in der Mitte des Bettes zu schlafen und die ganze Decke für sich zu beanspruchen. Sie hatte sich daran gewöhnt, dass er nicht da war. Und es hatte sich gar nicht so verkehrt angefühlt. Aber jetzt empfand sie den vertrauten Anblick seines breiten, sonnengebräunten Rückens und die Art, wie sich seine dichten sandblonden Haare hinter dem Ohr kräuselten, als unglaublich tröstlich.

Sie hatten sich die ganze Nacht gestritten, ohne jedes Ergebnis. Sie waren chinesisch essen gegangen, weil Gemma so einen Appetit auf Sesamhühnchen und gebratene Teigtaschen hatte, und dort hatte sie ihm ihren Plan erklärt. Sie würde sich eine großartige neue Stelle als Reporterin suchen, trotz ihrer Schwangerschaft. Sie würde bis zum letzten Moment arbeiten und dann in den Mutterschutz gehen. Währenddessen würde sie eine liebevolle Kinderfrau mit tadellosen Referenzen einstellen, und dann würde sie wieder zur Arbeit gehen. Wenn das Kind krank wäre, würden sie sich mit der Betreuung abwechseln. Beide würden für Elternabende und Kinderkonzerte freinehmen. Sie würde nicht, unter keinen Umständen, so werden wie Caitlin Auerman, hatte sie in Gedanken hinzugefügt.

«Auf gar keinen Fall», hatte Alex gesagt, als sie fertig war.

«Und warum nicht? Du willst, dass ich die Kinderfrau bin, ja? Ich soll zu Hause bleiben und meinen Job an den Nagel hängen. Da mach ich aber nicht mit», rief Gemma aufgebracht.

«Um Himmels willen, Gemma, du wirst nicht die verdammte Kinderfrau sein. Du bist die Mutter. Krieg das doch endlich in deinen Kopf.»

«Aber dein Leben ändert sich kein bisschen.»

«Doch, das tut es. Ich werde Vater. Ich werde allein für die finanzielle Versorgung meiner Familie verantwortlich sein. Mein ganzes Leben ändert sich. Wie kannst du behaupten, dass sich nichts ändert?»

«Du musst nicht alles aufgeben, was dir wichtig ist. Wieso siehst du das nicht?»

«Gemma, was gibst du denn auf? Du hast doch gar keinen Job. Der Zeitpunkt könnte gar nicht günstiger sein.»

Sie hatte gewusst, dass er genau das sagen würde.

«Stell dir doch mal vor, es wäre andersherum», sagte sie. «Wenn du es wärst, der seinen Job verloren hätte, dann würdest du also liebend gern mit dem Baby zu Hause bleiben, Hausmann werden und dein ganzes Leben damit verbringen, dich um das Kind zu kümmern, statt Verbrecher zu verfolgen, für Recht und Ordnung zu sorgen und etwas auf der Welt zu bewirken?»

«Gemma, du bist schwanger. Du hast keinen Job. Du hast einen Haufen Bewerbungen geschrieben und noch nicht einen Anruf bekommen. Wie leicht, glaubst du, bekommst du deinen Traumjob, wenn du beim Vorstellungsgespräch sagen musst, dass du schwanger bist?»

«Können wir jetzt bitte einfach essen?», bat sie und stieß

ihre Gabel in eine Teigtasche. Erstaunlicherweise war ihr der Appetit noch nicht vergangen.

«Gem, ich liebe dich», sagte Alex und griff nach ihrer Hand. «Wir bekommen ein Kind. Freust du dich denn gar nicht darüber? Wir bekommen ein Baby.»

Sie legte ihre Gabel hin. Tränen brannten ihr in den Augen. «Ich werde doch sowieso keine gute Mutter sein», flüsterte sie. «Ich habe keine einzige mütterliche Faser im Leib.»

Er drückte fest ihre Hand und suchte ihren Blick. «Oh doch. Du bist unglaublich liebevoll und freundlich und großzügig. Du hast ein riesiges Herz, Gem. Du wirst sicher eine großartige Mutter.»

«Ich weiß nicht, woher du diese Überzeugung nimmst», sagte sie. Aber wie immer stärkte sie sein Vertrauen in sie, und sie fühlte sich ein wenig besser.

«Glaubst du wirklich, dass ich eine gute Mutter sein kann?»

«Du wirst eine großartige Mutter. Kein Zweifel.»

Jetzt dachte sie daran, wie erleichtert sie gewesen war, als er das sagte. Sie hatte es an seinem Tonfall gehört, wie vollkommen überzeugt er davon war, und sie schmiegte sich an seinen Rücken und legte die Wange an seine warme Schulter. Sie fragte sich, ob er vielleicht recht hatte, ob sie daran arbeiten und schließlich doch noch mütterliche Instinkte entwickeln könnte. Vielleicht übernahmen ja auch einfach sofort nach der Geburt die Hormone die Regie. Sie würde ihr Kind lieben, so viel wusste sie. Vielleicht war Liebe schon die halbe Miete, der große Motivator.

Alex wandte sich zu ihr um, und die Sonnenstrahlen ließen sein Haar aufleuchten. «Wie fühlst du dich, Gem?»

«Eigentlich geht es mir ziemlich gut. Ich freue mich

richtig auf den Tag. Drei Interviews habe ich heute geplant. Eins mit einer Minderjährigen, die ihr Baby zur Adoption freigibt, und zwei mit Einwohnern von Boothbay Harbor, die etwas zum Heim der Guten Hoffnung und zu seinem Einfluss auf die Stadt sagen wollen. Die eine fürchtet, dass ein Heim für minderjährige Schwangere andere Teenager dazu bringen könnte, nachlässig zu werden und zu riskieren, selbst schwanger zu werden, weil es scheinbar einen Schutz bietet. Die andere meint, dass es so ein Heim in jeder Stadt geben sollte.» Sie hoffte, außerdem noch zumindest eine ehemalige Bewohnerin des Heims der Guten Hoffnung aus den sechziger oder siebziger Jahren treffen zu können. Pauline bemühte sich um Interviews.

«Offenbar bist du schon wieder voll im Reportermodus», bemerkte Alex. «Aber ich wollte eigentlich wissen, wie du dich körperlich fühlst. Willst du gar nichts über deine Schwangerschaft erzählen? Wie sie sich anfühlt? Ob du schon eine Ahnung hast, ob es ein Mädchen oder ein Junge wird? Hast du dir schon einen Namen überlegt? Immerhin hattest du schon eine Woche zum Nachdenken, oder?»

«Ich habe mich in dieser Woche erst einmal daran gewöhnen müssen, überhaupt schwanger zu sein. Ich bin ja noch nicht mal damit durch. Da hatte ich noch keine Zeit, mir Namen zu überlegen.»

Er stützte sich auf den Ellbogen. «Ich finde, wenn es ein Junge wird, sollte er Alexander junior heißen. Gemma junior, wenn es ein Mädchen wird.»

Sie hob eine Augenbraue. «Wirklich? Gemma junior?»

Er fuhr mit dem Finger ihre Wange entlang. «Ich würde mich sehr über eine Mini-Gemma freuen. Mit deinem wunderschönen Gesicht und dem messerscharfen Verstand.»

Sie musste beinahe losheulen. «Warum liebst du mich bloß so sehr, Alex?»

«Ich tue es einfach. Und wir kriegen das hier hin. Irgendwie schaffen wir das schon.»

Irgendwie. Irgendwie würden sie das auch müssen.

Sie küsste ihn leidenschaftlich und spürte, wie seine Hände unter die Decke fuhren, nach ihrem Bauch tasteten und sich langsam nach oben zu ihren Brüsten arbeiteten.

«Sie sind schon gewachsen», flüsterte er und zuckte grinsend mit den Augenbrauen.

«Oh, das ist aber romantisch.»

Er lachte und zog ihnen die Decke über die Köpfe, schob sich auf ihren Körper, und plötzlich vergaß Gemma alles über Interviews und Babynamen und die ganze Welt.

.....

Nach einem wunderbaren Schinkenrösti-Frühstück, das Bea für sie zubereitet hatte, begleitete Gemma Alex zu seinem Mietwagen, der in der Auffahrt stand. Sie hatte es kaum erwarten können, zu Bea in die Küche zu gehen und sie danach zu fragen, wie das Treffen mit ihrer Mutter am Abend zuvor gelaufen war, aber das Esszimmer war voller Gäste, und sie wusste, dass Bea in der Küche alle Hände voll zu tun hatte. Sie würde zu ihr gehen, wenn Alex fort war.

Er hob sein Gesicht in die warme Junisonne. «Die Luft hier ist wirklich wunderbar. So frisch und sauber. Ich kann nicht sagen, dass es mich freut, dass wir dreihundert Meilen voneinander entfernt sind, besonders jetzt, da du schwanger bist, aber immerhin wohnst du in einem malerischen Städtchen. Und vielleicht hilft dir der Aufenthalt hier ein bisschen, meine Sicht der Dinge zu verstehen. Das Leben draußen vor der Stadt, ein langsameres Tempo, keine mörderischen Taxis, jeder kennt jeden, Spielplätze, wohin man auch sieht, Vorschulen, die kein Vermögen kosten.»

«Du sollst mir den hinterlistigen Plan doch nicht verraten, mit dem du mich nach Westchester locken willst, Alex.»

Er lächelte. «Ich will doch nur, dass wir beide glücklich werden.»

«Ich doch auch.»

Er umarmte und küsste sie zum Abschied, ermahnte sie, ihre Schwangerschaftsvitamine zu nehmen und auf keinen Fall Salatdressing mit rohen Eiern oder Rohmilchkäse zu essen, und dann war er fort. Das silberne Auto bog in die Main Street und verschwand.

• • • • •

Um fünf Uhr war Gemma völlig erschöpft von dem Interview-Marathon, den sie absolviert hatte, und wollte am liebsten wieder in ihr gemütliches Bett in der Pension klettern. Aber dann fiel ihr wieder ein, dass Alex ja nicht mehr da war, um sie ein wenig zu massieren – den Rücken und die Füße. Plötzlich fand sie den Gedanken gar nicht mehr so verlockend, das Bett für sich allein zu haben und nicht mehr über Vorstädte und Vorschulen reden zu müssen. Sie hatte ganz vergessen, wie wunderbar er sein und wie sehr sie auf ihn zählen konnte, wie wohl sie sich mit ihm fühlte. Aber sie hatte immer noch keine Ahnung, wie sie einen Kompromiss finden sollten. Ohne dass sie nach Dobbs Ferry zog. In die unmittelbare Nachbarschaft ihrer Schwiegermutter.

Sie setzte sich auf die Hollywoodschaukel auf der Veranda, lehnte den Kopf an und schaute hinauf zu den hübschen Schäfchenwolken am blauen Himmel.

«Bist du fertig?»

Gemma setzte sich auf. June stand vor ihrem Auto in der Auffahrt, und ihr neunjähriger Sohn Charlie winkte Gemma vom Rücksitz aus zu. Gemma freute sich, lächelte ihm zu und winkte zurück. Das hatte Gemma ja fast vergessen! Sie holten sie ab zum Geburtstagsumtrunk von Junes Mann Henry im Buchladen. Ein Abend ohne die Arbeit an ihrem Artikel, ohne Grübelei über ihr Leben war genau das, was sie jetzt brauchte.

Gemma mochte den Buchladen mit dem urigen Flair. Sobald man durch die Tür mit dem kanuförmigen Knauf trat, ließ man die Welt hinter sich. Polierte Walnussregale voller Bücher reichten bis zur Decke, und davor waren gepolsterte Stühle und Sofas angeordnet. Auf den obersten Regalbrettern lagen uralte Folianten neben außergewöhnlichen Kunstgegenständen. Man wollte am liebsten den ganzen Tag hier verbringen und sich alles ansehen. Neben der Kasse konnten die Kunden an Cafétischen verweilen; auf einer Anrichte an der Seite standen immer Kaffee, Milch und Zucker sowie ein kleiner Teller mit Süßem bereit. Jetzt, für die Party, standen darauf Wein- und Champagnerflaschen sowie Saftkrüge neben einem wunderbaren Häppchenbuffet. Gemma wollte schon nach zwei winzigen Würstchen im Schlafrock greifen, als sie sich an Alex' Worte erinnerte, dass Hot Dogs voller Nitrate und auf keinen Fall für Schwangere geeignet seien. Also hielt sie sich stattdessen an die Mini-Quiches.

Es war voll hier. Henry Books gehörte praktisch zum Inventar der Stadt und war allseits beliebt, obwohl er eher still war und die Arbeit im Buchladen mittlerweile fast vollständig June überließ, die ihren Beruf liebte. Gemma rief sich die wunderbare Liebesgeschichte der beiden in Erinnerung:

Vor fast zehn Jahren hatte Henry die damals zwanzigjährige schwangere Studienabbrecherin June im Buchladen angestellt. Der Vater des Kindes, mit dem sie stürmische zwei Tage verbracht hatte, war nicht aufzufinden. Offenbar hatte Henry June schon seit Jahren aus der Ferne angehimmelt. Doch erst vor zwei Jahren, als sie erfuhr, dass der Vater ihres Sohnes schon seit längerer Zeit tot war, war June bereit gewesen, die Vergangenheit loszulassen und ihr Herz für Henry zu öffnen. Nun lebten sie gemeinsam auf einem geräumigen Hausboot hinter dem Laden, und wenn Gemma nicht jedes Mal sofort unglaublich seekrank darauf geworden wäre, hätte sie sicher lieber bei der Nash-Books-Familie gewohnt als in der Pension.

Jetzt beobachtete Gemma die Familie drüben am Fenster. Ihre liebe alte Freundin June mit den langen rotbraunen Locken, um die Gemma sie glühend beneidete, sprach mit ihrem Sohn. Charlie erzählte offenbar eine lustige Geschichte, und seine Mutter hörte ihm mit einem liebevollen und zärtlichen Blick zu. Henry lachte aus vollem Hals, hob Charlie hoch und schwang ihn im Kreis, sodass dieser seine Tante Isabel dabei aus Versehen in den Hintern stieß. Isabel wirbelte herum und kitzelte Charlie durch. Bei ihnen wirkte Familie so ... einladend. Es erinnerte Gemma daran, wie sie die Hendricks empfunden hatte, bevor deren Wärme angefangen hatte, ihr die Luft zum Atmen zu nehmen. Gemma versuchte sich vorzustellen, wie sie mit Alexander und ihrem Kleinkind «Flieg, Engelchen, flieg» spielte und es an ihren Händen in die Luft schwingen ließ. Aber es funktionierte nicht, das Bild wollte sich einfach nicht vor ihrem inneren Auge einstellen. Jedes Mal, wenn sie versuchte, sich Alexander und sich selbst mit dem Baby vorzustellen, spürte sie plötzlich einen starken Druck auf der Brust.

«Sei nicht immer so anspruchsvoll», hatte ihre Mutter immer gesagt, wenn sie ihr etwas aus der Schule erzählte oder fragte, warum sie nicht zu ihrem Chorauftritt gekommen sei. «Ich arbeite von morgens bis abends, Gemma. Du wirst es verstehen, wenn du selbst erwachsen bist.»

Jetzt, da sie erwachsen war, war das Einzige, was sie verstand, dass sie genau wie ihre Mutter war, egal was Alexander über ihr angeblich so großes Herz sagte. Wenn sie so ein großes Herz hatte, warum war ihr dann der Job – noch dazu einer, den sie nicht einmal mehr hatte – wichtiger als das Baby in ihrem Bauch? Warum ging ihr die Karriere vor die Familiengründung? Warum war sie nicht außer sich vor Glück, schwanger zu sein, warum sprach sie nicht nachts im Bett mit ihrem Kind?

Warum überlegte sie sich keine Namen für das Baby?

Weil du Angst hast. Du hast vor allem Angst. Angst, dich zu verlieren. Nicht beides zu schaffen – die investigative Journalistin und eine gute Mutter zu sein. Dein Kind anzufahren, weil es eine Frage stellt, weil es mehr von dir will.

Sie schenkte sich ein Glas Cranberrysaft ein und versuchte, ihre Gedanken auf etwas Schöneres zu lenken. Konzentrier dich auf die Party, sagte sie sich. Mach dich auf die Suche nach Claire, die sicher auch hier ist.

Aber dann fesselte die sechs Monate alte Allie auf dem Arm von Isabels Mann Griffin ihre Aufmerksamkeit. Die beiden hatten für ihre Beziehung ebenfalls arbeiten und Kompromisse schließen müssen. Griffin war geschieden. Er hatte Isabel vor zwei Jahren getroffen, als er mit seinen Töchtern zu Gast in der Pension war. Die Vierzehnjährige war damals zornig auf die ganze Welt gewesen, und Isabel hatte noch das Ende ihrer eigenen Ehe verarbeiten müssen. Isabel war wie Gemma selbst immer überzeugt gewesen, nicht zur Mutterschaft zu taugen, aber sie hatte sich dennoch Kinder gewünscht. Ihre Stiefkinder hatte sie sofort ins Herz geschlossen. Jetzt, da sie ein eigenes Baby hatte, wirkte sie auf Gemma wie die perfekte Mutter, wie genau die Sorte Mutter, die sie selbst gern wäre. Allie streckte ihre Ärmchen nach ihrer Mama aus, und Gemma beobachtete, wie Isabels Blick aufleuchtete, wie sie das Baby mit solcher Freude auf den Arm nahm und an sich drückte. Griffin legte den Arm um Isabel, und sie beide betrachteten voller Glück und Erstaunen das kleine Wunder in ihren Armen.

Genau so sollte es sein. Vielleicht passierte es wirklich einfach so. Vielleicht war es in Ordnung, dass Gemma jetzt noch keine mütterlichen Instinkte, kein Babyfieber, noch nicht einmal Interesse an der Mutterschaft empfand, vielleicht würde sie da reinwachsen, wie June gesagt hatte, vielleicht würde sie auch einfach nach der Geburt in das kleine Gesichtchen schauen und sich sofort verlieben. Vielleicht war es so. Gemma hoffte es jedenfalls. Denn jetzt, in diesem Moment, fühlte sie sich noch nicht einmal schwanger. Kein Flattern im Bauch. Natürlich auch noch keine Tritte. Die Ärztin und auch *Ihre Schwangerschaft Woche für Woche* sagten, dass die erst später im zweiten Trimester kommen würden. Für Gemma war es gut zu wissen, dass Isabel es schaffte, den ganzen Tag in der Pension zu arbeiten, wenn sie das Kind natürlich auch die meiste Zeit bei sich haben konnte. Gemma konnte ihr Baby natürlich nicht in die Redaktion mitnehmen und es mit der einen Hand beruhigen, während sie mit der anderen tippte.

Wir kriegen es hin. Irgendwie …

Plötzlich geriet Bewegung in die Gesellschaft. Junes und

Isabels Cousine Kat, die in den letzten Jahren in Frankreich gelebt hatte, war mit ihrem langjährigen Freund Oliver angekommen. Von June wusste Gemma, dass die beiden sich schon vor Jahren verlobt hatten, aber Kat hatte nach langem Hin und Her die Verlobung noch einmal gelöst, um ihre Heimatstadt zu verlassen und ihren Traum wahr zu machen: Konditorin in Paris zu lernen. Jetzt hielten Kat und Oliver Händchen und waren ganz eindeutig sehr verliebt. Sie küssten sich, und Gemma bemerkte, mit welch tiefem Blick sie sich in die Augen sahen.

Sie hatten es also auch geschafft, dachte Gemma und nahm sich eine winzige Kartoffel und ein Käsetäschchen vom Buffet. Sie hatte das eine gewollt, er das andere, und trotzdem hatten sie es hinbekommen. Kat hatte natürlich das Land verlassen und ihre Verlobung gelöst. Aber sie waren zusammen.

Gemma hatte nur den Bundesstaat verlassen. Zeitweilig. Und sie wurde gar nichts lösen und auch nicht ihre Versprechen brechen. Alexander und sie liebten einander – das stand gar nicht zur Debatte. Und sie wollten, dass der jeweils andere glücklich war – aber auch selbst glücklich sein. Sie wollten beide, dass es funktionierte, und das würde es auch.

Gemma wusste nur noch nicht, wie.

16 Bea

Ein paar Minuten vor neun am Freitag ging Bea runter in den großen Aufenthaltsraum zum Kinoabend. Isabel und June waren da, und Gemma saß schon auf dem Zweisitzer und winkte Bea, damit sie sich auf den freien Platz neben sie setzte. Bea war selten so froh über ein bekanntes, freundliches Gesicht gewesen. Sie hatte sich die ganze Nacht nach ihrem Treffen mit Veronica im Bett herumgewälzt und den Tag damit verbracht, ziellos herumzulaufen und darüber nachzudenken, warum sie so angespannt war.

Vor allem fragte sie sich, wie es nun weitergehen sollte. Gestern Abend, in Veronicas Haus, hatte sie plötzlich das Gefühl überwältigt, dass Veronica im Grunde eine Fremde war. Aber das war sie nicht. Herrgott noch mal, sie hatte Bea zur Welt gebracht! Aber was nun? Sie könnte die Adresse ihres leiblichen Vaters erfragen, wenn Veronica sie hätte – oder zumindest würde sie ihr sagen, wo sie zu suchen anfangen könnte. Und Veronica und sie? Sollten sie etwa Freundinnen werden?

«Hast du dein Telefon ausgeschaltet oder so?», fragte Gemma leise. «Ich habe es ein paarmal bei dir versucht. Ich würde so gern wissen, wie der Abend mit deiner leiblichen Mutter gelaufen ist.»

«Es war ... in Ordnung», flüsterte Bea zurück. «Sie ist sehr nett. Aber die Situation war für uns beide ein wenig anstrengend. Ich habe ihr erzählt, dass du einen Artikel über das Heim der Guten Hoffnung schreibst und sie gern interviewen würdest, aber das ist ihr wohl etwas zu viel.»

«Das ist schon in Ordnung», erwiderte Gemma. «Aber danke, dass du sie gefragt hast.» Sie beugte sich zu ihr. «Der andere Grund, aus dem ich angerufen habe, ist, dass Isabel erwähnt hat, dass wir heute Abend *Als sie mich fand* schauen. Darin geht es um eine Mutter, die Kontakt zu ihrer Tochter aufnimmt, Jahre nachdem sie sie zur Adoption freigegeben hat. Ich wollte dich vorwarnen. Ich habe den Film im Kino gesehen, er ist wunderbar. Aber vielleicht ist er jetzt nicht gerade das Richtige für dich.»

«Vielleicht lerne ich ja noch was dabei», lächelte Bea, die ganz gerührt war, dass Gemma sie hatte warnen wollen.

Isabel und June reichten Schüsseln mit Popcorn herum. Sie stellten ihre Cousine Kat vor, die über das Wochenende gekommen war. Kat trug zwei Popcornschüsseln. Bea sprang auf, um ihr zu helfen.

«Perfekt – diese hier ist für euch beide auf dem Zweisitzer», sagte Kat. «Sind alle versorgt?», fragte sie dann und schaute sich im Zimmer um.

Der Colin-Firth-Fanclub, drei Freundinnen aus Rhode Island, die wieder ihre «Colin Firth macht glücklich»-T-Shirts trugen, hatten das große weiße Sofa in Beschlag genommen; drei andere Gäste, von denen eine die wählerischste Frühstücksbestellung aufgegeben hatte, die Bea untergekommen war – bitte das hier nicht, bitte das dazu und jenes an die Seite –, saßen auf dick gepolsterten Stühlen. Isabel, June und Kat hatten sich auf Klappstühlen mit Kissen niedergelassen. «Ich freue mich so, dass du wieder einen Kinoabend veranstaltest!», sagte Kat zu Isabel. «Es ist ein bisschen so, als wäre meine Mom dabei.»

Isabel hatte Bea erzählt, dass ihre Tante Lolly früher die Pension betrieben und vor langer Zeit die Tradition der Kinoabende ins Leben gerufen hatte. Als Lolly starb, hatten sie ihr zu Ehren einen Monat lang Filme mit Meryl Streep gezeigt, Lollys Lieblingsschauspielerin. Die Kinoabende und Lolly gehörten für die Nash-Frauen untrennbar zusammen.

June drückte Kats Hand.

«Das ist sie sicher auch», stimmte Isabel zu. Sie nahm die DVD und ging hinüber zur Konsole. «Also, macht euch bereit für *Als sie mich fand* mit unserem großartigen Colin Firth, der leider erst noch in der Stadt auftauchen muss.»

Isabel schaltete das Licht aus. Bea nahm eine Handvoll Popcorn. So viel zum Thema «das Problem ruhen- und sich von einem Film ablenken lassen» – aber wer weiß, vielleicht würde sie wirklich etwas daraus lernen, eine andere Sicht auf die Dinge bekommen.

Bea schaute zu, wie Helen Hunt, die in dem Film eine neununddreißig Jahre alte Lehrerin in New York City spielte, von ihrem Mann – Matthew Broderick – genau einen Tag vor dem Tod ihrer Mutter verlassen wird. Dann taucht auch noch Helens leibliche Mutter, gespielt von Bette Midler, in ihrem Leben auf und verlangt, sie kennenzulernen. Aber Helen widersetzt sich. Sie hatte schließlich eine Mutter. Bette ist unerträglich aufdringlich und denkt sich lauter verrückte Geschichten aus. Als Helen eine Affäre mit dem Vater eines Schülers beginnt, beruhigt sie sich wieder und fühlt sich sogar glücklich. Aber dann entdeckt sie, dass sie schwanger ist, wonach sie sich immer gesehnt hat, und zwar ausgerechnet nach einem One-Night-Stand mit ihrem untreuen Mann. Schließlich muss sie die Puzzleteilchen ihres Lebens ganz neu zusammensetzen.

«Alles in Ordnung mit dir?», flüsterte Gemma.

«Ja», flüsterte Bea zurück. «Veronica ist überhaupt nicht so aufdringlich wie die Mutter im Film. Ich habe ihr gesagt, dass ich ein bisschen Zeit brauche, um alles zu verarbeiten, und sie hat bis jetzt noch nicht angerufen. Bette Midler hätte doch heute Morgen schon wieder vor meiner Tür gestanden. Wahrscheinlich wäre sie jetzt auch hier und würde verlangen, dass ihr alle Platz für sie macht.»

Gemma lächelte.

Bea dachte kurz darüber nach, ob sich Veronica wohl so wie Bette fühlte, ob sie Bea in ihrem Leben haben, ob sie ihre Nähe wollte. Vielleicht brauchte auch sie ein wenig Abstand von Beas Fragen nach ihrem leiblichen Vater, nach Veronicas Eltern. Offenbar war damals alles sehr schwer für sie gewesen.

Die Szene, in der Colin Firth mit Helen Hunt auf eine Party geht, gefiel Bea besonders. Es war schön, wie entschlossen er war, sie zu beschützen, wie deutlich er zeigte, dass er sie liebte. Bea war froh, morgen Abend mit Patrick verabredet zu sein. Ein bisschen Spaß und Romantik nur für sie selbst.

Aber je länger sie zuschaute, desto klarer wurde ihr, dass Veronica und Bette doch etwas gemeinsam hatten: Sie hatten denselben hoffnungsvollen Blick.

• • • • •

Noch eine Nacht, in der sie sich ständig herumwälzte. Als ihr Wecker am Samstag um halb sechs klingelte, fühlte Bea sich völlig gerädert. Die ganze Zeit hatte sie an Bette Midler denken müssen, wie sie auf den Knien lag, Helen Hunt anflehte, ihr eine Chance zu geben, und ihr versprach, dafür alles zu tun, was sie wollte. Vielleicht hatte Bea Veronicas Haus doch zu abrupt verlassen.

Sie schleppte sich unter die Dusche. Das half. Dann zog sie sich an und schlurfte nach unten in die Küche, wo sie Omeletts und Waffeln und Blaubeer-Pancakes als Tagesangebot zubereitete. Dann deckte sie die Tische im Esszimmer und stellte sich dabei vor, wie Veronica am Telefon saß und auf ihren Anruf wartete. Mit jenem hoffnungsvollen Blick.

Sie hatten sich Donnerstagabend getroffen. Heute war Samstag.

Sie war todmüde und hätte sich am liebsten ins Bett verkrochen, um ein Nickerchen zu halten, aber vorher holte sie ihr Telefon heraus und rief Veronica an.

«Veronica, hier ist Bea.»

«Oh, ich freue mich so, dass du anrufst.»

Da wusste Bea, dass es richtig gewesen war, sie anzurufen. Sie hörte die Erleichterung in Veronicas Stimme und war selbst plötzlich ganz froh. «Ich dachte, wir könnten uns vielleicht noch mal treffen. Morgen Abend zum Essen, wenn du Zeit hast?»

«Das würde ich wirklich gern, Bea. Aber noch lieber würde ich mit dir einen Ausflug machen.»

«Einen Ausflug? Du meinst in Boothbay Harbor?» Bea hatte sich alle Sehenswürdigkeiten hier längst angeschaut. Sie hatte sogar eine Bootstour durch die Bucht unternommen, um Wale zu sehen. Und sie hatte ganz sicher keine Lust, Entzückensrufe von sich zu geben, nur weil man ihr einen Leuchtturm zeigte. Alles, was sie wissen wollte, war, wo, warum und wie sie auf die Welt gekommen war.

«Einen Ausflug in mein Leben als Sechzehnjährige», sagte

Veronica. «Wir fahren an der Highschool los. Das Ziel ist der Busbahnhof.»

Beas Herz setzte einen Schlag aus.

* * * * *

Zwei Stunden später saß Bea im leeren Wohnwagen der Filmcrew am Set, der immer noch am Froschweiher stand, und wartete auf Patrick, um mit ihm essen zu gehen. Da wurde die Tür aufgerissen.

«Ich mach das nicht mehr, du brauchst es gar nicht zu versuchen», schrie Maddy Echols jemanden hinter ihr an.

Tyler, ihren Bruder. Natürlich. Den muffeligen Produktionsassistenten.

Er starrte Bea an. «Was machst du denn hier drin?»

«Ich bin mit Patrick zum Mittagessen verabredet.»

Er rollte mit den Augen und wandte sich dann an seine Schwester, die sich auf eine schmale Bank gesetzt hatte. «Maddy, du machst das jetzt fertig. Oder willst du Englischkurse für Zehntklässler belegen, wenn du in der Elften bist?»

Sie warf das lange Haar in den Nacken. «Lass mich in Ruhe. Ich verstehe kein einziges Wort in diesem blöden Buch. Ich lese das nicht.»

«Ich hab dir eine Kurzzusammenfassung für Schüler gekauft.»

«Soll ich die etwa auch noch lesen?», schrie Maddy.

Er warf die Arme in die Luft. «Na schön, dann fall halt durch. Fall durch die Highschool. Brich die Schule ab.»

Bea kam es vor, als beobachte sie ein Tennismatch, so schnell flogen die Fetzen zwischen den beiden. Sie sahen sich natürlich überhaupt nicht ähnlich: Maddy war zierlich und hatte lockiges, dunkelbraunes Haar und riesige haselnussfarbene Augen, Tyler dagegen war groß und kastenförmig gebaut und hatte sandblonde Haare. Sie schätzte ihn auf dreiundzwanzig, vielleicht vierundzwanzig Jahre. Er hatte ein Grübchen in der linken Wange, das sie vermutlich noch nicht bemerkt hatte, weil er niemals lächelte. Aber jetzt kaute er auf der Innenseite seiner Wange herum, sodass man es sah. Er sorgte sich um seine Schwester, das lag auf der Hand.

«Es geht mich ja nichts an», sagte Bea, «aber weil ich hier nun einmal sitze ... Ich nehme an, es geht immer noch um *Wer die Nachtigall stört,* oder?»

Maddy funkelte sie an. «Du meinst wohl *Wen die Nachtigall nervt.*»

Tyler verdrehte wieder auf seine typische Art die Augen. «Es ist ein großartiges Buch», sagte er zu seiner Schwester. «Eins meiner Lieblingsbücher.»

«Kein Wunder, dass ich es so bescheuert finde», murmelte Maddy.

«Maddy, hör mal. Ich habe letztes Jahr meinen Englischabschluss am College gemacht», sagte Bea. «Ich möchte Lehrerin werden. Ich habe *Wer die Nachtigall stört* seit der zehnten Klasse bestimmt fünfmal gelesen, und wie ich dir schon erzählt habe, habe ich darüber meine Abschlussarbeit geschrieben. Ich könnte dir helfen. Wir könnten das Buch durchsprechen, wenn du bestimmte Stellen nicht verstehst.»

Sie war sich bewusst, dass Tyler sie beobachtete.

«Du nimmst wahrscheinlich am Sommerkurs teil, und es geht um eine Nachprüfung zur Versetzung?», fragte sie Maddy.

«So ist es. Und wenn sie nicht das Buch durchliest und einen Aufsatz darüber schreibt, für den sie mindestens eine Drei minus bekommt», sagte Tyler und schaute seine

Schwester dabei streng an, «dann fällt sie durch und muss den Englischkurs der zehnten Klasse wiederholen, wenn sie in der elften ist. Und dann hat sie nicht genug Punkte, um ihren Abschluss zu machen.»

«Na und?», sagte Maddy. «Es ist ja nicht so, dass ich aufs College gehen muss. Um später mit dem Rucksack durch Italien zu reisen, muss ich *Wen die Nachtigall nervt* bestimmt nicht lesen.»

«Ich bin im Sommer nach meinem Highschool-Abschluss mit dem Rucksack durch Italien gereist», sagte Bea. «Das war eine tolle Zeit.»

Maddys Gesicht hellte sich auf. «Wirklich? Ich stehe total auf Rom. Ich will das Kolosseum sehen und Münzen in den Trevi-Brunnen werfen. Die Engelsstatuen sehen. Und die Sixtinische Kapelle.»

«Wenn du versetzt wirst, dann fahren wir dahin», sagte Tyler, und man merkte, dass er dabei innerlich mit den Zähnen knirschte.

Das Mädchen starrte ihn an. «Echt?»

«Echt. Du bestehst deine Prüfungen, und ich fahre mit dir nach Italien. Du wirst die Sixtinische Kapelle sehen. Versprochen.»

Sie wollte unbedingt dorthin reisen, das war offensichtlich. Unbedingt. «Und du kannst mir helfen?», fragte Maddy Bea.

«Wir kennen sie doch überhaupt nicht», wandte Tyler ein und machte dabei Beas Tonfall von neulich nach. Obwohl es natürlich stimmte.

«Ich bin noch ein paar Wochen in der Stadt. Ich wohne im Three Captains' Inn. Während des Schuljahres unterrichte ich in Beardsley, ich habe also Erfahrung. Hier ist mein

Ausweis vom Literaturseminar dort.» Sie zog ihn aus ihrer Brieftasche und zeigte ihn Tyler.

Er sah sich den Ausweis genau an und gab ihn ihr dann zurück. «Maddy, kannst du kurz draußen warten?»

Jetzt, da Italien im Raum stand, sprang Maddy sofort eilfertig auf.

Als sie die Tür hinter sich geschlossen hatte, fragte Tyler: «Wie viel willst du dafür?»

«Wenn ich nicht vollkommen pleite wäre, würde ich es liebend gerne umsonst machen», antwortete sie. «Aber ich muss dringend meine Reserven auffüllen, also kann ich ein bisschen Extrageld gut gebrauchen. Dreißig Dollar die Stunde.»

«Dreißig Dollar? Du meine Güte.» Er schob den kleinen Vorhang am Fenster beiseite und spähte hinaus zu Maddy, die ihr Schminkspiegelchen hervorgeholt hatte und zähflüssigen Lipgloss auf ihren Lippen verteilte. Er ließ den Vorhang wieder fallen.

«Gut. Aber ich möchte, dass du mit ihr in der Bibliothek arbeitest – nicht im Haus unserer Mom oder hier. Ich will, dass sie die Sache ernst nimmt.»

«Okay. Kein Problem.»

Er schob seine Drahtbrille hoch. «Der Kurs endet in drei Wochen. Ich glaube, einmal die Woche eine Stunde sollte reichen.»

«Ihr seid also aus Boothbay Harbor?», fragte sie.

«Zwei Städtchen weiter», sagte er, als ob es ihm schwerfiele, Privates preiszugeben. «Im Einzugsgebiet der Highschool.»

Es hämmerte an der Tür. «Hallo, ich schwitze mich hier zu Tode», schrie Maddy.

«Sekunde», rief Tyler. «Wann kannst du anfangen?»

«Wann ihr wollt.»

«Wie wär's am Mittwoch? Mittwochabends gehe ich immer mit ihr essen, also weiß ich, dass sie dann Zeit hat.»

Dreißig Dollar würden für ein hübsches Outfit aus dem Secondhandladen reichen. Sie könnte es zu ihrer nächsten Verabredung mit Patrick tragen.

«Ihr trefft euch vor der Boothbay-Harbor-Bücherei um fünf», sagte Tyler. «Klappt das?»

Sie nickte. Er ging zur Tür und wandte sich dann noch einmal zu ihr um.

«Aber erwähne das Thema leibliche Mutter nicht», warnte er. «Sie regt sich dann nur auf und ist abgelenkt.»

«Okay.»

Er wollte die Tür öffnen, wandte sich dann aber erneut um. «Hast du deine schon getroffen?»

«Darüber möchte ich lieber nicht sprechen», entgegnete sie.

Er starrte sie an, zuckte dann die Achseln und ging hinaus.

.....

Patrick hatte nur zwanzig Minuten Zeit, aber das machte Bea nichts aus. Sie fand es lustig, in dem klimatisierten Wohnwagen zu essen. Hin und wieder steckte ein Assistent den Kopf durch die Tür und zog ihn sofort wieder zurück, wenn er bemerkte, dass es sich hier um ein privates Mittagessen handelte. Sie aßen Panini aus der italienischen Bäckerei am Ort, und er erzählte ihr von Produktionsplänen und Tagesdispositionen, in denen aufgelistet stand, wann welche Schauspieler wo zu sein hatten. Er erklärte, dass er so etwas wie ein Organisator hinter den Kulissen war, der dafür sorgte, dass alles für die jeweilige Szene bereitstand.

Sie mochte ihn. Sehr. Er sah gut aus und war klug und trug eine Menge Verantwortung bei diesem Film. Er fragte sie sofort, wie das Treffen mit ihrer leiblichen Mutter war, und als sie entgegnete, dass sie eigentlich lieber über ihn sprechen würde, versuchte er sie dennoch immer wieder in seine Themen einzubeziehen. Sie gestand ihm, dass sie im letzten Jahr nach dem Tod ihrer Mutter ein wenig aus der Spur geraten war und dass sie, wenn es nötig wäre, auch hundert Bewerbungen schreiben würde, um eine Stelle als Englischlehrerin zu ergattern. Er fand den Beruf ehrenwert, wenn auch unterbezahlt. Sie mochte es, wie er sie ansah. Der Blick aus seinen intelligenten blauen Augen war voller Interesse, Respekt ... und, ja, Verlangen nach ihr.

Dann wurde er gerufen, um eine Katastrophe zu verhindern, wie er es ausdrückte.

«In den nächsten paar Tagen wird hier der helle Wahnsinn herrschen, aber vielleicht könntest du Dienstagabend gegen acht in mein Hotel kommen? Früher schaffe ich es nicht, und ich muss am nächsten Tag auch bei Tagesanbruch wieder aufstehen, aber ich würde sehr gern mit dir auf meinem Balkon sitzen. Wir könnten uns vom Zimmerservice ein tolles Abendessen bringen lassen und uns unterhalten. Und das meine ich genau so – nur miteinander reden. Das ist kein Trick, um dich ins Bett zu bekommen oder so. Was nicht bedeutet, dass ich dich nicht unglaublich attraktiv finde, Bea.»

Sie lächelte, und er küsste sie zum Abschied auf den Mund. Das alles war perfekt. Jetzt hatte sie etwas Aufregendes, auf das sie sich freuen konnte. Denn sie fürchtete, dass Veronicas «Ausflug» sie ein wenig überfordern könnte. Bea war sich sogar sicher, dass es so sein würde.

17 Veronica

Am Sonntagmorgen saß Veronica in ihrem Auto in der Einfahrt zum Three Captains' Inn. Sie musste sich daran erinnern, dass sie nicht nur hier war, um Bea zum Ausflug in ihr früheres Leben abzuholen, sondern auch, um drei Kuchen abzuliefern. Sie holte sie aus ihrem Kofferraum. Die Rechnung von Juli hatte sie in einem Umschlag auf die oberste Schachtel geklebt. Die Schachtel war mit «Blaubeere» beschriftet, und das erinnerte sie an Nick. Er hatte am Freitag erwähnt, dass Leigh sich schwer erkältet hätte. Veronica hatte einen speziellen Gute-Besserung-Kuchen gebacken – mit Blaubeeren – und ihn am Freitagabend bei ihnen vorbeigebracht. Nicks Haus war ein weißes Schindelcottage, das nicht allzu weit vom Stadtzentrum entfernt lag. Leigh hatte auf dem Sofa gelegen, *Drachenzähmen leicht gemacht* geschaut und Veronica eingeladen, den Film mit ihnen gemeinsam anzusehen, aber Nick hatte die Einladung nicht wiederholt. Veronica fragte sich, ob zwei Filme mit ihr an zwei aufeinanderfolgenden Abenden ihm vielleicht zu viel waren oder ob ihr gemeinsamer Abend am Donnerstag vielleicht doch zu unvermittelt gewesen war. Er war kurz nach dem Ende von *A Single Man* gegangen und hatte ihr zum Abschied nur die Hand gedrückt, als sie schon einen Kuss erwartet hatte. Sie wusste selbst nicht, ob sie dafür bereit war, aber wenn sie ehrlich mit sich war, hatte sie sich gewünscht, dass er sie hätte küssen wollen. Sie wollte von ihm begehrt werden.

Weil er für ihre Vergangenheit stand? Weil sie damals nicht akzeptiert worden war? Weil der einzige Junge, der sie akzeptiert hatte – und mit dem Nick befreundet gewesen war –, kehrtgemacht und sie verraten hatte? Oder vielleicht war es viel schlimmer als das. Vielleicht ... mochte sie Nick einfach.

Mit den Kuchenschachteln bepackt, ging sie den hübschen Steinpfad zur Veranda der Pension hoch. Fast ein halbes Jahr lieferte sie nun schon einmal in der Woche ihre Kuchen hierher, und das hübsche viktorianische Gebäude kam ihr schon beinahe so vertraut vor wie ihr eigenes Haus. Nur dass jetzt ihre Tochter darin wohnte. Und im Aufenthaltsraum der Pension wartete, um mit ihr einen Ausflug in ihr Leben als Sechzehnjährige zu unternehmen.

Das war deine eigene Idee, erinnerte Veronica sich und stellte die Kuchen wie immer auf den Tisch in der Eingangshalle. Sie ging in den Aufenthaltsraum, aber Bea war noch nicht da. In der Pension duftete es wunderbar, ein wenig nach Speck und frisch gebackenem Brot. Von ihrem Platz auf dem Zweisitzer aus sah sie, wie Bea am Fuß der Treppe erschien. Sie trug ein blassrosa Trägerhemd und Jeans. Veronica stand auf, als sie eintrat.

«Also bist du verantwortlich für den Duft hier?», fragte sie sie, als sie gemeinsam zur Haustür gingen. Sie war von sich selbst überrascht, dass sie in dieser Situation tatsächlich plaudern konnte.

«Wenn ich das so sagen darf – ja. Alle wollten heute Morgen Speck – ich glaube, ich habe fünf Pfund davon gebraten. Wenn du Brot riechst, dann liegt das an Isabel – sie nimmt bei dem Besitzer der italienischen Bäckerei Brotbackunterricht. Heißes, krosses italienisches Brot mit Butter? Es gibt nichts Besseres.»

«Bei mir lernt sie Kuchen backen», bemerkte Veronica und öffnete für Bea die Beifahrertür. «Mit all ihren neuen Fertigkeiten macht sie mich bald arbeitslos.»

«Deine Kuchen sind der große Hit in der Pension, besonders zur Teezeit. Isabel sagt, dass niemand an deine Kuchen auch nur herankommt. Ich wollte ihr schon erzählen, dass Veronica Russo, die Kuchenmeisterin, meine leibliche Mutter ist, aber ich nehme an, dass du das wahrscheinlich lieber geheim halten möchtest.»

Veronica wusste, wie angespannt ihr Gesichtsausdruck wirken musste. Warum wollte sie, dass die Sache ein Geheimnis blieb? Spiegelte sie damit womöglich die Gefühle, die ihre Eltern ihr entgegengebracht hatten? Wie sie sich selbst gefühlt hatte, als sie damals zum ersten und letzten Mal mit ihrem Siebenmonatsbauch in die Stadt fuhr? Beschämt. Schmutzig. Beschädigt. Das Flüstern und die Blicke der Menschen, die sie kannten, aber auch die von Fremden, waren unerträglich gewesen.

Bea schnallte sich an. «Bist du sicher, dass du diesen Ausflug wirklich mit mir machen willst? Wenn es dir zu viel wird, verstehe ich das natürlich.»

«Es wird mir auf jeden Fall zu viel», platzte Veronica heraus. «Aber das ist vermutlich gut so. Weißt du, ich bin nach Boothbay Harbor zurückgekommen, um mich meiner Vergangenheit zu stellen. Ich will nicht mehr vor ihr davonlaufen. Aber allein hier zu sein hat nicht ausgereicht – ein ganzes Jahr meines Lebens habe ich in mir versteckt und vergraben. Ich muss es zulassen ... dass ich mich erinnere.»

Veronica fuhr die kurze Strecke zur Highschool, die weit unten an der Main Street lag. Sie war hier schon oft entlanggefahren, hatte es aber nie gewagt, das Gebäude anzuschauen. Sie hasste die Person, die sie damals gewesen war, wie sie sich in den Sälen und Klassenräumen gefühlt hatte. Nur in den sechs Monaten, in denen sie Timothy Macintoshs Freundin gewesen war, war all das plötzlich nicht mehr wichtig gewesen. Sie war mit hoch erhobenem Kopf durch die Räume gegangen und hatte zum ersten Mal in ihrem Leben das Gefühl gehabt, dass nichts sie berühren oder gar verletzen konnte.

Sie fuhr auf den Parkplatz und schaute zur Schule hoch. «Wenn ich jetzt daran zurückdenke, kommt es mir verrückt vor, dass ich schon nach ein paar Dates so unsterblich in Timothy verliebt war, aber du weißt ja, wie es ist, wenn man sechzehn ist. Jeder einzelne Tag fühlt sich an wie ein ganzer Monat, alles geschieht so schnell und mit solcher Heftigkeit.»

Bea nickte. «Es ist mir ein bisschen peinlich, aber ich muss zugeben, dass das bei mir immer noch so ist.»

«Du hast sein Lächeln», sagte Veronica. «Meinen Mund, aber sein Lächeln. Ich habe sein Gesicht so sehr geliebt, dass ich es stundenlang anschauen konnte. Er hatte hellblondes Haar, genau wie deins, und die schönsten haselnussbraunen Augen der Welt. Er war ein kleiner Rebell, aber kein Unruhestifter. Er trug eine abgewetzte Lederjacke, die nach seiner Seife duftete, und wenn es auch nur ein bisschen kühl wurde, gab er sie mir. Ich habe es geliebt, diese Jacke zu tragen.»

«Wie heißt er?»

Veronica konnte gar nicht glauben, dass sie es bisher vermieden hatte, seinen Namen zu nennen. «Er heißt Timothy Macintosh. Alle waren immer überrascht, wenn dieser stille Kerl mit der Lederjacke plötzlich die Hand hob und schlaue Fragen stellte oder die richtige Antwort gab. Ich war unglaublich verknallt in ihn, aber als er mich bat, mit ihm auszugehen, lehnte ich erst ab. Ich war so daran gewöhnt, dass die Jungs nur wegen meines Rufes mit mir ausgehen wollten – wegen der Lügen, die über mich verbreitet wurden, zunächst von einer Gruppe böswilliger Mädchen, denen es nicht gefiel, dass ein paar beliebte Jungs hinter mir her waren, und dann von den Jungs, die behaupteten, mit mir geschlafen zu haben. Das habe ich Timothy gesagt. Eigentlich habe ich ihn beschimpft – es war das erste Mal, dass ich so etwas tat, dass ich mich wehrte. Aber er überzeugte mich davon, dass er mich wirklich um meiner selbst willen mochte, und versprach, dass er nicht einmal versuchen würde, mich zu küssen, einen ganzen Monat lang, wenn ich mit ihm ausginge.»

«Hast du ihn beim Wort genommen?»

«Natürlich. Und er hat es wirklich nicht versucht. Wir haben in diesem ersten Monat sehr viel Zeit miteinander verbracht. Er hat es nicht einmal versucht.»

Bea lächelte. «Das gefällt mir.»

«Mir gefiel es auch», sagte Veronica, die sich für einen Moment lang von der schönen Erinnerung forttragen ließ. «Wir haben so ehrlich miteinander gesprochen – wie es uns ging, über die Schule, unsere Lehrer, unsere Eltern, die Regierung, über die ganze Welt, einfach über alles. Er kam aus einem schwierigeren Elternhaus als ich, und er war mir so wichtig, dass ich ihn allein kraft meiner Liebe von alldem ablenken und heilen wollte.»

«Und, hast du das geschafft?»

«Sechs Monate lang, ja. Aber dann habe ich herausgefunden, dass ich schwanger war.» Sie startete den Motor und fuhr die drei Meilen zum Haus, in dem sie aufgewachsen war. Sie parkte den Wagen auf der gegenüberliegenden Straßenseite. «Siehst du das blaue Haus, Nummer neunundvierzig? Da bin ich aufgewachsen. Meine Periode war überfällig, über eine Woche, und ich habe gezittert, als ich den Schwangerschaftstest machte. Ich war so erschrocken, als das Plus-Zeichen erschien. Ich habe mir eingeredet, dass das nicht sein konnte, immerhin hatten wir ja Kondome benutzt. Aber dann habe ich später am selben Tag noch einen Test gemacht, und der fiel wieder positiv aus. Ich habe zwei Tage gebraucht, bis ich den Mut aufbrachte, es meiner Mutter zu erzählen. Ich hatte solche Angst davor, die Worte auszusprechen. Aber dann saßen meine Eltern und ich morgens beim Frühstück, und da bin ich damit herausgeplatzt.»

Bea schaute von dem Haus zu Veronica. «Sie haben es wohl nicht sehr gut aufgenommen.»

«Das ist die Untertreibung des Jahres. Den Gesichtsausdruck meiner Mutter werde ich nie vergessen», fuhr Veronica fort. Die Erinnerung daran war so lebhaft, dass sie Wort für Wort wiederholte, was ihre Mutter gesagt hatte. Es war, als erlebe sie alles noch einmal.

«Deine Großmutter dreht sich gerade im Grab um», hatte ihre Mutter geschrien. Ihr Vater hatte nur mit dem Kopf geschüttelt und gemurmelt: «Wie konntest du nur so dumm sein?» Immer und immer wieder.

Veronica hatte mit jeder Faser ihres Herzens gewünscht, dass ihre Großmutter noch am Leben wäre, dass sie ihr alles erzählen könnte. Sie wusste, dass ihre Großmutter sie umarmt und ihr gesagt hätte, dass alles gut werden und sie es gemeinsam durchstehen würden, dass sie schließlich Russos wären, und die seien nun mal stark.

Aber sie hatte nur ihre Mutter, die mit dem Finger direkt

auf Veronicas Gesicht zielte und sagte: «Damit bist du Abschaum. Du bist kein Stück besser als Mauras verdorbene Tochter, die sich hat schwängern lassen und mit siebzehn auf ein Kleinkind aufpassen muss. Ich werde nicht für dieses Balg aufkommen.»

Veronica hatte vollkommen erschüttert einfach nur dagestanden.

«Was zum Teufel sollen die Leute denken?», hatte ihre Mutter geschrien und den Kopf geschüttelt. «Gott verdammt noch mal.» Und dann hatte sie ausgeholt und Veronica ins Gesicht geschlagen.

Veronica zuckte zusammen, es war, als hätte ihre Mutter sie erneut geschlagen.

«Oh Veronica», flüsterte Bea.

«Ich bin fortgerannt – zum einzigen Ort, an dem ich mich sicher fühlte: zu Timothys und meinem Treffpunkt.» Veronica startete den Motor erneut und fuhr zurück zur Main Street. Nicht allzu weit von der Schule entfernt parkte sie gegenüber der Seagull Lane, einem baumbestandenen, mit Ziegeln gepflasterten Gässchen, das zum Strand führte. Das war der Ort, an dem sich Timothy und sie schließlich zum ersten Mal geküsst hatten. Ihr Treffpunkt.

Der Ort, an dem sie ihm gestand, dass sie schwanger war.

«Ich habe eine Telefonzelle gefunden und ihn angerufen», erzählte Veronica, «ich konnte kaum sprechen, so sehr habe ich geschluchzt. Er ist sofort zu mir gekommen – genau hierhin», fuhr sie fort und zeigte auf das Sträßchen. «Und ich hatte solche Angst, es ihm zu sagen. Obwohl wir uns so nah waren und über alles sprachen, trotz all der Pläne, nach dem Abschluss gemeinsam fortzugehen, hatte ich Angst, die Worte auszusprechen. Seine Mutter war selbst mit sechzehn schwanger geworden, und deshalb war ihr Leben nicht leicht. Ich wusste, dass er sich sehr darüber aufregen würde.»

«Was hat er gesagt?», fragte Bea.

«Er hat lange geschwiegen. Dann hat er gesagt, dass es auf keinen Fall sein Kind sein könne.» Sie schloss für einen kurzen Moment die Augen. «Aber es war seins. Es konnte von niemand anderem sein. Ich war so erschüttert, so verletzt, und bin wie in Trance nach Hause zurückgegangen, wo meine Mutter mir befahl, meine Sachen zu packen. Sie sagte, sie habe einen Platz für mich im Heim der Guten Hoffnung arrangiert. Am nächsten Tag war ich schon dort.»

«Am nächsten Tag», wiederholte Bea fassungslos. «Ich kann nicht glauben, wie schnell das alles ging. Oder mir vorstellen, was du alles durchmachen musstest.»

Veronica fuhr die fünf Meilen bis zum Heim der Guten Hoffnung. Die lange unbefestigte Auffahrt und das hübsche weiße Farmhaus mit der Veranda und der Hollywoodschaukel darauf kamen ihr immer noch so vertraut vor. Als sie damals als Sechzehnjährige Anfang April dort ankam, lag noch immer etwas Schnee. «Hier habe ich sieben Monate verbracht. Eigentlich war es ganz schön.»

Veronica erzählte Bea, wie es im Heim für sie gewesen war. Einige Mädchen waren aus dem gleichen Grund wie sie hierhergeschickt worden, weil sich ihre Familien für ihre schwangere Tochter schämten, aber die meisten Eltern besuchten ihre Töchter einmal wöchentlich, mit dicken Paketen voller Leckereien und warmer Pullover und Schwangerschaftsratgeber, obwohl es davon in der Bibliothek im Heim der Guten Hoffnung genug gab. Und diese Mädchen kehrten nach der Geburt und der Adoption wieder nach Hause zurück. Die

Eltern dachten sich Geschichten aus, etwa, dass sie zwei Semester im Ausland verbracht hätten.

Veronica erzählte, dass sie in den sieben Monaten ihres Aufenthalts kein einziges Mal Besuch bekommen hatte. Ihre Eltern hatten sie nicht einmal angerufen. Und jedes Mal, wenn Veronica selbst zu Hause anrief, hob niemand den Hörer ab. Also gab sie es schließlich auf.

«Oh Gott», sagte Bea, und Veronica spürte, dass Bea versuchte, ihren Blick aufzufangen. «Du musst dich so einsam gefühlt haben.»

Veronica hielt den Blick auf das weiße Bauernhaus gerichtet, auf die Hollywoodschaukel, die ganz leicht in der Brise schwang. «Na ja, um die Wahrheit zu sagen, habe ich mich bei meinen Eltern immer einsam gefühlt, auch als ich noch nicht schwanger war. Sie waren immer eher kühl, schwer zu durchschauen, sehr korrekt und unpersönlich. Meine Mutter hat sich jemanden gesucht, der genauso war wie sie. Sie haben sogar darüber geredet, mich für volljährig erklären zu lassen, damit sie nicht für mich haften mussten.»

Bea schüttelte den Kopf. «Aber im Heim der Guten Hoffnung hast du Freunde gefunden?»

Veronica nickte. «Es gab natürlich auch Streit unter den Mädchen, aber die meiste Zeit haben wir uns gut verstanden. Und die Belegschaft war wunderbar.»

«Gut», sagte Bea. «Das freut mich sehr zu hören. Und die Geburt? Die Wehen fingen im Heim der Guten Hoffnung an, aber ich bin gekommen, als du im Krankenwagen warst?»

«Ich habe mir die Seele aus dem Leib geschrien – es hat so weh getan, und ich war fast verrückt vor Angst –, aber der Sanitäter, der dich auf die Welt geholt hat, war ganz großartig zu mir. Er hat gesagt, dass wir es nicht mehr rechtzeitig ins

Krankenhaus schaffen würden, also hat er mir an Ort und Stelle durch die Sache geholfen. Und plötzlich warst du dann da. Ich durfte dich zwei Minuten lang halten, und dann hat er dich fortgenommen, um dich sauber zu machen.»

«Und auf dem Weg ins Krankenhaus? Konntest du mich da noch einmal in den Arm nehmen?»

«Die Sozialarbeiterin, die uns begleitet hat, hat gesagt, dass die Bestimmungen das nicht zuließen. Außerdem sei es auch keine gute Idee.»

«Aber du wolltest es?»

Veronica zog scharf die Luft ein. «Oh ja.»

Bea schwieg einen Moment. «Hast du jemals darüber nachgedacht, mich zu behalten?»

Veronica antwortete nicht. Sie fuhr wieder los, diesmal zum Coastal General Hospital. Sie parkte auf dem Hauptparkplatz, und sie schauten beide zu dem imposanten Ziegelbau hoch. «Ich habe es mir vorgestellt. Mit dir wegzulaufen. Aber ich war sechzehn und wusste nicht, wohin. Ich hatte keine Familie, nichts. Und die Sozialarbeiter im Heim haben ihren Job sehr gut gemacht. Sie haben mir versichert, dass es das Beste für dich wäre, dass eine Adoption ein selbstloser Akt sei.»

«Und was passierte dann, als ich geboren war? Hast du mich noch einmal wiedergesehen?»

Veronica schaute weg. Sie mochte diese Fragen nicht. «Nur einmal. Als ich aus dem Krankenhaus entlassen wurde. Obwohl man mir gesagt hatte, dass ich nicht hinschauen sollte, dass es zu schmerzhaft sein würde, wenn ich mich immer daran erinnern müsste, wie ich dich verlassen habe. Und die Krankenschwester hatte recht. Allein der Gedanke daran, wie ich dich in jenen zwei Minuten im Krankenwagen gehalten habe, reichte schon aus, mich zum Weinen zu bringen. Also habe ich gelernt, das alles zu verdrängen. Nach einer Weile konnte ich mich kaum noch an Einzelheiten erinnern.»

Bea schwieg für einen Moment. Dann fragte sie: «Und als du aus dem Krankenhaus entlassen worden warst, was war dann?»

«Ich bin zurück zum Heim der Guten Hoffnung gefahren, um meine Sachen für die Reise nach Florida zu packen. Und bevor ich ging, habe ich die Adoptionsagentur angerufen und meinen Namen hinterlassen. Ich habe denen gesagt, dass ich meine Adresse durchgeben würde, wenn ich eine Wohnung hätte. Wenn ich meinen Namen dort nicht hinterlassen hätte, hätte ich vielleicht irgendwann das Gefühl gehabt, dass das alles nie passiert ist, dass ich nie ein kleines Mädchen zur Welt gebracht habe. Aber auf dem Weg nach Florida habe ich mir dann allergrößte Mühe gegeben, mich genau so zu fühlen – als wäre all das nie passiert.»

«Das kann ich verstehen», sagte Bea. «Nach allem, was du durchmachen musstest. Wie bist du allein in Florida zurechtgekommen? Wie hast du es überhaupt dorthin geschafft? Du warst ja noch nicht einmal siebzehn.»

Dieses Thema war nicht ganz so schwierig. Veronica startete den Motor und fuhr zum Busbahnhof in Wiscasset. «Damals war ich schon für volljährig erklärt worden, dank meiner Eltern, die die Formulare für mich ausgefüllt hatten. Sie wollten nicht mehr für mich verantwortlich sein. Ich hatte um die sechshundert Dollar, die ich mir mit Jobs zusammengespart hatte, also habe ich mich hierherbringen lassen und ein Ticket nach Florida gekauft.»

«Warum ausgerechnet Florida?»

Veronica erklärte, dass Florida ein alter Traum ihrer

Großmutter gewesen sei, weil es dort keine Schneestürme, sondern stattdessen überall Orangenhaine gab. Und obwohl Veronica den Winter und den Schnee mochte, hatte sie die Vorstellung vom heißen Florida mit seiner Sonne und den Orangen immer tröstlich gefunden. Dort angekommen, verschwieg sie ihr wahres Alter, suchte sich einen Job als Kellnerin und fand eine nette Zimmergenossin für ein Apartment in einer Anlage mit Palmen und einem Pool. Sie blieb ein Jahr in Florida, ging mit einem Jungen aus, empfand aber nichts für ihn und hätte ihm niemals ihre Geschichte anvertraut. Als er ihr vorwarf, ihn zu betrügen – etwas, das Veronica niemals getan hatte –, hatte sie das so sehr an Timothy erinnert, dass sie erneut ihre Sachen packte. Inzwischen war sie beinahe achtzehn und musste ihr wahres Alter nicht mehr verschweigen. Die Dinge wurden leichter. Sie fuhr in Richtung Südwesten und blieb immer nur für ein paar Monate in unterschiedlichen Städten, bis sie von einem anderen Ort hörte und erneut ihre Sachen packte. In New Mexico hielt sie es am längsten aus, aber dann machte ihr damaliger Freund mit ihr vor der Kapelle in Las Vegas Schluss, weil sie ihn nicht heiraten wollte, und da wusste sie, dass sie nach Hause zurückkehren musste, um ihre Vergangenheit aufzuarbeiten, wenn sie jemals ein normales Leben führen wollte.

«Ich erwarte schon fast, dass wir jetzt nach Florida fahren», scherzte Bea.

Veronica lächelte ihr zu.

«Hast du jemals wieder mit deiner Mom gesprochen?»

«Ich habe es all die Jahre immer wieder versucht. Ich habe sie an ihrem Geburtstag angerufen, am Geburtstag meines Vaters. Zu Weihnachten. Aber die Unterhaltungen waren immer sehr verkrampft. Auch nach all den Jahren konnten sie mir nicht verzeihen. Sie konnten es einfach nicht hinter sich lassen.» Veronica fuhr wieder zurück zu ihrem Haus und parkte davor. «Dann bin ich hierhergezogen.»

Kurz bevor sie nach Boothbay Harbor zog, hatte sie ihre Mutter angerufen, um ihr zu sagen, dass sie nach Hause käme, dass sie hoffte, ihre Vergangenheit ruhenlassen zu können. Sie hatte das tun wollen, was sie schon längst hätte tun sollen: ihre Mutter ebenso abzuschreiben, wie diese es mit ihr getan hatte. In dem Moment, als sie ihre Stimme hörte, sehnte sie sich natürlich doch wieder nach ihr, danach, dass sich etwas geändert hatte. Aber nichts hatte sich geändert. In den zweiundzwanzig Jahren seither hatte Veronica viel über Grenzen und Schranken gelernt. Sie wusste, dass diejenigen, die man liebte, manchmal der Situation nicht gewachsen waren, selbst wenn man sie am meisten brauchte. Nicht, weil sie es nicht wollten. Sondern weil sie es nicht konnten. Ihre Mutter hatte am Telefon nach kurzem Schweigen mit kühler Stimme erklärt: «Ich glaube, inzwischen ist zu viel Zeit vergangen, Veronica, aber ich wünsche dir alles Gute.» Es verschlug Veronica den Atem, und sie legte auf. Du lieber Gott, es war kein Wunder, dass sie so war, wie sie war. Dass ihr Herz nicht richtig funktionierte.

«Ich fahre dich zurück zur Pension», sagte sie jetzt zu Bea. Sie war erschöpft. Sogar noch mehr, als sie erwartet hatte.

Als sie die Auffahrt zum Three Captains' Inn hochfuhren, sagte Bea: «Danke für alles. Ich wollte es wissen, und obwohl einiges nicht schön zu hören war, bin ich froh, jetzt die Wahrheit zu kennen. Geht es dir gut?»

«Es wird schon. Wie geht es dir?»

Bea nickte. «Es geht. Ich muss das alles nur erst einmal

verdauen. Aber ich habe eine Verabredung, das hilft sicher. Ich sollte dir vielleicht sagen, dass ich mit jemandem ausgehe, der beim Film arbeitet. Er heißt Patrick Ool. Er scheint ein toller Kerl zu sein. Aber wir sind erst einmal miteinander ausgegangen.»

Es war merkwürdig, wie sich die beiden Welten verschränkten. «Oh ja, ich weiß, wer das ist! Er ist für die Komparsen zuständig. Ich kenne ihn nicht wirklich, aber er behandelt uns sehr gut. Er erklärt uns, was wir tun sollen, und bemüht sich darum, dass wir uns wohlfühlen.»

«Ich habe ihm nicht gesagt, dass du meine leibliche Mutter bist», sagte Bea. «Ich meine, ich habe ihm schon erklärt, dass der einzige Grund meines Aufenthalts in der Stadt das Treffen mit dir ist und dass du als Komparsin arbeitest, aber deinen Namen habe ich nicht genannt. Ich werde absolut diskret bleiben.»

«Danke. Ich weiß nicht, ob das wichtig ist, aber wie ich schon sagte: Es wissen nur wenige Leute davon, dass ich ein Baby zur Adoption freigegeben habe. Daher fände ich es schön, wenn es erst mal so bliebe.»

Sie war so erschöpft. Warum ging es ihr nicht besser? Warum öffnete sie sich nicht mehr, jetzt, da sie auf den Spuren ihrer Vergangenheit alles noch mal durchlebt hatte?

Sie sah zu Bea hinüber, deren Gesichtsausdruck sich verändert hatte. Ärgerte sie sich, dass Veronica ihre Verbindung für sich behalten wollte? Veronica hatte so lange geschwiegen, nicht darüber gesprochen, es tief in sich vergraben. «Bea? Habe ich etwas gesagt, das dich verletzt hat?»

«Ich muss nur gerade an meine Mutter denken. An all die Gelegenheiten, bei denen sie es mir hätte sagen können – als ich vier, fünf, sechs Jahre alt war. Sie wollte alles einfach fortwischen und so tun, als sei die Adoption nie gewesen. Für sich selbst – und für mich.»

Veronica wollte etwas entgegnen, darüber, dass Liebe und Hoffnung und Not einen manchmal dazu brachten, Dinge zu tun – oder eben nicht zu tun –, von denen man wusste, dass es anders besser wäre. Manchmal, um andere zu schützen. Manchmal aber auch, um sich selbst zu schützen. Aber sie wagte es nicht, über Beas Mutter auch nur ein Wort zu sagen, über die Frau, die sie aufgezogen hatte. Denn alles, was sie über Cora Crane wusste, war, dass sie eine großartige Mutter gewesen sein musste und eine wunderbare junge Frau großgezogen hatte.

«Was jetzt?», fragte Bea. «Ich meine, ich weiß nicht, was wir füreinander sein sollten.»

«Wir sind ein Teil der Geschichte der jeweils anderen.»

«Das hat wohl nicht unbedingt etwas mit der Zukunft zu tun, nehme ich an.»

Das war eine Feststellung und keine Frage, wie Veronica bemerkte, und sie spürte, dass sich ihr Herz schmerzhaft zusammenzog.

Bea biss sich auf die Unterlippe und stieg aus dem Wagen. «Danke für heute, Veronica», sagte sie durch das offene Beifahrerfenster. «Ich weiß, dass das nicht leicht war für dich.»

Hat nicht unbedingt etwas mit der Zukunft zu tun ... War es das also? Würde sie nie wieder etwas von Bea hören? «Das war es wert.»

Bea atmete tief durch. «Ich weiß einfach nicht, was ich für dich empfinden soll. Ich ... ich geh dann lieber mal. Noch mal danke für heute», fügte sie hinzu und eilte dann zur Pension.

Ich weiß genau, was ich für dich empfinde, dachte Veronica und schaute ihr nach, wie sie im Haus verschwand. Was ich immer für dich empfunden habe, seit dem Augenblick, in dem man mir dich auf die Brust legte.

Veronica liebte Bea, das hatte sie immer getan. Und damit wusste sie endlich, was sie all die Jahre nicht hatte erkennen können.

.....

Nach dem halben Montag auf dem Filmset entließ Patrick Ool, den Veronica nicht mehr ansehen konnte, ohne an Bea zu denken, die Komparsen wegen eines Beleuchtungsproblems. Sie freute sich, dass sie gehen konnte. Manchmal fühlte sie sich im Zelt mit den anderen, den Requisiten und ihren Gedanken doch ein wenig eingesperrt. Auf dem Weg nach Hause fuhr sie beim Markt vorbei und kaufte Pfirsiche für den Backunterricht am Abend, außerdem Erdbeeren und Limetten für die Kuchen, die sie in dieser Woche geplant hatte.

Zu Hause legte sie die Pfirsiche in zwei große Schüsseln, die auf der Kochinsel in der Mitte der Küche standen. Doch selbst die schönen, frischen Früchte, Veronicas Lieblingsobst im Sommer, konnten den Gefühlsaufruhr in ihrem Herzen nicht lindern.

Ich weiß nicht genau, was wir füreinander sein sollten, was ich für dich empfinden soll.

Hatte Bea gefunden, wonach sie gesucht hatte, Antworten auf ihre Fragen, eine Person, die sie mit dem Konzept leibliche Mutter verbinden konnte, und würde sie nach ihrer Abreise aus Boothbay kein Interesse mehr daran haben, eine Beziehung zu ihr aufzubauen? Würde sie jemals wieder von Bea hören?

Sie verstand Bea genau: Auch sie war nicht sicher, was sie einander sein sollten. Sie waren nicht Mutter und Tochter. Sie waren keine ... Freunde. Und dennoch war ihre Verbindung so grundlegend und unumstößlich. Vielleicht würde Bea zu dem Schluss kommen, dass Biologie noch keine Beziehung machte. Aber Veronica hatte Bea niemals nur auf Biologie und Geburt reduzieren können. Bea war für sie immer auch Zukunft gewesen – eine Zukunft, an der Veronica nicht hatte teilhaben können.

Es klingelte an der Tür, und Veronica hoffte, dass es Nick und Leigh wären. Er hatte zwar nicht angerufen, um zu sagen, ob er kommen würde oder nicht, und mit der Küche voller Backschüler würde sie sowieso nicht über Persönliches mit ihm sprechen können, aber allein seine Gegenwart wäre tröstlich. Sie wünschte, es wäre nur deswegen, weil sie ihn so attraktiv fand, aber es ging weit darüber hinaus. Was sie für Nick DeMarco zu empfinden begann, fühlte sich eher wie eine dringende Notwendigkeit an.

Sie öffnete die Tür, und tatsächlich standen Nick und Leigh auf der Veranda. Leigh trug einen in Frischhaltefolie eingewickelten Kuchen. Danke, flüsterte Veronica kaum hörbar zum Universum.

«Ich habe dir einen Schokoladenpuddingkuchen gemacht», sagte Leigh und streckte ihn ihr mit beiden Händen entgegen. «Er hat keine spezielle Wirkung. Er schmeckt nur lecker. Oder zumindest hoffe ich das. Gestern hab ich auch einen gemacht, aber da habe ich wohl die Vanille vergessen, glaube ich. Aber diesmal hab ich an alles gedacht.»

Veronica lächelte und nahm den Kuchen entgegen. «Ich liebe Schokoladenpuddingkuchen, und ich bin ganz gerührt, dass du einen für mich gebacken hast. Danke schön.»

Sie spürte, dass Nick sie beobachtete, und sein Gesicht, sein Körper, seine ganze Gegenwart hatten die übliche Wirkung auf Veronica. Sie empfand eine Mischung aus Erleichterung, Glück und einem Flattern in der Magengegend, so wie Schmetterlinge oder eine angenehme Aufregung.

«Leigh, wenn du möchtest, dann geh doch schon mal in die Küche. Such dir eine Schürze aus und lies dir das Rezept auf der Arbeitsplatte durch. Fang schon mal an. Wir machen heute Abend einen Pfirsichkuchen. Du bist dafür zuständig, die trockenen und flüssigen Zutaten abzumessen.»

«Ich liebe Pfirsiche!», rief Leigh begeistert und verschwand in der Küche.

Veronica schloss die Tür hinter Nick. «Ich freue mich, dass ihr beide da seid.»

«Erst wollte ich nicht kommen», gab er zu. «Aber dann habe ich gedacht, dass man im Grunde aufgegeben hat, wenn man es zulässt, dass andere Leute einen kontrollieren und einem vorschreiben, wie man zu leben hat. Vielleicht habe ich ein wenig Angst vor Leighs Großeltern, das gebe ich zu, aber vor Kuchen fürchte ich mich nicht.»

Sie lächelte und hätte ihn am liebsten umarmt. Zum Glück klingelte in diesem Augenblick das Telefon und hielt sie davon ab, womöglich unerwünschte Gefühlsausbrüche an ihm auszulassen. Sie ging in die Küche, um ranzugehen. Es war Isabel, die sagte, dass weder sie noch June zum Backkurs kommen würden; June, Henry und Charlie waren alle schwer erkältet, und Isabel musste auf ihrem Hausboot für sie die Krankenschwester spielen.

Es klingelte an der Tür, und davor stand Penelope, die schon wieder etwas bedrückt wirkte. Veronica versammelte ihre drei Schüler um die Kochinsel und teilte die Aufgaben ein. Nick und Penelope sollten das Obst schälen und schneiden, Leigh die Zutaten abmessen. Wenn sich Veronica nicht sehr täuschte, starrte Penelope sie die ganze Zeit an. Immer wenn Veronica zurückschaute, lächelte Penelope und wandte den Blick wieder ab. «Hmmm, das riecht so gut», sagte Leigh, schloss die Augen und steckte fast die Nase in ihre Rührschüssel. Der Duft von Pfirsichen, Muskat, Vanille und braunem Zucker erfüllte den Raum.

Penelope goss die Füllung auf den Kuchenboden. Nick legte die obere Teigschicht darauf und drückte die Ränder zusammen. Während der Kuchen im Ofen buk, sprach Veronica über die Kuchenkruste und wie man deren Teig am besten machte, nämlich indem man ihn nicht zu sehr rührte oder durchknetete. Auf Leighs Wunsch hin übten sie, wie man das gitterförmige Muster am besten hinbekam, obwohl man diese Verzierung für den Pfirsichkuchen gar nicht brauchte.

«Penelope, hat das mit dem Shoofly Pie bei dir geklappt?», fragte Leigh und strich mit den Fingern am Rand der Schüssel entlang, um den übriggebliebenen Teig abzulecken. «Bei mir ja. Aber ich darf nicht darüber sprechen. Ups», fügte sie hinzu und hielt sich mit der Hand den Mund zu.

«Du kannst über alles reden», sagte Nick. «Freut mich, dass der Kuchen bei dir seine Wirkung nicht verfehlt. Ich freue mich über alles, was dich an deine Mutter erinnert.»

«Grandma findet, dass das Voodoo-Quatsch ist», bemerkte Leigh. «Ich habe ihr aufgezählt, was wir in den Teig hineintun, jede einzelne Zutat, und obwohl das nun wirklich keine Hexerei ist, behauptet sie steif und fest, dass es die Idee ist, nicht die Zutaten.»

«Ich glaube, es ist ein bisschen wie beim Beten», meldete sich Penelope plötzlich zu Wort. Sie war in der letzten Dreiviertelstunde ziemlich still gewesen. «Es ist ein Trost, das ist alles.»

«Hat es denn bei dir funktioniert?», fragte Leigh sie erneut.

«Ich weiß nicht», antwortete Penelope und sah plötzlich sehr traurig aus.

Die Eieruhr klingelte, und Veronica bat Nick, den Kuchen herauszuziehen, damit ihn Penelope drei Mal einschneiden konnte. Dann drehten sie die Temperatur des Backofens herunter und schoben den Kuchen wieder in den Ofen.

«Und was ist mit dir, Veronica?», fragte Leigh. «Hat dich der Shoofly Pie wieder an deine Großmutter erinnert?»

«Das tut er jedes Mal», antwortete Veronica. «Wenn ich ihn nur ansehe, diese krümeligen braunen Streusel, muss ich sofort an Renata Russo denken. Ich rieche dann ihr Shalimar-Parfüm, als ob sie direkt neben mir säße. Ich höre ihre Stimme, die mir von der Zeit erzählt, als sie noch ein Mädchen war und das Kuchenbacken lernte. Ich spüre sie neben mir. Es ist genau, wie Penelope gesagt hat: der reine Trost.»

«Genauso habe ich mich gefühlt, als ich meinen Shoofly Pie gegessen habe», warf Leigh ein. «Als ob meine Mom bei mir wäre. Manchmal hat es sich sogar so angefühlt, als wäre sie praktisch in mir drin. Aber das ist genauso gut.»

«Das ist es sicher», bekräftigte Nick und fuhr mit der Hand durch ihr schönes braunes Haar.

Eine halbe Stunde später holten sie den Kuchen heraus. Sie warteten, um ihn ein wenig abkühlen zu lassen, hielten es aber nicht sehr lange aus, und dann servierte Nick jedem ein Stück davon. Alle fanden ihn köstlich. Veronica verteilte den Rest zum Mitnehmen zwischen den DeMarcos und Penelope. Um halb neun war der Kurs vorbei, und Nick sagte, dass er seine kleine Konditorin wohl besser ins Bett brächte, zumal sie am nächsten Morgen ins Zeltlager fahren würde.

Veronica hätte die beiden lieber noch ein wenig dabehalten. Sie mochte es, wenn Nick bei ihr zu Hause war, in ihrer Küche, und sie war in Leigh geradezu vernarrt.

«Bis bald», sagte Nick, und sein Blick ruhte ein wenig länger als üblich auf ihr.

Als sie an der offenen Haustür stand und Leigh und Nick hinterherschaute, fiel Veronica auf, dass sie Penelope noch gar nicht verabschiedet hatte.

Sie fand sie in der Küche, wo sie den Fußboden fegte. «Oh, Penelope, das ist wirklich sehr aufmerksam, aber das mach ich schon selbst.»

Penelope stellte den Besen zurück in das Eckchen bei der Hintertür, trat zum Ausguss, feuchtete ein Küchentuch an und begann, den Tresen abzuwischen. «Du hast im Heim der Guten Hoffnung gewohnt, damals, als du in der Highschool warst, oder?»

Penelope von Blun putzte betont ruhig und gleichmäßig weiter, aber Veronica spürte, dass es hier nicht um ihre Vergangenheit ging. Hier ging es um Penelope. Und diese Unterhaltung verlangte nach Tee. Sie füllte Wasser in den Kessel und setzte ihn auf. «Ja, sieben Monate lang.»

«Habt ... ihr Mädchen eigentlich darüber gesprochen, was ihr euch für Adoptiveltern für eure Babys wünscht?»

Aha. Veronica ahnte, worum es hier ging.

«Die meisten von uns haben sich für eine geschlossene Adoption entschieden, daher konnten wir niemanden aussuchen, aber wir haben natürlich darüber gesprochen.»

Penelope schrubbte an dem bereits blitzblanken Tresen herum. «Und was habt ihr euch so von den Adoptiveltern gewünscht?»

«Na ja, wir wollten natürlich, dass sie liebevoll und

freundlich wären. Nicht so aufbrausend wie einige von unseren eigenen Vätern.»

«Was noch?» Penelopes Tonfall klang fast verzweifelt.

Veronica stellte den Herd aus und goss Wasser über die Earl-Grey-Blätter in der Kanne. «Eigentlich war das schon alles. Liebevoll war die Eigenschaft, die wir uns vor allem gewünscht haben.»

Penelope hielt inne. «Aber woher hättet ihr gewusst, ob jemand liebevoll ist? Ich meine, dafür muss man jemanden doch erst richtig kennenlernen, oder? Das kann man nach ein paar Treffen doch noch gar nicht wissen.»

«Aber das Temperament eines Menschen erkennt man doch recht schnell, oder findest du nicht?»

Penelope sah aus, als würde sie gleich in Tränen ausbrechen. Sie ließ das zerknüllte Küchentuch auf den Tresen sinken. «Mein Mann und ich versuchen seit Jahren, ein Kind zu bekommen. Und jetzt bin ich schon achtunddreißig, und meine Chancen sinken. Also denken wir über Adoption nach, und ich weiß, dass so viele Paare ein Baby adoptieren wollen – man hat uns gesagt, dass das sehr lange dauern kann. Aber dann hat ein Mädchen aus dem Heim der Guten Hoffnung uns ausgesucht. Ich kann dir gar nicht beschreiben, wie glücklich ich war, vielleicht glücklicher als jemals in meinem Leben. Bloß – jetzt scheint sie es sich anders überlegt zu haben. Sie mag meinen Mann, sagt aber, dass sie nicht sicher sei, ob ich die richtige Mutter für ihr Baby bin.» Sie wandte sich ab und bedeckte ihr Gesicht mit den Händen.

Oje. «Und warum hat sie sich euch dann überhaupt ausgesucht?»

Penelope schaute zu Veronica hoch. «Ehrlich? Weil wir wohlhabend sind. Das Mädchen kommt aus sehr armen Verhältnissen. Sie hatte eine harte Kindheit – im Grunde ist sie noch immer ein Kind –, und es ist ihr sehr wichtig, dass ihr Kind in Wohlstand groß wird, dass es ihm oder ihr niemals an etwas mangelt, ob es nun ein regelmäßiges Frühstück oder ein iPhone ist. Das ist ihr wichtig, und sie will auf jeden Fall eine katholische Familie aus Boothbay Harbor. Diese Bedingungen erfüllen wir. Also hat sie uns getroffen. Ich habe mich so bemüht, genau das zu sein, was sie sich wünscht, aber je mehr Zeit wir mit ihr verbrachten, desto unzufriedener mit mir schien sie zu werden.»

Veronica schenkte zwei Tassen Tee ein und bedeutete Penelope mit einer Handbewegung, sich zu setzen. «Und was glaubst du, könnte der Grund dafür sein?»

«Mein Mann sagt, dass ich gezwungen wirke, dass ich mehr ich selbst sein soll. Ich weiß genau, welchen Eindruck ich bei den meisten Leuten hinterlasse – hochnäsig und eingebildet. Ich versuche das wirklich zu ändern.»

Das ist mir auch schon aufgefallen, dachte Veronica. Aber gespielt wirkte es nicht.

Penelope goss Sahne in ihren Tee und ließ einen Zuckerwürfel hineinfallen. «Ich weiß, dass ich nicht der netteste Mensch der Welt bin. Und vielleicht habe ich auch den Ruf, eingebildet zu sein. Aber ich würde dieses Baby von ganzem Herzen lieben – und mein Herz ist groß, Veronica. Vielleicht zeige ich es nicht jedem, aber mein Mann weiß das. Meine Mutter und meine Schwester auch – für meine Familie tue ich alles. Und für dieses Baby, diesen kostbaren kleinen Engel, den ich lieben und aufziehen und mit dem ich mein Leben teilen will. Ich wäre die liebevollste Mutter der Welt. Ich weiß das sicherer als alles, was ich je gewusst habe.»

«So musst du es ihr sagen, Penelope. Du musst es ihr genau so sagen, wie du es mir gerade gesagt hast. Es muss von hier kommen», sagte Veronica und berührte ihre Brust. «Sie muss spüren, dass du es ehrlich meinst.»

«Ich habe es doch versucht – dreimal. Sie mag mich einfach nicht.» Tränen glitzerten in Penelopes Augen.

«Ich finde, du solltest zu ihr gehen. Du allein. Zeig ihr dein wahres Ich, nicht dein bemüht bescheidenes falsches Ich. Sei einfach du in deiner ganzen Penelope-von-Blun-Pracht. Sag ihr ganz ehrlich, was dieses Baby dir bedeutet. Wie du es erziehen willst. Sag ihr, warum du dieses Baby besser aufziehen kannst als jeder andere. Erzähl ihr, was du abends denkst, bevor du einschläfst. Denn darin liegt meist die Wahrheit.»

Penelope nickte, streckte dann die Arme aus und zog Veronica an sich. «Vielleicht sollte ich das Rezept von deinem Hoffnungskuchen mit nach Hause nehmen.»

Veronica ging zu ihrem Rezeptordner und nahm das Rezept für Käsekuchen mit gesalzenem Karamell heraus. «Ich glaube, du brauchst noch nicht einmal einen Heilkuchen, Penelope. Ich kann deine Hoffnung förmlich spüren.»

• • • • •

Gegen elf Uhr am selben Abend saß Veronica auf ihrer Bettkante und rieb gerade ihre trockenen Ellenbogen mit einer Lotion ein, die nach Flieder duftete, als das Telefon klingelte. Nick? Oder vielleicht Penelope?

«Hallo?»

Bea. Veronica war so überrascht, ihre Stimme zu hören, dass sie den Hörer beinahe fallen ließ. Nach ein paar Begrüßungsfloskeln und ein wenig Geplauder darüber, wie ungewöhnlich heiß es heute war und dass das Wetter nicht gerade zum Kuchenbacken einlud, sagte Bea: «Ich habe nachgedacht. Ich würde gern mit Timothy Macintosh sprechen.»

«Das habe ich mir schon gedacht», erwiderte Veronica. Sie fragte sich, was wohl passieren würde, wenn Bea ihn anrief. Wie er reagieren würde.

«Weißt du vielleicht, wo ich mit der Suche nach ihm beginnen könnte? Ich habe schon im Telefonbuch nachgeguckt. Hier in der Gegend gibt es ziemlich viele Macintoshs. Aber keinen Timothy Macintosh.»

«Ich kenne jemanden, der vielleicht seine jetzige Adresse kennt. Ich rufe dich gleich zurück.» Veronica legte auf. Sie spürte einen merkwürdigen Druck in der Brust. Sie rief Nick an, der tatsächlich Timothys Adresse hatte. Er wohnte in Wiscasset, nur eine Viertelstunde entfernt, in demselben Städtchen, in dem der Busbahnhof lag, den Veronica und Bea gestern bei ihrem Ausflug besucht hatten. Nick hatte ihn letztes Jahr an Weihnachten zufällig beim Einkaufen getroffen, und Timothy hatte ihm seine Visitenkarte gegeben. Er arbeitete inzwischen als Schiffsmechaniker.

Ein Schiffsmechaniker. Der nur eine Viertelstunde entfernt wohnte.

Veronica zog scharf die Luft ein, rief Bea zurück und sagte ihr, was sie herausgefunden hatte. In ihrem Magen grummelte es.

«Danke, Veronica», sagte Bea, und Veronica beeilte sich aufzulegen.

Dann gab sie sich einen Ruck. Sie ging hoch zu ihrer Kammer, in den hintersten Winkel, wo sie ihre Kiste mit den Andenken aufbewahrte. Sie hatte die wenigen Dinge behalten, die sie mit ins Heim der Guten Hoffnung genommen hatte, und bei jedem Umzug im Verlauf der letzten zweiundzwanzig Jahre immer wieder Gegenstände dazugelegt. Jetzt wühlte sie sich bis ganz auf den Boden und zog schließlich das Bild von Timothy Macintosh hervor. Sie schaute es sich an. Der sechzehnjährige Timothy stand an ihrem Treffpunkt und trug jene Lederjacke. Er hatte die Hände in den Taschen seiner Jeans vergraben und lächelte freundlich.

Veronica hatte geglaubt, es würde niemals aufhören, weh zu tun, aber tatsächlich schmerzte der Anblick nicht mehr. Du meine Güte, Bea ähnelte ihm wirklich sehr. Sie war ihm sogar wie aus dem Gesicht geschnitten.

Veronica steckte das Foto in einen Briefumschlag und schrieb Beas Namen darauf. Dann fügte sie noch eine Notiz hinzu: «Ich dachte, du würdest das hier vielleicht gern haben wollen. Timothy Macintosh, März 1991.»

Sie würde am Morgen an der Pension vorbeigehen und es in den Briefkasten stecken. Erleichtert ging Veronica zu Bett. Jetzt, da sie das geregelt hatte, würde sie in dieser Nacht sicher gut schlafen.

18 Gemma

Nach einem langen Vormittag voller Recherche und mehreren Interviews hintereinander fuhr Gemma zum Filmset. Sie hatte ein herzzerreißendes Frühstück mit einer Frau hinter sich, die ihr Baby 1963 zur Adoption freigegeben hatte, als das Heim der Guten Hoffnung gerade erst eröffnet hatte, und eine ergreifende Stunde mit einer schwangeren Fünfzehnjährigen verbracht, die ihr Baby unbedingt von einem wohlhabenden Paar aus der Gegend adoptieren lassen wollte, aber Schwierigkeiten hatte, unter den «Stinkreichen» wirklich liebevolle zukünftige Eltern zu finden. Gemma hoffte, einen Blick auf Colin Firth zu erhaschen und womöglich sogar ein Interview mit ihm zu ergattern. Claire hatte zwar gesagt, dass sie eine Reporterin mit einer Story über den Dreh beauftragt hatte, aber das bedeutete ja nicht, dass Gemma nicht auch versuchen konnte, ein Interview mit dem Schauspieler zu führen. Jetzt, da sie mit ihrer Recherche beinahe fertig war, konnte sie in den nächsten Tagen den langen Hauptteil ihres Artikels schreiben und das Projekt abschließen. Sie würde den Presseausweis zurückgeben müssen, den Claire ihr gegeben hatte. Sie würde wieder arbeitslos sein.

Sie würde nach Hause fahren und sich mit ihrer Zukunft auseinandersetzen müssen.

Aber ein Interview mit Colin Firth konnte ihre Eintrittskarte für eine feste Anstellung sein. Ein Exklusiv-Interview mit einem echten Filmstar. Einem Oscar-Gewinner. Einem gutaussehenden Engländer, den alle mochten. Das Interview wäre das i-Tüpfelchen auf ihren Arbeitsproben und würde ihr womöglich ihren Traumjob verschaffen. Vielleicht sogar ihren alten Job bei der *New York Weekly*. Und wenn sie erst wieder eine Festanstellung als Reporterin hätte, würde Alex ihre Entscheidung, in der Stadt bleiben zu wollen, akzeptieren müssen.

Obwohl er die Stadt inzwischen wirklich hasste. Und es nicht gerade fair war, ihn zum Bleiben zu zwingen.

«He, Leute! Colin Firth gibt Autogramme im Best Little Diner!», rief ein Mann, und eine riesige Menschenmenge rannte in Richtung Hafen und die Main Street hoch. Es war Gemma fast peinlich, wie schnell sie selbst losrannte. Sie nahm die Abkürzung durch ein Ziegelgässchen, an das sie sich noch aus ihrer Ferienzeit als Teenager erinnerte, und kam außer Atem im Diner an, die Menge dicht auf ihren Fersen. Schon um elf Uhr morgens war hier die Hölle los, und Gemma schaute sich um, um ihn vor allen anderen zu entdecken und mit ihm zu sprechen. Entschuldigen Sie, Mr. Firth, würde sie sagen, ich möchte Ihnen gern einen Nachtisch ausgeben, vielleicht ein Stück von diesem köstlich aussehenden Blaubeerkuchen, wenn ich Ihnen ein paar Fragen für die *Gazette* stellen dürfte. Aber keine Spur von dem Schauspieler im Diner. «Und wo ist er jetzt?», schrie eine Frau und drängte sich an Gemma vorbei.

Eine Kellnerin füllte in aller Seelenruhe die kleine Zuckerdose auf dem benachbarten Tischchen auf. «Wo ist wer?»

«Colin Firth. Jemand hat gesagt, er sei hier drin und gäbe Autogramme.»

Die Kellnerin, eine kleine Rothaarige Anfang vierzig, hob

eine Augenbraue. «Geht das schon wieder los? Wenn Colin Firth hier drin wäre, glauben Sie dann wirklich, dass ich die Tütchen mit dem Süßstoff ordnen würde? Dann wäre ich wohl schon längst dahingeschmolzen.»

«Das sagt sie nur so», kreischte eine andere Frau und rannte zu den Toiletten. «Wahrscheinlich versteckt er sich in der Küche!»

«Das tut er nicht, das schwöre ich», rief ihr die Kellnerin hinterher. «Wenn Sie hier nichts essen wollen, dann verschwinden Sie gefälligst wieder.»

Vielleicht könnte Gemma ihn abpassen, wenn er zum Set kam oder ging, dachte sie, als sie das Diner mit einem großen Kräuter-Eistee in der Hand verließ. Sie hatte erst neulich zwei seiner Filme geschaut, *Bridget Jones* und *Als sie mich fand*, und in den letzten Jahren noch ein paar andere – *The King's Speech, Tatsächlich ... Liebe* und *Mamma Mia*. Vielleicht würde sie heute Abend einen seiner neueren Filme schauen und Ideen für einen Aufhänger sammeln. Oscar-Gewinner besucht Kleinstadt in Maine. Mr. Darcy kommt in die Stadt. Ein Engländer in Boothbay Harbor. Vielleicht würde er ihr ein wenig von seinen Eindrücken erzählen, die er von Maine gesammelt hätte, und Gemma könnte den Artikel auch noch in der Reiserubrik unterbringen. Geschrieben natürlich von einem Fan. Sie bewunderte Colin Firth und würde zweifellos ebenfalls dahinschmelzen, wenn sie nur ein paar Zentimeter von ihm entfernt stünde und ihm zuhörte, wie er mit seinem wunderbaren Akzent sprach. In ihrem Kopf schwirrten tausend Ideen, als sie zum Froschweiher lief, wo sich die Zahl der Wohnwagen inzwischen vervierfacht hatte. Gemmas Telefon klingelte genau in dem Augenblick, in dem sie ihr kleines Notizbuch hervorzog, um ein paar ihrer Ideen aufzuschreiben. Der Name ihrer Schwiegermutter blinkte auf. Oh nein.

«Gemma, was um alles in der Welt tust du da eigentlich?», fragte Mona Hendricks in einem Tonfall, der vor Verärgerung nur so troff.

Gemma verdrehte die Augen. Hatte Alex ihr etwa erzählt, dass sie schwanger war? Sie hatten sich noch nicht darüber geeinigt, ob sie es Freunden und Familie in diesem frühen Stadium schon sagen wollten, aber je später es Mona erfuhr, desto besser. «Ich weiß nicht, was du meinst, Mona.»

«Du weißt ganz genau, was ich meine. Du bist schwanger und rennst drei Wochen lang in Maine herum? Und du machst Alexander Ärger, weil er nach Dobbs Ferry ziehen will?»

Du lieber Gott. Hatte er etwa seine Mutter auf sie angesetzt?

«Oh, er hat natürlich so getan, als ob es ihm nichts ausmacht», zeterte Mona weiter. «Er sagte, dass ihr beide vielleicht auch in der Stadt wohnen bleibt, weil du es so gern willst. Wie kannst du nur so selbstsüchtig sein?»

«Entschuldige, Mona, aber warum ist Alexander eigentlich nicht selbstsüchtig, wenn er nach Westchester ziehen will, obwohl ich in der Stadt wohnen bleiben will?»

«Sei nicht albern. Du weißt ganz genau, warum. Du bist schwanger. Du bringst ein Kind zur Welt. Es geht nicht nur um dich.»

Wie der Sohn, so die Mutter. Alexander hatte genau dasselbe gesagt.

«Mona, entschuldige, aber das hier geht nur Alexander und mich etwas an.» Reiß dich jetzt bloß zusammen. Wimmel sie einfach ab. Hals dir nicht noch ein Problem auf.

«Das geht die ganze Familie etwas an. Wir sind alle hier in Dobbs Ferry. Und jetzt, da du ein Kind bekommst, gehört ihr drei ebenfalls hierhin. Denk doch wenigstens an das Baby, wenn dir dein Mann schon egal ist.»

«Ich muss jetzt auflegen, Mona», sagte sie. «Bis bald.»

Ärger wallte in Gemma auf. Wie konnte sie es nur wagen! *Denk doch wenigstens an das Baby, wenn dir dein Mann schon egal ist.*

Sie musste ein Interview mit Colin Firth ergattern. Sie musste einfach.

• • • • •

Nach einer Stunde, die sie mit ergebnislosen Telefonaten verbracht hatte, um herauszufinden, wann Colin Firth in der Stadt erwartet wurde – nicht einmal der Typ, mit dem Bea ausging, dieser Regieassistent, wusste wegen Drehplanänderungen genau Bescheid –, machte sich Gemma an die Arbeit an ihrem Artikel. Sie musste die ganze Zeit über Lizzie Donner nachdenken, das fünfzehnjährige Mädchen, das im Heim der Guten Hoffnung wohnte und darauf bestand, ihr Baby nur von einer wohlhabenden Familie aus Boothbay Harbor adoptieren zu lassen, dem Ort, an dem sie selbst in Armut aufgewachsen war. Das Mädchen hatte Gemmas ganzes Mitleid. Lizzie hatte geglaubt, die perfekten zukünftigen Eltern für ihr Kind gefunden zu haben – sehr wohlhabend, katholisch wie sie selbst, mit einer Villa am Wasser –, aber jedes Mal, wenn sie sich mit dem Paar traf, stellte sie erneut fest, dass sie die Frau einfach nicht mochte. Ich will, dass mein Baby alles hat, was es sich jemals wünschen kann, hatte Lizzie gesagt. Ich dachte, das wäre das Allerwichtigste. Aber diese Frau ist so falsch und aufgesetzt – wie kann die meinem Baby eine gute Mutter sein? Gemma löschte den letzten Satz wieder, den sie mit fliegenden Fingern in ihren Laptop getippt hatte. Sie hatte Lizzie versprochen, nur das Wesentliche aufzuschreiben und niemanden verächtlich zu machen, zumal Lizzie das Paar noch nicht ganz von ihrer Liste der in Frage kommenden Adoptiveltern gestrichen hatte. Gemma musste an ihre eigene Mutter denken – sie war überhaupt nicht aufgesetzt gewesen, sondern nur kühl. Ihre Eltern waren sehr wohlhabend, aber all das Geld und die Urlaube und teuren Sommercamps hatten niemanden so recht glücklich machen können.

Gemma kam zu dem Absatz über Lindsey Tate, die aus New Hampshire stammte und ein Baby adoptiert hatte, dessen leibliche Mutter vor dreißig Jahren einige Wochen im Heim der Guten Hoffnung verbracht hatte. Sie kontrollierte gerade ihre Notizen, als sie plötzlich Schmerzen im Bauch spürte, wie Menstruationskrämpfe. Sie legte die Hand auf den Unterleib und stand auf. Vielleicht hatte sie zu lange über den Laptop gebeugt gesessen. Aber die Schmerzen nahmen zu. Gemma ging auf und ab, so gut es eben in dem winzigen Zimmerchen ging, und der Schmerz wurde so schlimm, dass sie sich krümmen musste. Was war das? Verlor sie das Baby?

Sie öffnete die Tür und stützte sich am Türrahmen ab. Der Schmerz wurde immer schlimmer. «Isabel?», rief sie und erschrak, weil es so verzweifelt klang. Bitte, lass sie da sein.

«Gemma?», hörte Sie Bea von oben rufen. «Alles in Ordnung bei dir?»

«Ich habe starke Schmerzen im Unterleib», brachte Gemma heraus. Sie hatte Mühe zu sprechen.

Bea rannte die Treppe herunter und kam schon Sekunden später mit Isabel zurück.

«Ich bin schwanger», sagte Gemma. «In der siebten Woche. Es tut wirklich sehr weh.»

Isabels Augen weiteten sich. «Ich bringe dich sofort ins Krankenhaus. Bea, kannst du hier in der Pension die Stellung halten?»

«Natürlich. Alles, was du brauchst.»

Gemma konnte kaum noch alleine gehen, als Isabel ihr die Treppen hinunterhalf. Was passierte da mit ihr? Sie ging gekrümmt zu Isabels Auto, die Schmerzen ließen nicht nach.

«Hör zu, Liebes. Ich will, dass du dir keine Sorgen machst», sagte Isabel, als sie aus der Einfahrt fuhr. «Zu Beginn meiner Schwangerschaft hatte ich auch schlimme Unterleibsschmerzen, aber das hat sich als harmlos herausgestellt. In der Notaufnahme werden sie wahrscheinlich per Ultraschall nachsehen. Mach dir keine Sorgen.»

Aber Gemma machte sich Sorgen. Sie hatte noch nie solche Krämpfe gehabt. «Verliere ich das Baby?»

Isabel fuhr schneller und schaute angestrengt auf die Straße, ihre Knöchel auf dem Lenkrad waren ganz weiß. Gemma kauerte sich zusammen und wiegte sich vor und zurück.

«Wir sind schon da.» Isabel fuhr vor der Notaufnahme vor und rief: «Meine Freundin ist in der siebten Woche und hat schlimme Unterleibsschmerzen!»

In Sekunden saß Gemma in einem Rollstuhl und wurde durch die Glastür in die Notaufnahme geschoben. Dann lag sie auf einer Trage. Zwei Schwestern standen über sie gebeugt, maßen ihre Herzfrequenz und legten einen Tropf. Atme, befahl sie sich selbst. Der Schmerz ließ ein wenig nach. Ein Arzt kam und stellte sich als der diensthabende Oberarzt vor. Er erklärte, dass er für die Ultraschalluntersuchung jetzt eine kalte, geleeartige Masse auf ihrem Unterleib verteilen würde.

«Okay, hier sehen wir den Herzschlag», sagte er, und Gemma schaute hinauf zu dem kleinen Bildschirm und war ganz ergriffen. «Ich weiß nicht genau, woher Ihre Schmerzen kommen, aber dem Baby geht es gut.»

Gemma konnte den Blick gar nicht von dem kleinen flackernden Herzschlag wenden, von dem winzigen Wesen dort auf dem Bildschirm. Es war zur Hälfte sie, zur Hälfte Alexander. Zum ersten Mal fühlte sie sich mit dem neuen Leben in ihr verbunden. Sie würde tatsächlich ein Baby bekommen!

Ein Baby, dessen Verlust sie in tiefe Verzweiflung gestürzt hätte. Besonders wenn es gegangen wäre, bevor sie noch etwas fühlen konnte – und dabei dachte sie nicht an seine Bewegungen. Sie dachte an das Gefühl, das sie jetzt zum ersten Mal spürte. Die aufkeimende Liebe.

Eine Schwester wischte das Gel von ihrem Bauch und riet ihr dann, sich für eine halbe Stunde auszuruhen. Dann würde sie wiederkommen und sie entlassen. Gemma starrte zur Decke hinauf, vollkommen überwältigt von etwas, das sich wie ein Wunder anfühlte.

• • • • •

Man hatte Gemma gesagt, sie solle es an diesem Abend langsam angehen lassen, aber ein Spaziergang schien ihr nicht zu anstrengend zu sein. Der Spielplatz an der Main Street zog sie magisch an. Er war immer voller Kinder, die an den Märchenfiguren nachempfundenen Klettergerüsten emporkletterten und von ihren Eltern auf den Schaukeln angeschubst wurden. Sie hoffte, dass sich nach dem großen Schrecken alles geändert hätte und sie plötzlich all jene warmen und verschwommenen Gefühle spüren würde, dass ihr dieser undefinierbare mütterliche Instinkt in Fleisch und Blut übergegangen wäre – mit einem Wort: dass sie sich in eine vollkommen andere Person verwandelt hätte.

Aber als sie dabei zusah, wie zwei Kleinkinder eifrig Sand in ihre Eimerchen schaufelten, fühlte sie … gar nichts. Nicht mal einen Anflug von oh, wie süß, und bald werde ich auch so eins haben.

Da war nur immer noch die alte Angst. Dass sie nicht bereit für die Aufgabe war, dass sie als Hausfrau und Mutter nicht zurechtkommen würde, selbst wenn sie den ganzen Tag Zeit hätte, ihr neues Leben zu üben.

Plötzlich verspürte sie den ungewohnten Drang, mit ihrer Mutter zu sprechen.

«Gemma, wie schön, von dir zu hören.»

Wie förmlich. «Mom, ich möchte dich etwas fragen. Als du mit Anna schwanger warst, hattest du die Schwangerschaft da geplant, oder war es ein Unfall?»

«Was ist das denn für eine Frage?»

«Ich bin nur neugierig. Ich weiß, dass dir deine Karriere sehr wichtig ist, daher frage ich mich, ob du es darauf angelegt hattest, schwanger zu werden oder nicht.»

«Ich wollte schwanger werden. Und fünf Jahre später wollte ich ein zweites Kind – also kamst du. Worum geht es hier überhaupt?»

Das hatte sie nicht erwartet. Sie hatte immer geglaubt, dass beide Schwangerschaften überraschend gekommen seien. Aber ihre Mutter hatte offenbar die Karriereunterbrechung geplant. «Ich bin schwanger. Im Januar soll das Kind kommen. Ich denke darüber nach, wie ich alles unter einen Hut bekommen kann.»

«Es gibt überhaupt keinen Grund, sich damit zu sehr zu belasten, Gemma. Du stellst einfach ein Kindermädchen mit guten Referenzen ein und tust, was du tun musst. Ich bin trotzdem überrascht. Ich dachte, du wolltest dich noch ein paar Jahre lang auf deine Karriere konzentrieren. Du bist doch noch nicht einmal dreißig. Ich war vierunddreißig, als Anna geboren wurde. Und neununddreißig, als du kamst.»

Du lieber Gott, klang sie selbst etwa so in Alexanders Ohren? Wahrscheinlich. Warum gratulierte sie ihr nicht? Warum freute sie sich nicht, Großmutter zu werden? Aber was erwarte ich denn auch?, ermahnte sie sich selbst. Dass meine Mutter sich urplötzlich komplett verändert, obwohl ich selbst es auch nicht tue?

Wobei Gemma sich schon verändert hatte – wenn auch nur ein wenig.

«Na ja, jetzt bin ich nun mal schwanger.»

«Ja, allerdings!», sagte ihre Mutter, und endlich hörte man auch eine Spur Freude in ihrer Stimme. «Und ich gratuliere. Wenn du schon über Namen nachdenkst, könntest du Frederick in die engere Auswahl ziehen, nach meinem Vater.»

«Also, Alex möchte Alexander junior oder Gemma junior.»

Am anderen Ende der Leitung herrschte Stille. Dann: «Machst du Witze? Ich bekomme es manchmal nicht mit, wenn du Witze machst.»

«Ich bin nicht sicher», sagte Gemma und lächelte in sich hinein. Sie war erstaunt, dass die süße Erinnerung an Alexander, wie er mit seinem Finger über ihre Wange fuhr, Gemma junior als Mädchennamen vorschlug und sagte, dass sie so schön und so blitzgescheit sei, sogar die kühle und nüchterne Reaktion ihrer Mutter verdrängte. «Na ja, ich wollte nur, dass du die Neuigkeit hörst. Ich muss jetzt los.»

Als sie auflegte, spürte sie nicht wie sonst immer diese Leere in ihrem Herzen, diesen Wunsch, dass ihre Mutter anders sein möge, auch wenn das natürlich schön gewesen wäre. Ihre Mutter war, wie sie eben war. Gemma war, wie sie war. Alexander war, wie er war. Plötzlich hatte sie die Hoffnung, das alles hinnehmen und bewältigen zu können, mit allen Komplikationen und Schwierigkeiten, die es mit sich brachte, dass die Menschen nun mal verschieden waren und ein jeder seine eigenen Bedürfnisse hatte. Ob diese Erkenntnis daher kam, was für ein Gefühlschaos sie in den letzten Wochen durchgemacht hatte? Dass sie das Kind erst nicht gewollt, es dann fast verloren und schließlich begriffen hatte, dass sie schon etwas für das winzig kleine Leben in ihr empfand? Oder aber es lag daran, dass sie sich in den vergangenen Wochen so viel mit Frauen, mit Familien, mit Schwangerschaften, Hoffnung, Verzweiflung und Träumen beschäftigt hatte – mit einer Geschichte, die sie vollkommen gefangen nahm, mit Herz, Seele und Verstand.

19 Bea

»Ich verstehe dich gut«, sagte Patrick, nachdem er sich ihr gegenüber an den kleinen runden Tisch auf dem Balkon seines Hotelzimmers gesetzt hatte. Nicht einmal die Aussicht auf den erleuchteten Hafen, das unglaubliche Abendessen, das er beim Zimmerservice bestellt hatte, oder ihr attraktiver Gesprächspartner konnten Bea davon abhalten, über Veronica und das, was diese ihr erzählt und gezeigt hatte, nachzudenken. Sie nippte an ihrem Wein. Der Appetit auf gegrillten Lachs war ihr plötzlich vergangen.

«Findest du, es war gemein von mir, ihr das zu sagen? Dass ich nicht weiß, was sie mir bedeuten soll?»

Sie war so verdammt verwirrt. Als sie Veronica gestern Abend nach Timothy gefragt hatte, hatte ihre leibliche Mutter so angespannt geklungen. Aber heute Morgen hatte sie einen Umschlag mit ihrem Namen darauf gefunden, den jemand unter ihrer Tür hindurchgeschoben hatte. Darin lagen ein Foto und eine Notiz. *Ich dachte, du würdest das hier vielleicht gern haben wollen. Timothy Macintosh, März 1991.* Ihr Erzeuger.

Bea hatte das Foto lange angestarrt. Sie sah diesem Teenager in seiner Lederjacke tatsächlich sehr ähnlich. Aber egal wie lange sie ihn anschaute, eine gefühlsmäßige Verbindung zu der Person, die dort abgelichtet war, wollte sich einfach nicht einstellen. Timothy Macintosh hatte niemals etwas mit ihr zu tun gehabt. Veronica schon.

Bea hatte sich nicht auf die Suche nach Timothy gemacht. Das Stück Papier, auf dem sie seinen Namen, die Adresse und die Telefonnummer aufgeschrieben hatte, lag unter einer der Muscheln auf der Kommode in ihrem Zimmer in der Pension. Als sie letzte Nacht das Gespräch mit Veronica beendet hatte, hatte sie die Muschel in die Hand genommen und ihr die Frage gestellt, die ihr am meisten auf der Seele brannte: Soll ich Timothy Macintosh anrufen?

In der Muschel hatte es gerauscht, aber sonst hatte sie nichts gehört. Kein Ja. Kein Nein. Einfach ... gar nichts. Sie würde ein paar Tage abwarten und alles ein wenig sacken lassen – sie hatte ja jetzt eine Adresse und Telefonnummer, und sie konnte ihn anrufen, wenn sie bereit dazu war.

«Eure Beziehung ist für euch beide neu», sagte Patrick und aß den letzten Happen von seinem Schwertfisch. «Es ist völlig in Ordnung, wenn ihr euch ein bisschen Zeit lasst. Um die Dinge sich entwickeln zu lassen, herauszufinden, wie ihr euch dabei fühlt, was ihr zulassen könnt. Ihr beide.»

Bea nickte. Das ergab Sinn. Sie hatten keine Eile, und sie konnte schließlich nicht aus dem Nichts heraus Gefühle für ihre leibliche Mutter entwickeln. Sie würde sich Veronica Stück für Stück annähern müssen. Und umgekehrt genauso.

Patrick stand auf und trat hinter sie, und sie spürte seine warmen, starken Hände, die sanft ihre Schultern massierten.

«Danke fürs Zuhören», sagte sie. «Und danke für das Abendessen. Es war toll. Der ganze Abend war toll.»

«Gern geschehen. Ich fand es auch großartig.» Er setzte sich wieder und rutschte mit seinem Stuhl näher an sie heran. «Morgen ist am Set wieder die Hölle los, und wir werden den Drehort für ein paar Tage in ein Diner in der Stadt verlagern müssen, aber vielleicht könntest du so gegen fünf vorbeikommen, um schnell mal guten Tag zu sagen? Sonst sehe ich dich so lange nicht.»

«Das würde ich wirklich gern, aber um fünf habe ich eine Nachhilfestunde. Ich unterrichte Tylers Schwester Maddy.»

«Tyler Echols, der Produktionsassistent?», fragte er. Lag da so etwas wie Besorgnis in seinem Blick?

Bea nickte. «Er zahlt mir dreißig Dollar die Stunde. Die kann ich wirklich gebrauchen.»

«Das geht mich natürlich nichts an», bemerkte Patrick, «aber wenn ich daran denke, was du gerade mit deiner Mutter durchmachst ...»

Bea starrte ihn an. «Wovon redest du?»

Patrick schien zu überlegen, ob er es ihr sagen sollte oder nicht. «Sieh mal, ich kenne Tyler nicht allzu gut, und vielleicht habe ich ihn auch missverstanden, aber das glaube ich eigentlich nicht. Vor ungefähr einem Monat haben wir in New York gefilmt. Ich habe zufällig mit angehört, wie er einem anderen Produktionsassistenten erzählt hat, dass seine Schwester adoptiert sei. Und anscheinend hat er ihre leibliche Mutter gefunden und sie um Geld erpresst. Er kam gerade aus dem College und war absolut pleite und dachte wohl, dass sie sich schuldig genug fühlen würde, um ihm für ein Treffen alles zu geben, was er wollte. Zu seinen Gunsten muss ich sagen, dass er seiner Schwester offenbar wirklich helfen wollte, aber irgendwie hatte ich das Gefühl, dass er zwei Fliegen mit einer Klappe schlagen wollte, verstehst du? Den Kontakt herstellen und seine Taschen füllen.»

«Mein Gott», sagte Bea. «Das ist ja ekelhaft.»

«Wenn er seinen Job nicht so verdammt gut machen würde, würde ich ihn feuern. Und wer weiß, vielleicht hat er ja auch nur Quatsch erzählt. Ich weiß es nicht. Aber ich dachte, ich erzähle es dir für den Fall, dass er versucht, dich bei deinen Nachhilfestunden über den Tisch zu ziehen.»

Sie würde auf der Hut sein. «Ich weiß das zu schätzen. Und, hat er Geld von der Frau bekommen?» Kein Wunder, dass Tyler ihr verboten hatte, das Thema vor seiner Schwester anzuschneiden. Seine Schwester wusste sicher nichts von dem, was Tyler getan hatte.

«Ich weiß es nicht», antwortete Patrick. «Pass jedenfalls auf, dass er dich ordentlich bezahlt, okay?»

«Okay», sagte Bea. Es gefiel ihr, dass er sich Sorgen um sie machte. Das hatte sie vermisst: dass jemand sich um sie sorgte.

Aber sie würde Maddy keinesfalls hängenlassen, nur weil ihr Bruder ein Idiot erster Güte war.

«Ich liebe diese Aussicht», sagte Patrick, und jetzt konnte auch Bea den Zauber der Lichter, der Schiffe und seines Gesichtes voll auf sich wirken lassen. Sie tranken ihren Wein, dann nahm er ihr das Glas aus der Hand und küsste sie.

Alle Gedanken an leibliche Mütter und Väter und zwielichtige Produktionsassistenten waren mit einem Mal vergessen. Sie konnte nur noch Patricks Lippen spüren und den wunderbaren Schauder, der ihr den Rücken hinunterlief. Wie lange war es her, dass jemand sie geküsst hatte? Fast ein Jahr. Viel zu lange.

Aber dann fingerte Patrick plötzlich schon am Reißverschluss ihrer Jeans herum.

Bea legte ihre Hand auf seine. «Ich mag dich wirklich, Patrick. Aber lass es uns ein bisschen langsamer angehen, okay? Ich gehe jetzt lieber. Vielen Dank für den schönen Abend.»

«Bist du sicher, dass ich dich nicht zum Bleiben bewegen

kann?», fragte er und strich mit der Hand über ihren Rücken.

«Ich muss jetzt gehen», sagte sie. «Bis bald?»

«Kann nicht bald genug sein», erwiderte er und gab ihr einen leidenschaftlichen Abschiedskuss.

• • • • •

Maddy Echols war schon zehn Minuten zu spät für ihren Nachhilfeunterricht. Bea würde zwanzig Minuten warten und dann wieder gehen. Sie saß an einem quadratischen Tisch im Lesesaal der Bibliothek von Boothbay Harbor und versuchte, nicht daran zu denken, was sie über Tyler erfahren hatte. Von Maddys leiblicher Mutter Geld zu erpressen? Konnte das wahr sein? Tyler schien sich wirklich um Maddy zu sorgen, aber andererseits hatte er sich bei ihrer ersten Begegnung auch schon als Idiot ohne jedes Benehmen erwiesen.

Eine Minute später streckte Maddy ihren Kopf herein, und Bea sah sofort, dass sie sich ärgerte, sie zu sehen.

«Du hast wohl schon gehofft, dass ich wieder gegangen wäre, was?», fragte Bea.

Maddy lächelte. «Sozusagen.»

«Tja, ich brauche das Geld. Und du musst diesen Kurs bestehen. Also setz dich auf deinen Hosenboden, und wir sprechen über *Wer die Nachtigall stört.*»

Maddy seufzte ausgiebig, ließ ihren Rucksack auf den Tisch fallen und setzte sich.

«Du musst also einen Aufsatz schreiben?», fragte Bea.

Maddy nickte. «Ich muss eins von vier Zitaten aus dem Buch auswählen und dann einen fünf getippte Seiten langen Aufsatz darüber schreiben, was es bedeutet, und dabei noch mehr Zitate aus dem Buch verwenden, mindestens fünf.» Sie malte mit dem Stift ihren Namen in ihre Handfläche.

Bea nahm ihn ihr aus der Hand. «Zeig mir mal die vier Zitate.»

«Ich habe schon eins ausgesucht. Das war leicht.»

«Sehr gut. Dann lies es mir vor.» Wenn sie schon ein Zitat ausgesucht hatte, würde Beas Job vielleicht gar nicht so schwierig werden, wie sie befürchtet hatte. Ihre Schüler am Literaturseminar schauten sich meist nicht einmal die Aufgabe an, bevor sie sie dazu zwang.

Maddy zog ein Blatt Papier aus ihrer Mappe. «Es ist von Atticus Finch. Der Vater des Kindes, aus dessen Sicht das Buch geschrieben ist, oder? Also, hier kommt's: ‹Ich wollte dir zeigen, was wirklicher Mut ist, statt dich in der Idee zu bestärken, dass ein Mann mit einem Gewehr in der Hand Mut bedeutet. Mut heißt: von vornherein wissen, dass man geschlagen ist, und trotzdem den Kampf – ganz gleich, um was es geht – aufnehmen und ihn durchstehen.› Das ist das längste von den Zitaten, und irgendwie verstehe ich es total.»

Bea fühlte sich ermutigt. «Erzähl mir doch mal, wie du es verstehst, denn das gehört ja auch zur Aufgabe.»

«Na ja, als ich die Zitate gelesen habe, dachte ich so, langweilig, langweilig, laaangweilig. Aber dann kam das hier, und es hat mich an etwas erinnert, was letztes Jahr passiert ist.»

«Willst du mir davon erzählen?», fragte Bea.

Maddy biss sich auf die Unterlippe und schaute weg, warf aber immer wieder einen kurzen Blick auf Bea. «Ich bin adoptiert, und mein Bruder – Tyler – hat mir geholfen, meine leibliche Mutter zu finden, aber sie hat geschrieben, dass sie keinen Kontakt will und dass das ihr gutes Recht ist und wir sie bitte nicht mehr belästigen sollen. Aber ich habe ihr trotzdem noch einen Brief geschrieben und sie gefragt, ob ich sie nicht wenigstens einmal treffen kann, damit ich weiß, wie sie aussieht.» Maddys Augen füllten sich mit Tränen. «Als ich dieses Zitat gesehen habe, musste ich daran denken. Ich wusste von Anfang an, dass ich geschlagen war, aber ich habe ihr trotzdem noch einmal geschrieben, weil ich es einfach tun musste.»

Bea musste sich sehr zusammenreißen, um dieses Mädchen nicht in den Arm zu nehmen.

«Sie hat darauf geantwortet, es täte ihr leid, aber sie wolle nun mal keinen Kontakt, und das sei endgültig», fuhr Maddy fort, «aber sie hat ein Foto von sich in den Brief gelegt. Willst du es mal sehen?»

«Klar», sagte Bea und versuchte sich vorzustellen, wie es gewesen wäre, wenn sie selbst mit fünfzehn so einen Brief von Veronica bekommen hätte. Wie enttäuschend, wie niederschmetternd das für Maddy gewesen sein musste.

Maddy reichte ihr das Bild. Die Frau darauf wirkte ziemlich grobschlächtig.

«Ich bin auch adoptiert», sagte Bea. «Eigentlich ist das sogar der einzige Grund, aus dem ich in Boothbay Harbor bin. Ich wollte auch meine leibliche Mutter treffen.»

Maddy fiel fast die Kinnlade herunter. «Ernsthaft? Und, hast du sie getroffen? Wie ist es gelaufen?»

«Na ja, sie scheint ein wunderbarer Mensch zu sein, aber ich weiß einfach nicht, welche Rolle sie in meinem Leben spielen soll. Wir haben uns zweimal getroffen, sie hat all die Fragen beantwortet, die mir auf der Seele brannten – und noch ein paar mehr –, aber jetzt weiß ich nicht, was wir noch miteinander anfangen sollen.»

«Das verstehe ich überhaupt nicht. Ich kann mir nicht

vorstellen, dass ich meine echte Mutter nicht in meinem Leben haben wollte, besonders dann nicht, wenn sie auch noch nett ist. Du hast so ein Glück!»

Bea griff über den Tisch und drückte Maddys Hand.

«Aber da du ja nun noch hier bist», fuhr Maddy fort, «trifft das Zitat ja vielleicht auch auf dich zu.»

«Was meinst du damit?»

«Na ja, du bist doch sozusagen von dir selbst geschlagen – weil du unsicher bist, meine ich. Aber du bist immer noch hier. Du bist nicht nach Hause gefahren.»

Bea lächelte. «Ich glaube, damit triffst du ins Schwarze. Ich gebe dir eine Eins plus», fügte sie hinzu, und Maddy strahlte sie an. «Hast du das Buch weitergelesen? Was das Zitat – das du ja offenbar sehr gut verstehst – für die Geschichte bedeutet, ist sehr, sehr interessant. Herzzerreißend, aber interessant.»

«Ich schaffe es einfach nicht weiter als bis zur zweiten Seite. Was soll ich mit der Beschreibung der Stadt anfangen? Das ist so langweilig.»

«Na ja, diese Einzelheiten helfen zu verstehen, wie das Leben zu der Zeit war, in der der Roman spielt. Stell dir vor, du müsstest jemandem dein Leben hier in Maine erklären, der erst in hundert Jahren lebt.»

«Wie war es denn damals?»

Bea gab Maddy eine kurze Zusammenfassung der geschichtlichen Ereignisse aus der Zeit der Großen Depression in den 1930er Jahren und erzählte ihr von der Rassentrennung in den Südstaaten. «Und dann kommt Atticus Finch, ein sehr ehrlicher und ehrenwerter Anwalt, ein Witwer mit zwei kleinen Kindern, und soll einen Afroamerikaner verteidigen, der angeklagt ist, eine weiße Frau vergewaltigt zu haben. Im Grunde glaubt niemand, dass der Farbige einen Prozess verdient hat. Sie finden nur, dass er schuldig ist und aufgehängt werden sollte. Atticus kennt natürlich das ungeschriebene Gesetz, das das Wort einer Weißen über das eines Schwarzen stellt.»

«Also … das bedeutet also das Zitat – der Anwalt weiß, dass er verlieren wird, verteidigt den Mann aber trotzdem?»

Bea nickte. «Und zwar gegen den Widerstand vieler feindseliger Menschen in der Stadt. Am Ende hat er jedoch einer großen Zahl von Leuten die Augen geöffnet. Aber vor allem bringt er seinen Kindern etwas sehr, sehr Wichtiges bei.»

«Was denn?»

«Ich möchte, dass du das für dich selbst herausfindest», sagte Bea. «Weißt du, wir sind hier ja heute allein, also mache ich jetzt einfach die Tür zu und lese dir das erste Kapitel vor. Heute Abend, wenn du zu Hause bist, liest du die nächsten zwei Kapitel. Morgen die nächsten zwei, und immer so weiter, und dann besprechen wir in unserer nächsten Stunde deinen Wissensstand.»

«In Ordnung», sagte Maddy, und Bea wusste, dass sie sie am Haken hatte. Das Mädchen würde ihr zuhören.

• • • • •

Tyler kam pünktlich, um Maddy abzuholen. Ohne sein Klemmbrett und den laminierten Ausweis um den Hals sah er ganz anders aus. Weniger … idiotisch.

«Diesen Kurs werde ich mit links schaffen», sagte Maddy zu ihrem Bruder, steckte sich dann die Ohrhörer in die Ohren und ließ sich in einen mächtigen Ledersessel im Hauptsaal fallen, um *Wer die Nachtigall stört* zu lesen.

«Na, das scheint ja gut gelaufen zu sein», sagte er an Bea

gewandt. «Ich bin überrascht.» Er zog einen Zwanziger und einen Zehner hervor und gab ihr das Geld. «Danke.»

Na, immerhin versuchte er nicht, sich um die Bezahlung zu drücken, wie Patrick vermutet hatte.

«Wir gehen jetzt zum Abendessen ins Harbor Heaven, Maddys Lieblingsrestaurant. Wenn du mitkommen willst, gerne. Sie scheint dich zu mögen.»

Bea war im Grunde kein zynischer Charakter, aber sie konnte sich des Eindrucks nicht erwehren, dass Tyler sie nur einlud, damit er während des Essens das Thema auf *Wer die Nachtigall stört* lenken und so eine Gratisnachhilfestunde für Maddy herausschlagen konnte. «Ich bin mit Patrick verabredet, aber vielen Dank.»

Er rollte wieder einmal mit den Augen. «Ich hoffe, du hängst nicht dein Herz an ihn. Ich sage dir, er ist ein berüchtigter Frauenheld.»

«Ich finde ihn großartig.»

«Na klar. Wahrscheinlich hat er deiner Mutter eine Sprechrolle angeboten, oder?»

«Er weiß doch gar nicht, welche Komparsin meine Mutter ist.»

«Und weißt du, warum? Weil es ihm egal ist. Du bist nur ein hübsches junges Ding für ihn. Sei bloß vorsichtig. Mehr will ich gar nicht sagen.»

Jetzt rollte Bea mit den Augen. Patrick hatte sich ja nun wirklich viel Zeit genommen, um ihr zuzuhören und so zu zeigen, dass ihm an ihr lag. «Danke für den ungebetenen Ratschlag.» Sie ging zu Maddy hinüber und tippte ihr auf die Schulter. Maddy nahm einen Ohrhörer heraus. «Denk dran. Zwei Kapitel jeden Abend. Wir treffen uns nächsten Mittwoch wieder. Versprichst du mir weiterzulesen?»

«Ich versprech's, ich versprech's. Der Trevi-Brunnen wartet auf mich.»

Bea mochte Maddy Echols, und sie würde sie auf jeden Fall durch diese Prüfung bringen. Sie hoffte sehr, dass Tylers Versprechen, dann mit ihr nach Italien zu fahren, nicht nur heiße Luft war.

. . . . .

Als sie wieder in ihrem Zimmer in der Pension war, schob Bea die Muschel beiseite, nahm den Zettel mit Timothy Macintoshs Kontaktdaten und starrte ihn unschlüssig an.

Sie musste an Maddys Worte denken. *Ich kann mir nicht vorstellen, dass ich meine echte Mutter nicht in meinem Leben haben wollen würde, besonders dann nicht, wenn sie auch noch nett ist. Du hast so ein Glück.*

Ob sie mit ihrem leiblichen Vater auch so ein Glück haben würde, wusste Bea nicht. Immerhin hatte er die Vaterschaft abgestritten. Er hatte Veronica einfach verlassen. Veronica hatte während ihrer Zeit im Heim der Guten Hoffnung nicht einmal von ihm gehört.

Aber vielleicht hatte er sogar wirklich geglaubt, was er zu Veronica gesagt hatte. Dass er nicht der Vater war, dass er es gar nicht sein konnte. Vielleicht war er ja gar kein schlechter Mensch.

Bea nahm die Muschel und hielt sie sich ans Ohr. «Soll ich ihn anrufen? Jetzt?»

Das Rauschen an ihrem Ohr half ihr nicht weiter. Es war, als ob ein Orakel immer nur «Stelle die Frage später noch einmal» sagte.

Sie musste wohl selbst eine Entscheidung treffen. Sie konnte jetzt den Hörer aufnehmen und anrufen. So, wie sie es auch mit Veronica getan hatte. Aber da hatte sie gewusst, dass Veronica den Kontakt wollte. Timothy Macintosh dagegen war wahrhaftig ein Fremder. Und so, wie er damals Veronica verlassen hatte, ließ das nicht gerade darauf schließen, dass er für Bea ein offenes Ohr haben würde.

Sie schaute aus dem Fenster und sah die Sterne, die Baumwipfel. Sie musste das hier tun, sie musste damit abschließen.

Sie nahm einen Bogen des Three-Captains'-Inn-Briefpapiers und schrieb:

Lieber Mr. Macintosh,
ich hoffe, Sie finden diesen Brief nicht furchtbar aufdringlich. Mein Name ist Bea Crane, und ich bin die leibliche Tochter von Veronica Russo, die mir Sie als meinen Erzeuger genannt hat. Ich bin am 12. Oktober 1991 in Boothbay Harbor geboren. Veronica hat mir zu verstehen gegeben, dass Sie es abgestritten haben, der Vater ihres Kindes zu sein. Ich schreibe Ihnen, weil ich zurzeit hier in Boothbay Harbor bin und erst neulich Veronica zum ersten Mal getroffen habe, nachdem ich ebenfalls erst kürzlich herausfinden musste, dass ich adoptiert wurde. Veronica hat mir ein Foto von Ihnen gegeben, wir sehen uns sehr ähnlich. Ich möchte Sie sehr gern treffen, wenn Sie sich mit dem Vorschlag anfreunden können, und würde mich auch einem Gentest unterziehen, falls Sie darauf bestehen. Ich würde sehr gern etwas über den familiären Hintergrund meines leiblichen Vaters erfahren. Das ist übrigens die einzige Absicht, die ich habe – dessen können Sie sicher sein.
Vielen Dank,
Bea Crane

Sie schrieb die Adresse auf den Umschlag, ging hinaus zum Briefkasten an der Straßenecke und schaute zu, wie der Umschlag im Briefkastenschlitz verschwand.

20 Veronica

Veronica verbrachte den Samstag in ihrer Küche, umgeben von Mehl und Butter und Zucker und körbeweise Obst. Sie war gerade mit dem zwölften Kuchen für ihre Kunden beschäftigt. Es war ein Limetten-Zuversichtskuchen für ihre Nachbarin Frieda, die sich beruflich umorientieren wollte, sich aber nicht traute, sich für einen Pflegekurs anzumelden. Veronica raspelte Limettenschale auf die Kondensmilch, die Eigelbe und den Limettensaft in ihrer Schüssel und bemühte sich, genug Mut aufzubringen – um Nick anzurufen. Sie hatte seit Montagabend nichts mehr von ihm gehört. Kein Wort, seit er mit seiner Tochter nach dem Backkurs ihr Haus verlassen hatte. Sie war sich so sicher gewesen, dass er vorbeikommen oder anrufen, dass er irgendwie von sich hören lassen würde – aber das tat er nicht. Vielleicht hatte sie zu viel in ihre aufkeimende … Freundschaft hineininterpretiert, mehr als tatsächlich da war. Oder es hatte einen großen Krach gegeben, weil er Leigh zu ihrem Kurs mitgenommen hatte, obwohl ihre Großeltern strikt dagegen waren. Aber Veronica konnte einfach nicht aufhören, an ihn zu denken. Immerhin waren deshalb ihre Liebes- und Hoffnungskuchen in den letzten paar Tagen perfekt gelungen.

Ihr Telefon klingelte. Sie wischte sich die klebrigen Finger ab und nahm den Hörer auf. Dabei hoffte sie sehr, dass es Bea wäre. Auch von ihr hatte sie seit Montagabend nichts mehr gehört, als Bea sie nach der Adresse von Timothy gefragt hatte. Fünf Tage. Hatte sie Timothy inzwischen angerufen? Hatte er wieder behauptet, nicht ihr Vater zu sein? Oder saß sie ihm in diesem Augenblick in einem Restaurant gegenüber?

«Hallo, hier ist Veronica.»

Am anderen Ende der Leitung blieb es still. Dann: «Veronica, hier ist Timothy. Macintosh.»

Veronica ließ den Hörer fallen und hob ihn wieder auf. Herrgott noch mal. Ihr Herz pochte, und ihre Lippen waren plötzlich ganz trocken.

«Veronica?», fragte er. «Bist du noch dran?»

Sie atmete tief durch. «Ja, bin ich.» Sie musste nicht lange überlegen, wie er sie gefunden hatte. Immerhin stand ihr Name im Telefonbuch.

«Ich habe gestern einen Brief von jemandem erhalten, der Bea Crane heißt. Ist das wahr? Bin ich der Vater? Ich meine, ohne jeden Zweifel?»

Sie setzte sich an den Tisch und versuchte, den Schreck darüber zu verarbeiten, plötzlich seine Stimme zu hören. «Ich war noch Jungfrau, als ich mit dir ausging, Timothy. Du warst der Einzige, mit dem ich geschlafen habe, bis ich neunzehn war, um genau zu sein.»

Sie hörte, wie er die Luft einsog. «Du bist dir also sicher. Du bist dir vollkommen sicher.»

«Natürlich bin ich sicher. Heute wie damals.»

Er schwieg ein paar Sekunden lang. «Sie hat mir einen Brief geschrieben. Sie sagte, sie sei bereit, einen DNA-Test zu machen, wenn ich darauf bestünde. Das sollte ich vermutlich auch tun, aus rechtlichen Gründen.»

Veronica hörte die Sorge in seiner Stimme, die Angst.

Es war dieselbe Stimme, die er schon mit sechzehn hatte, vielleicht ein wenig tiefer. «Sie ist zweiundzwanzig Jahre alt und wurde direkt nach der Geburt adoptiert. Du hast keine rechtlichen Verpflichtungen ihr gegenüber, falls das deine Befürchtung ist.»

«Das ist einfach so verrückt, es kommt so plötzlich. Sie sagt, dass sie mehr über ihren leiblichen Vater erfahren und mich treffen will.»

«Sie ist wirklich eine liebenswerte Person, Timothy. Das kann ich dir versichern.»

«Ich bin so durcheinander», sagte er. «Ich habe damals daran gedacht. Als ... vor ein paar Jahren, als ich wusste, das Kind müsste jetzt achtzehn sein. Da fragte ich mich, ob ich wohl einen Anruf erhalten würde.»

Veronica stand auf und tigerte im Zimmer auf und ab, soweit es die Telefonschnur zuließ. «Also hast du doch geglaubt, dass du der Vater bist?»

«Na ja, ich habe ja gewusst, dass es möglich ist. Um ehrlich zu sein, habe ich in letzter Zeit viel darüber nachgegrübelt. Meine Frau sagt, dass es mich geradezu verfolgt. Vielleicht weil ich dich neulich gesehen habe, vor ein paar Monaten. Meine Frau und ich haben Freunde von ihr besucht, und als wir an einem Diner vorbeikamen, habe ich dich gesehen. Ich komme nicht mehr oft nach Boothbay, seit meine Eltern damals weggezogen sind. Ich bin fast in Ohnmacht gefallen, als ich dich sah – es war so unerwartet. Ich hatte gedacht, du wärst in den Süden gezogen.»

«Ich bin vor gut einem Jahr zurückgekommen.»

«Meine Frau sagt, ich hätte die Sache schon vor Jahren klären sollen. In den letzten Monaten hat sie ständig auf mich eingeredet, ich solle dich anrufen und geradeheraus fragen, ob ich der Vater deines Kindes sei. Nach all den Jahren. Aber ich habe es nicht geschafft. Neulich hat Beth mir das Telefon vor die Nase gehalten und mich angefleht, dich anzurufen, um ein für alle Mal Sicherheit zu haben. Damit es mich nicht weiter quält.»

Veronica erstarrte.

Beth. Ihre Kundin, die den Bannkuchen bestellt hatte.

Einen Kuchen, der dafür sorgt, dass man sich jemanden aus dem Kopf schlägt ...

Die Ungewissheit. Beth wollte, dass er die Ungewissheit loswurde.

Ich bin nicht diejenige, die sich jemanden aus dem Kopf schlagen muss. Jemand anderes muss diesen Jemand verdammt noch mal endlich vergessen.

Beth, die den Kuchen nie bezahlt hatte, weil die gewünschte Wirkung ausgeblieben war, war Timothys Frau.

«Es hat mich immer irgendwie verfolgt», sagte Timothy. «Nicht zu wissen, ob es wahr ist, ob ich dich furchtbar hängengelassen habe und im Unrecht war. Ich habe es nie genau gewusst. Ich wollte es nicht wissen.»

Sie versuchte das Bild von ihm zu verdrängen, wie er da in dem Gässchen stand, als sie ihn zum letzten Mal gesehen hatte. Sein Gesichtsausdruck, seine Wut, als sie ihm zitternd und weinend gestand, dass sie schwanger war.

«Ich glaube, wenn du Bea kennenlernst, wenn du sie triffst, dann weißt du sofort und ein für alle Mal, dass sie deine Tochter ist. Sie hat deine Haare, dein Lächeln. Etwas in ihrem Gesichtsausdruck ist genau wie bei dir.»

«Gott», sagte Timothy. «Es tut mir leid, Veronica. Es tut mir so leid.»

Er brach in Schluchzen aus, und dann hörte Veronica

eine aufgeregte Stimme im Hintergrund, und Timothy sagte hastig, er müsse jetzt Schluss machen, und legte auf.

Veronica saß über eine Stunde lang in ihrer Küche und dachte über das Gespräch mit Timothy nach. Sie warf einen Blick auf den noch nicht fertiggestellten Kuchen. Sie würde ihn wegwerfen und neu damit anfangen müssen, aber heute Abend schaffte sie das nicht mehr.

Wie sollte sie jetzt mit Zuversicht backen? Sie war völlig durcheinander.

Kurzerhand rief sie Nick an und erzählte ihm ohne Punkt und Komma von Timothys Anruf.

«Komm rüber», sagte er. «Leigh schläft schon. Bring die Zutaten für deinen Kuchen mit. Ich helfe dir beim Backen.»

Zwanzig Minuten später saß sie an Nicks Küchentisch, nippte an einem Glas Wein und sah ihm dabei zu, wie er einen Zuversichtskuchen buk. Sein Anblick, wie er dort barfuß in T-Shirt und Jeans stand und Eier trennte und Limettenschale rieb, weckte in ihr den Wunsch, aufzustehen und ihn zu küssen.

«Alles okay mit dir?», fragte er und verquirlte die Zutaten.

«Es wird schon. Es war nur so … merkwürdig, nach all der Zeit mit Timothy zu sprechen.»

«Das glaube ich. Klingt aber, als hätte er die Wahrheit endlich akzeptiert.»

«Danke, dass du mich eingeladen hast», sagte sie. «Das habe ich gebraucht.»

Er setzte sich neben sie, nahm ihre Hand und hielt sie fest. Er sah sie an, und sie fragte sich, ob er sie wohl küssen würde – und dann tat er es.

Sie wollte gerade die Arme um seinen Hals schlingen und seinen Kuss mit jeder Faser ihres Herzens erwidern, da klingelte es an der Tür.

«Das nenn ich mal schlechtes Timing», sagte Nick. «Merk dir, wo wir stehengeblieben sind», fügte er mit einem Lächeln hinzu.

Er öffnete die Tür, und sie hörte eine Männer- und eine Frauenstimme. Die Frau erzählte etwas von Leighs Armbanduhr, die sie vergessen hätte, und dann fragte sie: «Was riecht denn da so? Limettensaft? Trinkst du etwa?»

«Ich backe einen Kuchen», antwortete Nick müde. «Danke, dass ihr die Uhr vorbeigebracht habt. Ich geb sie ihr morgen früh.»

Eine Frau Anfang sechzig, die Frisur zu einem silberblonden Bob geschnitten, stürzte in die Küche. Sie starrte Veronica an. «Du bist es, nicht wahr. Diese Kuchenfrau. Leigh hat dich haargenau beschrieben», fügte sie verächtlich hinzu. Dann wandte sie sich wütend an Nick. «Und du lädst jetzt Frauen zu dir ein? Während Leigh in ihrem Zimmer schläft?»

«Gertie, Veronica und ich backen einen Kuchen. Wir haben keinen Sex im Wohnzimmer.»

Ein großgewachsener, dünner Mann, ebenfalls Anfang sechzig, kam in die Küche. «Sei nicht so grob, Nick.»

«Ihr beide hört mir jetzt zu», sagte Nick. «So werde ich nicht weiterleben. Keine Sekunde. Ich liebe Leigh aus tiefstem Herzen – und ihr wisst das. Ich gebe mein Bestes – und ja, mein Bestes ist gut genug. Es ist furchtbar, dass Vanessa gestorben ist. Wir hatten es schwer zuletzt, ja, aber ich habe sie geliebt, ich habe mich um sie gekümmert. Und jetzt bekämpft ihr mich, den einzigen Elternteil, den Leigh noch hat? Seid ihre Großeltern – ich würde euch nie daran hindern. Habe ich jemals verhindert, dass ihr Zeit mit ihr verbringen könnt?» Er wandte sich um, und Veronica sah, dass seine Hand zitterte.

«Ich gehe lieber», sagte sie. «Ich glaube, ihr drei müsst jetzt erst einmal miteinander reden.»

Sie drückte sanft Nicks Arm und schlüpfte aus der Küche.

Veronica blieb so lange auf, wie sie konnte. Sie hoffte so sehr, dass Nick noch anrufen und ihr erzählen würde, wie der Streit mit Leighs Großeltern ausgegangen war, aber gegen ein Uhr hatte er immer noch nicht angerufen, und sie musste kurz danach eingeschlafen sein. Sie spürte noch seine Lippen auf ihren, fühlte diesen süßen Drang, ihn wieder und wieder zu küssen. Sie fragte sich, was wohl geschehen wäre, wenn die Großeltern seiner Tochter nicht in die Küche gestürzt wären.

Sie hatte sich ernsthaft in Nick verliebt. Sie konnte ein Lächeln nicht unterdrücken, denn zum dritten Mal innerhalb der letzten zwölf Stunden verquirlte sie Eigelb, Kondensmilch, Limettensaft und -schale miteinander, um den Zuversichtskuchen für Frieda zu backen. Sie spürte sie, die kleine Öffnung in ihrem Herzen. Sie mochte Nick DeMarco, sehr, und der eine Kuss letzte Nacht war der Beweis, dass er sie ebenfalls mochte. Eine Leichtigkeit, die sie seit Jahren nicht mehr gespürt hatte, durchströmte Veronica.

Mein Herz ist offen für Bea. Mein Herz ist offen für Nick.

Diesmal schob sie den Kuchen in den Ofen. Gerade als sie die Ofentür schloss, klingelte das Telefon. Penelope von Blun.

«Ich wollte dir nur sagen, dass ich getan habe, was du mir geraten hast», sagte sie. «Ich habe über drei Käsekuchen mit gesalzenem Karamell gebetet, dass die künftige Mutter unseres Kindes mir zuhört, dass sie glaubt, was ich ihr erzähle. Dann habe ich sie angerufen und sie gefragt, ob ich unter vier Augen mit ihr sprechen kann, und sie stimmte zu. Ich habe ihr gesagt, dass ich so sehr versucht habe, sie zu beeindrucken, genau das zu sein, was sie sich wünschte, dass ich mich bescheidener gekleidet und gar nicht mehr geschminkt habe, um frommer zu wirken oder so. Ich habe ihr erzählt, woran ich denke, bevor ich einschlafe, und dass ich es mir manchmal so sehr wünsche, dass ich überhaupt nicht schlafen kann. Ich habe ihr gesagt, was mir das Baby bedeuten würde und warum ich glaube, dass ich eine gute Mutter wäre. Ich habe ihr alles erzählt. Und ich glaube, dass sie angefangen hat, mich zu mögen.»

«Es freut mich sehr, das zu hören, Penelope.» Auch Veronica fing an, sie zu mögen.

Als sie aufgelegt hatten, musste Veronica plötzlich daran denken, wie sie sich gefühlt hatte, als sie mit sechzehn schwanger geworden war, im Heim der Guten Hoffnung wohnte und regelmäßig zur Gruppen- und Einzeltherapie mit der netten Sozialarbeiterin ging, die einmal in der Woche kam. In den ersten Tagen im Heim hatte sie kaum ein Wort gesagt, aber nach einigen Wochen hatte sie sich langsam und Stück für Stück geöffnet. Sie musste an die Mädchen denken, die jetzt dort wohnten, an das, was sie durchmachen und worüber sie sprechen mussten. Vielleicht konnte sie ihnen mit ihrer Erfahrung helfen.

Eine Stunde später lieferte Veronica ihren Kuchen bei Frieda ab, wünschte ihr Glück für ihre Bewerbung und fuhr weiter zum Heim der Guten Hoffnung, ehe sie ihre Meinung ändern konnte.

• • • • •

Veronica öffnete die Fliegengittertür und lächelte die Frau an der Rezeption an, die sich an exakt derselben Stelle befand wie vor Jahrzehnten.

«Ich heiße Veronica Russo. Vor zweiundzwanzig Jahren habe ich hier gewohnt. Damals war ich sechzehn und schwanger. Der Aufenthalt im Heim der Guten Hoffnung hat mir ungeheuer gutgetan, deshalb möchte ich hier meine ehrenamtliche Hilfe anbieten, egal, wofür Sie mich brauchen.»

Die Frau lächelte, stand auf und reichte ihr die Hand. «Wir können immer erfahrene Hilfskräfte brauchen. Kommen Sie, wir setzen uns in Ruhe zusammen. Sie erzählen mir dann von sich und füllen ein paar Formulare aus. Wir müssen natürlich ein paar Referenzen einholen. Wann könnten Sie denn anfangen? Eine ehrenamtliche Kraft hat uns nämlich gerade verlassen. Ich hatte an diesem Wochenende in unserem Kurs für Freies Sprechen eigentlich mit ihr gerechnet.»

Veronica setzte sich. «Ich möchte so bald wie möglich anfangen.»

• • • • •

Am späten Montagnachmittag saß Veronica auf einem Stuhl im Komparsen-Zelt und musste schon wieder an Nick denken, der immer noch nicht angerufen hatte. Den ganzen Tag hatte sie versucht, die Gedanken an ihn zu verdrängen. Wahrscheinlich hatte er mit Leighs Großeltern zu tun. Vielleicht hatten sie das Wochenende gemeinsam als Familie verbracht und versuchten, die Wogen zu glätten.

Ein einziger Kuss verpflichtet ihn zu gar nichts, ermahnte sie sich selbst, als sie nach Hause fuhr und die Kochinsel für ihre Kursteilnehmer vorbereitete. Sie hatte keine Ahnung, ob zwei von ihnen überhaupt auftauchen würden.

Ein paar Minuten vor sechs kamen June und Isabel gemeinsam mit Junes Sohn an, dann Penelope, die sich selbst wieder ähnlich sah – zum Glück. Sie trug wieder Schmuck. Und Make-up. Sie war wieder die echte Penelope. Und ebenso wie ihr Aussehen war auch ihr Lächeln strahlend und echt. «Es sieht gut aus», sagte sie. «Ich habe wieder Hoffnung.»

Veronica hatte kaum Zeit, mit Penelope zu sprechen, weil es schon wieder an der Tür klingelte. Ein glückseliger Schrecken durchfuhr sie. Sie öffnete die Tür – aber Nick und Leigh waren nicht allein. Leighs Großmutter stand ebenfalls dabei. Nick stellte sie offiziell einander vor.

Als Nick und Leigh eingetreten waren und mit den anderen Kursteilnehmern plauderten, nahm Leighs Großmutter Veronica beiseite und sagte: «Ich möchte mich für mein Verhalten neulich entschuldigen. Das war nicht richtig von mir.»

Das war allerdings eine Kehrtwende. «Angenommen. Wollen Sie zum Kurs bleiben?», fragte Veronica.

Die Frau schien sich über die Einladung zu freuen. «Aber keinen von diesen merkwürdigen Kuchen? Diesen Schnickschnack mag ich nicht.»

«Heute machen wir nur den guten alten Erdbeer-Rhabarber-Kuchen», antwortete Veronica.

«Oh ja, dann bleibe ich gern.»

Leigh zog ihre Großmutter in die Küche, und Nick flüsterte Veronica ins Ohr: «Es hat mich die letzten zwei Tage gekostet, aber ich bin zu ihr durchgedrungen.»

Veronica lächelte. Sie hatte das Gefühl, dass auch zu ihr etwas durchgedrungen war.

•••••

Am Dienstagmorgen hörte Veronica von Patrick Ools Assistenten, dass die Komparsen für die Szene im Diner nicht vor zwei Uhr gebraucht werden würden, also rief sie die Leiterin des Heims der Guten Hoffnung an und fragte, ob sie dort heute Vormittag vielleicht gebraucht werden könnte. Für zehn Uhr war eine Gruppensitzung anberaumt. Veronica fuhr zum Heim hinaus und bog in die lange, baumbestandene Schotterstraße ein. Als das weiße Farmhaus mit dem pendelnden Schild davor und die Hollywoodschaukel auf der Veranda in Sicht kamen, erinnerte Veronica sich an sich selbst, wie sie damals auf der Schaukel gesessen hatte, verängstigt, voller Sorgen und Furcht vor der Geburt und davor, das Baby weggeben zu müssen, und daran, wie die Sozialarbeiterin sich neben sie gesetzt, sie umarmt und einfach hatte weinen lassen. Genau das wollte Veronica für die Mädchen hier tun. Zuhören. Ihnen eine Schulter zum Ausweinen bieten.

Sie stellte den Wagen auf dem Parkplatz ab, ganz nah an der Stelle, wo sie im Krankenwagen Bea zur Welt gebracht hatte. Sie saß einfach nur da und schaute den drei Mädchen zu, die im großen Garten des Heimes spazieren gingen. Sie wirkten so jung und verletzlich. Kurz vor zehn Uhr stieg sie die drei Stufen empor und öffnete die Fliegengittertür. Eine Frau, die sie nicht erkannte, saß an der Rezeption.

«Sie müssen Veronica sein», sagte sie und erhob sich. «Ich bin Larissa Dennis, ich arbeite als Sozialarbeiterin hier im Heim der Guten Hoffnung. Sie kommen gerade recht, um an der Gruppe teilzunehmen.»

Die Heimleiterin erschien, hieß Veronica willkommen und setzte sich an die Rezeption, und Veronica folgte Larissa in einen großen Raum, der auf den Garten hinausging. Zehn riesige, lilafarbene Sitzsäcke und ein paar Schaukelstühle waren im Kreis aufgestellt. Es sah hier genauso aus wie vor zweiundzwanzig Jahren. Die Wände waren hellblau gestrichen und mit heiteren Bildern geschmückt.

Punkt zehn Uhr kamen die ersten Mädchen und setzten sich auf die Sitzsäcke und in die Schaukelstühle. Ein hochschwangeres Mädchen wählte den Liegesessel. Viele von ihnen hatten Knautschbälle gegen die Anspannung mitgebracht.

«Guten Morgen, Mädchen», sagte Larissa. «Wir haben eine neue Freiwillige, die jetzt jede Woche kommen wird. Veronica Russo hat vor zweiundzwanzig Jahren selbst hier gewohnt. Sie wird die Gespräche mit leiten und ganz allgemein Unterstützung und Hilfe anbieten. Übrigens ist Veronica eine meisterhafte Bäckerin, deshalb wird sie auch in der Küche mithelfen. Alle, die Lust haben, Kuchenbacken zu lernen, treffen sich nachher um elf in der Küche.»

Einige Mädchen riefen sofort «Ich!», und Veronica musste lächeln.

«Ich hab solche Lust auf Kürbiskuchen!», sagte ein rothaariges Mädchen, das auf einem Sitzsack saß.

«Limette!»

«Schokoladencreme.»

«Alles, nur kein Apfelkuchen. Der ist langweilig.»

Veronica lächelte. «Wie wär's, wenn wir von jeder Sorte einen machten?»

Die Mädchen jubelten. Kuchen machte die Menschen einfach glücklich. Sogar – oder vielleicht auch besonders – schwangere Teenager.

«Habt ihr heute ein bestimmtes Thema auf dem Herzen?», fragte Larissa in die Runde.

«Können wir ihr vielleicht Fragen stellen? Immerhin hat sie früher hier gelebt.»

Larissa schaute Veronica an. «Bist du zu einer spontanen Frage-und-Antwort-Stunde bereit?»

«Nur zu», sagte Veronica an die Mädchen gewandt. «Aber zuerst müsst ihr mir euren Namen sagen, damit ich weiß, wer wer ist.» Sie schaute in die Runde und war froh, dass sie den Namen des Mädchens nicht kannte, auf das Penelope ihre ganzen Hoffnungen setzte. Das ließ dem Mädchen ihre Anonymität.

«Ich bin Allison. Ich würde gerne wissen, ob Sie es je bereut haben, Ihr Baby weggegeben zu haben?», fragte ein Mädchen mit aalglatten blonden Haaren.

Hier wurde offenbar nicht um den heißen Brei herumgeredet. «Um ganz ehrlich zu sein, nein. Ich hatte überhaupt keine Unterstützung. Weder von meiner Familie noch vom Vater des Kindes. Ich war allein. Und sehr verängstigt. Das Baby wegzugeben schien mir die richtige Lösung zu sein.»

«Hat das Kind jemals versucht, Sie zu finden?», fragte ein anderes Mädchen. «Oh, ich bin übrigens Kim.»

«Ja», antwortete Veronica. «Und zwar erst neulich. Ich hatte allerdings meine Adresse und Telefonnummer bei der Adoptionsvermittlung und im Adoptionsverzeichnis des Staates Maine hinterlassen, damit meine Tochter mich kontaktieren kann, wenn sie das möchte.»

«Es muss merkwürdig sein, wenn das Kind, von dem du geglaubt hast, dass du es niemals wiedersehen wirst, plötzlich zurück in dein Leben kommt», bemerkte ein anderes Mädchen.

«Es holt eine Menge alter Erinnerungen hoch, das auf jeden Fall.»

«Erinnerst du dich an die blonde Tussi, die vor ein paar Wochen hierherkam?», fragte Kim ein anderes Mädchen, das sehr ernst aus seinen blauen Augen schaute. Sie wirkte zornig und zerrissen. Veronica nahm sich vor, beim Kuchenbacken ein wenig mit ihr zu sprechen. Einige Mädchen mussten erst ein wenig warm werden, bis sie sich trauten, die Fragen zu stellen, die ihnen auf den Nägeln brannten. «Die, die gesagt hat, sie sei hier auf dem Parkplatz geboren? Sie wollte Kontakt zu ihrer leiblichen Mutter aufnehmen.»

Veronica erstarrte. Sie sprachen über Bea, kein Zweifel. Bea hatte erzählt, dass sie hierhergekommen war.

«Sie hat mir leidgetan», sagte Allison.

«Oh mein Gott, Jen, erinnerst du dich, wie du dein Sandwich nach ihr geworfen hast, weil sie Kim zum Weinen gebracht hat?»

«Darauf bin ich jetzt nicht gerade stolz, aber ich war so sauer auf sie, weil sie so gar kein Einfühlungsvermögen gezeigt hat. Sie hätte schließlich wissen können, wie Kim sich fühlen muss.»

Es tat Veronica in der Seele weh, wenn sie sich vorstellte, dass man Bea, die wirklich keinen Funken Boshaftigkeit in sich hatte, angeschrien und ihr ein Sandwich an den Kopf geworfen hatte. Sie musste sich schrecklich gefühlt haben.

«Ich bin jetzt mal ganz, ganz ehrlich», sagte Veronica. «Ich glaube, dass das Mädchen, über das ihr gerade sprecht, meine leibliche Tochter ist. Hat sie lange blonde Haare? Braune Augen? Ist sie groß gewachsen?»

«Oh mein Gott, ja», antwortete Jen.

Veronica nickte. «Wir haben uns endlich wiedergesehen, und ich bin so glücklich.»

«Die Vorstellung, dass mein Baby mich eines Tages zu

finden versucht, ist schön», sagte Kim. «Ich weiß, dass es dir nicht so geht, Jen, aber in zwanzig Jahren siehst du das vielleicht komplett anders.»

«Das bezweifle ich», sagte Jen. Sie wandte sich an Veronica. «Und? Bist du jetzt ganz auf dem Mutter-Tochter-Trip?»

«Wir arbeiten daran, uns kennenzulernen.»

Jen schaute sich in der Runde um und sah dann wieder Veronica an. «Darf ich dir ein paar Fragen zu deiner Familie stellen? Meine Mutter hasst mich, sie meint, ich hätte ihr Leben ruiniert. Offenbar wissen es alle, und sie musste aus ihrem Country Club austreten.»

«Meine Familie hat mich überhaupt nicht unterstützt. Andere Familien tun das. Ich hatte hier Freundinnen, deren Mütter und Väter sie mehrmals die Woche besucht haben. Ich habe mich schrecklich gefühlt, das ansehen zu müssen, aber andererseits ist dadurch in mir der Entschluss gereift, mich selbst um mein Glück zu bemühen, wisst ihr?»

«Und wie hast du das gemacht?»

«Ich bin mir darüber klar geworden, was ich wirklich wollte. Nämlich reisen und das Land kennenlernen.»

«Ich will nach Kalifornien ziehen. In der Sekunde, in der ich achtzehn werde, verschwinde ich aus Maine», verkündete Jen.

«Was ist denn mit dem Vater?», fragte Allison. «Hast du noch etwas mit ihm zu tun?»

«Nein», antwortete Veronica. «Er hat mir gesagt, es könne gar nicht sein Baby sein. Und dann habe ich ihn nie wiedergesehen. Vermutlich hatte er furchtbare Angst und hat diese Angst gegen mich gewendet.»

«Gott», sagte Kim und warf einen Blick auf ein Mädchen

mit langen, braunen Haaren, das etwa im fünften oder sechsten Monat war. «Das ist ja wie bei Jordan, Lizzie.»

«Schönen Dank, dass du mich daran erinnerst», entgegnete Lizzie. «Ich versuche gerade zu verdrängen, dass es ihn überhaupt gibt.»

«Hast du das getan?», fragte Jen Veronica. «Verdrängt, dass es ihn gibt?»

«Nein. Aber ich habe es ebenfalls versucht.» Sie schaute Lizzie an. «Ich habe damals eine Menge verdrängt und mich gezwungen zu vergessen. Aber ich will dir etwas verraten. Es ist wichtig, mit deinen Gefühlen zurechtzukommen, sie herauszulassen, zu weinen, wenn einem danach ist, Fragen zu stellen, wenn einem etwas auf der Seele liegt. Wenn ich die Zeit zurückdrehen und etwas ändern könnte, weißt du, was das wäre?»

Alle schauten sie erwartungsvoll an.

«Ich hätte mich mehr Menschen geöffnet. Ihnen gesagt, was ich durchmache. Darüber gesprochen. Ich hätte es nicht versteckt. Ich hätte mich dafür nicht geschämt. Ich hätte darüber gesprochen, wie viel Angst ich hatte.»

«Na ja, Jen hält sowieso nie den Mund», bemerkte Kim, «die hat das Problem nicht.»

Jen warf ihren Knautschball nach Kim, und alle lachten.

Die Mädchen stellten noch weitere Fragen, und Veronica versuchte so ehrlich zu sein, wie sie konnte, ohne die Ängste der Mädchen noch weiter zu schüren.

«Du warst großartig», sagte Larissa, als sie zur Küche gingen, wo Veronica denjenigen Mädchen, die sich dafür gemeldet hatten, eine Stunde Unterricht in der Kunst des Backens geben wollte.

«Danke schön. Ich war schließlich früher eine von ihnen.

Deshalb ist es mir leichtgefallen.» Sie wollte schon in die Küche gehen, wandte sich jedoch noch einmal um. «Oh, Larissa. Ich habe gehört, dass eine Journalistin einen Artikel über das Heim der Guten Hoffnung schreibt. Wenn du ihre Kontaktdaten hast, dann würde ich sie gern einmal anrufen und mit ihr sprechen.»

Ich hätte mich mehr Menschen geöffnet. Ihnen gesagt, was ich durchmache. Darüber gesprochen. Ich hätte es nicht versteckt.

Jetzt würde sie endlich ihren eigenen Ratschlag beherzigen.

• • • • •

Sobald sie wieder zu Hause war, rief Veronica Gemma an, die auch sofort mit ihr sprechen wollte. Sie wollten sich in ein paar Stunden bei Veronica treffen. Veronica ging in ihr Wohnzimmer, um es vorher ein wenig aufzuräumen, und musste plötzlich an Kirschen denken.

Kirschen, die so wunderschön rot waren, süß und leicht herb schmeckten, erinnerten sie immer an winzig kleine Herzen, besonders wenn sie wie Zwillinge zusammen an einem Stängel hingen.

Und obwohl sie an diesem Morgen im Heim der Guten Hoffnung schon einige Kuchen gebacken hatte, hatte sie noch einen Kuchen mehr im Kopf.

Einen Kirschkuchen. Sie wollte ihn Colin-Firth-Kuchen nennen. Endlich hatte sie das Rezept für ihren ganz persönlichen Glückskuchen gefunden.

Veronica ging in ihre Küche, mit klarem Kopf und warmem Herzen.

21 Gemma

Am späten Dienstagabend, es war schon beinahe Mitternacht, verließ Gemma Veronica Russos Haus mit einer Tasche, in der zwei Kuchenschachteln mit einem Karamell- und einem Limettenkuchen lagen. Auf den Straßen wimmelte es noch von Touristen, die anlässlich des Unabhängigkeitstages hier Urlaub machten, und obwohl der 4. Juli bereits vorbei war, waren die Restaurants auf den Stegen immer noch hell erleuchtet und voller Gäste. Gemma konnte es kaum erwarten, zurück in die Pension zu kommen und ihren Artikel zu beenden. Veronicas Geschichte hatte Gemma zu Tränen gerührt. Jetzt würde ihr Artikel erst richtig rund werden.

Um niemanden aufzuwecken, schlich sie in die Pension, aber die Flitterwöchner aus dem Fischadlerzimmer standen schon hinter ihr, schwenkten eine ungeöffnete Champagnerflasche und fragten Gemma, ob sie glaubte, dass es Isabel etwas ausmachen würde, wenn sie ein Stück von dem unglaublich leckeren Kuchen aus dem Kühlschrank stibitzen würden. Das Paar war unbedarft, aber sehr süß, also schenkte Gemma ihnen den Karamellkuchen, den Veronica ihr mitgegeben hatte. Den Limetten-Zuversichtskuchen behielt sie für sich selbst.

Sie stieg die Treppe hinauf und ging an Beas Tür vorbei. Die Versuchung war groß, zu klopfen und Bea alles zu erzählen, was Veronica gesagt hatte, aber natürlich tat sie es nicht.

All die Jahre, zweiundzwanzig an der Zahl, habe ich geglaubt, dass ich vor meiner Vergangenheit davonrenne. Ich dachte, dass ich nach Boothbay Harbor zurückgekommen sei, um mich ihr zu stellen. Aber jetzt stellt sich heraus, dass meine Vergangenheit – die Schwangerschaft, die Reaktion meiner Familie, das Verhalten des Erzeugers –, dass all das nichtig wird im Vergleich zu dem, wovor ich in Wahrheit davongelaufen bin: vor der Liebe zu diesem kleinen Mädchen, das nur zwei Minuten auf meiner Brust lag. Vor der Liebe, die ich auch jetzt zu ihr empfinde, obwohl ich sie kaum kenne. Man kann jemanden lieben, obwohl man ihn kaum kennt, wussten Sie das? All die Jahre habe ich dagegen angekämpft. Aber jetzt nicht mehr. Egal ob meine leibliche Tochter mich in ihrem Leben haben will oder nicht. Ich werde sie immer lieben.

Vielleicht war es genau das, was der Begriff «Mutterinstinkt» wirklich bedeutete, dachte Gemma, die von dem, was Veronica ihr erzählt hatte, ganz aufgewühlt und berührt war. Sie setzte die Kopfhörer auf, um das Gelächter auszublenden, das aus dem Zimmer der Flitterwöchner drang, und ließ ihre Finger über die Tastatur ihres Laptops fliegen, um den Hauptteil ihres Artikels auszuarbeiten. Darin ging es um die Lebensgeschichten ihrer Interviewpartner: eine leibliche Mutter, die ihre Tochter trifft, die sie zur Adoption freigegeben hatte. Ein minderjähriges Mädchen, das entschlossen ist, ihr Kind nur von einem wohlhabenden Paar aufziehen zu lassen, dann aber feststellt, dass Geld allein es nicht glücklich machen wird – sondern nur ein liebevolles Herz. Eine Mutter, inzwischen verheiratet und mit Kindern, die ihrem Mann nie von dem Baby erzählt hat, das sie vor siebzehn Jahren zur Adoption freigegeben hatte. Zwei Frauen in ihren Sechzigern, die damals schwangere Teenager waren, als das Heim der Guten Hoffnung vor fünfzig Jahren zum ersten Mal seine Tore öffnete, hatten Gemma ihre Geschichten über das Telefon und über Skype erzählt und sie damit zu Tränen gerührt. Eine Menge hatte sich in fünfzig Jahren verändert. Und vieles war genau so geblieben. Gemma schrieb, bis ihr vor Erschöpfung die Augen tränten.

Kurz nach zwei Uhr morgens war der Artikel fertig. Sie lehnte sich zurück und erwartete, traurig zu sein, sich leer zu fühlen, weil es vorbei war, aber sie war vor allem stolz – und fühlte sich so sicher wie nie zuvor, dass sie genau das tat, wozu sie bestimmt war.

Aber prompt erinnerte sie sich an die Worte der fünfzehnjährigen Chloe Martin aus dem Heim der Guten Hoffnung: Sie haben so ein Glück, hatte diese gesagt, als Gemma verraten hatte, dass sie schwanger war.

Wann würde sie endlich damit zurechtkommen?, fragte sie sich. Was, wenn sie das nie schaffen würde? Wie sollte sie schon diese Woche in ein Leben zurückkehren, das sie sich einfach nicht für sich vorstellen konnte? Wenn sie nur eine feste Stelle als Reporterin hätte, dann könnte sie beides sein – Journalistin und Mutter. Eine berufstätige Mutter, wie es so viele andere Frauen waren. Aber ohne Job, ohne auch nur die Aussicht auf Arbeit würde sie nach Hause zurückkehren und sich langsam in Alexanders Mutter oder Schwester verwandeln, und dieser Artikel wäre nichts weiter als ihr Schwanengesang.

.....

Am Morgen schien die Sonne hell durch ihr Fenster. Gemma wachte auf, weil sie einen merkwürdigen Traum gehabt hatte, in dem sie ihr Baby einfach nicht aus der Babytrage auf ihrer Brust befreien konnte. Und dann war das Baby plötzlich gar kein Kind mehr, sondern hatte das Gesicht einer Frau und ähnelte auf beängstigende Weise Gemmas Mutter. Gemma setzte sich auf und versuchte, den Traum abzuschütteln. Den würde sie nicht einmal in ihrem Traumdeutungsbuch nachschlagen wollen.

Wahrscheinlich hatte es nichts zu sagen und bedeutete nur, dass sie sich Sorgen machte, so zu werden wie ihre Mutter. Oder dass sich ihre Befürchtung, möglicherweise keine gute Mutter zu werden, mit ihren Gefühlen für ihre eigene Mutter vermischte. Wahrscheinlich war an beiden Deutungen etwas Wahres.

Sie hob den Saum ihres Pyjama-Oberteils und legte die Hand auf ihren Bauch, der sich noch immer kaum rundete. «Hey, Kleines», sagte sie, und Tränen brannten in ihren Augen. «Wenn du mich hörst, dann will ich, dass du weißt, dass ich dich lieben werde. Von deinem ersten Atemzug an. Wie könnte es anders sein? Das steht ja außer Frage. Mir fehlt nur eine Synapse, ein Schalter, den ich schon noch umzulegen schaffe, sobald du auf der Welt bist. Wahrscheinlich werde ich dann fühlen, was Veronica Russo beschrieben hat – dass ich dich immer geliebt habe. Selbst wenn ich es bis dahin nicht wusste.»

Jemand schob einen Zettel unter der Tür hindurch, und Gemma sprang aus dem Bett, um ihn aufzuheben:

Die Frühstücksspezialität von heute sind Crêpes – mit Schokolade und/oder Erdbeeren! Liebe Grüße, Bea

Bea war so ein Schatz. Sie wusste, dass Bea nicht sicher war, wie sie mit Veronica umgehen sollte, was sie und ihre leibliche Mutter einander bedeuteten, wie – und ob – sie ihre Beziehung vorantreiben sollten. Aber weil Bea so ein großes Herz hatte und sich sehr einsam fühlte und Veronica andererseits so hoffnungsstark war, hatte Gemma ein gutes Gefühl bei den beiden. Sie würden es hinbekommen.

Sie langte hinüber zu ihrer Kommode, auf der ihr Laptop lag, und las ihren Artikel Korrektur. Es waren knapp unter dreitausend Wörter. Sie las ihn zur Kontrolle noch einmal und schickte ihn dann per E-Mail an Claire.

Sie war nicht in der Stimmung, mit den anderen Gästen zu frühstücken, also ließ sie die Crêpes Crêpes sein und ging hinaus zum Harbor-View-Coffeeshop, um sich einen entkoffeinierten Iced Moccha und ein Scone zu genehmigen. Dann machte sie einen langen Spaziergang durch die hübschen kleinen Seitensträßchen am Hafen. Sie würde diesen Ort vermissen. Schon Ende der Woche würde sie fahren müssen, denn sie hatte keinen Grund mehr, noch länger hier zu bleiben. Es gab Gerüchte, dass Colin Firth am Samstag endlich in die Stadt kommen würde, um seine Szenen zu drehen, aber diese Art Gerüchte hatte es schon öfter gegeben, und noch immer war er nicht aufgetaucht. Sie würde kein Interview mit dem Schauspieler bekommen. Es war Zeit, nach Hause zurückzukehren und sich mit ihrer Zukunft auseinanderzusetzen.

Als sie die Meadow Lane hinunterging, sah sie einem Vater zu, der ein Kleinkind auf einer Reifenschaukel anschubste, die an einer alten Eiche im Vorgarten ihres Hauses hing. Sie lächelte ihn an und stellte sich vor, es wäre Alexander. Es war Alexanders Traum, stellte sie fest, genau das zu tun. Der Traum ihres Ehemannes. In den vergangenen Wochen hatte sie immer nur an ihren eigenen Traum gedacht, und vielleicht war es an der Zeit, einen anderen Traum zu träumen, jetzt, da ihr Traum ausgeträumt war, wie Meryl Streep im Film *Sodbrennen* gesagt hatte, einem von Gemmas Lieblingsfilmen. Einen neuen Traum träumen. Sie würde ein

Kind bekommen. Es war an der Zeit, das von ganzem Herzen anzunehmen. Wenn sich herausstellen sollte, dass sie keinen Mutterinstinkt besaß, tja, dann würde sie eben lernen, eine gute Mutter zu sein.

Gemma fühlte sich jetzt im Kopf und im Herzen ein wenig ruhiger, und sie wollte schon zurück zur Pension gehen, um Alexander anzurufen und ihm zu erzählen, dass sie ihren Artikel abgeschickt hatte, als sie ein ungeheuer süßes kleines Häuschen ein paar Türen weiter unten bemerkte. Das gelbe, mit Holz verschalte Häuschen hatte einen Witwengang, eine kleine offene Galerie und eine hübsche Veranda mit einem Schaukelstuhl darauf, und nach der Szene mit der Reifenschaukel konnte sich Gemma beinahe selbst dort in dem Schaukelstuhl sitzen sehen, wie sie das Baby wiegte. Sie konnte sich selbst sehen, wie sie zu jemand anderem wurde, jemandem, den sie nicht kannte, aber in den sie sich verwandeln konnte.

Sie legte ihre Hände auf den Bauch. Vor nur etwas mehr als einer Woche hatte sie auf einer Krankenhausliege gelegen und sich gefragt, ob es schon vorbei war, bevor es noch richtig begonnen hatte. Bevor es überhaupt die Gelegenheit gehabt hatte, richtig zu beginnen.

Sie fotografierte das Haus, passte dabei auf, dass der Witwengang und die Veranda gut auf dem Bild zu sehen waren, und schickte das Foto per SMS an Alexander. Dazu schrieb sie:

A: Vielleicht könntest du etwas wie das hier für uns drei in Dobbs Ferry finden. Ich liebe den Witwengang – und eine Veranda mit Schaukelstuhl ist ein absolutes Muss. xx G

Nach ein paar Minuten kam die Antwort:

> Liebling, ich bin begeistert. Soll das heißen, dass meine aufdringliche Mutter es tatsächlich geschafft hat, dich zu überzeugen? Tut mir leid, dass sie dich belästigt hat. Sie hat es mir erzählt, und ich habe ihr gesagt, dass sie sich da raushalten soll.

> Liegt nicht an deiner Mutter. Meine Entscheidung. Ich will das Richtige für uns tun, für uns drei.
> Ich liebe dich, G.

Sie hatte den Tatsachen ins Auge gesehen.

.....

Am nächsten Morgen hatte Gemma immer noch nicht Alexander angerufen und ihm gesagt, dass sie den Artikel fertiggestellt hatte und nach Hause kommen würde ... bald. Sie lag auf ihrem Bett, die Hände auf ihrem Bauch, *Ihre Schwangerschaft Woche für Woche* neben sich. Am Abend zuvor hatte sie mit June zu Abend gegessen und über alles gesprochen, und sogar June hatte gesagt, dass, so wie sie es einschätzte, Gemma das Leben im Vorort liebgewinnen würde. Immerhin mochte sie ja auch Boothbay Harbor, das schließlich ein winziges Städtchen war.

Aber Boothbay Harbor war etwas anders. Boothbay Harbor war für Gemma immer eine Zuflucht, ein Hafen besonderer Art gewesen. Sie war in Boothbay immer glücklich gewesen, das lebhafte Küstenstädtchen war für sie immer ein Lichtblick. Hier hatte sie alte Freunde und wunderbare Erinnerungen an unbeschwerte Sommertage. Und sie liebte die alten hölzernen Stege und die Boote, die in der Bucht lagen, die Kopfsteinpflaster- und Ziegelsträßchen, die von kleinen Lädchen und allen möglichen Restaurants gesäumt waren. Sie würde Alexander vorschlagen, den nächsten Sommer hier zu verbringen. Vielleicht sogar jeden Sommer herzukommen.

Eine E-Mail poppte auf, und Gemma ging zu ihrem Laptop. Sie hoffte, dass sie von Claire wäre, dass ihr der Artikel gefiel und sie womöglich einen neuen Auftrag für sie hätte. Nicht, dass Gemma das Alexander antun würde, sosehr sie es sich auch wünschte.

Die Mail war tatsächlich von Claire:

> Gemma, dein Artikel ist mehr als sagenhaft! Mein Chef liebt ihn. Er will, dass du hier arbeitest – so sehr hat ihn der Text beeindruckt. Ich kann dir die Ressortleitung *Leute & Leben* und eine eigene Kolumne anbieten. Selbstverständlich wissen wir, dass du Ende Dezember in Mutterschutz gehst … Trotzdem, das Angebot steht. Melde dich!
> C.

Gemma brach in Tränen aus. Ein Jobangebot. Sie malte sich aus, hier in diesem süßen kleinen Städtchen zu wohnen, das sie so sehr mochte, an Geschichten wie der über das Heim der Guten Hoffnung zu arbeiten und ihre eigene Sonntagskolumne zu schreiben. Zeit mit alten Ferienfreunden zu verbringen, die vielleicht zu Alltagsfreunden werden würden. Neue Freunde zu finden, gute Freunde wie Bea. Zuzuschauen, wie ihr Bauch wuchs, Monat für Monat, und die Wochenenden damit zu verbringen, das Kinderzimmer in einem Haus wie dem kleinen gelben einzurichten, in einem Haus, in dem sie leben, atmen, Mutter werden konnte. Nach der Arbeit zu Alexander nach Hause zu kommen und mit ihm gemeinsam Eltern zu werden.

Dreihundert Meilen von ihrer Schwiegermutter entfernt zu wohnen.

Für das alles würde sie New York City sofort hinter sich lassen.

Das Angebot war beinahe grausam, denn sie konnte Claire nicht anrufen und aus vollem Hals «Ja!» schreien, obwohl es genau das war, was sie wollte.

Also rief sie stattdessen Alexander an. «Claire hat mir eine Vollzeitstelle als Leitende Reporterin und eine eigene Sonntagskolumne angeboten, obwohl sie weiß, dass ich schwanger bin. Und dafür gibt es auch noch ein vernünftiges Gehalt – na ja, natürlich nicht wie in New York. Ich würde das Angebot so gern annehmen. Warum sieht eigentlich keine der Zeitungen in New York City, bei denen ich mich beworben habe, dasselbe in mir wie sie?»

«Gemma, du bist eine großartige Reporterin und Autorin. Aber die Branche steckt nun mal in der Krise, und viele Blätter mussten schließen. Immerhin hattest du einen erfolgreichen letzten Auftrag, das ist doch toll. Komm jetzt nach Hause und genieß dein neues Leben.»

«Ich weiß, ich weiß», sagte sie.

«Hör mal, ich habe nachgedacht. Wenn es speziell Dobbs Ferry ist, das dir Sorge bereitet, dann müssen wir ja nicht ganz so nah zu meiner Familie ziehen.»

Das war doch schon mal etwas. «Ich glaube, das würde schon helfen.» Auch wenn sie wusste, dass er eher daran dachte, in das nächste Städtchen zu ziehen, und nicht gleich einen ganzen Bundesstaat weiter. «Ich komme am Samstag zurück, okay?», sagte sie und konnte die Tränen kaum zurückhalten. «Es gibt hier ein paar großartige Menschen, von denen ich mich noch verabschieden möchte.»

«Wir sehen uns dann Samstagabend. Hör mal, Schatz, du wirst dein neues Leben lieben. Es ist einfach der nächste Schritt.»

Gemma wollte es so gern glauben.

22 Bea

Bea stand vor der Hausnummer 26 in der Birch Lane in Wiscasset, fünfzehn Minuten Autofahrt von Boothbay Harbor entfernt, und hatte den Finger schon ausgestreckt, um zu klingeln. In wenigen Augenblicken würde sie Timothy Macintosh treffen, ihren leiblichen Vater. Sie schloss für einen Moment die Augen und rief sich den Rat in Erinnerung, den ihr Patrick heute beim Mittagessen gegeben hatte – daran zu denken, dass Timothy zurückgerufen und sie zu sich nach Hause eingeladen hatte. Er wollte sie also treffen. Sie musste keine Angst haben. Er hatte am Telefon recht nett geklungen, wenn auch ein wenig zögerlich. Er hatte erklärt, dass ein Teil von ihm wirklich geglaubt hatte, nicht der Vater von Veronica Russos Baby zu sein, der andere Teil jedoch die ganze Zeit befürchtet hätte, es doch zu sein. Und dass ihn die Sache schon sehr, sehr lange belastete. Er freue sich darauf, der Wahrheit endlich ins Auge zu sehen.

Sie klingelte.

Beide rangen nach Luft, als sie einander gegenüberstanden. Er war zweiundzwanzig Jahre älter als der Junge auf dem Foto, aber er sah Bea unfassbar ähnlich. Er war sehr groß, hatte dichtes, welliges blondes Haar. Seine Augen waren hellbraun, nicht so dunkel wie ihre, aber ihre Züge ähnelten sich. Vielleicht war es die Gesichtsform. Etwas im Ausdruck, die Art, wie sie lächelten.

«Ich glaube nicht, dass du jetzt noch einen Vaterschaftstest brauchst», bemerkte die blonde Frau, die dicht hinter ihm stand.

Timothy schüttelte fassungslos den Kopf und fuhr sich nervös durch die Haare. Dann sagte er: «Hallo, Bea. Es ist schön, dich kennenzulernen.» Er hielt ihr die Tür auf, damit sie eintreten konnte. «Das ist meine Frau Beth. Unsere Tochter ist bei einer Freundin. Vielleicht kannst du sie ein andermal treffen, natürlich nachdem wir ihr von dir erzählt haben.»

«Das wäre schön», sagte Bea.

• • • • •

Bea musste schon um vier Uhr wieder bei den Macintoshs aufbrechen, weil sie sich um fünf mit Maddy zur Nachhilfe treffen wollte. Gestern hatte Tyler angerufen, um den Termin von Mittwoch auf Donnerstag zu verlegen, weil ihre Großeltern zu Besuch gekommen waren, aber es war Bea ganz recht, das erste Treffen mit ihrem leiblichen Vater auf anderthalb Stunden zu begrenzen. Timothy und Beth benahmen sich ziemlich förmlich und befangen, aber sie schrieb das ihrer Nervosität zu. Sie waren freundlich und gaben sich redlich Mühe, ihr von Timothys Familie zu erzählen, deren Vorfahren aus Schottland stammten. Bea notierte sich, was Timothy von der Krankengeschichte der Familie erzählte: Er hatte einen Onkel mit Platzangst und eine Großmutter, die an Eierstockkrebs gestorben war, aber im Ganzen schienen die Macintoshs eine vitale Sippe zu sein. Timothys Mutter war Sekretärin gewesen, sein Vater hatte auf dem Bau gearbeitet, genau wie Beas Adoptivvater, und die beiden Macintoshs hörten ihr gern zu, als sie von ihrer Kindheit erzählte. Timothy und Beth waren seit siebzehn Jahren verheiratet.

Die meiste Zeit saßen sie nebeneinander auf dem Sofa und hielten Händchen. Sie schienen sich sehr zu lieben, und es schien Bea, als sei Beth der Fels in der Brandung für Timothy. Noch am selben Abend wollten sie ihrer Tochter von Bea erzählen. Sie hieß Sue und war gerade dreizehn geworden. Timothy versprach, bald wieder anzurufen und ein weiteres Treffen mit ihr auszumachen.

Sie hatte Wiscasset erleichtert hinter sich gelassen und war bald wieder in Boothbay Harbor, aber Maddy kam schon wieder zu spät zu ihrer Nachhilfestunde. Bea stand pünktlich vor dem Wohnwagen der Filmcrew, vor dem sie sich diesmal verabredet hatten, aber darin war niemand. Eigentlich hatten sie ausgemacht, sich hier zu treffen und sich dann etwas entfernt ein schattiges Plätzchen unter einem Baum zu suchen, um dort über Maddys Aufsatzthema zu *Wer die Nachtigall stört* zu reden. Bea hatte die erste Hälfte des Romans in den letzten Tagen erneut gelesen und viele wunderschöne Sätze und Passagen gefunden, die zu dem Zitat passten, das sich Maddy als Thema ausgesucht hatte. Die Lektüre, der Unterricht – all das ließ in Bea den Entschluss reifen, Lehrerin werden zu wollen.

Nur wenige Leute standen bei den Wohnwagen der Crew herum. Aber Maddy war nirgends zu finden. Nach ihrer großartigen Stunde neulich war Bea sich sicher, dass Maddy ihre Nachhilfe nicht absichtlich schwänzte.

Sie ging wieder hinaus und schaute sich um. Keine Spur von Maddy.

Doch dann hörte Bea Gekicher von dem Wohnwagen am Zaun. Bea ging hinüber, und da stand Maddy, eingequetscht zwischen Wagen und Zaun und knutschte mit einem Jungen. Nun, ihr Stelldichein würde jetzt gleich von ihrer Nachhilfelehrerin beendet werden.

«Maddy, du bist ...»

Aber es war kein Junge, mit dem sie da stand. Sondern ein Mann.

Patrick Ool.

«Was zum ...», fing Bea an. Sie konnte kaum glauben, was sie da sah.

Patrick wurde rot. Er riss sich von Maddy los, und sein Gesichtsausdruck veränderte sich, so als ob er bereits die Ausrede vorbereitete, die er ihr gleich servieren würde.

«Sie ist erst sechzehn!», schrie Bea ihn an.

Er tat so, als wäre er erschüttert. «Was? Sie hat mir gesagt, sie sei neunzehn.»

«Das stimmt, das hab ich gesagt», bestätigte Maddy.

Bea war übel. Sie warf ihm einen angeekelten Blick zu und wandte sich dann an Maddy. «Maddy, es ist Zeit für unseren Unterricht. Wir gehen. Jetzt. Und du», sagte sie, an Patrick gewandt, «fahr zur Hölle.»

«Ich dachte, sie wäre neunzehn», wiederholte er. «Und tut mir leid, Bea, aber wenn du nicht so prüde wärst ... ich meine, wie oft sind wir jetzt schon miteinander ausgegangen?»

Bea hielt inne, drehte sich um und schlug Patrick Ool so hart in den Magen, wie sie konnte.

Sie hörte Maddy aufkreischen. Patrick hielt sich den Bauch und murmelte: «Verrückte Schlampe!», aber Bea packte Maddy bei der Hand und zog sie mit sich fort.

«Moment mal. Ihr beide seid miteinander ausgegangen?», fragte Maddy und schaute vorsichtig zu ihr hoch, während sie die Absperrung hinter sich ließen und ein ruhiges Plätzchen ansteuerten, das Bea entdeckt hatte.

«Sind wir, ja.»

«Tut mir leid. Das wusste ich nicht. Er hat mit mir geflirtet und gesagt, dass er mich einfach küssen müsse, sonst würde er sterben. Er ist so süß, also hab ich's getan.»

Bea schüttelte angeekelt den Kopf. «Du hast ihm gesagt, dass du neunzehn bist?»

«Er hat mich nach meinem Alter gefragt, also hab ich ihn angelogen. Er hat aber ‹na, sicher› gesagt, und es klang ein bisschen ironisch. Es tut mir wirklich leid, Bea.»

Bea kochte vor Wut. Sie blieb stehen und wandte sich ab, um sich ein wenig zu beruhigen. Selbst wenn der Scheißkerl ihr geglaubt hatte, dass sie schon neunzehn wäre, wusste er immer noch, dass sie Tylers Schwester war. Und auf ihn hatte er es offenbar ohnehin abgesehen. Sie trat gegen einen Stein und ging dann weiter. «Und trotzdem hat er mit dir herumgeknutscht. Abschaum. Maddy, du musst dich vor Männern dieses Schlages vorsehen. Besonders auf Filmsets. Halte dich lieber an Jungs in deinem Alter, okay? Bitte?»

«Okay, mein Bruder hält mir schon genug Vorträge. Kannst du das vielleicht auf die Nachhilfe beschränken?»

Bea zerwuschelte Maddys Haare und lachte. «Geht klar. Hör mal. Du scheinst deinem Bruder sehr wichtig zu sein, Maddy. Freu dich darüber. Ich habe niemanden.»

«Warum nicht?»

«Weil ich manchmal kein gutes Händchen bei der Auswahl der Leute habe, mit denen ich meine Zeit verbringe. Dein Bruder hat mich gewarnt, dass Patrick ein Frauenheld ist, aber ich habe ihm nicht geglaubt.»

«Tyler lügt nie. Das ist schon krankhaft. Hätte ich dir gleich sagen können.»

Plötzlich kam Bea der Verdacht, dass Tyler Maddys leibliche Mutter gar nicht um Geld angeschnorrt hatte, sondern dass sich Patrick das nur ausgedacht hatte, damit Bea nicht auf Tylers Warnungen hörte. Patrick hatte keine Mühen gescheut, Tyler in ein schlechtes Licht zu rücken – und sie hatte die ganze Zeit den Falschen für einen Idioten gehalten.

Bea blieb unter einem schattigen Baum stehen und breitete die Decke aus, die sie mitgebracht hatte. «Setz dich», sagte sie zu Maddy. «Schieß los. Wir vergessen jetzt die schlimmen Männer und konzentrieren uns auf die guten. Auf solche wie Atticus Finch.»

Maddy brauchte ewig, bis sie ihr Buch und ihre Notizen aus der Tasche gekramt hatte, und Bea musste die ganze Zeit darüber nachdenken, wie blind sie gewesen war. Und dass sie sich dringend bei Tyler entschuldigen musste.

• • • • •

Die zweite Nachhilfestunde lief ebenso gut wie die erste. Maddy hatte die aufgegebenen Kapitel gelesen, konnte den Text in eigenen Worten zusammenfassen und selbst zwei Abschnitte zu ihrem Thema in Beziehung setzen. Mit Beas Hilfe fand sie in den ersten sechs Kapiteln sogar noch mehr Stellen, die dazu passten. Bea machte es viel Spaß, Maddy durch gezielte Fragen dazu zu bringen, die Textstellen miteinander in Verbindung zu bringen, und zuzusehen, wie ihr Gesicht bei jeder neuen Erkenntnis aufleuchtete. Maddy nannte das Buch nicht mehr *Wen die Nachtigall nervt,* sondern erklärte stolz ihre Deutung des richtigen Titels.

«Hey», erklang Tylers Stimme.

Maddy konnte ihr Buch gar nicht schnell genug zuklappen, als sie ihren Bruder sah. Bea hoffte, dass sie nach ihrer nächsten Nachhilfestunde so mit dem Buch beschäftigt wäre, dass sie gar nicht würde aufhören wollen, darüber zu sprechen.

«Tyler. Können wir kurz unter vier Augen sprechen?», fragte Bea.

«Sag bloß nicht, dass du aufhörst», sagte Tyler. «Sie hat mir die ganze Woche über mit Leuten namens Scout und Jem und Atticus und Boo in den Ohren gelegen.»

Bea lächelte. «Nein, ich höre nicht auf.»

Maddy steckte sich die Hörer in die Ohren, und Bea führte Tyler ein paar Meter fort, um ihm die traurige Geschichte zu erzählen, wie sie Patrick dabei ertappt hatte, als er Maddy küsste, und wie er Stein und Bein geschworen hatte, dass Maddy behauptet hätte, schon neunzehn zu sein.

Tyler war außer sich vor Wut und murmelte eine Reihe von Verwünschungen vor sich hin.

«Ich muss mich bei dir entschuldigen, Tyler. Er ist ein echter Dreckskerl, und ich habe das nicht erkannt. Wie kann jemand einem nur so dreist ins Gesicht lügen?»

«Die Jahre, die er mit einer gewissen Sorte von Schauspielern verbracht hat, haben auf den Trottel abgefärbt. Ich war dumm, Maddy hierherzubringen. Aber wir drehen nicht oft in ihrer Nähe, deshalb wollte ich etwas tun, das sie ein bisschen aufheitert.»

«Weil sie so darunter leidet, was ihre leibliche Mutter getan hat?»

Er nickte.

«Auch dafür muss ich mich entschuldigen. Patrick hat mir erzählt, dass ich mich vor dir in Acht nehmen und aufpassen soll, dass du mich für die Nachhilfe für Maddy auch wirklich bezahlst, weil du die leibliche Mutter deiner Schwester angeblich um Geld erpresst hättest. Er behauptete, er hätte zugehört, wie du es einem anderen Assistenten erzählt hast.»

«Was für ein Arsch», sagte er und schüttelte den Kopf.

«Es war genau andersherum. Ihre leibliche Mutter hat mich angepumpt. Ich habe ihr gesagt, dass ich nichts hätte, was stimmt. Maddy hat ihr vor sechs Monaten noch einmal geschrieben, aber der Brief kam ungeöffnet zurück. Vielleicht ist es so für Maddy am besten.»

«Das ist es vermutlich. Ich bin froh, dass sie dich hat. Ich wünschte, ich hätte einen großen Bruder, der so auf mich aufpasst.»

«Ich wollte auf dich aufpassen», sagte Tyler. «Du hast es nur nicht zugelassen.»

Sie lächelte. «Das stimmt wohl.»

«Könntest du Maddy einen Augenblick im Auge behalten? Ich will ein Wörtchen mit Patrick reden. Und mit reden meine ich, dass ich ihn nach allen Regeln der Kunst vermöbeln will.»

«Bevor du Gefahr läufst, gekündigt zu werden, sei beruhigt: Ich habe ihn schon in den Magen geschlagen.»

«Dann sehe ich zu, dass ich etwas höher treffe. Vielleicht seine Nase. Oder viel weiter unten, vielleicht mit einem anständigen Tritt.»

Bea lachte, und dann schwiegen sie einen Moment.

«Also, vielleicht könntest du ja heute mit uns zu Abend essen?», fragte er.

«Ich dachte immer, du magst mich nicht.»

«Tja, auch da liegst du falsch.» Er lächelte sie an. Vielleicht war es sein erstes Lächeln, seit sie ihn kennengelernt hatte. Es war ehrlich und warm.

· · · · ·

Sie saßen bei Sesamhuhn und gebratenen Teigtaschen, und Bea dachte, dass Maddy jeden Augenblick aus dem Restaurant stürzen würde.

«Weißt du, was passiert, wenn man sich mit Typen wie diesem Patrick einlässt?», hatte Tyler gefragt und mit dem Essstäbchen auf seine Schwester gezeigt. «Wenn man mit den Männern zu weit geht? Dann wird man schwanger, Maddy. Und dann muss man ein paar sehr unlustige Entscheidungen treffen.»

«Ich hör gar nicht zu», antwortete Maddy und hielt sich die Ohren zu.

Er zog ihr die Hände von den Ohren und hielt sie fest. «Ich meine es verdammt ernst», sagte er. «Denise war erst fünfzehn, als du auf die Welt gekommen bist.»

«Ist ja gut», schnauzte sie zurück. «Ich hab's kapiert. Wir haben nur geknutscht, okay? Geknutscht. Weiter nichts.»

«Und um euch herum überall Wohnwagen. Leichter Zugang zu abschließbaren Räumen.»

«Kann ich jetzt bitte meine Teigtaschen essen, bevor sie kalt sind?», nörgelte Maddy.

«Erst wenn ich weiß, dass du mir zuhörst», antwortete er. «Wirklich zuhörst.»

«Herrgott, das tu ich doch. Ich höre dich.»

Bea lächelte Tyler über den Tisch hinweg zu. Sie kannte Maddy nicht sehr gut, aber sie hätte geschworen, dass sie ihrem Bruder ganz genau zuhörte.

Sie versuchten, die letzte Teigtasche zu dritteln, woraufhin diese vom Tisch rutschte und Maddy lachen musste. Als sie schließlich ihre Glückskekse öffneten, wünschte sich Bea schon, sie hätten sich einen Tisch zum Hinsetzen gesucht, statt an der Bar zu essen, damit sie noch mehr Zeit mit den beiden verbringen könnte. Tyler war schlau und lustig und ernsthaft und freundlich, und Maddy war zwar noch etwas unreif, aber im Grunde sehr liebenswert.

Bea las den Zettel in ihrem Glückskeks vor: «Du kannst dir deines Erfolges nicht sicher sein, aber du kannst dir deines Scheiterns sicher sein, wenn du es gar nicht versuchst.»

Wenn das mal nicht wahr war. Bea ließ den Zettel in ihre Tasche gleiten.

«Was steht auf deinem Zettel?», fragte sie Maddy.

«Wer nicht lächeln kann, sollte kein Geschäft eröffnen.» Maddy rollte mit den Augen und grinste breit. «Wie findest du das?» Sie knabberte an ihrem Keks. «Was steht denn auf deinem, Tyler?»

Tyler zerbrach seinen Keks und zog den Zettel heraus. «Eine Viertelstunde ist tausend Goldstücke wert.» Er hob eine Augenbraue und steckte sich dann den halben Keks in den Mund.

«Kommt, wir bitten um neue Kekse», schlug Maddy vor. «Nur Bea hat einen guten bekommen.»

«Einem geschenkten Gaul schaut man nicht ins Maul», mahnte Tyler und tippte mit Maddys unbenutztem Essstäbchen auf ihre Hand. «Weißt du noch, wie unser Dad das immer gesagt hat?»

Wieder das berühmte Augenrollen. «Das tut er immer noch. Und überhaupt, widerspricht das nicht total Beas Glückskeksspruch? Wenn das, was du bekommst, scheiße ist, dann sollte man sich wohl besser um etwas anderes bemühen.»

Bea lachte. Maddy würde in ein paar Jahren und mit ein wenig mehr Reife schwer in Ordnung sein.

Sie gingen zurück zu Tylers Auto, das er auf der Main Street geparkt hatte. Maddy stieg sofort ein und stöpselte sich die Kopfhörer ein.

«Kann ich dich zu Hause absetzen?», fragte Tyler.

«Ach nein, die Pension ist doch gleich oben auf dem Hügel.»

Er sah die gewundene Straße entlang, die den Hügel hochführte, und dann zurück zu Bea. «Vielleicht könnten wir mal was miteinander unternehmen?»

«Auf jeden Fall.»

Er lächelte. «Dann ruf ich dich morgen an.»

Er drückte ihre Hand, sah ihr in die Augen und stieg dann ins Auto.

Bea wandte sich zum Gehen, schaute aber über die Schulter zurück, bis die Rücklichter verschwunden waren. Sie hatte keine Ahnung, wo sie in ein paar Wochen wohnen würde. Und Tyler würde mit seinen Filmcrews die Welt bereisen. Aber das bedeutete schließlich nicht, dass sie keine Freunde sein konnten. Oder vielleicht auch etwas mehr als das.

• • • • •

Auf dem Weg zur Pension holte Bea ihr Telefon aus der Tasche und rief Veronica an.

«Sehen wir uns bald mal wieder? In der letzten Woche war ich nicht sicher, ob ich dich noch etwas fragen oder dir etwas erzählen muss. Ich hatte wohl ein wenig ... Angst, glaube ich. Ich war einfach überwältigt von allem. Aber jetzt weiß ich, dass ich dir noch ganz viel erzählen möchte.»

«Oh, ich weiß genau, wie du dich fühlst», sagte Veronica. «Und ich habe dir auch noch eine Menge zu erzählen. Wie wäre es morgen Abend um sieben bei mir? Ich mach uns eine Lasagne, und du kannst mir helfen, einen Kuchen zu backen.»

«Ich freu mich», sagte Bea und wusste plötzlich, dass Cora Crane Veronica Russo sehr gemocht hätte.

23 Veronica

Es war ein merkwürdiges Gefühl, den Notizblock für die Bestellungen in der Hand zu halten und ihre Uniform aus Jeans, einem weißen Button-down-Hemd und der Best-Little-Diner-Schürze zu tragen, während drei große Kameras, Mikrophone und riesige Scheinwerfer auf sie gerichtet waren. Es standen so viele Leute um sie herum. Veronica schaute aus dem Fenster auf die Menge, die sich auf der anderen Straßenseite hinter den Absperrungen drängte, und erschrak, als sie darunter den aufdringlichen Hugh Fledge erkannte, der wie ein Irrer mit den Armen wedelte und ihr idiotisch lächelnd Kusshände zuwarf. Sie hoffte, dass er so harmlos war, wie er aussah – die Pest persönlich, die niemals aufgeben würde, das schon, aber nicht ... wirklich durchgedreht oder so. Sie würde mal mit Nick darüber reden, wie sie sich Fledge vom Hals schaffen konnte.

In dieser Szene spielte Veronica die Kellnerin am Tresen. Der neue zweite Regieassistent, Joe Sowieso, hatte gesagt, dass sie Weisheit und Freundlichkeit ausstrahle und dass Maine auf ihrer Stirn geschrieben stünde, er wolle sie ganz vorne dabeihaben.

Veronica dachte über die Gerüchte um Patrick Ool nach – angeblich war er beim Herumknutschen mit einer Minderjährigen erwischt worden und durfte nicht mehr mit den Komparsen arbeiten –, und sie merkte, dass sie sich Sorgen um Bea machte. Vielleicht gehörte das zu den Dingen, von denen Bea ihr erzählen wollte. Das, und wie ihr Treffen mit Timothy verlaufen war.

Sie ist mir wirklich wichtig, erkannte Veronica, als dieser Joe Sowieso damit beschäftigt war, die Aufstellung der Komparsen für eine der Szenen mit einem Schauspieler durchzugehen. Ich habe mir so eine verdammte Mühe gegeben, sie nicht an mich heranzulassen, aber sie hat sich ihren Weg freigeboxt. Veronica musste lächeln, als sie sich die zierliche junge Bea mit Boxhandschuhen vorstellte, wie sie sich mit erhobenen Fäusten vor ihr, Miss Ach-so-taff, aufbaute.

Der Regieassistent blies in eine Trillerpfeife, die er um den Hals trug. Auf diese nervige Art und Weise zog er die Aufmerksamkeit auf sich. Gut, also wurde jetzt gedreht. Nicht dass Colin Firth heute dabei wäre. Es ging wieder einmal das Gerücht, dass er morgen käme, aber wenn Veronica auch nur einen Penny für jedes Mal bekommen hätte, das er angekündigt worden war, wäre sie jetzt schon steinreich … Im Übrigen bewies ihr die Tatsache, dass sie diese Szene so schnell wie möglich hinter sich bringen wollte, damit sie zu Gray's Grocery gehen konnte, um die Zutaten für ihre Lasagne zu kaufen, dass sie gar nicht mehr so scharf darauf war, Komparsin zu sein. Bea würde heute zum Abendessen kommen. Das war es, was ihr wirklich wichtig war.

An jedem Tisch des Diners saßen Komparsen, und auch am Verkaufstresen standen welche. Veronica musste kichern, weil man dort die «typischen Gäste eines Diners in Maine» aufgereiht hatte: der mürrische alte Mann, der Zeitung las und den gebratenen Schellfisch mit Pommes frites bestellt hatte. Drei Teenager-Mädchen, die aussahen, als seien sie einem Versandhauskatalog entsprungen. Die reservierte Frau in den besten Jahren, die Twinset und Perlenkette trug. Sie sollte sich beim Essen ihres Apfelkuchens – den Veronica gebacken hatte – zweimal die Lippen mit der Serviette abtupfen. Ein Papa und sein Sohn, die eine große und eine kleine Angelrute neben sich an die Wand gelehnt hatten. Zwei coole Jungs Anfang zwanzig, die eine Landkarte von Maine vor sich ausgebreitet hatten. Und Veronica, die mit ihrer Kaffeekanne am Tresen stand.

Alles, was ihrem Tresen noch fehlte, war Colin Firth. Sie hatte praktisch eine Überdosis seines gutaussehenden Gesichts gehabt; in den letzten zwei Wochen hatte sie noch zehn weitere seiner Filme geschaut – allein *Tatsächlich ... Liebe* hatte sie zweimal gesehen, weil der Film sie einfach so verdammt glücklich machte.

Und so rührselig. Veronica Russo, rührselig. Das war ein echtes Wunder.

Aber sie hatte ihre Wunschvorstellung von Mr. Darcy hinter sich gelassen. Er war eine Filmfigur, kein Mann aus Fleisch und Blut. Und Colin Firth, egal wie sehr Veronica ihn mochte, war einfach ein Schauspieler auf der Leinwand. Nick DeMarco dagegen war fast ein Meter neunzig geballte Realität, und sie war für ihn bereit. Als sie neulich ihren Colin-Firth-Kuchen buk und Kirschen, Zucker und Vanille verrührte, hatte sie nicht an Mr. Darcy gedacht. Und sie hatte sich auch nicht Colin Firth vorgestellt, als sie ein Stück davon bis auf den letzten Krümel aufgegessen hatte. Sie hatte nur an Nick gedacht.

Die Schauspieler waren in Position, und Veronica konzentrierte sich. In dieser Szene hatten die weibliche Hauptdarstellerin und ihr Verlobter einen Streit, in dessen Verlauf sie ihm ein Hummerbrötchen über den Kopf zog und hinausstürmte. Sie hatten die Szene viermal mit einem leeren

Teller geprobt und sie heute zweimal mit einem echten Brötchen gefilmt, was jedes Mal stundenlange Pausen bedeutete, in denen man die Hummerstückchen aus Christopher Cades Haar waschen und ihm ein neues Hemd anziehen musste. Offenbar hatte die Kostümbildnerin dreißig identische blaue Anzughemden zur Hand.

Sie warteten auf den Tontechniker, der noch irgendein Problem lösen sollte, und Veronica entspannte sich hinter dem Tresen und entschied, dass sie Bea nach dem Abendessen heute beibringen würde, wie man ihren Glückskuchen buk.

• • • • •

Veronica hatte die Lasagne in den Ofen geschoben und hackte gerade den Knoblauch für das italienische Brot, als ihr Telefon klingelte. Bitte lass es nicht Bea sein, die absagen will, betete sie.

Aber es war Beth Macintosh.

«Ich wollte mich für mein Verhalten entschuldigen», sagte Beth. «Timothy war immer schon sehr mit der Frage beschäftigt, ob er der Vater deines Kindes ist oder nicht, aber seit er dich vor ein paar Monaten durch das Fenster des Diners gesehen hat, spricht er von nichts anderem mehr. *Habe ich? War ich? Was ist, wenn?* Unsere Ehe hat darunter irgendwann gelitten. Und dann haben Freunde von mir in der Stadt deinen Namen erwähnt – obwohl sie die Verbindung zu Tim gar nicht kannten – und dabei von deinem Heilkuchen gesprochen, und ich dachte, ich könnte zwei Fliegen mit einer Klappe schlagen, wie man so sagt.»

«Also hat der Kuchen sozusagen auf Umwegen gewirkt», bemerkte Veronica.

Beth schwieg einen Augenblick, dann lachte sie. «Ich schulde dir wohl fünfzehn Mäuse.»

«Der geht auf mich.»

«Vielen Dank», sagte Beth. Und dann legte sie auf – ein für alle Mal, das wusste Veronica.

• • • • •

Bei Veronicas köstlicher Lasagne mit Knoblauchbrot und einem knackigen grünen Salat erzählte Bea von ihrem Treffen mit Timothy und Beth.

«Es war ein wenig angespannt», sagte Bea und häufte saftige Lasagne auf ihre Gabel. «Ich glaube, er fühlt sich mit der ganzen Sache immer noch nicht wohl, aber Beth hat gesagt, dass sie ihrer Tochter von mir erzählen und sich dann wieder mit mir treffen wollen.»

«Es freut mich, dass du ihn kontaktiert hast. Du hast etwas in Ordnung gebracht und ihm die Antwort auf eine Frage gegeben, die ihn lange gequält hat.»

Bea hob ihr Glas mit Eistee und stieß mit Veronica an.

Sie aßen, und Veronica erzählte Bea, dass sie Gemma Hendricks ein Interview gegeben und ihr ihre Lebensgeschichte erzählt hatte, und Bea berichtete Veronica alles von Patrick Ool und warum er jetzt nicht mehr für die Komparsen zuständig war.

«Du lieber Gott», sagte Veronica sichtlich erschrocken. «Man kann wirklich nicht in die Leute hineinsehen. Ich hätte ihn niemals für ein solches Schwein gehalten.»

Bea lächelte und nahm sich ein Stück Knoblauchbrot. «Es tut mir gut, dass du das sagst. Mir ging es nämlich genauso.»

«Also … gehst du jetzt mit Tyler aus, wenn ich das fragen darf?»

«Natürlich darfst du fragen. Aber ich glaube, ich will im Moment keine Beziehung. Ich mag ihn, den Rest werden wir sehen. Wenn man bedenkt, dass ich ihn vor einer Woche noch auf den Tod nicht ausstehen konnte, dann ist es wohl besser, die Sache diesmal extrem langsam anzugehen. Die Filmbesetzung und die Crew fahren für eine Woche nach London zum Drehen. Und irgendwann werde ich sicher zurück nach Boston gehen, um mir eine Lehrerstelle zu suchen.»

Oh. Veronica hätte wissen können, dass das passieren würde. Aber sie hatte gedacht, dass Bea wenigstens bis zum Ende des Sommers bleiben würde. «Hast du da Familie?»

«Eigentlich gibt es niemanden mehr. Nur mich.»

«Und mich», wagte es Veronica zu sagen.

Bea sah sie an. «Und dich.»

Vielleicht war Veronica zu weit gegangen. Sie wechselte schnell das Thema. «Du hast so ein Glück, genau zu wissen, was du tun willst. Ich wusste das nie so richtig. Manchmal träume ich davon, mein eigenes kleines Kuchendiner zu eröffnen. Aber mehr ist das auch nicht – nur ein Traum.»

«Ein Diner, in dem es nur Kuchen gibt? Das klingt toll. Immerhin ist dein Kuchen der leckerste weit und breit. Du solltest wirklich deinen eigenen Laden eröffnen. Die Leute würden dir die Tür einrennen.»

Veronica hatte tatsächlich einiges an Geld beiseitegelegt. Vielleicht sollte sie sich darum kümmern. Uh. Veronica Russo, Geschäftsinhaberin. Ein eigenes Geschäft zu haben, statt nur zu kellnern. Eigene Ideen umzusetzen. Das klang phantastisch.

Bea nahm einen Bissen von ihrer Lasagne. «Ich dachte, dass du vielleicht Schauspielerin werden oder beim Film mitarbeiten willst. Weil du dich doch als Komparsin beworben hast.»

«Oh, das habe ich doch nur getan, um Mr. Darcy leibhaftig zu begegnen. Colin Firth. Er ist mein heimlicher Schwarm.»

Bea lachte. «Ich liebe seinen Akzent.» Sie imitierte ihn mit einem Zitat aus *Bridget Jones*. «Weißt du, was lustig ist? Irgendwie erinnert mich Tyler ein bisschen an Mr. Darcy. Ich habe ihn für einen Volltrottel gehalten. Und jetzt stellt sich heraus, dass er ziemlich cool ist.»

«Vielleicht habe ich auch einen Mr. Darcy», sagte Veronica, die ihr Lächeln kaum unterdrücken konnte. «Wobei er nie ein Trottel war – er hat nur all die guten Eigenschaften eines Darcy. Er ist ehrlich und ehrenhaft, vertrauenswürdig, ein Mann mit Überzeugungen. Und zum Niederknien gut aussehend. Und weißt du, was, Bea? Ich glaube, ich bin bereit, meinen Traum zu leben. Aber nicht mehr als Kellnerin. Morgen ist mein letzter Tag als Komparsin, und dann suche ich nach Räumlichkeiten für mein Kuchendiner. Es gibt da ein Geschäft in der Main Street, das mir neulich aufgefallen ist. Man muss Arbeit hineinstecken, aber ich sehe jetzt schon die Angebotstafel mit den verschiedenen Kuchen vor meinem inneren Auge – Glückskuchen und Heilkuchen und all die anderen.»

Es passte irgendwie, dass an ihrem letzten Tag im Diner für den Colin-Firth-Film gedreht wurde. Ob er morgen wohl tatsächlich auftauchen würde? Aber Veronica würde es nicht den Atem verschlagen. Wenn er da sein würde, toll. Wenn nicht, tja, Veronica hatte inzwischen gefunden, was sie gesucht hatte: jemanden, der ihr Herz weit öffnete.

Bea lächelte. «Ich werde ganz vorn in der Schlange vor deinem Tresen stehen.»

«Na ja, Bea, und du … vielleicht könntest du dir ja auch hier in Maine eine Lehrerstelle suchen», schlug Veronica zögernd vor.

Beas Lächeln zeigte Veronica, dass ihre Einladung in ihr Leben akzeptiert worden war. «Du meinst, ich soll einfach in Maine bleiben?»

«Sicher. Du hast doch eine Unterkunft. Du findest sicher auch einen Job. Und du weißt, dass meine Tür immer für dich offen ist.»

Bea ging um den Tisch herum und umarmte Veronica, und sie drückte sie ganz fest. Eine Weile blieben sie so stehen, keine von ihnen wollte die Erste sein, die die Umarmung löste. «Ja, vielleicht bleibe ich wirklich einfach hier.»

«Juhuuu, ihr alle!», hörte man eine Männerstimme von draußen, «Colin Firth ist gerade an mir vorbeigegangen!»

«Was zum Teufel?», murmelte Veronica und spähte durch das Fenster. Ein großer, dünner Mann stand am Anfang der Auffahrt und hielt eine Dose in der Hand. Sie ging ins Wohnzimmer, um einen besseren Blick zu haben, und erkannte den Quälgeist, der einfach nicht aufgeben wollte: Hugh Fledge.

War er es etwa, der sich all die falschen Colin-Firth-Sichtungen ausgedacht hatte? Der die Leute irgendwohin rennen ließ, um einen Blick auf den Schauspieler zu erhaschen? Der Mann war wirklich die Pest!

Er schwenkte die Dose in seiner Hand und zielte auf die Auffahrt. Oh nein! Das war kein Bier. Es war eine Farbdose. Sie wollte schon hinauslaufen und ihn zur Rede stellen, aber dann fiel ihr ein, dass sie auch schwereres Geschütz auffahren konnte. Sie nahm ihr Telefon und rief Nick an.

«Dieser besoffene Idiot, der mich immer überreden will,

mit ihm auszugehen, schüttelt hier gerade eine Sprühdose mit Farbe auf meiner Auffahrt.»

«Ich bin gleich da», sagte Nick. «Ich bin gerade ganz in der Nähe auf Streife. Warte auf mich – sprich nicht mit ihm.»

Aber Fledge hatte schon begonnen, mit schwarzer Farbe etwas auf ihre Auffahrt zu sprühen. SCH stand schon da.

Es war nicht schwierig zu erraten, welcher Buchstabe als Nächstes kam.

Sie öffnete die Vordertür und schrie ihn an: «Ich habe die Polizei gerufen. Du hörst jetzt sofort auf. Sofort!»

«Geh mit mir aus, dann höre ich auf, Vi-va-Veronica», sagte er, wiegte sich in den Hüften und sprühte ein L.

«Du weißt, dass das ein ernsthafter Fall von Belästigung ist», warnte sie ihn. «Du wirst festgenommen werden.»

Er krümmte den Finger auf diese eklige «Komm doch und hol mich»-Art. Sie wäre ja zu ihm hinausgegangen und hätte ihre Taekwondo-Kenntnisse an ihm ausprobiert, aber sie wusste nicht, wozu er fähig war, und was, wenn Bea dazwischengeriet? In dem Moment, in dem er ansetzte, weiter zu sprühen, rannte sie zu ihm und schlug ihm die Dose aus der Hand. Sie bemerkte, dass er schwankte. Betrunkener Vollidiot.

Nick kam in seinem Streifenwagen an und stürzte sofort zu Fledge. «Veronica, du hättest auf mich warten sollen.»

«Ich wollte nicht, dass er damit fertig wird», entgegnete sie.

Nick lächelte nachsichtig und schaute dann zu Bea hinüber, die in der Tür stand. «Freut mich, dass du nicht allein bist.»

«Wir backen später den Schokoladencreme-Glückskuchen.»

«Vielleicht könntest du mir den am Samstagabend beibringen. Nach dem Abendessen im Grill 207?»

Jetzt lächelte sie. «Sehr gern.»

Er sah Veronica an, und in seinem Blick lag so vieles. «Ich hole dich um sieben ab.» Er drückte ihr kurz die Hand und setzte Fledge dann auf den Rücksitz des Streifenwagens, nicht ohne von ihm gegen das Schienbein getreten zu werden. Dieser Tritt würde seinen Aufenthalt im Gefängnis um einiges verlängern.

«Wir könnten dieses SCHL wegschrubben, bis der Kaffee kocht», schlug Bea vor.

Einträchtig scheuerten sie die Buchstaben weg, und Veronica musste daran denken, wie sie Bea zum ersten Mal in einer Auffahrt in den Armen gehalten hatte und dass sie jetzt wieder auf einer Auffahrt beisammen waren, aber diesmal, um neu anzufangen.

24 Gemma

Im Aufenthaltsraum herrschte großes Gedränge, es war Kinoabend im Three Captains' Inn. Der Colin-Firth-Fanclub hatte wieder in der Pension eingecheckt, und in der ganzen Stadt wurde von nichts anderem als dem Besuch des Schauspielers und dem Filmdreh im Best Little Diner gesprochen. Die Gäste aus dem Muschel- und aus dem Blaukehlchenzimmer hatten sich im Aufenthaltsraum versammelt. June verteilte hübsche Popcorntütchen, die ihr Sohn extra für diesen Anlass gebastelt hatte, und Isabel gab jedem ein Stückchen von Veronica Russos neuester Kreation: dem Colin-Firth-Kuchen.

Bea und Veronica hielten auf dem großen Sofa einen Platz für Gemma frei. Daneben hatte sich das frischgebackene Ehepaar eng umschlungen auf einem Sitzsack zusammengekuschelt. Die beiden fütterten sich gegenseitig mit Kuchen. Gemma erinnerte sich daran, dass sie und Alexander sich damals ebenso wie zwei Turteltäubchen benommen hatten, und musste unwillkürlich lächeln. Sie vermisste Alexander. Wenn sie schon nach Hause gehen und sich mit ihrer Zukunft auseinandersetzen musste, so würde sie immerhin zu ihm nach Hause zurückkehren.

«Sind alle bereit für *Das Mädchen mit dem Perlenohrring*?», fragte Isabel. *Das Mädchen mit dem Perlenohrring.* Gemma musste an eine ihrer ersten Verabredungen mit Alexander im Metropolitan Museum of Art denken. Damals waren sie dreiundzwanzig gewesen und hatten kaum Geld. Sie hatten die Kunstpostkarten angeschaut und geguckt, ob darunter welche für ihre Pinnwände bei der Arbeit wären. Alex hatte für sie zwei Vermeer-Bilder ausgesucht, *Schlafendes Mädchen* und *Das Mädchen mit dem Perlenohrring*, und sie hatte sie beide immer sehr gemocht, besonders den unvergesslichen Gesichtsausdruck des Mädchens mit dem wunderschönen Ohrring. Sie besaß die Postkarten noch immer, aber jetzt lagen sie in einer großen Kiste, in die sie ihre persönlichen Dinge verstaut hatte, als sie ihren Schreibtisch bei der *New York Weekly* hatte räumen müssen. Plötzlich wünschte sie, dass Alexander neben ihr säße und ihre Hand hielte.

Morgen, dachte sie, und ihre widerstreitenden Gefühle beruhigten sich ein wenig.

Isabel löschte das Licht, und der Film fing an. Gemma fühlte sich sofort ins Holland des siebzehnten Jahrhunderts versetzt. Ein armes, blutjunges Dienstmädchen namens Griet, gespielt von Scarlett Johansson, lässt sich überreden, ihrem Hausherrn, dem zurückgezogen lebenden Maler Johannes Vermeer, zu assistieren und Modell zu stehen. Aber leider hat der Meister eine sehr eifersüchtige, schwangere Ehefrau.

Die opulente Ausstattung des Films und das intensive Spiel von Colin Firth ließen alle im Raum gefesselt zuschauen.

«Dieses Verlangen zwischen den beiden!», seufzte June, als der Abspann lief. «Man hat das grenzenlose Verlangen zwischen Griet und Vermeer fast körperlich gespürt. Kaum auszuhalten, so viel Spannung.»

«Weil es nicht sein durfte und ihre Beziehung so besonders war», sagte Bea.

«Sieht Colin nicht unglaublich heiß aus mit den langen Haaren?», schwärmte eine Frau vom Fanclub. «Und diese glühenden Blicke!» Sie fächelte sich Luft zu.

Einige fanden, der Film sei zu langweilig, aber Gemma fand, dass er so, wie er war, wunderschön war – und sehr traurig. Die frisch Verheirateten gingen hoch auf ihr Zimmer und warfen sich übertrieben eindringliche Blicke à la Griet und Vermeer zu, und Gemma musste lächeln. Der Colin-Firth-Fanclub behauptete, Colin Firth würde morgen kommen, diesmal wirklich – jemand, der jemanden kannte, der wiederum jemand kannte, hatte erfahren, dass er am nächsten Morgen für die Filmszene im Diner eingeflogen würde –, aber Veronica, die der Fanclub nach Einzelheiten löcherte, schwor bei einem Stapel Bibeln, den sie sich natürlich nur vorstellte, dass nicht einmal der Regieassistent genau wüsste, ob er da sein würde.

Gemma musste lächeln bei dem Gedanken, wie wichtig ihr ein Interview mit ihm gewesen war. Und tatsächlich wäre es sicher ungeheuer gut für die Redakteure der *Gazette,* die sich sehr über eine Geschichte über ihn freuen würden, besonders in Form eines Reiseberichts, wie Gemma es geplant hatte. Aber sie wollte jetzt nur noch nach Hause und ihren Ehemann sehen, seine Umarmung spüren und langsam zur neuen Gemma werden – eine zukünftige Mutter, eine Rolle, die sie mit Herz und Seele ausfüllen wollte, auch wenn sie erst einmal hineinwachsen musste. Sie war bereit anzukommen, wo auch immer das sein würde. Sie würde dafür sorgen, dass ihr neues Leben funktionierte, irgendwie.

Langsam leerte sich der Raum. Bea und Veronica gingen auf einen Absacker zum Harbor View Café, und Gemma half Isabel und June dabei, die Krümel und Popcornreste vom

Sofa und vom Boden zu fegen. Dann war es Zeit, zu ihrem Zimmer hochzugehen und die letzte Nacht als Gemma, die unerschrockene Reporterin, zu verbringen.

Jemand klopfte an die Haustür der Pension. Isabel ging zur Tür und überlegte dabei laut, ob sie einen späten Gast vergessen hatte. Als sie zurückkam, hatte sie Alexander im Schlepptau.

Gemma starrte ihn an. «Alex? Was um alles in der Welt …?»

«Denkst du etwa, dass ich meine geliebte schwangere Frau sieben Stunden gebückt über das Steuerrad unseres kleinen Miata fahren lasse?», sagte er. «Ich bin hergeflogen, um dich morgen früh nach Hause zu bringen.»

Er war einfach wunderbar. «Oh Alex, danke.» Sie umarmte ihn gerührt und atmete seinen Duft ein, die Sicherheit, die er ausstrahlte. Manchmal fühlte sich das so unglaublich gut an.

Sie konnte kaum glauben, dass er wirklich da war. Er wirkte zwar ein wenig müde, sein sandfarbenes Haar war zerzaust, aber sonst sah er absolut hinreißend aus.

«Lass uns spazieren gehen», sagte er. «Zeig mir das kleine gelbe Häuschen, von dem du mir das Foto geschickt hast. Ich will wissen, was dir vorschwebt. Ich möchte, dass du glücklich bist.»

Sie wusste, dass er das wollte. Hand in Hand gingen sie hinaus in die warme Julinacht, eine leichte Brise spielte mit Gemmas Haar. Sie gingen hinunter zur Main Street und bogen dann in die Meadow Lane ein.

«Das ist es», sagte Gemma und zeigte auf das Häuschen mit dem Witwengang und dem Schaukelstuhl auf der Veranda, das ihr so sehr gefiel.

Er sah es sich an und wandte sich dann ihr zu. «Ich habe in den letzten paar Tagen eine Menge nachgedacht. Ich finde, du solltest das Stellenangebot von der *Gazette* annehmen, Gemma.»

Sie starrte ihn an und spürte ein schmerzhaftes Ziehen in der Magengegend. «Willst du damit sagen, dass du dich trennen willst?»

«Bist du wahnsinnig?», fragte er. «Natürlich nicht.»

«Na ja, aber es ist ziemlich weit, zwischen Dobbs Ferry und Boothbay Harbor zu pendeln.»

«Das stimmt, aber von hier aus nicht», sagte er und zeigte auf den gelben Bungalow.

«Was?»

«Ich habe dir doch gesagt, dass wir einen Weg finden werden, wie die Sache für uns beide funktioniert», sagte er. «Und hier ist meine Idee. Wir haben doch ein bisschen Geld beiseitegelegt. Ich könnte ein paar Jahre ohne Arbeit leben, wenn wir uns ein wenig einschränken und hier in Boothbay wohnen statt in New York, und du könntest uns mit deinem Vollzeitjob ernähren.»

Sie starrte ihn mit offenem Mund an. «Du willst Hausmann werden?»

«Warum nicht? Zumindest für eine Weile. Ich könnte eine längere Pause von meinem Job wirklich gebrauchen. Wenn Gemma junior in den Kindergarten kommt, fange ich wieder an zu arbeiten. Aber in diesen drei Jahren schränken wir uns eben ein wenig ein. Wir bekommen doch dreimal so viel für unser New Yorker Apartment, als wir hier für ein Haus bezahlen müssen. Meine Eltern sind sicher nicht begeistert, wenn wir so weit wegziehen, aber mit dem Flieger sind es nur anderthalb Stunden bis New York. Du wirst eine berufstätige Mutter sein und ich ein Hausmann. Und das Windelnwechseln teilen wir uns.»

Gemmas Augen füllten sich mit Tränen. «Mein Gott, Alex, ich bin der glücklichste Mensch auf Erden.»

«Nein, das bin ich», sagte ihr Ehemann und küsste sie.

Epilog

Am nächsten Morgen wurden Bea und Gemma an den Filmset eingeladen. Tyler und Veronica hatten sich darum gekümmert. Mit ihren Backstage-Pässen konnten sie die Menge umgehen, die sich hinter den Absperrungen auf der Main Street drängte. Aber als sie im Best Little Diner ankamen, erfuhren sie, dass der Dreh um drei Stunden verschoben war – und niemand konnte sagen, ob Colin Firth nun auf dem Set sein würde oder nicht.

Die Komparsen hatten frei bis zwei Uhr, also führte Veronica Bea und Gemma durch die eine kleine Tür zur Kaffeebar, die hinter dem Diner aufgebaut worden war, neben den Wohnwagen mit der ganzen Ausstattung.

«He, Leute, da ist Colin Firth!», rief ein Mann.

Gemma rollte mit den Augen. «Wenigstens beachtet keiner mehr den Wichtigtuer. Langsam muss er sich mal was Neues einfallen lassen.»

Veronica hielt inne. «Wartet mal. Der Typ, der ständig geschrien hat, dass er Colin Firth gesehen hätte, ist doch im Gefängnis.»

Die drei Frauen schauten genauer hin, und tatsächlich, der Mann, der dort drüben in Jeans und grünen Gummistiefeln schnellen Schrittes auf einen Wohnwagen zuging, war Colin Firth persönlich.

Veronica sperrte den Mund auf, und dann musste sie grinsen. «Okay, ich habe behauptet, mir sei es im Grunde egal, ob ich ihn sehe oder nicht, aber um ehrlich zu sein: Diese fünf Sekunden waren den Aufwand wert. Trotzdem, am liebsten würde ich jetzt mit Bea losziehen und nach einem geeigneten Ort für mein Kuchendiner suchen.»

Gemma lächelte. «Ich weiß genau, was du meinst. Vor ein paar Tagen hätte ich noch die Tür eingetreten, um ein Interview mit ihm zu ergattern. Aber jetzt will ich nur noch mit meinem Mann auf Häusersuche gehen, und zwar hier in Boothbay Harbor.»

«Ich kann immer noch nicht glauben, dass du wirklich hierherziehen willst», sagte Bea. «Dann können wir uns immer zum Kinoabend in der Pension treffen!»

Gemma legte ihr den Arm um die Schultern. «Auf jeden Fall. Und, Veronica, beeil dich mit deinem Kuchendiner, weil ich während meiner Schwangerschaft ständig Kuchengelüste haben werde, und zwar besonders nach deinem Schokoladencremekuchen.»

«Bea und ich haben dir gestern Abend eine Schokoladencremetorte gebacken, nach dem Kinoabend», lächelte Veronica. «Sie steht im Kühlschrank in der Pension, mit deinem Namen darauf. Zum Dank für alles, was du für das Heim der Guten Hoffnung und für uns getan hast. Ich kann es kaum erwarten, den Artikel zu lesen.»

Gemma umarmte Veronica, aber dann wurden sie von ein paar Frauen zur Seite gestoßen, die sich in Position brachten, um in das Diner zu spähen.

Bea warf einen Blick auf den Wohnwagen, in dem Colin Firth verschwunden war. Eine riesige Menge stand hinter den Absperrungen um ihn herum, und die Polizei versuchte, die Zuschauer in Schach zu halten. Ich habe ihn für dich gesehen, Mom, schickte sie stumm in den Himmel.

Und dann verließen Bea, Veronica und Gemma den Set, begleitet von den aufgeregten Rufen, die verkündeten, dass er es diesmal *wirklich* war.

Bemerkung der Autorin

Dieses Buch enthält keine Rezepte, aus dem ganz einfachen Grund, dass es bei Veronicas speziellen Heilkuchen – ihrem Schoko-Karamellcreme-Liebeskuchen oder ihrem Limetten-Zuversichtskuchen – nicht um die Zutaten geht, sondern um Sie selbst. Nehmen Sie einfach das Rezept, das Sie am liebsten mögen, um zum Beispiel einen Erdnussbutter-Kokoskuchen oder auch einen Blaubeerkuchen zu backen, und wenn Sie dann zärtlich den Teig ausrollen oder Zucker mit Butter und Schokolade verrühren, dann denken Sie an das, was Sie sich am meisten wünschen, und denken Sie noch mehr daran, wenn Sie ein Stück des fertigen Kuchens probieren. Wenn Sie keine Zeit zum Backen haben, dann kaufen Sie sich einfach einen Kuchen in Ihrer Lieblingsbäckerei, und wünschen Sie vor sich hin, während Sie ihn Stückchen für Stückchen verzehren. Vielleicht werden Ihre Wünsche ja wahr!

Liebeskuchen
Schokoladenkuchen mit Karamellcreme

• • • • •

Seelenkuchen
Streuselkuchen

• • • • •

Gute-Besserung-Kuchen
Blaubeerkuchen

• • • • •

Zuversichtskuchen
Limettenkuchen

.....

Bannkuchen
Erdnussbutter-Kokoskuchen

.....

Hoffnungskuchen
Käsekuchen mit gesalzenem Karamell

.....

Glückskuchen
Ihre Lieblingssorte

Danksagungen

Und wieder kann ich meiner Agentin gar nicht genug danken: Alexis Hurley von InkWell Management. Sie ist die Beste der Besten.

Dank geht auch an meine Lektorin, die wunderbare Karen Kosztolnyik von Simon & Schuster/Gallery Books. Danke, dass du mir geholfen hast, die wahre Geschichte zu finden. Dank an alle bei Gallery für die unglaubliche Unterstützung – an Louise Burke, Jen Bergstrom, Heather Hunt und an die unermüdliche Kristin Dywer. Ein riesiges Dankeschön an die Geheimwaffe eines jeden Autors, einen großartigen Autorenfreund: Lee Nichols Naftali, ich stehe tief in deiner Schuld, besonders jetzt, da wir dreitausend Meilen voneinander entfernt sind.

Ich werde nie vergessen, wie ich damals in den Neunzigern die BBC-Miniserie *Stolz und Vorurteil* geschaut habe und mich dabei fragte: «Wer ist das bloß?», als Colin Firth auftrat. Seither bin ich völlig von ihm verzaubert. Danke, Mr. Firth, dafür, dass Sie uns schwärmen lassen, dass Sie uns glauben und lieben lassen, dass Sie uns nichts Geringeres als die Freuden des Filmschauens schenken.